달리기와 존재하기

"《달리기와 존재하기》는 경전이다. 이 성스러운 구절들을 숭배하는 사람들은 러너들만이 아니다. 자신의 삶을 충실하게 살고자 하는 모든 사람들에게 이 구절들은 소중하다. 조지 쉬언은 삶을 더 깊이 살라는 소크라테스의 조언을 우리에게 새롭게 들려준다. 그는 진정으로 풍요로운 삶을 사는 방법을 알고 있다."

– 의학박사 월터 M. 보츠 2세, 전미의료학회 공동대표

"이 책을 통해 쉬언은 우리가 지녔으나 잊어버렸던, 인간이 지닌 육체적, 정신적, 영적 잠재력을 환기시키고 끄집어낸다. 쉬언은 우리 모두가 '이길 수 있는' 사람이라고 말한다. 그는 '총체적 경험'이 어떤 것인지 명쾌하게 분석하는데, 이를 통해 우리 모두는 일종의 가르침을 얻게 된다."

– 제프 갤러웨이, 《달리기에 대하여》의 저자

"조지는 구원투수 같다. 그의 책 《달리기와 존재하기》는 세상을 바꿔 놓았다. 이 책은 수백 만 명의 건강을 향상시킬 것이다."

– 케네스 H. 쿠퍼 박사, 쿠퍼 에어로빅 학회의 설립자이자 회장

"그동안 많은 사람들이 있었지만, 조지만큼 달리기의 윤리적 측면을 넓힌 사람은 없었다. 더 오래 살기 위해서 달리는 게 아니라 더 잘 살기 위해서 달린다는 것. 달리기 자체가 아니라 삶에서 더 중요한 일들을 하기 위해 힘을 모으고, 자신감을 갖고 명석해지기 위해 달린다는 것. 그가 우리에게 가르쳐준 것들이다."

– 로버트 립스티, 〈뉴욕타임즈〉 칼럼니스트

"이 책은 러너들이라면 한 번은 읽어야만 할 철학적 고전으로 자리잡았다. 삶이라는 게임에 도움이 되는 지침을 찾으려는 운동선수라면 반드시 읽어야만 하는 필독서다."

– 조 헨더슨, 〈러너스 월드〉의 편집자

달리기와 존재하기

조지 쉬언 지음 ┃ 김연수 옮김

Running & Being

한문화

책을 읽기 전에

이 책의 원서에는 'play'라는 단어가 자주 등장합니다. 이것을 우리말로 옮기면 '놀다' 또는 '경기하다'가 됩니다. 우리나라 사람들은 이 두 단어를 구별해서 쓰지만, 영어에서는 노는 것과 경기하는 것이 같은 일로 취급됩니다. 지은이인 조지 쉬언 역시 경기로서의 'play'와 놀이로서의 'play'를 구분 없이 사용합니다. 그래서 우리말 번역본에서도 원서의 중의적인 느낌을 살려 대부분의 'play'를 '논다'로 통일했습니다. 그러니 이 책을 읽다가 '논다', 혹은 '놀이'라는 단어가 나오면 이는 삶을 즐기는 일도, 경기를 즐기는 일도, 그냥 노는 일도 된다고 헤아려 주십시오. 달리기가 바로 그런 일이기 때문입니다. 그것은 엄정한 경기이면서 동시에 놀이이며, 또한 삶을 살아가는 방식입니다.

용기가 필요했을 때는 내게 용기를 주고,
칭찬이 필요할 때는 어김없이 칭찬을 했으며,
내가 침묵을 원할 때는 입을 다물었던
조 헨더슨과 릭 코스터에게 이 책을 바친다.

가족들의 말 <small>출간 20주년을 기념하여</small>

조지 쉬언 박사, 자신을 그저 조지라고 불러달라고 했던 그 분은 저희 아버지입니다. 자식들과 많은 독자들에게 아버지는 영감을 주는 사람이었고, 멘토르(호메로스의 〈오딧세이아〉에 나오는 충실한 조언자 - 옮긴이)이며, 무엇보다도 영웅이었습니다. 물론 그런 소개에 대한 아버지의 반응은 "당신도 그럴 수 있다. 왜냐하면 사람들은 모두 나름대로 영웅이니까"였을 것입니다.

아버지가 하신 말씀의 요점은 "인간은 자신의 진선미眞善美를 찾기 위해서 끈기 있게 따져보는 삶을 살아가야 하는데, 이는 자신의 육체에서 시작할 때 가장 쉽게 접할 수 있다"는 것이었습니다. 아버지는 이렇게 말씀하셨습니다. "어린 시절 당신이 즐겼던 놀이를 다시 찾으세요. 운동을 하면 몸도 건강해질뿐더러 올바른 삶을 살아갈 수 있게 하는 에너지를 발견할 수 있습니다." 이렇게 '운동하는 삶'을 살라는 게 아버지의 주장이셨습니다. 왜냐하면 우리의 삶은 거기에 기초하기 때문입니다.

아버지는 심장병 전문의로서, 남편으로서, 아버지로서 자신이 역할을 제대로 수행하지 못한다고 느꼈기 때문에 45세의 나이에 몸을 다시 발견하게 됐습니다. 약 먹기에 '지쳐버린' 아버지는 그대로 살아갈 수는 없다고 생각했기 때문에 자신의 본 모습을 찾겠노라고 결심하게 됐습니다. 그래서 대학시절 뛰어난 1마일 경주 선수였던 아버지는 달리기를 새로 시작하게 됐습니다. 아버지는 다시 운동하는 사람이 됐습니다. 5년 뒤, 아버지는 당시 50대 1마일 세계 신기록을 수립했습니다(4분 47초). 아버지는 계속해서 60여 회에 걸쳐 마라톤을 완주했으며, 61세의 나이에 3시간 1분이라는 개인 최고기록을 달성했습니다.

1968년에 아버지는 지방신문에 그간 달린 경험을 바탕으로 한 칼럼을 쓰기 시작했습니다. 그러면서 아버지는 전 세계의 위대한 사상가와 철학자들의 책을 읽기 시작했습니다. 달리기를 하는 과정에 일어날 수 있는 부상에 대한 처방을 아는 의사인 동시에 자신의 내면을 찾아가는 고독을 한껏 즐긴 아버지의 조언은 많은 사람들에게 도움을 줬습니다.

달리기가 한창 사람들을 매료시키기 시작할 무렵, 이미 아버지는 달리기에 관한 한 전문가였습니다. 실제로 1977년 전국적인 베스트셀러였던 《달리기에 관한 모든 것》을 펴낸 짐 픽스는 한 챕터를 조지 쉬언에게 할애하면서 "모든 러너들이 무인도에 떨어져서도 꼭 함께하고 싶어 하는 사람"이라고 소개했습니다.

이 즈음에 이 책 역시 전국적인 베스트셀러가 됐습니다. 그러니까 출간된 지 벌써 20여 년의 세월이 흐른 셈이지만, 이 책에 실린 글들은 지금 읽어도 여전히 힘이 넘치고 감동적입니다. 이 책을 읽으면 조지 쉬언이라는 사람이 어떻게 다시 태어나게 됐는지 알 수 있습니다.

아버지는 이 책에서 열심히 '왜 달리는가?'라는 의문에 대답하기 위해 애쓰고 있습니다. 아버지는 대부분의 러너들이 단순히 건강해지기 위해 달리는 게 아니라는 점을 알고 있었습니다. 러너들이 콜레스테롤 수치나 혈압을 낮추려는 이유에서 거리를 달리는 것만은 아니라는 사실 말입니다. 물론 달리기를 시작할 때는 그런 마음이 있었는지 모르지만, 그 이후에도 계속 달릴 수 있는 까닭은 달리기를 통해 그보다 더 큰 만족감을 얻었기 때문입니다. 이는 한 인간이 훈련과 운동을 통해 찾을 수 있는 가장 큰 육체적 경지입니다. 아버지는 이런 사실을 깨닫게 되면 다시 더 높은 경지로 나아가게 된다고 믿었습니다.

이 점에 대해 잘 설명하기 위해 아버지는 여러 사람들의 말을 인용했습니다. 그리스 사상가에서 미국의 철학자 윌리엄 제임스와 랄프 왈도 에머슨과 스페인의 철학자 오르테가에 이르기까지, 그리고 전설적인 미식축구 감독 빈스 롬바르디와 그의 팀 패커스, 농구계의 슈퍼스타 존 하블리책과 그의 팀 셀틱스에 이르기까지 아버지는 다양한 종류의 사람들을 통해 우리에게 운동을 통해 발견한 깨달음을 전해 줍니다.

하지만 아버지는 그 깨달음을 얻을 수 있는 가장 빠른 길은 직접 몸으로 느끼는 것이라고 생각했습니다. 아버지는 이런 말씀을 자주 하셨죠. "우리가 관객이 되어 삶이라는 스포츠를 지켜볼 수는 없다. 삶을 살아간다는 것은 직접 그 속에서 논다는 뜻이다. 땀으로 뒤범벅이 된 세계의 저편에서 솟구치는 새로운 세계를 느껴 봐라." 달리기는 아버지만의 놀이였으며 젊음을 되찾는 방법이었습니다. 아버지는 달릴 때, 러너는 예술가가, 어린아이가, 영웅이, 성자가 될 수 있다고 믿었습니다. 아버지의 목표는 '저마다 반복될 수 없는 일들 속에서 독특한 존재'로 살아가는 이 세상에서 할 수 있는 최상의 인간이 되는 일이었습니다.

우리 아버지는 전립선암과 7년간 '투우사'처럼 싸우고 난 뒤 75세 생일을 불과 며칠 앞둔 1993년 11월 1일에 돌아가셨습니다. 암과 싸우던 그 마지막 몇 년 동안에도 아버지는 자신의 걸음을 늦추지 않았습니다. 아버지는 이 책에도 자세히 설명해놓은 '자세히 따져보는 삶'을 살아가기 위해 혼신의 힘을 쏟았습니다. 아버지는 열정적으로 일상의 삶을 대했습니다. 열정이란 말의 라틴어 어근은 '신이 자신의 내면에 가득하다'라는 뜻이라고 합니다. 아버지는 마지막 순간까지 '운동하는 삶'을 열정적으로 살아가셨습니다.

이제 우리는 이 책의 출간 20주년을 기념해 책을 펴냅니다. 지금 운동을 하든 하지 않든 열정을 가지고 삶을 살아가는 모든 사람들에게 조지 쉬언의 이 책이 도움이 되기를 바랍니다. 많은 사람들이 아버지의 글을 읽고 자신이 원래부터 위대했다는 사실을 눈치챌 수 있기를 바랍니다.

1998년

쉬언네 가족 일동

조지 쉬언에 대하여

나는 본래 가늘고 직선적으로 태어났다.

나는 싸움을 좋아하지 않고, 쉽게 흥분하지 않으며,

소심하고 부끄러움이 많은 사람이다.

나는 정의를 갈망하거나 추구하지 않는다.

축제를 불편해 하고 모임을 괴로워한다.

나는 〈뉴요커〉에서 브렌던 길이 묘사한

작가들과 비슷한 사람이다.

브렌던 길은 작가들에 대해 이렇게 말했다.

"그들은 우연히 만날 뿐이다.

모든 것이 비밀로 가득 차 있으며 절대로 자신을

그대로 드러내지 않는다."

- 조지 쉬언

조지 쉬언은 비범한 남자다. 의사. 작가. 러너. 이렇게 말할 수 있지만, 조지 쉬언은 그 모든 것 이상이다. 그는 철학자이며, 그가 쓴 글의 대부분은 시적이며 신비한 분위기를 갖고 있다.

하지만 조지 쉬언은 조지 쉬언일 뿐이다. 고통과 땀과 솔직함을 통해 조지 쉬언은 자신이 어떤 사람인지 발견했고 그런 사람이 됐다. 완전하게. 조지 쉬언은 조리 있게 말하는 즐거운 사람이다. 아마도 요즘 세상에는 사람들의 마음을 이처럼 편안하게 하는 사람이 없을 것이다.

조지 쉬언에 대해 쓴다는 건 대단히 매력적인 동시에 두려운 일이다. 조지 쉬언이 자기 자신이나 세계를 바라보는 법에 대해 말하는 것을 보고 있노라면 그냥 즐겁다고 생각하기보다는 이런 얘기를 더 많은 사람에게, 그리고 정말 도움이 되는 사람에게 들려주고 싶다는 생각이 든다.

하지만 조지 쉬언이 어떤 사람인지 분석하거나 설명하는 일은 하등의 도움이 안 된다. 왜냐하면 이런 일은 나보다는 그 사람이 더 잘할 수 있을 것이기 때문이다.

일단 그에 대해 이런 말을 할 수는 있을 것이다. 조지 쉬언은 맨해튼에서 50마일 떨어진 평화로운 동네인 뉴저지주 레드 뱅크에 사는 59세의 심장병 전문의다. 그는 14명의 형제 중 장남으로 브룩클린에서 성장했다. 슬하에도 모두 12명의 자녀를 두었다.

형제들이나 가족들이 많기는 하지만 조지 쉬언은 언제나 자신만의 공간을 지켜온 사람이었다. 아내인 메어리 제인은 그를 두고 이렇게 말한 적이 있다. "다른 사람이 필요 없는 사람이죠. 남들이 어떻게 사는지, 세상이 어떻게 돌아가는지는 관심이 없어요."

쉬언은 패러독스다. 자신만의 공간을 지켜온 사람이지만 동시에 쉬언은 겸손하다. 쉬언은 '솔직한 방관자'라는 제목의 칼럼을 쓰면서 이 세상과 대화를 나눈다.

쉬언은 또 길 위에서 자신과 대화를 나눈다. 달리기가 그의 본질이다. 달리기를 통해 쉬언은 인간의 영혼이 얼마나 경이로울 수 있는지 알게 됐다. 쉬언은 자신의 본모습을 찾았다. 쉬언은 더 이상 부족하지 않은 자신의 모습을 찾았다.

이런 경험을 통해 그의 달리기는 세계를 내다보는 그만의 창문 역할을 하는 진귀한 견해이자 특별하고도 개인적인 프리즘이 됐다. 개인적이라고는 하지만, 아주 멀리까지 뻗어 나가는.

쉬언은 그간 수많은 칼럼을 썼지만, 그 대표적인 예를 들면 다음과 같다.

운동과 심성에 대해.

"운동을 한다고 좋은 심성이 만들어지는 것은 아니다. 사실은 그것 이상의 일이 일어난다. 운동을 통해 인간은 자유로워진다. 운동을 할 때, 인간은 자신에게 얼마나 많은 가능성이 숨어 있는지 깨닫게 된다. 우리는 모두 자신이 어떤 인간인지 알고 싶어 하는데, 운동은 다른 어떤 인간의 행위보다 빠르게, 고통 없이, 그렇지만 분명하게 그 대답을 들려준다. 나는 거기서 한 발 더 나아가 내가 누구인지 아는 데 그치지 않고 그런 인간이 되기 위해 노력한다."

영웅의 몰락에 대해.

"그 모든 영웅들은 어디로 갔을까? 영웅들은 순진하고 성스럽고 쉽게 해답을 구할 수 있었던 지난 세기와 함께 사라졌다. 이제 영웅이 없다는 건 우리 시대가 성숙하다는 반증이다. 모든 사람들이 영웅이 될 수 있으며 자신의 삶을 성공적으로 이끌어갈 수 있는 능력을 지녔다는 게 이제 현실이 됐다."

이 말대로 조지 쉬언이 자신의 영웅이 될 수도 있고 안 될 수도 있지만, 분명한 것은 자신의 본모습을 찾았다는 점이다. 그의 표현을 빌자면 수많은 다른 동료들이 마음먹은 대로 경기를 하지 못하는 가장 중요한 원인은 풀코트 프레싱(전방위 압박 수비 - 옮긴이) 때문인데, 조지 쉬언은 이런 것에는 아랑곳하지 않고 자신만의 걸음을 걸으며 살아왔다.

이제 환갑을 넘겼는데도 쉬언은 이틀에 한 번씩 점심시간을 이용해 한 시간 정도씩 달린다. 구불구불하고 언덕이 많은 강변 길을 7마일하고도 반 마일이나 여행하고 난 뒤, "정직하게 흘린 땀에는 냄새가 나지 않기" 때문에 그저 "타월로 몸을 닦는다."

조지 쉬언은 점심으로 "비타민 과자와 요구르트"를 먹으며 리바이스와 캔버스 천으로 만든 단화를 신고 일한다. 조지 쉬언은 "대단히 잘 조는 사람"인데, 그에 따르면 "현대 문명은 낮잠의 중요성을 너무 무시한다."

학창 시절 쉬언은 달리기 선수였다. 15년 전쯤 테니스를 치기
시작하면서 달리기를 그만둔 적은 있었지만, 이제 그는 매일 강
을 따라 달리는 일 외에도 보스턴 마라톤에 참가하며 매주 일요
일 뉴욕 센트럴파크를 달린다.

쉬언은 말한다. "러너들은 대회를 통해 사랑을 한다. 대회를
빼먹을 수는 없다. 러너의 친구는 러너다. 그들을 만나려면 대회
에 나가야만 한다."

쉬언은 겸손하게 말한다. "달리기에 대한 글을 쓰는 작가로서
나는 2할3푼짜리 타자인 에디 스탠키라고 할 수 있다.(미국 프로야
구 선수로, 활동한 12년간 평균 타율 2할6푼8리라는 아쉬운 성적을 남겼다. 이후 대
학 코치가 됐을 때 '모두가 즐기는 야구'를 강조해 사람들을 놀라게 했다. - 옮긴이)
내 주제는 주로 잘 노는 데 맞춰져 있다. 몸을 다시 생각하고 자
신의 본 모습을 찾거나 스스로 완벽해지려고 노력한다. 나는 내
가 누구인지, 내가 무엇과 비슷한지, 달리기의 본질이 무엇인지
등에 대해 글을 쓴다. 글을 통해 내 본모습이 드러난다고 해도 나
는 신경 쓰지 않는다. 진실이라면 무엇이 드러나든 상관이 없다."

예나 지금이나 쉬언은 운동 경기를 아주 좋아한다. 하지만 구
경거리로서의 운동은 문제가 많다고 생각한다. 쉬언은 사람들이
경기가 끝난 뒤에는 텔레비전을 끄고 밖으로 나가 자기가 본 대
로 움직여야 한다고 믿는다. 텔레비전으로 중계되는 운동 경기를
보고 나면 쉬언은 한 번 더 달리고 싶어서 온몸이 근질근질해진

다고 한다.

조지 쉬언의 현재 모습은, 정말 우리 모두와 별다른 차이가 없다. 하지만 우리와 같은 상황에서 하는 일이나 그런 상황이나 자신을 바라보는 방식이 그를 독특하게 만들었다.

쉬언은 이렇게 썼다. "몸을 단련하는 것이 내 삶이 됐다. 이제는 거기서 벗어날 수 없다. 내게는 이를 대체할 다른 일이 없다. 이 내면의 충동에 따라 행동하는 것이 내게는 정말 어울린다."

쉬언은 달리기를 통해 무한한 희열을 느낀다. 이 책에서 쉬언은 이렇게 썼다.

그러다가 언덕이 나타나면 내게 그 이상의 능력이 있다는 것을 알게 된다. 이 말은, 나는 고통을 택하고 아픔을 견디며 힘든 일을 참아낼 수 있다는 뜻이다.

처음에는 부드러운 흐름이 나를 인도한다. 하지만 시간이 흐를수록 언덕은 더 많은 것을 요구한다. 그 즈음이면 생리학적으로는 한계에 이르고, 가능성은 바닥을 보인다. 이제 언덕은 내가 견딜 수 있는 것 이상이 된다. "이만하면 됐어!"라고 말하고 싶은 간절한 마음이 몰아쳐 오지만 나는 포기하지 않는다.

나는 신과 싸운다. 신이 내게 부여한 한계와 싸운다. 고통과 싸운다. 부당함과 싸운다. 나와 세상에 깃든 모든 나쁜 것과 싸운다. 나는 굴복하지 않는다. 나는 이 언덕을 정복할 것이다. 그것도 혼자서!

조지 쉬언은 그런 사람이다. 그런 과정을 담은 글을 읽을 수 있다는 건 우리에게는 큰 기쁨이다.

릭 코스터
〈세인트 루이스 글로브 데모크래트〉 기자

차례

프롤로그

내가 글을 쓰기 위해 달리는 사람인지, 달리기 위해 글을 쓰는 사람인지 헷갈릴 때가 있다. 사실 그 둘은 서로 나눌 수는 없다. 달리지 않는다면 글을 쓰지도 않을 것이며 글을 쓰지 않는다면 계속 달릴 것인지에 대해 확신이 들지 않는다. 달리기와 글쓰기는 나를 드러내는 두 가지 방법이다. 내 정신과 육체를 나눌 수 없는 것처럼 말이다.

나는 달리기를 통해 깨달은 진실을 글쓰기라는 형태로 드러낸다. 그 진실은 느끼는 것만으로는, 알고 있는 것만으로는 부족하다. 글로도 쓸 수 있어야만 한다. 그런 진실을 찾으려면, 할 수 있는 한 최선의 노력을 다 해야 한다. 그런 진실을 찾으려면 내면의 가장 깊은 곳으로 내려가야만 한다.

의식 아래에 숨겨진 이 깊은 곳까지 들어가기 위해서는 먼저 고독해져야 한다. 천재적인 사람이건 나 같은 평범한 사람이건 홀로 있지 않으면 새로운 것을 창조할 수 없기 때문이다. 위대한 것이든 사소한 것이든 위원회 같은 곳에서 창조적인 행위를 하는 걸 본 적이 없다. 그러므로 일단 세상에서 떨어진 나만의 공간에서 고독을 느끼며 진실이 찾아오기를, 그 진실을 글로 표현할 방법을 기다려야만 한다.

물론 시작은 간단하다. 먼저 어떤 생각이 내 마음을 사로잡는다. 나는 그 생각을 머릿속에 넣어두고 싹을 틔우도록 잠시 내버려둔다. 매일 나는 그 생각을 떠올리며 본질적인 문제를 찾아 나선다. 그러다가 생각이 정리되면 나는 타자기 앞으로 가 하루나 이틀 정도 파지를 쌓아가며 원고를 쓴다. 작가이자 풍자만화가였던 서버는 이런 고투의 과정을 '마약'에 비유하면서 완전한 원고를 쓰기 위한 첫 단계에 불과하다고 말했다.

그 다음, 나는 이 날것 그대로의 생각을 다듬기 위해 노력한다. 이 생각의 본질과 의미를, 과연 무엇에 관한 생각인가를 알아내기 위해 애쓴다. 하지만 이 일은 늘 실패한다. 그걸 알아내지 못하는 한에는 내가 쓴 글이란 그저 정보에 불과하다. 아직 진실한 글, 살아 있는 글이 되지 못했다. 그러려면 나는 다시 길 위로 돌아가야만 한다.

달린다는 건, 그 나머지 과정이 일어날 수 있도록 내버려둔다는 뜻이다. 창의적인 생각은 스스로 일어난다. 쥐어짠다고 나오지 않는다. 주문생산이 불가능하다. 달리면 빨리 써야 한다거나 잘 써야 한다거나 생각했던 만큼 써야 한다는 등의 생각에서 자유로워진다. 달릴 때, 나는 시간의 흐름에서 벗어나 사물들이 자신의 모습을 드러내기를 가만히 기다릴 수 있게 된다.

그러다가 생각도 멈추고 이성도 작용하지 않는 한 순간에 진실이 확 드러나는 걸 보게 된다. 나는 느닷없이 가려지지도, 강요받지도 않은 진실을 이해하게 된다. 그러므로 나는 그저 쉴 뿐이다. 내 안에서 쉴 뿐이다. 규칙적으로 움직이는 달리기 안에서 쉴 뿐이다. 그렇게 기다릴 뿐이다.

때로 그 기다림이 결실을 맺지 못할 수도 있다. 인내심이, 기다리는 마음이, 내버려 두는 마음이 부족하기 때문이다. 어쨌든 끝맺지 못한 일들이 나를 기다리고 있으니까. 나를 기다리는 사람들. 마치지 못한 일. 답장을 보내야 하는 편지들. 작성해야 하는 서류들. 시간에 맞춰 탑승해야 하는 비행기들. 사람들은 그런 일들로 시간을 낭비하기 때문에 깨달음이 떠오르기를 기다릴 시간이 없다.

하지만 나는 기다려야만 한다. 기다리며 귀를 기울여야 한다. 마음이 움직임 없이 조용해질 때만이 우리 모두가 지닌 내면의 아름다움, 내면의 경이로움을 느낄 수 있다. 작가들이 말하듯, 나는 진실이 찾아오는 그 순간에는 짧으나마 내 눈을 멀게 할 정도로 환한 빛이 느껴진다는 걸 알고 있다. 그 빛은 이렇게 말한다. 진실에 대해 쓰고 싶다면 너 자신이 먼저 진실해져라.

어떻게 이런 게 가능할까? 그건 내가 모든 걸 내버려 두었기 때문이다. 찾아 나섰다면 나는 아무것도 발견하지 못했을 것이다. 움켜쥐려고 했다면 내 손아귀에서 빠져나갔을 것이다. 그 무엇도 신경 쓰지 않고 집착을 완전히 버릴 때, 지금 이 순간을 가장 중요하게 생각할 때 나는 진실을 발견한다. 그 진실 속에는 장엄함이, 아름다움이, 웃음과 눈물이, 기쁨과 행복이 들어 있다. 그 모든 것들이 함께 기다리고 있다.

당연히 이런 과정에는 논리가 필요 없다. 하지만 그건 삶도 마찬가지다. 우리는 일단 살아 낸 뒤에 일어난 일들을 어렴풋하게나마 설명한다. 아무튼 내가 꼬집어 말하기는 어렵지만, 달리기를 하면 딱 맞는 단어와 구절과 문장이 떠오른다. 때로는 마치 슬롯머신을 잡아당기는 듯한 기분으로 칼럼에 쓸 주제를 생각하며 달릴 때도 있다. '탕' 터지는 소리와 함께 첫 번째 문장이 떠오른다. '탕' 하고 두 번째 문장이 떠오르면 문장이 펼쳐진다. 마지막으로 잭팟이 터지면 완벽하고 진실한, 훌륭한 한 편의 칼럼이 완성된다.

글쓰기는 절대로 쉬운 일이 아니다. 제아무리 잘 쓴 글이라도 쓴 사람은 불만을 느낀다. 누군가의 말처럼 글쓰기란 피를 잉크로 만드는 일인 듯하다. 어쨌든 작가에게나 러너에게나 고통은 너무나 자연스러워 둘은 서로를 잘 이해할 수 있을 것이다.

그러니 어떤 사람이 러너인 동시에 작가라고 하더라도 크게 놀랄 일은 아니다.

몸과 마음과 정신이 살아 있는

아이와 시인, 성자와 운동선수들에게

시간이란 늘 지금을 뜻한다.

그들은 영원히 지금을 살아간다.

격렬하게, 헌신적으로,

지금 이 순간 속으로 뛰어든다.

그들에게 가장 중요한 곳은 바로 여기이며,

가장 중요한 시간은 바로 지금이며,

가장 중요한 사람은

지금 앞에 있는 사람이다.

살
아
가
기

경기가 무엇인지 아는 사람이라면 자신의 흐름으로 경기를 이끌어 가는 사람만이 최후의 승자가 된다는 사실을 안다. 그렇지 못하다면 그는 지게 된다. 농구를 예로 들어보자. 한 감독에게서 이런 말을 들은 적이 있다. "우리는 전면 압박수비를 합니다. 공격권을 얻고야 말겠다는 생각은 아니에요. 상대 팀의 흐름을 깨뜨릴 의도가 더 크죠. 상대 선수들을 계속 움직이게 해야만 다른 생각을 하지 못합니다." 농구팬이라면 다들 이게 무슨 뜻인지 잘 안다.

하지만 우리 일상에서도 비슷한 일이 일어난다는 사실을 아는 사람은 얼마나 될까? 다른 무언가가 우리 삶의 흐름을 조절하고 있다는 사실을 아는 사람은 또 얼마나 될까?

시계 덕분에 그런 일이 시작된다. 시간을 기계적으로 나누어 주는 이 도구는 인간의 행동을 제어하고 노동량을 결정하며 식사 시간과 수면 시간을 통보한다. 시계는 모든 시간을 균일한 하나의 시간으로 만든다. 시계는 아침이냐 점심이냐를 따지지 않는다. 조명 장치의 발달에 힘입어 시계는 심야방송이 끝날 때까지 늘 한결같은 1분과 1초를 우리에게 나눠준다. 그 다음에는 그냥 잠드는 일뿐이다.

예술가들 중에서도 특히 시인들은 이게 잘못되었다는 사실을 잘 알고 있다. 시인은 분침의 움직임과는 무관하게 시간은 짧아지기도 하고 늘어나기도 한다는 사실을 알고 있다. 그리니치 표준시는 사람의 맥박에 맞춰진 게 아니다. 또한 시인은 지금까지 반복된 썰물과 밀물이 시계의 속박에서 벗어나 우리에게 속한다는 걸 알고 있다. 이런 흐름, 이런 속도는 지문만큼이나 개인적이고 불변하는 것이기 때문에 모든 사람에게 더없이 중요하다.

예술가들은 이 사실을 안다. 과학자들은 이 사실을 증명했다. 《약물과 관련한 생물학적 리듬과 정신치료》란 책에서 정신과 의사 버트럼 S. 브라운은 이렇게 썼다. "살, 뼈 등과 마찬가지로 생물학적 리듬 역시 우리 신체의 일부분이다. 매일 우리의 기력, 기분, 행복, 작업량 등이 오르내린다는 사실을 조금이라도 아는 사람은 많지 않다. 하물며 매주, 매달, 매년 단위로 길고도 미세하게 바뀐다는 사실을 아는 사람은 흔하지 않다."

예전에는 가만히 앉아서 그 흐름에 귀를 기울일 수 있었지만, 이제는 학교와 회사와 사회에서 들려오는 시계의 기계음에 가려거의 들리지 않게 됐다. 이제 우리에게는 정기 통근증과 TV와 일주일에 한 번 돌아오는 주말과 하루 12시간의 업무시간과 3월 이면 찾아오는 편두통과 4월이면 겪은 위궤양과 마약에 빠졌던 스물한 살 시절과 심장발작이 일어나는 마흔다섯 살 시절만이 남았다.

자신의 내면에 귀를 기울이는 사람이 있는가? 그렇다면 "너 자신을 알라"고 말한 소크라테스나 "효과적으로 살아가려면 충분한 지식이 있어야만 한다"는 미국 수학자 노버트 와이너의 말에 귀를 기울이는 사람은? 아니면 "나는 삶의 예술가다. 내 삶이 내 작품이다"라고 말한 일본의 스즈키 다이세츠 선사의 말에 귀를 기울이는 사람은?

바로 그 점 때문에 우리는 매일 아침마다 다른 무언가에 삶의 흐름을 조절당하는 것이다. 몸이 우리에게 말하는 소리에 귀를 기울여라. 자신을 알라. 충분한 지식을 얻으라. 삶의 예술가가 되어라. 그렇지 않으면 다른 누군가가 우리의 발걸음을, 경기를, 점수를 조절할 것이다.

언제나 그 다른 무언가는 우리에게 압박수비를 펼치고 있다. 지금 하는 일에 자신을 맞추라고 강요한다. 시간에 자신을 맞추라고 강요한다. 요구에 자신을 맞추라고 강요한다. 다른 사람들의 속도를 익히라고 강요한다. 다른 사람들의 북소리에 맞춰 걸어가라고 강요한다. 그러는 동안, 우리가 갖고 있는 삶의 계획들은 엉망이 된다. 온전히 우리 자신으로 돌아갈 수 있었던 그 길이 엉망이 되는 셈이다. 자신이 가장 잘 할 수 있는 그 방법은 포기할 수밖에 없다.

덕분에 우리는 다른 사람들이 만든 인공적인 시간, 기계적인 시계의 노예가 된다. 일에 지쳐 은퇴하겠다고 나서면 아마 그들은 손목시계를 선물로 줄 것이다.

"삶이란 꽤나 지루하고 답답하고 평범하다"고 러시아의 종교 철학자인 니콜라이 베르댜예프는 말했다. 베르댜예프에 따르면 우리 삶의 가장 큰 과제는 그런 삶을 타오르고 창조적이고 영적인 투쟁으로 승화시킬 수 있는 삶으로 바꾸는 일이다.

나도 동의한다. 시인, 아이, 운동선수, 성자 등 선택받은 극히 소수의 사람들을 제외하면 인간에게 삶이란 따분한 일이다. 선택할 수만 있다면 대부분의 인간은 오늘 자신이 직면한 현실을 포기하고 대신 지난날의 달콤한 추억이나 앞으로의 장밋빛 인생에 빠져들 것이다. 인간은 지금 여기만 아니라면 그 어디든 좋다고 생각한다.

나부터가 그렇다. 나는 해야 할 일을 생각하며 하루를 시작하는데, 그 때문에 지금 무슨 일을 하는지 까맣게 잊어버리곤 한다. 사무실에 도착할 때쯤이면 아침을 먹었는지 어땠는지, 오늘이 무슨 요일인지도 모를 지경이다. 나는 영원히 앞날만을 걱정하고 생각하는 중이다.

반대로 행동하는 사람들도 많다. 그들은 현실을 회피하기 위해 과거에 머물며 지난날에 대한 향수로 살아간다. 그들에게 좋았던 지난날에 비할 만한 것은 없다. 그들은 현재에 살지 않음으로써 어떤 일에도 열과 성을 다하지 않기에 좋았던 지난날에 견줄 만한 삶도 다시 찾아오기 어렵다.

하지만 몸과 마음과 정신이 살아 있는 아이와 시인, 성자와 운동선수들에게 시간이란 늘 지금을 뜻한다. 그들은 영원히 지금을 살아간다. 격렬하게, 헌신적으로, 지금 이 순간 속으로 뛰어든다. 이 사람들은 그럴 수밖에 없다. 예컨대 운동선수가 1분 1초라도 자신이 하고 있는 일에 집중하지 못한다면 끔찍한 일이 벌어질 수밖에 없다. 집중력이 떨어진다면, 그 마음이 다음 홀이나 다음 세트나 다음 이닝에 가 있다면 끝장이다. 선수에게는 지금 이 순간이 전부다.

천국과 내세를 말하는 성자에게 가장 중요한 곳은 바로 여기이며, 가장 중요한 시간은 바로 지금이며, 가장 중요한 사람은 지금 앞에 있는 사람이다. 성자는 모든 순간이 중요한 선택의 순간이며 그 선택을 통해 무한한 가능성이 펼쳐진다는 사실을 안다. 어떤 행동이든 선택할 수 있는 가능성, 어떤 사람이든 될 수 있는 가능성. 성자에게는 미래에 대해 생각할 겨를이 없다.

시인에게도 마찬가지다. 시인은 늘 대기 상태로 살아가야 한다. 항상 깨어 있어야 한다. 늘 지켜봐야 한다. 시인의 이런 행동을 통해 우리는 더 충만하게 살아가는 법을 배우게 된다. 시인 제임스 디키는 카잔차키스의 소설《오딧세이》에 대해 이런 글을 쓴 바 있다. "살아가면서 겪는 모든 일들이 싯구가 된다. 그래서 시의 독자들은 자신에게 삶을 받아들이려는 마음이 얼마나 부족했는지 조금씩 깨닫게 된다. 동시에 이 세상에 얼마나 많은 일들이 벌어지는지 깨닫게 된다. 말로 표현할 수도 없는 어마어마한 일들이 끝도 없이 새롭게 펼쳐진다는 사실을 알게 된다."

그런 사람에게 완벽했던 과거 따위는 탐나는 시절이 아니다. 성자에게도, 운동선수에게도 그건 마찬가지다. 죄를 짓고 이 세상에 떨어진 사람들이기 때문에 이들은 늘 미래의 성취만을 생각한다. 천국일 수도 있고 명작일 수도 있고 세계 신기록일 수도 있다. 모든 성자와 시인을 비롯해 진정한 삶을 사는 운동선수들은, 자신이 한 과거의 행동에 만족하지도 집착하지도 않는다. 그들은 늘 지금 이 순간에만 집중한다.

그런데 왜 우리같이 평범한 사람들은 그러지 못할까? 다들 조금씩은 시인이고 성자이고 운동선수이지 않은가? 하지만 우리는 온몸을 던지기를 거부한다. 현실을 있는 그대로 받아들이고 투쟁하기를 거부한다. 그래서 우리는 '그랬으면 좋았을 텐데…'로 이뤄진 과거와 '절대로 그럴 리 없는' 미래의 세계에 산다.

우리에게는 바로 눈앞에 위험이 있다는 예감이나 안 좋은 일이 생길 것 같다는 조짐, 문을 열면 엄청나게 무자비한 기운이 도사리고 있으리라는 느낌을 지니는 게 필요하다. 우리에게는 우리의 지루한 일상을 느닷없이, 영영 끝나지 않을 것처럼 뒤흔들어 지금 이 순간이 얼마나 값어치 있는지 보여줄 만한 위협이 필요하다.

몇 년 전, 내게 그런 일이 일어났다. 오리건에서 열린 마라톤대회에서 개인적으로 최고의 성적을 올렸기 때문에 나는 보스턴 마라톤에 대한 기대에 가득 차 집으로 돌아왔다. 닷새 뒤 나는 독감에 걸렸다. 보스턴 마라톤에서 어떻게 뛸 것인지, 아니 과연 뛸 수나 있을지 신경 쓸 겨를이 없었다. 우선은 건강에만 신경을 써야 했다. 달리는 건 그 다음의 문제였다. 달리고 땀을 흘리고 숨을 몰아쉬고 다리가 묵직해지는 걸 느끼려면, 언덕길을 힘들게 올라가며 고통을 이겨 낸다는 게 어떤 것인지 다시 느껴 보려면, 경기를 마친 뒤 완전히 지친 몸으로 전해 오는 그 좋은 느낌을 맛보려면 건강에 신경을 써야 했다. 지난 날 얼마나 잘 뛰었건, 앞으로 얼마나 잘 뛸 수 있건 그건 내게 위안이 되지 않았다. 후회스러운 마음으로 건강을 되찾기만을 기다릴 뿐이었다.

그때 나는 모든 시인과 아이, 모든 운동선수와 성자의 마음을 알 수 있었다. 그들은 매 순간 모든 것을 걸기 때문에 늘 지금이야말로 모든 것을 걸 때라고 말한다. 지금 이 순간은 절대로 내일이 될 수 없기 때문에 그들은 내일은 없다고 말한다. 우리는 늘 위험한 상태에, 운을 시험하는 상태에 놓여 있는 셈이다.

시인 존 베리먼은 동료 시인이었던 제임스 디키에게 이렇게 말했다. "이 나라의 가장 큰 문제는 말이네, 젊은이들이 자신이 겁쟁이인지 아닌지 알지도 못한 채 그냥 생을 마감한다는 사실이야." 몸이 억센 베리먼이나 전투기조종사 출신인 디키에게 지루한 일상은 지상 최대의 도전도, 진실을 찾아가는 수련도 이뤄지지 않는 곳이었다. 디키에게는 전쟁터가 최고의 경기장이었다. '그것 말고 위험하지만 자신이 그 일을 하지 않으면 안 된다는 막중한 사명감을 띠고 할 수 있는 일이 있을까?' 디키는 그렇게 썼다.

하지만 아침에 출근했다가 저녁에 퇴근하는 우리 삶에서 과연 그런 태도를 기대할 수 있을까? "군대에서 제대 명령을 받고 우는 병사들을 참 많이 봤다. 이제 돌아가면 택시 운전수가 되거나 보험회사 책상 앞에 앉아야 한다는 사실을 알기 때문이었다" 라고 디키는 말했다. 군인들이 얼마나 강렬한 삶을 사는지는 죽은 시인 제임스 에이지도 말한 바 있다. 에이지는 전쟁은 고난을 만들고 고난은 위대함을 만든다고 말했다. 그는 "분명한 것은 전쟁터의 인간은 평상시보다 더 많은 일을 해낸다는 점이다"라고 썼다.

하지만 평상시에도 용기를 찾을 수는 있다. 이때의 용기란 전쟁터에서 위험을 망각하는 태도까지는 아니더라도 모두 알고자 경쟁을 두려워하지 않는 마음 정도를 뜻한다. 용기^courage라는 말의 라틴어 어원을 따져 보면 순수한 마음에 자리 잡은 지적 호기심이라는 뜻이 된다. 한 사람의 행동은 이런 마음을 통해 결정된다. 이성이라든가 본능이 아니다. 이성적으로 생각한다고 이 마음의 논리를 알아차릴 수 없는 것과 마찬가지로 육체를 통해서 알 수 있는 것도 아니다.

우리의 일상생활을 보면 생각에도 논리가 없는 것 같고 육체의 움직임도 제멋대로인 듯하지만 이 마음에 귀를 기울일 때 다른 결과를 얻는다는 걸 알 수 있다. 신념은 그런 마음에 자리 잡는다. 그 마음을 통해 우리는 용기라는 최고의 실천을 얻는다. 살아가는 용기를 갖게 된다는 말이다. 자신을 지키기 위해 두 팔을 올리고 스스로 보호자가 된다.

"용기는 우리가 왜 살아가는지를 보여 주는 가장 본질적이고 중요한 감정이다"라고 폴 틸리히는 말했다. 그러므로 용기를 얻으려면 뭔가를 성취하려는 마음을 방해하는 우리 안의 요소들을 어쩔 수 없이 희생시켜야만 한다.

쉽게 말해 자신에게 가장 중요한 것들을 지키기 위해서라면 즐거움이나 행복도, 심지어는 삶도 포기할 수 있어야만 한다는 뜻이다. 그때 용기란 겁을 내지 않는 행동만을 가리키는 게 아니다. 용기란 한 인간이 살아가는 방법을 뜻하는 것이지, 어떤 한 사건에서의 행동만을 가리키지는 않는다.

베리먼의 시나 디키의 소설 《구출》에 등장하는 인물들처럼 어떤 이들은 어마어마한 시련을 갈구한다. 그들은 절정에 오르는 경험만을 원할 뿐이다. 자처해서 급류에 휩쓸리고, 낙하산을 타며, 암벽을 오른다. 극복해 내는 경험을 원하는 만큼 두려움을 찾아 나선다. 위대하고 소중한 명분을 위해 반드시 해야만 하는 일을.

하지만 우리의 일상생활에서 과연 그런 경험이 가능할까? 일상이 매번 결승전이 될 수 있을까? 판돈을 올린다면 가능하다.

신의 존재를 두고 내기를 한 파스칼의 경우를 생각해 보라. 인간에게 신을 믿을 하등의 이유가 없더라도, 그 존재가 삶이라는 게임에서 최대한의 열정을 끌어내 충실하게 살아가게 한다면, 신을 만들 수도 있다고 철학자 윌리엄 제임스는 말했다.

"종교적인 믿음이 있는 사람이라면 삶의 악한 부분을 없애기 위해 최대한의 노력과 인내심을, 용기와 능력을 발휘한다"고 제임스는 주장했다. 그러니 불신이 종교를 당해 낼 수는 없다는 결론이다.

자신보다 크고도 소중한 것을 위해 행동할 수 있기 때문에 그런 일이 가능하다. 중대한 일을 할 때 우리는 매 순간 육체적으로나 정신적으로나 심리적으로나 완벽해진다. 하지만 자신이 독특한 존재라는 것을, 각자 그 존재를 증명한다는 사실을 잊어서는 안 된다.

자신이 누구인지 증명해야만 하는 한, 우리는 영웅이 아니면 겁쟁이다. 도전은 도처에 널려 있다. 무모하게 모험을 찾아 나서라는 말이 아니다. 자신이 되고 싶은 그 사람이 되기 위해 노력하라는 뜻이다. 너무나 힘들고 또 우울함과 고통을 동반하는 과정이 끝없이 되풀이되지만, 용기를 통해 우리는 정신과 육체 사이에 다리를 놓을 수 있다.

어느 농구감독이 이렇게 말한 적이 있다. "제아무리 열심히 노력해도 골대에 한 골도 못 넣는 때가 있는 법입니다. 하지만 수비를 잘 못해 놓고 그런 변명을 할 수는 없죠."

내게도 그런 시절이 있었다. 억지로 슛을 던지던 시절, 머리를 쥐어짜던 시절, 창의력과 기발함과 독창적인 생각이 모두 사라졌던 시절이. 새롭거나 멋지거나 놀라운 일이라고는 아무것도 없던 때였다. 한결같은 공기에, 한결같은 사람들에, 한결같은 문제들뿐이었다. 그런 시절이면 나는 온몸을 쥐어짰고 사태는 점점 더 어려워졌다. 느낌이 먼저 사라졌고, 다음으로는 즐겁게 논다는 편안하고 환한 마음이 사라졌다.

알고 있겠지만, 공격은 놀이요 수비는 일이다. 공격할 때 나는 나만의 세계를 만든다. 내가 쓴 각본대로 드라마를 찍고, 내가 만든 춤을 추며, 내가 작곡한 노래를 부른다. 공격할 때는 예행연습도 필요 없다. 그냥 자유롭게 저절로 이뤄진다. 공격할 때는 스스로 자극되고 고양되며, 저절로 그런 충동이 생겨난다. 공격할 때는 저절로 힘이 솟구친다.

그럴 때 공격은 예술이 된다. 강요된 공격이란 있을 수 없다. 육체와 정신이 스스로 즐겁게 하나가 된다. 저절로 일어나는 일이기 때문에 그렇지 않은 때도 있게 마련이다. 두뇌 회로가 연결되지 않는 나날들이, 노는 걸 좋아하는 우뇌에 접속되지 않는 나날들이.

수비를 할 때는 이런 것들이 필요 없다. 수비는 지루하고 따분하고 평범하다. 수비할 때는 상상력을 발휘할 필요가 없고 그저 의무를 향해 뚜벅뚜벅 걸어가기만 하면 된다. 수비를 하려면 마음을 단단히 먹고 인내심을 발휘해서 견뎌야 한다. 수비할 때는 그저 의지로 가득 찬 행동만이 필요하다. 수비를 할 수 없는 날은 절대로 없다. 모든 힘을 모아 꺼내면 된다. 1백퍼센트 능력을 발휘하면 된다.

수비할 때 나는 다른 인간이 된다. 그게 진짜 인간이다. 공격은 재능과 천재성을 보여 주는 일이다. 수비는 그 사람의 성격을 드러낸다. 얼마나 노력하느냐는 의지의 문제다. 수비할 때는 이런 물음만이 가능하다. '해낼 수 있을 것인가, 해내지 못할 것인가?'

그러므로 수비란 자신감의 문제다. 자신을 지키겠다는 단호한 결심의 문제다. 명예를 걸고 해내기로 한 일을 해내고야 말겠다고 마음먹는 결심의 문제다.

나는 공격할 때의 내 모습을 웬만하면 자랑하지 않는다. 나의 화려한 플레이는 내 의지와는 무관하게 얻은 재능이기 때문에 언제라도 쉽게 사라질 수 있다. 삼라만상을 아이의 눈으로 바라보던 수많은 천재 시인들이 술을 마시게 되는 이유다. 그런 재주는 그저 믿는 방법밖에는 없다. 운을 얻기 위해 애쓰는 신비주의자는 없다. 그저 보이는 것을 바라볼 뿐 말하는 일도, 다시 보겠다고 생각하는 일도 없다.

나는 내 플레이를, 공을 가졌다는 사실을 즐긴다. 하지만 내 재능이 내가 소유한 것에서 나온다는 사실을 안다. 진짜 시험은 내 손이 텅 비어 있을 때 시작된다. 피로하고 권태롭고 어딘가 멀리 떠나거나 술에 취하고 싶을 때. 우리는 이런 순간 각자 다르게 반응한다.

군대에서 평균 22세의 성인 남자 64명을 상대로 한 실험이 있다. 그들에게 최대 산소 소모량의 55퍼센트만을 사용해 연습용 자전거를 타게 했다. 너무 힘들어서 더 이상 못 타겠다 싶을 때까지 타게 한 뒤, 어떤 결과가 나오는지 지켜봤다. 결과는 1분 30초에서 98분까지 다양했다.

그러므로 수비를 한다는 것은 각자 근성의 차이로 좁혀지는 문제다. 인내심이 바닥에 다다를 때까지 버티는 능력에 관한 문제다. 세상에는 단순히 재능만으로 성공을 거둔 게 아닌 팀들이 있다. 그들은 근성을 투자한다. 아주 긴 시즌 동안 체력을 완전히 소모하는 날들이 계속되면 재능만으로는 부족하다. 근성이 있어야만, 최선을 다하지 않으면 내게도 경기에도 상대편에도 아무런 가치가 없는 일이라는 생각에 집중할 수 있다. 근성이 있어야만 수비할 수 있고, 최후의 정신적·육체적 에너지까지 값지게 만들 수 있다. 철학자 에머슨이 말했듯이, 근성이 있어야만 삶이 방어전처럼 느껴질 때도 제대로 헤쳐 나갈 수 있다.

나는 여전히 다른 사람들과 마찬가지로 수비할 뿐이다. 그러다가 공수가 바뀌고, 내가 공을 가지게 되리라는 것을 안다. 그 순간, 나는 수비수가 없는 곳으로 달려가는 선수처럼 갑자기 창의적인 생각이 떠오르는 걸 꿈꾼다. 나는 그 선수에게 공을 패스한 뒤, 슛하는 것을 본다. 공은 완벽한 포물선을 그리며 날아간다. 아직 글로 쓰지 못한 멋진 생각이 떠오를 때처럼 나는 그 선수의 손에서 공이 떠나는 순간, 공이 그물을 울릴 것을 안다.

하지만 수비를 하면서 이런 꿈을 꿀 수는 없다. 그 점에서는 수비를 하면서 자신을 발견하기도 어렵다.

지난 40여 년 동안 나는

살 가치도 없고 불완전하며

열등한 존재라고 느끼면서 살아왔다.

내 본성에 맞서 싸우며

내가 아닌 다른 누군가가 되려고 노력했다.

그러다가 달리기를 발견했고 나는 자유를 얻었다.

달릴 때면 다른 사람의 평가가 두렵지 않았다.

나는 다른 사람의 시선이 아니라

자신의 시선으로 내 삶을 바라볼 수 있게 됐다.

발
견
하
기

젊었을 때, 나는 내가 누구인지 잘 알고
있었기 때문에 다른 누군가가 되기 위해 노력했다. 나는 선천적
으로 고독한 사람이었다. 나는 태어나면서부터 본능적으로 혼자
지내는 것을 좋아해 늘 고독을 갈망했고, 광장의 소리와 내 앞에
서 닫히는 문과 내 동료들을 싫어했다. 나는 태어날 때부터 늘 누
군가가 내 코를 때릴까 봐 걱정했다. 누군가가 나를 감싸는 것은
더욱 싫어했다.

하지만 나는 그런 인간으로 살기는 싫었다. 나도 다른 사람들
과 어울리고 싶었다. 그 어떤 패거리에든 속하고 싶었다. 내성적
이고 과민하고 수줍음이 많은 사람이라면, 삐쩍 마른 말라깽이에
다가 앞니 사이는 벌어졌고 코는 툭 튀어나온 사람이라면, 친구
를 원할 수밖에 없고 다른 사람과 어울리기를 갈망할 수밖에 없

다. 그건 내 개성의 문제가 아니라 정체성의 문제였다. 그걸 개성이라고 여기면 더 이상 어쩔 도리가 없었다. 그래서 다른 사람들과 내가 그다지 다르지 않다고 생각하기 위해 노력했다.

이게 내게만 국한된 태도는 아니었다. 반항적이라고는 하지만 젊은이들의 반항은 서로 비슷해진다. 기독교를 믿다가 공산주의로 바뀐다. 점잖은 브룩스 브라더즈 상표의 옷을 입다가 티셔츠와 청바지를 입는다. 감자튀김이 곁들여진 고기 요리를 먹다가 자연산 다이어트식을 먹는다. 상고머리를 하다가 머리카락을 치렁치렁 길게 기른다. 하지만 혼자서 이런 일을 하는 사람은 아무도 없다. 있는 그대로 자신을 받아들이는 사람은 아무도 없다.

우리는 다들 어느 정도 이 사실을 알고 있다. 젊은이들은 너무나 고통스럽기 때문에, 또 나이가 들면 너무나 끔찍하기 때문에, 자신의 참모습을 받아들이지 않으려고 한다. 사회학자인 어빙 고프먼은 《상처》에서 이렇게 말했다. "어디에나 내놓아도 부끄럽지 않은 완벽한 미국 남자란 다음과 같다. 이성애자인 젊은 백인 유부남으로 북부 도시에 산다. 신교도 아버지 밑에서 성장해 대학 교육을 마치고 직장에 다니며, 외모와 몸무게와 키가 모두 정상이며 운동을 계속했다."

고프먼은 이런 조건에 부합하지 않는 모든 사람들은 곧 자신이 살 만한 가치도 없고 불완전하며 열등한 존재라고 여기게 될 것이라고 덧붙였다.

지난 40여 년 동안 나는 살 가치도 없고 불완전하며 열등한 존재라고 느끼면서 살아왔다. 내 본성에 맞서 싸우며 내가 아닌 다른 누군가가 되려고 노력했다. 그 기준을 간신히 따라잡아 부족한 부분들을 채우겠다는 마음 깊은 곳에 진짜 내 모습을 감춰뒀다. 그러는 동안 나는 내가 처음에 거부했던 그 사람이 바로 나라는 생각을 받아들이지 않았다. 정상적인 사회의 정상적인 인간으로 살아가는 자격증을 얻기 위해 노력했다.

그러다가 나는 달리기를 발견했고 장거리를 뛰기 시작했다. 달리기를 통해 나는 자유를 얻었다. 달릴 때면 다른 사람의 평가가 두렵지 않았다. 외부에서 가해지는 규율과 통제도 더 이상 내게는 무의미했다. 달리기를 통해 나는 새롭게 출발할 수 있었다.

달리기는 남을 의식한 행동과 생각에서 나를 해방시켰다. 먹고 자고 남은 시간을 즐기는 우선순위가 완전히 바뀌었다. 달리기 시작하면서 일과 휴식을 바라보는 내 태도가 바뀌었다. 내가 정말 좋아하는 사람이나 나를 정말 좋아하는 사람에 대한 생각도 바뀌었다. 달리기 시작하면서 완전히 새로운 관점에서 24시간 나를 지켜볼 수 있게 됐다. 완전히 새로운 눈으로, 다른 사람의 시선이 아니라 나만의 시선으로 내 삶을 바라볼 수 있게 됐다.

달리기를 통해 나는 과거를 새롭게 발견했다. 달리기를 통해 나는 삶이 순환한다는 것을, 아버지는 또한 누군가의 아들이었다는 것을 알게 됐다. 내가 찾은 새로운 나는 젊었을 때 이미 알고 있던 나였기 때문이었다. 육체적으로나 정신적으로나 조그만 고통에도 견디지 못하는, 말 그대로의 겁쟁이. 이웃이 어렵게 살기를 바라지도, 그렇다고 이웃이 잘 살기를 바라지도 않는 사람. 그 사람이 바로 나였다.

윌리엄 쉘든 박사는 《인간 체형의 유형》이라는 책에서 그런 사람도 다른 사람과 마찬가지로 정상이라고 말했다. 쉘든 박사는 나 같은 체형을 가진 사람들은 대부분 그런 생각을 한다고 말한다. 기능은 구조에 따르며 체형과 성격은 긴밀하게 연결돼 있다고도 말한다. 다른 방식으로 행동하는 것이 내 본성과는 거리가 먼 것일 수는 있다. 쉘든 박사의 체형심리학이 과학적으로 옳다는 건 장거리 달리기를 시작하면서 내가 깨닫게 된 사실들로 알 수 있다.

그런데 내가 몰랐던 것까지도 알 수 있을까? 쉘든 박사가 쓴 《인간 지도》를 봤더니 내가 속한 유형이 나왔다. 235타입 체형(신체측정학에서 말하는 중배엽형과 외배엽형이 결합된)은 인간 속의 여우다(쉘든 박사는 각 인체 유형에 동물 이미지를 덧붙였다). 235란 숫자는 작거나 살이 찌지 않은 유형을 뜻하는 2, 근육 발달이 중간 정도의 유형을 뜻하는 3, 피부와 머리칼과 신경조직과 가는 뼈가 특징인 5를 한데 모아서 만들었다(숫자는 1에서 7까지 있다).

쉘든 박사의 설명에 따르면 이 유형은 여우처럼 예민하고 군살이 없고 빠르며, 비상한 머리와 지구력과 엄청난 속력을 이용해 먹이를 사냥하는, 다루기 힘든 사람이다. 더 이상 물러설 곳이 없다는 것을 알게 되면 도전적인 태도로 자신의 실제 능력 이상의 용기를 내지만, 아무 일도 없다면 그저 눈에 띄지 않는 곳에서 조용하게 산다. 근육이 조금 덜 발달했고 적극적인 태도도 부족했다면 나는 다람쥐가 됐을 것이다. 그 이상이었으면 늑대에 속했을 것이고.

그렇다면 235타입 체형은 어떤 사람인가? 여우처럼 그는 도전적인 태도로 혼자 지내며 스스로 규율을 세운다. 쉘든 박사는 이렇게 썼다. "235타입 체형의 사람들은 다루기 힘들기 때문에 정면 승부를 하기 어렵고, 노출되는 것을 꺼리기 때문에 자극이 많은 평범한 사회생활에는 적응하기 어렵다. 하지만 이 유형의 사람들은 앞으로 살아갈 날이 많다는 걸 어렴풋하게나마 알고 있고 확신한다."

물론 이런 유형에서 이따금 구원자가 나오기도 하지만, 이런 성격 때문에 반항적으로 살아가다가 정신 치료를 받는 경우도 있다. 프로메테우스처럼 이 유형의 사람 중에는 충분한 능력과 인내심을 발휘해 기득권에 맞서 승리를 거두는 이들도 있다.

내가 정말 235타입 체형인지는 확신할 수 없다. 하지만 달리면서 내가 여우와 참 비슷하다고 생각했던 적은 많았다. 사냥개에게 쫓기는 여우가 된 듯한 기분이 드는 것이다. 재빠르다는 이유로 다른 빠른 놈들에게 쫓기는 것이다. 진땀을 빼고 껄껄 웃으면서도 사냥개를 피해 도망간다. 결국 내가 따라잡히고 말지만, 그렇다고 죽음을 당하는 건 아니다. 결국에는 그 사냥개도 여우와 함께 달리게 된다. 사냥개에게 따라잡히고 난 뒤에야 나는 내가 알아야 할 것이 무엇이었는지, 내가 해야 할 일이 무엇이었는지 알게 된다.

미들 라인배커(미식축구의 후방 수비수 - 옮긴이)와 마라토너를 구별하는 데 전문가를 동원할 필요는 없다. 그저 물 위에 둥둥 떠서 친구와 잡담이나 나누는 걸 좋아하는 사람과 운동을 좋아하는 사람을 구별하는 것만큼이나 쉽다. 각각의 몸은 그 사람이 어떤 사람인지 말해 주기 때문이다. 마르고 뼈가 얇아 연약해 보이는 사람들은 그만큼 몸이 가볍기 때문에 먼 거리를 달려갈 수 있다. 체육부 스타일의 근육이 많은 미식축구 선수는 보기에도 겁날 정도인 데다 동작도 재빠르고 다 멋있다. 살집이 부드럽고 동글동글하며 살이 찐 체형의 수영선수는 물에 뜨기도 쉬워 돌고래에 비유하면 된다. 스포츠에서는 체형이 그 사람의 역할을 결정한다. 기능은 구조를 따른다.

삶도 다르지 않다. 우리가 하는 일, 우리가 살아가는 방식은 우리의 경기 방식과 비슷하다. 철학자 소로는 이렇게 말했다. "이 세상에서 자신의 모습을 지키는 일을 어렵다고 생각해서는 안 된다." 그것만큼 재미있는 일은 없다. 그러므로 한 사람이 어떤 특징적인 체형 때문에 장거리 달리기에 나섰다면, 그 체형은 사람들과 사회에, 먹는 것과 여행에, 교육과 훈련에, '좋은 삶'을 향한 목표와 가치관과 행동 방식에 대한 그 사람의 태도를 결정짓는다. 그러므로 그 사람이 생각하는 '좋은 삶'이, 공격적인 미식축구 선수나 사람 사귀는 걸 좋아하는 사람이 생각하는 '좋은 삶'과 다르다고 해서 놀랄 일은 아니다.

그런데도 교육자, 심리학자, 신학자, 사회학자, 철학자들은 우리 모두를 인간이라는 울타리 안으로 밀어 넣는다. 그들은 '우리'라는 집합 명사를 무차별적으로 사용하면서 인간이라면 마땅히, 반드시, 틀림없이, 분명히 이런 저런 일을 해야만 한다고 말한다.

그 사람들은 윤리학과 심리학의 모든 주제를 포괄하는 체계를 만들려고 노력한다. 우리에게 어떻게 행동하고 반응해야 한다고 말한다. 마라토너와 미들 라인배커와 운동을 좋아하지 않는 토실이들까지 인간이라는 하나의 범주 속에 집어넣는다.

스포츠에서 이런 경우는 불가능하다. 삶에서도 이런 경우는 불가능하다. 수세기를 거쳐 전해 온 금언인, "너 자신을 알라"는 여전히 유용하다. 자신의 몸과 그 몸이 움직이는 방식을 잘 살피면 자기 자신을 가장 잘 알 수 있다.

이 사실을 가장 먼저 알아차린 사람들은 그리스인들이었다. 아리스토텔레스라면 내 코의 모양을 보고 나를 파악했을 것이다. 히포크라테스는 몸의 생김새를 보고 그에 뒤따르는 질환을 예측했다. 좀더 시간이 지난 뒤에는 체액질, 다혈질, 점액질, 신경질, 우울질 등으로 신체를 분류했다. 세월이 흐르는 동안, 사람들의 체형이 형성되는 방식과 그 사람이 행동하는 방식은 서로 연결됐다는 생각이 지배적이었다. 다른 자연 현상과 마찬가지로 구조가 기능을 결정했다.

하지만 지금으로부터 30여 년 전, 쉘든 박사가 완성하기 전까지 체형심리학은 정규 학문 영역에 들어오지 못했다. 쉘든 박사는 인간의 태아에 있는 세 가지 주요 조직층의 비율에 따라 각기 체형이 결정된다는 것을 알게 됐다. 그 세 가지 주요 조직층은 피부와 신경조직에 해당하는 외배엽, 내장에 해당하는 내배엽, 뼈와 근육에 해당하는 중배엽이다. 이들의 비율과 우세한 조직이 어디냐에 따라 체력, 스트레스에 대한 반응 정도, 심미안, 성격, 기질, 고유한 삶의 방식이 결정된다.

쉘든의 책을 읽으면 완전히 새로운 세계가 펼쳐진다는 걸 알게 된다. 쉘든의 이론을 받아들인다는 것은 자신과 자신의 특성을 받아들인다는 뜻이며, 자신의 특성대로 살아가는 법과 다른 사람의 특성을 인정하고 살아가는 법을 배운다는 뜻이다. 제아무리 괴상하게 보이더라도 정상적이고 괜찮은 사람으로 자신을 바라보게 된다는 뜻이다. 또한 제아무리 이해하기 어려운 사람이라고 해도 정상적이고 괜찮은 사람으로 보는 법을 배운다는 뜻이다.

대부분의 사람들이 잘못되는 까닭은, 사람의 형태와 행동 방식 사이에 이런 상관관계가 있다는 사실을 모르기 때문이다. 체형과 기질이 같은 동전의 양면이라는 사실을 우리는 몰랐다.

구조가 얼마간 기능을 결정한다는 사실이 모든 인간의 내적 조화의 법칙이라는 것을 몰랐다. 에머슨의 표현을 빌리자면, 사람들은 저마다 자신만의 음악에 맞춰 삶의 춤을 추는 셈이다.

자신의 구조를 정확하게 분석하려면 자신의 몸이 어떤 형태인지를 알아야만 하며, 이를 통해 자신이 어떤 사람인지를 깨달아야 한다. 자신의 능력과 약점을, 좋아하는 것과 싫어하는 것을, 다른 사람과 일을 대하는 자신의 태도를, 삶을 대하는 태도를 배워야만 한다. 그런 분석을 통해 우리는 각자의 생리학과 철학을 알게 된다. (엘렌 글래스고는 "한 인간의 종교관이나 철학은 눈동자의 색깔이나 목소리의 음색처럼 고유하다"고 말한 바 있다.)

그때 우리는 비로소 자신이 질주하기에 적합한 사람인지, 싸우기에 적합한 사람인지, 다른 사람과 협상하기에 적합한 사람인지 알게 된다. 다른 사람을 압도하기 위해 태어났는지, 친하게 지내기 위해 태어났는지, 외따로 지내기 위해 태어났는지도 알게 된다. 그런 탐색을 통해 자신이 어떤 일을 하고 어떤 놀이를 좋아하는지 알게 된다. 결혼을 하게 되는지, 하게 된다면 어떤 사람과 하는지 등등을 말이다.

삶과 자유와 행복을 추구하는 우리의 권리가 이렇게 해서 좁아진다. 우리의 몸이 우리의 삶과 자유와 추구의 방식을 정의 내리고 규정한다. 모든 개인은 저마다 다르며 각자의 몸은 한 인간에 대한 객관적인 기록이라고 쉘든 박사는 썼다. 우리가 할 일은 그 기록을 말로 바꾸는 일이라고 그는 덧붙였다.

쉘든 박사에게는 몸과 마음의 이분법이라거나 의식 대 무의식, 아니면 육체와 정신의 분리 따위가 없다. 쉘든 박사는 구조와 행위를 하나의 연결된 기능으로 여긴다.

쉘든 박사는 이렇게 썼다. "내 목표는, 다른 사람이 되겠다는 이뤄질 수도 없는 야망이나 욕망을 억제하고 모든 개인이 저마다 최고의 잠재력을 발휘할 수 있도록 만드는 것이다. 더 중요한 것은 절대로 헛된 야망이나 욕망을 가지지 않도록 만드는 것이다."

쉘든 박사의 연구가 아니라면 우리는 자신이나 다른 사람을 고치려고 들 것이다. 그 결과 자신을 혐오하기도 하고 다른 사람을 대책 없이 나쁜 놈이나 너절한 건달로 여길 수도 있을 것이다. 우리가 각자의 몸이 형성된 과정과 자연스러운 행동 방식을 이해하지 못한다면, 적어도 이 세상 사람들 중 3분의 2는 우리와 맞설 게 분명하다.

쉘든은, 인류란 세 종족으로 나누어진다고 말했다. 이 종족이란 피부색이나 태어난 곳이나 혈액형으로 나눌 수 있는 게 아니다. 그건 근육질의 중배엽 인간인 운동하는 종족(행동하는 사람), 내배엽인 편안하고 친절한 종족(말하는 사람), 외배엽의 마르고 뼈가 굵지 않은 종족(생각하는 사람) 등이다.

이들 종족은 저마다 특별한 자질을 지녔는데, 이들 종족 사이에 조화를 이루기가 생각보다 훨씬 더 어렵다. 저마다 반응하는 방식이 다르기 때문에 다른 종족의 반응을 대하면 화가 나거나 신경질이 나거나 때로는 위협까지 느끼게 된다. 중배엽 인간은 행동으로 바로 옮기는 것으로 스트레스를 푼다. 중배엽 인간을 규정하는 단어들은 '주도적인, 활발한, 힘이 넘치는, 자신감 있는, 경쟁적인, 단호한, 낙관적인, 무모한, 모험적인' 등이다.

반면에 느긋한 성격의 내배엽 인간은 사회적인 관계를 통해 스트레스를 푼다. 이 유형의 인간은 조용하고, 차분하고, 관대하고, 상냥하고, 아량이 넓고, 잘 용서하고, 동정적이고 친절하다.

외배엽 인간은 이들과는 또 다르다. 그들을 규정하는 단어들은 '고립된, 양가적인, 과묵한, 신중한, 의심이 많은, 거북한, 사색적인' 등이다. 외배엽 인간은 사람보다는 관념을 더 좋아한다. 외배엽 인간은 혼자 있으면서 스트레스를 푼다.

다른 사람에 대한 관심이 삶의 기본이 되는 세상에서 외배엽 인간은 관계에 얽매이지 않는 삶을 지켜나간다. 아인슈타인처럼 외배엽 인간은 혼자서 세상 모든 걸 짊어진다. 소로처럼 외배엽 인간은 고독을 가장 절친한 친구로 삼는다. 카잔차키스가 말한 바와 같이 "사람들은 내게 자신들이 필요하지 않다는 사실을 알아차린다. 내가 그들과 한 마디도 나누지 않고도 살아갈 능력이 있다는 사실을 말이다. 나와 함께 생활하면서 화를 내지 않는 사람을 만나기란 정말 어렵다."

당연히 외배엽 인간은 조국을 위해 희생하는 사람이 될 수 없다. 그건 가짜 삶이다. 그것이 성공한다고 해도 그건 실패한 삶이다. 외배엽 인간은 소로가 말한 바와 같이 사람들이 성공한 삶이라고 높이 쳐주는 삶이 여러 종류라는 사실을 깨달아야만 한다. 그러니 몸이 우리에게 딱 맞는 성격을 가지도록 그냥 내버려둬야만 한다.

나는 더 이상 신비로운 존재가 아니다. 내 전화를 도청하거나 편지를 몰래 뜯어볼 필요도 없다. 나를 정신분석 할 필요도 없다. 내 신용등급을 알아볼 필요도 없다. 내 사생활을 샅샅이 알아낸다고 얻을 수 있는 건 없다. 사실 그런다고 사생활을 알아낼 수도 없다. 왜냐하면 다른 모든 사람과 마찬가지로 내게는 사생활이 없기 때문이다. 내가 어떤 유형의 인간인지 모두 볼 수 있기 때문이다.

내 몸이 그걸 말해 준다. 내 성격, 내 기질, 내 인간성을 말해준다. 내 몸이 능력과 약점을 말해 주고, 내가 할 수 있는 일과 할 수 없는 일을 말해 준다. 만약 내가 어떤 상자 안에 들어가 있고 알 수 있는 것은 온갖 치수들, 그러니까 길이와 넓이와 반경뿐이라고 하더라도 내가 어떤 종류의 사람인지는 알 수 있다.

윌리엄 쉘든은《인간 체형의 유형》에서 중요한 신체적 요소와 결부된 인간의 기질을 설명하는 데 그런 기술을 사용했다.

쉘든은 화가들, 특히 그중에서도 캐리커처를 그리는 사람들은 이 사실을 어느 정도 알고 있다고 말한다. 인간은 몸을 통해 자신을 드러낸다. 맥스 비어봄은 이렇게 말했다. "사람을 그릴 때 나는 그 사람의 신체적인 특징에 주목합니다. 나는 눈에 띄는 특징들은 과장해서 그리고 상대적으로 중요하지 않은 부분들은 작게 그립니다. 그 눈에 띄는 특징들을 통해 한 인간의 영혼이 드러납니다. 그러므로 그런 특징들을 잘 비추고 사소한 특징들을 없애면 인간의 영혼은 드러나지 않을 수 없습니다."

쉘든의 줄자나 비어봄의 펜으로 드러낸 인간의 몸은 그게 정신적이든 육체적이든 인류가 어떤 식으로 스트레스에 반응하는지 보여 준다. 쾌락이나 욕망과 같은 더 넓은 영역도 마찬가지다. 그러나 각기 다양하기는 하지만 모두 정상적인 것으로 봐야 한다. 그렇지 않으면 다른 사람의 삶에 이끌리게 된다. 그건 사실상 다른 사람의 경기에서 뛰는 것이다. 내 삶은 유일한 내가 느끼고 생각하고 행동해야 하는 방식대로 느끼고 생각하고 행동할 때, 내 삶이 된다.

고독과 사색을 즐기며 외롭고 마른 장거리 주자는 이 사실을 잘 안다. 실패에 대해 가차 없는, 획일적이고 경쟁적인 사회에서 장거리 주자는 성취욕으로는 평균을 밑돌 것이다. 그에게는 반드시 필요한 의욕과 야망과 위험을 감수하려는 마음이 부족하다. 오랫동안 관찰해서 알게 된 결과라고 생각할 수도 있지만 이런 말을 한 사람은 쉘든만이 아니다. 유전자의 산물인 육체가 우리를 결정하는 데 가장 큰 요인이 된다고 생각한 사람은 한두 명이 아니다.

하지만 이런 생각을 받아들이지 못하는 사람들도 많다. 프로이트의 말을 믿는 사람들은 우리가 백지 상태에서 태어나지만 어린 시절의 경험과 부모의 영향으로 그런 변화가 일어난다고 생각한다. 그 사람들은 우리가 원한다면 그 어떤 사람이라도 될 수 있다고 말한다. 그들은 쉘든의 이론이 너무나 결정론적이어서 개인의 자유에 위협이 된다고 생각한다.

나는 그걸 다르게 본다. 내 몸을 통해 나는 얼마나 자유로워질 수 있는지 알게 된다. 몸을 통해 나는 한계를 보는 게 아니라 얼마나 충실해질 수 있는가를 본다. 몸을 통해 나는 머리를 짓누르는 과거의 기억과 이뤄질 수 없는 미래로부터 자유로워진다. 당신은 누구인가? 지금 당장 보도록 하라.

나는 러너다. 몇 년 전만 해도 이 말은 여러 운동 중에 달리기를 선택했다는 뜻 이상의 의미를 지니지 못했다. 운동 그 자체보다는 몇 가지 사소한 이유 때문에 우리는 여가 시간에 즐기는 운동을 선택한다.

이제는 많은 것을 깨달았다. 진정한 러너란, 축구를 하기에는 몸집이 작다거나 농구 골대에 공을 잘 던지지 못한다거나 커브 공을 맞추는 재간이 없기 때문에 달리기를 하는 사람이 아니다. 러너는 달릴 수밖에 없기 때문에 달린다. 러너가 되면서, 고통과 피로와 아픔을 견디면서, 스트레스에 스트레스로 맞서면서, 삶에서 반드시 필요한 것만 남겨 놓으려고 하면서 러너는 자신에게 충실해지고 그대로 자신이 된다.

이런 과정에서 나는 많은 것들을 포기했다. 희생한 것은 하나도 없다. 어떤 게 불필요하다는 사실이 분명해지면 그냥 저절로 떨어져 나갔다. 반면에 어떤 게 반드시 필요하다는 사실이 분명해지면 아무런 문제없이 나는 받아들였다.

밖에서 볼 때, 이런 러너들의 세계는 부자연스러워 보일 것이다. 몸을 학대하고 욕망을 부정하고 쉽게 만족하려 들지 않으며 대부분의 사람들이 무시하는 일을 하며 자신을 추스른다. 분명한 것은 러너들이 주변과 사람들과 환경에 맞춰 사는 사람들이 아니라는 점이다. 올더스 헉슬리의 표현을 빌리자면, 이 사람들은 배포가 적고 살이 떨려 이전투구의 세속 세계에서 맞서 싸우지 못한다.

러너들이 세속과 어울리지 않고, 그들의 본성과 존재의 방법이 평범한 일상인과 다르다는 사실은 러너 자신을 포함해 모든 사람들이 이해하기 곤란한 점이다. 하지만 일단 이해하면 러너는 자신의 본성과 법칙에 따른다. 그리고 청교도적인 의미에서 '자유인'이 된다. 이는 곧 선한 것만을 추구하는 인간이 된다는 뜻이다.

이렇게 받아들이면 러너는 자신의 몸을 부정할 수 없다. 러너는 몸을 받아들인다. 몸을 억누르지도, 마음에 종속시키지도, 억제하지도 않는다. 러너는 완벽한 몸을 만든다. 몸의 능력을 키운다. 러너는 자신의 본능을 억누르지 않는다. 본능에 늘 주의를 기울인다. 그리하여 자기 안의 이런 동물적 상태를 넘어, 철학자 오르테가가 '진상'이라고 부른 자신만의 진실을 향해 나아간다.

따라서 평생에 걸쳐 노력할 때, 최종적인 결과물을 얻을 수 있다. 이처럼 포기하고 놓아주고 집착에서 초연해지는 게 늘 한결같을 수는 없다. 더 이상 끌리지 않는 것들은 당연히 포기해야만 하고 엄청나게 원하는 것들이라도 방해가 된다면 포기해야만 한다. 그게 바로 간디의 교훈이다. 간디는 마음을 가라앉혀 내적인 성장을 돕는 일이라면 그 무슨 일이든 하라고 사람들에게 가르쳤다.

나도 그것을 배웠다. 그게 무엇이든, 진짜 순수한 몰입이든, 다른 사람들도 즐기는 즐거움이든, 다들 놀랄 만한 나쁜 짓이든, 뭔가를 포기할 때 나는 늘 내적인 필요성에 따랐다. 자기희생이나 의무감에서 그런 적은 한 번도 없었다. 나는 자연스럽게 솟구치는 대로 행동한다.

러너에게는 가벼운 게 좋은 것이다. 러너의 삶은 몇 마디로 설명할 수 있다. 필요한 것도, 원하는 것도 많지 않기 때문에 몇 줄이면 충분하다. 친구 하나, 옷 몇 벌, 이따금 먹는 식사, 주머니에 몇 푼의 동전 그리고 사색을 즐길 수 있는 주제들.

그러므로 달리더라도 러너는 서두르지 않는다. 10분의 1초까지 기록에 신경 쓸 때, 사실 러너는 되풀이되는 몸의 순환 과정에 집중하는 셈이다. 이런 되풀이가 점점 줄어들면서 러너의 몸과 마음은 뒤섞여 하나가 된다.

나는 간소해질 때 완벽해진다고 본다. 하지만 제3자가 보기에는 전혀 다르게 보일 것이다. 세상사와 다른 사람들에게서 떨어져 일상적인 야망이나 욕망에서 벗어나 얻어낸 내 성공에서, 그들은 관심의 부족과 관계에 얽매이지 않았다는 반증을, 그리고 사회에 기여하지 못했다는 사실을 읽어낼 것이다.

그렇다면 그냥 내버려두자. 더 너른 관점에서 이 세상을 바라보면 그런 사람들마저도 필요하다는 걸 알게 될 것이다. 아무도 없는 길에서 작은 불꽃을 피우며 달리는 러너들도 이 세상에 기여하는 부분이 있다는 사실을 알게 될 것이다. 이 세상에 외로운 러너들뿐이라면 사회가 제대로 돌아가지 않겠지만, 러너들이 없다면 그것은 살아갈 만한 세상이 아닐 것이다.

추상적 개념에서 벗어나려면 바깥으로 나가야 한다.

그래서 그들은 위대한 산책자, 자연의 찬미자가 됐다.

에머슨의 일기를 보면 그가 록스베리에서

워체스터까지 40마일을 어떻게 걸어다녔는지 나온다.

러셀은 25마일을 걸은 뒤 자신이

얼마나 유쾌한 휴식을 취했는지를 썼다.

그래서 나도 달리는 것이며

그 안에서 실제 삶을 발견하는 것은 아닐까 생각한다.

이
해
하
기

　　　　　길을 달릴 때, 나는 성자다. 그 시간만큼
은 초라한 옷 몇 가지만 걸친 아씨시의 성자 프란체스코다. 나는
런던에서 법학을 공부하면서 한 끼 먹을 싸구려 식당을 찾아 하
루에 10여 마일을 걸었던 젊은 간디다. 나는 자신을 둘러싼 세계
와 하나가 되는 방법을 찾아 나선 고독한 인간 소로다.

　길 위에서는 자연스럽게 가난과 순결과 순종이 따라온다. 나
는 영혼의 눈으로 신을 보려는 가난한 사람이다. 달리면서 즐길
때, 나는 진정한 에로스를 만나는 셈이다. 그때 내 순결은 완성된
다. 그리고 십계명처럼 이 세상을 움직이는 법칙이 된다.

　하지만 길에서 벗어나면 모든 게 변한다. 장거리 달리기를 해
본 사람은 그걸 안다. 사람들은 러너에게서 어느 동방의 왕에게
모세를 두고 신하들이 말한 얘기를 떠올린다. "이 사람은 잔인하

고 탐욕스럽고 이기적이고 부정직한 사람입니다." 왕은 고민에 잠겨 모세에게 물었으나 모세는 그들의 얘기가 옳다고 대답했다. "저는 그렇게 생겨 먹었습니다. 하지만 그런 것들과 맞서 싸워 지금의 제가 됐습니다."

불행하게도 나는 마지막 승리의 순간에서 너무나 멀리 떨어져 있다. 그리고 다른 모든 장거리 러너들과 마찬가지로 나는 성자들의 태도를 잘못 배웠는데도 그걸 고치려 들지 않는다. 우리에게 관심을 두는 가족과 친구들을 딱하게 여기는 것 말이다.

'관심'이야말로 꼭 필요한 일이다. 왜냐하면 장거리 러너들이 보통 전구 하나도 제대로 갈지 못할 만큼 대책 없는 사람들이기 때문이다. 경쟁 사회에서 자신을 돌볼 수 없는 사람이라는 걸 알기 때문에 일찌감치 그런 생각은 버렸다. 오랜 경험에 따라 자신이 나서지 않아도 모든 게 제대로 돌아간다는 사실을 안다. 누군가 음식을 차릴 것이다. 누군가 세탁할 것이다. 누군가 심부름할 것이다. 온갖 일들을 해 주는 사람이 있기 때문에 그는 자신의 일을 하게 된다. 그럴 때면 그는 마음이 흡족할 때까지 그 일에 빠져든다.

그렇기 때문에 내 가난은 진짜 가난이 아니다. 성 프란체스코처럼 필요한 게 많지 않을 수 있다. 하지만 성 프란체스코와 달리 필요한 게 없을수록 더 많은 것이 필요해진다. 덜 원할수록 더 많은 것을 원하게 된다.

내 아침 식사는 간소하다. 하지만 완벽해야만 한다. 누가 내 몫의 둥근 빵 모양 케이크에 칼을 댔다면 나는 하루 종일 말도 걸지 않을 것이다. 불량품이나 남에게 얻은 옷을 입을 수는 있을지언정 그걸 잃어버리거나 제때 세탁하지 않으면 하루가 엉망이 된다. 신발에서 요구르트에 이르기까지 제대로 챙기지 않으면 하루가 암울해지고 끔찍해지곤 한다. 나만 그러면 다행인데, 내 주위의 모든 사람들을 그렇게 괴롭힌다.

내가 아씨시의 성자 프란체스코를 흉내 낼 수 있는 부분은 돈과 관련한 것들이다. 나는 한 푼도 지니지 않는다. 다른 사람이 나를 챙겨 주리라 기대한다. 내 입장료를 내줄 것이라고, 내 점심 식사를 책임질 것이라고 생각한다. 아차 하고 방심한 순간에만 카드를 사용한다. 몇 년 동안 나는 잔돈이 없어서 적선도 하지 못할 정도였다.

가난해지는 것이 여전히 힘든 싸움이라면 순결은 어떨까? 더 심한 투쟁이다. 몸이 왜소하고 쪼들린 얼굴을 한 수많은 아일랜드인과 마찬가지로 첫 세례를 받은 이후로 나는 늘 내 육체와 싸우고 있는 중이다. 육체가 악마에게 속한다는 것을 알기 때문에. 아일랜드 출신의 소설가 제임스 조이스나 극작가 존 오케이시, 심지어는 시인 윌리엄 버틀러 예이츠까지도 일기장에는 이런 문제에 대해 써 놓았기 때문에, 다른 젊은이들도 자기만 유별난 것은 아니라는 걸 알게 됐다.

그러므로 길에서 벗어나면 순결이란 어마어마한 공포에서 나온다는 걸 알 수 있다. 지옥에 영원히 떨어질지도 모른다는 공포

말이다. 영국의 시인인 앨프레드 에드워드 하우스먼은 이렇게 썼다. "자신이 감당할 수 있는 것 이상의 악행을 원한 사람은 내가 처음이 아니다." 그런 협소한 생각을 뛰어넘어야만 육체와 영혼은 하나가 될 수 있으며 그때 진정한 에로스와 벗들을 향한 친애의 감정과 마침내 모든 것을 내줌으로써 모든 것을 얻게 되는 아가페가 나온다.

그리고 마지막으로 순종의 경우는 어떤가? 달리거나 훈련할 때는 극기를 발휘한다. 실제 생활에서 그렇게 하느냐는 또 다른 문제다. 마음과 의지와 상상은 다리와 허벅지와 뛰는 심장만큼 쉽게 통제할 수 없다. 물론 달리기가 도움이 된다. 일본의 선사에게 선禪을 배운 뒤,《선과 활쏘기》란 책을 쓴 독일의 철학자 에우게네 헤리갈처럼, 달리기는 자신을 대상으로 한 깊고도 머나먼 싸움이다. 그 싸움을 통해 러너는 완벽해져야만 한다.

젊었을 때, 나는 '귀찮을 때면 귀먹은 척하는' 숙모 때문에 괴로웠다. 그런데 지금은 내가 그렇다. 내게는 주위에서 벌어지는 일에 귀를 막는 능력이 생겼다. 내게는 주변에서 벌어지는 일들을 신경 쓰지 않으려고 안으로 칩거하는 일이 자연스럽다. 사람들과 함께 있으면서 내가 아무 말도 하지 않는다고 해서 잠자코 듣고 있다고 여기지 말라. 나는 '부재중'이니까. 나는 다른 세계로 가버렸다. 내 마음은 지금 이 자리를 떠났다.

'부재중'일 수 있다는 건 진정한 자유다. 나는 떠나고 싶으면 어디라도 떠나며 생각하고 싶은 건 무엇이라도 생각하며 만들고 싶은 건 무엇이라도 만든다. 어디에 있건, 누구와 있건, 그건 중요치 않다. 세상에서 제일 따분한 사람으로 주목받을지도 모르지만, 나는 신경 쓰지 않는다. 예이츠가 말한 것처럼 나는 한쪽 구석에서 장난감 블록을 가지고 노는 아이와 같다.

바보가 되지 않기 위해서라도 나는 '부재중'이다. 사람들과 함께 있을 때면 나는 늘 말을 너무 많이 하거나 너무 적게 한다. 더 좋은 말이 있었는데 하지도 못하거나 바보처럼 굴거나 곧 후회한다. 6백자 원고를 쓰는 데 10시간은 족히 걸리는 사람이 어떻게 다시 생각해도 마음에 드는 말들을 그 자리에서 하겠냔 말이다.

나는 나와 비슷한 마음을 지녔던 사람들의 후손이다. 키르케고르와 에머슨과 버트란드 러셀 같은 사람들. 일찍이 자신이 다르다는 것을 알게 된, 그리고 불행히도 나면서부터 그랬던 사람들. "나는 내성적이고 고독한 샌님이다"라고 러셀은 말했다. 에머슨은 옹졸하고 이기적이고 소심하고 냉정한 사람이라고 자신을 설명했다. 키르케고르도 그에 뒤지지 않는다. 그는 "이데아만이 내 즐거움일 뿐, 인류란 내 관심의 대상이 아니다"라고 말했다.

오르테가에 따르면 그런 사람들은 여자에, 사업에, 쾌락에, 열정에 아무런 관심도 없다. 그들은 추상적인 삶을 살 뿐이며 실제 삶이라는 고기를 그들 지성의 날카로운 이빨 사이로 밀어 넣는 일은 없다고 덧붙였다.

그런 추상적 개념에서 벗어나려면 바깥으로 나가야 한다. 다른 사람에게 관심을 둘 수 없다면 최소한 몸에 관심을 둬야만 한다. 그래서 그들은 위대한 산책자, 자연의 찬미자가 됐다. 에머슨의 일기를 보면 그가 록스베리에서 워체스터까지 40마일을 어떻게 걸어 다녔는지 나온다. 러셀은 25마일을 걸은 뒤 자신이 얼마나 유쾌한 휴식을 취했는지를 썼다.

그래서 나도 달리는 것이며 그 안에서 실제 삶을 발견하는 것은 아닐까 생각한다. "먼저 자신이 동물이라는 걸 깨닫는 게 좋다"고 에머슨은 말했다. 달릴 때 나는 동물, 그중에서도 최고의 동물이다. 태어난 그대로 행동할 때. 언제나 내 곁을 떠나지 않았던 우아함과 단호함으로 움직일 때.

거기서 나는 즐거움을 찾는다. 키르케고르는 그 점에서 실수를 저질렀다. 이데아에는 즐거움이 없다. 즐거움은 어떤 경험이 최고조에 이르렀을 때 나온다. 그 즐거움은 언제나 경이롭다. 원한다고 그 자리에서 즐거움을 얻을 수는 없다. 기껏해야 전에 느껴본 곳까지만 가볼 수 있다. 그건 대부분 강변길에서 언제라도 유지할 수 있는 속도로 마음을 자유롭게 풀어놓을 때 느낄 수 있다. 그리하여 내가 집중과 이완, 심장의 수축과 확장을 번갈아가면서 경험할 때. 그러다가 그 모든 것이 하나로 뒤섞이면서 놀이가 될 때, 나는 그 무엇이라도 할 수 있게 된다. 나는 어린이가 된다.

많은 사상가들이, 우리 삶의 진정한 목적은 어린 시절로 돌아가는 것이라고 말했다는 사실이 새삼스러울 것은 없다. 어떤 신비주의자는 육신의 삶이 즐거움으로 가득 찬 놀이가 될 때, 인간은 완벽해지고 지복을 얻는다고 썼다. 노먼 브라운은 인간은 어린 시절로 돌아가겠다는 마음을 놓지 않는 동물종이라고 단언했다.

그러므로 내가 어린이처럼 행동한다고 해서 미안하다고 말할 생각은 없다. 여인에도, 사업에도, 쾌락에도, 열정에도 관심이 없는 행동을 하더라도, 그 자체만이 중요한 행동이더라도, 아무런 목적 없는 행동이더라도 마찬가지다.

그렇게 나는 즐겁게 달린다. 달리기가 끝난 뒤에도, 심지어는 오랫동안 뜨거운 물에 샤워를 하고 난 뒤에까지도 그 충만한 감정은 사라지지 않는다. 그때 나는 마음속으로가 아니라 욱씬거리고 따끔거리지만 더없이 편안하고 행복한 육체 속으로, 여전히 내 다리와 팔과 가슴에 남아 있는 달리는 느낌 속으로 '부재중'이다. 나는 길 위에서의 내 모습과 내가 한 일을 오래도록 즐긴다.

다른 사람과 아무런 관계도 맺지 않으면서 어떻게 그 같은 충만함을 느낄 수 있는지 이상하게 여기는 사람도 있을 것이다. 나부터 이상한 생각이 든다. 내가 배운 것과는 완전히 상반된 일이다. 우리 사회를 지배하는 가치관과도 전혀 다르다.

하지만 나는 나이고 그 이상 다른 무엇도 아니다. 니체는 "자신을 다른 누군가와 혼동하지 말라"고 했다. 귀 기울일 줄 아는 사람이나 성실한 시민이나 친절한 사람과 나를 혼동하지 말라. 내 눈에 '지금 나는 부재중'이라는 표시가 뜬다면 나를 좀 봐달라. 그냥 놔둬 달라.

내가 관찰한 바에 따르면 장거리 러너는 대개 비밀이 많은 사람이다. 나부터가 그렇다. 다시 달리기를 시작하기 전, 내게는 다른 사람의 눈을 똑바로 쳐다보지 못하는 버릇이 있었다.

지금도 그것만은 하기 싫다. 내 눈을 보고 의뭉스러운 눈동자라 믿지 못할 사람이라고 생각할 것만 같기 때문이다. 어느 정도는 그 사람들 판단도 옳다. 내 눈빛은 의뭉스럽다. 나는 눈빛을 보여 주기 싫어 한다. 누군가를 보기도, 내 눈빛을 보여 주기도 싫다.

다른 사람의 눈동자를 바라보면 모든 게 드러나고 만다. 오르테가는, 바라본다는 건 총알처럼 내면에서 일직선으로 곧게 뻗어 나오는 행위라고 말했다. 미국의 사회학자인 어빙 고프먼은 이를 "세상에서 가장 직접적이고 순수한 상호작용"이라고 표현했다.

그렇다면 바라본다는 것은 언제나 현재다. 과거나 미래의 일들, 그랬다거나 그럴 것이라는 것과는 아무 관계가 없다. 바라본다는 건 지금 일어나는 일이다. 직접적인 일이다. 시처럼 뭔가를 뜻하는 게 아니라 그저 존재하는 일이다. 우리는 눈으로 보는 게 아니라 눈을 꿰뚫어 본다. 그러므로 눈동자는 우리 자신을 보여 준다. 내 눈동자가 곧 나다. 눈빛은 나를 드러낸다.

사진작가인 리처드 아베든은 자신과 피사체가 된 사람들에 대해 이렇게 말했다. "우리는 눈과 눈을 맞대고 마치 서로 벌거벗은 채 모든 것을 드러냈다." 그렇게 그는 사람들에게 더 많은 것을 보여 달라고 눈으로 말했고, 그들은 눈을 통해 자신을 드러내 보이려고 노력했다.

바라본다는 건 내가 누구인지 말하는 일이다. 눈빛은 "이게 진짜 나"라고 말한다. 눈빛은 그리스인들이 사용한 '발가벗긴다'라는 단어처럼 진실을 말한다. 자신을 드러내지 않는 집요한 눈빛이 그런 일을 한다. 그런 눈빛을 대하면 나는 내 영혼 깊숙한 곳으로 침잠해 들어가 그 안의 풍경을 다 보여 주고야 만다.

지난 날, 나는 그런 진실을 부끄러워했다. 내가 생각하는 나 자신이 부끄러웠다. 부끄러웠기 때문에 다른 사람들의 시선을 피했다. 내 영혼이나 내면의 풍경을 견딜 수 없었던 시절이 있었다. 나는 그저 감추려고만 들었다. 그때는 '아니라면'의 세계에서 살고 있었다. 이런 인간이 아니라면 다른 인간이 될 수밖에 없다. 나는 언제나 내가 아닌 다른 인간이었다. 용납할 수 없는 인간, 죄를 지은 인간, 낯선 인간. 그런 인간의 모습이 내 눈으로 보였다. 누구라도 내 눈만 똑바로 바라보면 내가 어떤 종류의 인간인지 알 수 있었다. 다른 사람에게는 아무런 관심도 없는 인간. 위협의 관점에서 보자면, 적이라고 볼 수도 없으면서 다른 사람들을 평가하려고만 드는 인간.

마음에서 마음으로 곧장 옮겨지는, 거침없이 또렷하게 바라보는 시선 속에서 나는 번갯불에 번쩍이는 들판처럼 훤하게 밝혀질 것이다. 내 모든 난처한 행동과 실수와 바보짓이 다 밝혀질 것이다. 그래서 나는 자신을 지키는 법을 배웠다. 가면을 쓰는 법, 허공에다 말하는 법, 다른 사람이 내게 다가오지 않게 하는 법, 낯선 사람에게 내 참된 모습을 들키지 않는 법, 내가 자신을 어떻게 생각하는지 들키지 않는 법 같은 걸 말이다.

그 시절에 내가 제일 싫어했던 말은 "내 눈을 똑바로 쳐다보면서 말해라"라는 명령이었다. 그러면 불가피하게 진실이 흘러나왔다. 거짓말을 하게 되면 금방 들통이 났다. 그 순간 모든 거짓은 끝난다. 내 눈은 몇 초 사이에 수십 년간 묻어온 것들을 드러내고 만다. 내가 오랫동안 감춰 뒀던 상처와 아픔들을 단숨에 드러내고야 만다.

달리기는 그 모든 것을 바꿔버렸다. 내면의 풍경을 새롭게 바라볼 수 있게 했다. 나는 내 안의 아래 위, 안과 밖, 내 불안한 존재와 변화 과정을 받아들였다. 나는 최선을 다했다. 나는 인내심을 지니고 즐겼다. 노력하지 않고는 그 무엇도 판단하지 않으려고 했다. 그런 바탕 위에서 더 많은 것들을 요구했다.

그러므로 이제 내 눈빛은 더 이상 은밀하지 않다. 초점이 흐리지도 않고 흔들리지도 않는다. 듣는 사람의 귀 왼쪽 3인치 정도 떨어진 곳을 바라보지도, 말하는 사람의 왼쪽 어깨 너머를 바라보지도 않는다. 나는 다른 사람에게 나 자신을 드러낼 능력이 있다. 내 사랑을 드러내고 다른 사람의 사랑을 받아들이기를 원한다. 나는 이제 더 이상 어느 누구에게서든 내 시선을 거두지 않는다.

그러나 나는 그렇게 행동할 뿐이다. 나는 여전히 비밀이 많은 러너다. 내 시선은 여전히 나 같은 사람들을 찾는다. 내 진실, 내 느낌, 행복하면 행복한 대로 슬프면 슬픈 대로 세계를 바라보는 내 인식을 함께 나눌 사람들을 찾는다. 다른 러너들 앞에서 말할 때 나는 한 사람 한 사람 얼굴을 바라보면서 눈을, 마음을, 가슴을 맞춘다. 내가 그들을 따라 움직이는 것처럼 그들도 나를 따라 움직인다.

경기도 마찬가지다. 경기가 시작되기 전에는 서로 일치감을 느끼기 어렵다. 우리는 앞으로의 일들에 대해 약간 겁을 먹고 걱정하고 있으니까. 그럴 때, 가끔 나는 공포를 감추기 위해 짐짓 아무 일도 아니라는 듯, 거짓으로 확신에 찬 모습을 보인다.

우리가 서로의 내면을 바라볼 수 있는 건 경기가 끝난 뒤다. 필사적인 30분간의 달리기가 끝난 뒤에 우리는 눈빛으로 자부심과 행복감과 일치감을 나눈다.

그 순간에는 시마저도 비교할 수 없다. 엘리엇은 시란 최상의 배열을 통해 전해지는 최상의 언어라고 했다. 하지만 시도 그런 마음을 불러일으키는 비언어의 순간보다는 못하다. 시는 내 눈빛과 당신의 눈빛이 말하는 것을 언어로 만든 것에 지나지 않는다.

권위 앞에서 나는 언제나 불편했다. 룸미러로 경찰차라도 보이면 내 하반신은 마비된다. 우편함에 관공서 서류가 있으면 하루 종일 일이 안 된다. 명찰을 달거나 제복을 입은 사람이 말할 때면 나도 모르게 해병대 신병이라도 된 듯 차렷 자세를 취한다. 그런 상황에 닥칠 때마다 나는 좌절한다.

12년 전쯤, 나는 조간신문을 사서는 중심가에서 유턴을 했다. 핸들을 한껏 돌렸다 놓는 순간, 경찰서장의 얼굴이 바로 보였다. 그는 내가 법을 싫어하면서 법을 집행하는 사람을 겁내는 남자라는 것을 바로 알아본 듯했다. "다음에는 봐주지 않겠소." 서장이 말했다. 나는 그 후로 유턴을 하지 않았고, 앞으로도 하지 않을 것이다.

인간의 법률은 저열하다. 인간이 세운 권위는 일상생활을 어떻게 하느냐에 따라 피해 갈 수도 있고, 신경 쓰고 살 수도 있다. 하지만 자연은 그럴 수 없다. 자연의 법칙은 중요할 수도 그렇지 않을 수도 있지만, 무시할 수는 없다. 내가 깨달은 바로는 자연은 인간만큼 우리에게 압력을 행사하지 않는다. 시장과 사장과 경찰을 피하는 일과 우주를 지배하는 법칙을 피하는 일이 같을 수는 없다.

인간의 법률은 우주를 운행하는 법칙에 비하면 약하고, 인간적이고, 쉽게 용서한다. 중력, 운동, 열역학 등의 법칙에 비하면 교통범칙금이나 중범죄, 소득세 탈루와 법적 소송 등은 융통성이 많다. 그러나 자연의 법칙은 어디에나 한결같으며 피할 도리가 없다.

아침 출근길에 오른 자동차가 시동이 걸리지 않을 수도 있다. 자동차는 에너지를 운동으로 전환하는 법칙을 따를 뿐이다. 이 법칙에는 말이 필요 없다. 이번 한 번만이라든가, 집행유예라든가, 관용 따위는 없다. 기도하든 저주하든 방전된 밧데리가 살아날 리는 없다. 얕은 수를 써 빠져나가 볼까 해서 밀어 보지만, 흙바닥만 패일 뿐 자동차는 꼼짝도 하지 않는다. 이번에는 힘과 벡터와 회전우력에 관한 법칙이 작용했다. 이 상황에서 정상을 참작해 달라는 말이 무슨 소용이 있겠는가? 하루 일과를 시작하기도 전에 나는 폭군의 손아귀에, 독재자의 손아귀에 놓인 기분이다.

시동이 걸린다고 해도 이 무정한 억압은 계속된다. 가속페달을 밟자 대시보드에 잘 놓여 있던 커피 잔이 바닥으로 엎어진다. 커피가 세탁한 옷과 옆자리의 책, 서류 위로 튄다. 브레이크를 밟자 속도가 줄면서 커피와 기타 등등의 첨가물들이 잘 뒤섞인 용액이 자동차 바닥을 뒤덮는다. 출근을 하기도 전에 중력, 원심력, 마찰력 등 몇 가지 자연법칙을 준수하지 않으면 하루의 시작이 끔찍할 수도 있다는 사실을 경험한다.

동시에, 나는 천국이란 그 모든 법칙이 깨질 수 있는 곳이라고 생각한다. 내가 아무리 부주의하게 내려놓거나 빠른 속도로 기어를 바꾼들 커피는 쏟아지지 않는다. 제아무리 빠르게 방향을 바꿔도 모든 게 가만히 존재한다. 깜빡하고 차 지붕 위에 뭔가를 올려놓고 출발해도 목적지에 도착해서까지 그대로 있다. 이렇게 천국에서는 인간의 법률이든 자연의 법칙이든 그런 것들에 간섭받거나 생활을 침해당하지 않을 것이다.

현실에서는 그 반대다. 법률이 있어 나는 간섭받거나 침해당하지 않는다. 내 이웃들이 경찰과 입법부와 관리들의 말을 준수하기 때문에, 내 커피와 자동차가 물리학의 법칙을 지키기 때문에 나는 안정된 세계에 살 수 있다. 또한 그렇기 때문에 나는 법률을 껑충 뛰어넘어 자유인이 될 수 있다. 교통 규칙과 운전하는 요령 정도만 익히고 살면 되는 것이다.

나는 돈을 허투루 쓰는 편이 아니다. 돈에 대한 나의 태도는 남들 눈엔 오히려 짜 보일 수도 있겠다. 아버지는 친구들과 식당에 갈 때 비용을 지불할 사람이 자기라는 걸 웨이터가 빤히 알도록 행동했다. 아버지는 다른 사람이 계산하는 일을 치욕스럽게 여겼다. 신용카드도 없던 시절이라 아버지는 세상에서 지갑을 가장 빨리 여는 사람처럼 보였다.

그러니 내가 배운 바가 없어서 돈을 제대로 쓸 줄 모르는 인간이 됐다는 말은 아니다. 이런 성격은 아마도 체형과 관계가 있을 것이다. 왜소하고 뼈가 굵지 않은 나 같은 사람들의 특징인 것 같다. 고독한 장거리 러너들 사이에서는 특히 흔한 성격이다.

마라톤대회 주관자들은 이 사실을 잘 안다. 대회 참가비를 조금 올릴라치면 여기저기서 욕을 안 하는 사람이 없다. 또 간식이

나 기념 티셔츠 나누기에 소홀했다간 마라토너들에게 엄청난 항의를 받을 것이다. 대회 조직위에 전적으로 의존하면서도 러너들은 대부분 서로 경쟁하듯이 AAU(아마추어 선수 연맹)카드 구입비 내기를 꺼린다. 지역 달리기클럽 회비도 독촉할 때까지 안간힘을 써서 버티는 것처럼 보인다. 이런 일은 아주 흔한데 경제적인 사정과는 무관하다.

이런 모습이 인색해 보일 수도 있다. 하지만 당신은 당신이기 때문에 그런 생각을 하는 것이다. 삶에서 돈을 대하는 내 태도는 깊은 내면과 관련이 있다. 이런 태도도 내 몸의 살과 혼이 결합된 나의 일부다. 이런 태도를 본능으로만 봐서는 안 된다. 내핍적인 태도, 스스로 지켜가는 금욕, 간소함과 가난과 아이다움을 지향하는 성향이 겉으로 분출된 것이기도 하다.

우리의 문제는 얼마간 다른 사람들 때문이기도 하다. 우리는 자신이 얼마나 힘이 센지 보여 주겠다고 우리를 거꾸로 뒤집어 놓는 사람들이 지배하는 세상에서 산다. 돈이 지배하는 세상이다. 주택담보 장기융자와 생명보험과 할부금과 슈퍼마켓 영수증 등의 세계. 처신을 잘 하는 사람들에게는 누워서 떡 먹기이며, 그렇지 못한 사람들에게는 고통뿐인 세계.

나는 어떻게 해야 처신을 잘 하는 것인지 배우지 않았다. 앞으로도 배울 생각이 없다. 내가 배운 것은 이 세계 바깥으로 나가는 방법이다. 덜 원하는 일이다. 욕구를 줄이는 일이다. 최소한의 필요한 것들에 만족하는 일이다. 나는 소유가 내 길을 막는다고 배웠다. 돈과 돈으로 살 수 있는 것들이 내 정신을 빼앗는다. 나는 버는 것보다 덜 쓸 때, 간소한 삶이 시작된다고 배웠다.

나는 담배도 피우지 않는다. 돈을 주고 뭔가를 사서 불을 붙여 없앤다는 건 도무지 이해할 수 없는 일이다. 그러므로 나는 이런 타고난 인색함, 물론 내 생각으론 타고난 금욕적인 태도 덕분에 날마다 보호받는다.

술 마시는 일을 두고 입씨름하지 않는 가장 좋은 방법은 거짓말을 하지 않는 일이다. 알코올을 마시면 제정신으로는 절대 볼 수 없는 것들을 볼 수 있다. 윌리엄 제임스는 술에 취하지 않았을 때는 협소해지고 구별하며 부정한다고 했다. 반면, 술에 취하면 확장되고 서로 연결되며 긍정한다. 그는 이렇게 결론 내렸다. "알코올이 인간을 지배할 수 있는 건 인간 본성의 숨겨진 능력을 자극하기 때문이라는 건 분명하다."

알코올을 마시면 자신만의 세상에 있는, 대우주와 하나가 된 자신을 보게 된다. 술을 마시면 또한 자신이 드러난다. 제아무리 위대한 사상과 대단한 환상 속에서 고독하게 살아가는 정신분열적인 인간이라도. 자신을 따뜻이 대하고 영원히 친할 수 있는 모임의 일원이 되기를 간절히 원하는 사교적인 조울증 환자라도. 어떤 불화가 생겨도 주먹 하나로 진정시킬 수 있는 근육질의 편집증 환자라도.

하지만 알코올을 마신다고 해서 이렇게 드러난 내면이 행동으로 옮겨지지는 않는다. 자신이 어떤 사람인지 조금이나마 보게 됐다면 술을 마신 사람은 이제 그 진실을 향해 한 걸음 내딛어야 한다. 그러기 위해서는 우선 알코올의 굴레에서 벗어나 거짓으로 가득 찬 일상생활에서 자신을 구해내야 한다. 알코올에 빠졌다가 다시 돌아와 새로운 탄생을 맛본 전직 알코올중독자들에게서 흔히 발견되는 일이다. 자신의 분리된 자아를 마침내 하나로 만드는 사람도 술을 끊은 사람이다. 자신을 드러내는 일 없이 있는 그대로 자신을 받아들이는 사람도 술을 끊은 사람이다. 그러니 다른 사람에게 정상으로 보이든 비정상으로 보이든 완전한 자신의 모습을 되찾기 위해 노력하라.

하지만 전직 알코올중독자가 되기는 쉽지 않다. 술은 백해무익하지만, 운 좋게 이런 사실을 깨닫는 사람은 드물다. 운이 좋아 이 깨달음을 통해 육체적, 정신적 능력의 최고치를 얻고자 새롭게 건강한 길을 찾아 나서는 사람은 더더욱 드물다. 간이 상하고, 심장이 확장되고, 뇌가 나빠지기 전에 자신과 우주를 함께 경험할 수 있는 더 좋은 길이 있다는 사실을 알아야 한다.

한때 나는 술을 마시면 사람이 빛이 나는 것 같아, 토요일 저녁을 마음껏 즐기면서 살았다. 그러던 어느 날 밤, 누군가 술에 취한 내 모습을 비디오로 50피트쯤 찍었다. 나는 스크린을 통해 빛이 난다고 생각했던 나의 끊어진 필름을 볼 수 있었다. 거기에는 술에 취해 사고 능력이 눈에 띄게 떨어지고, 그나마 제대로 표현하지도 못하는 내가 동영상으로 찍혀 있었다. 그 필름 때문에 나는 술을 끊고야 말았다. 내가 원하는 사람이 되어야만 한다는 생각보다는 적어도 사람처럼 살아야겠다는 생각 때문이었다.

또 다른 계기는 장거리 달리기였다. 장거리 달리기는 긍정적이고 확고한 태도가 필요했다. 부정적인 명령은 통하지 않았다. 하지 말아야 할 일들이 아니라 할 일들로 삶이 채워졌다. 알코올을 영원히 끊으면 자신의 본모습을 찾기 위해 나설 수 있게 된다. 내 경우에는 장거리 달리기가 그런 과정이었다. 장거리 달리기를 통해 나는 내 몸과 다시 만났다. 그리고 몸에는 그에 걸맞은 마음이 자리한다는 걸 발견했다. 최고가 아니라면 그 무엇이라도 성에 차지 않았다. 일단 말끔한 상태를 한 번 경험하면 대충 때우는 걸 받아들이지 못하게 된다. 일단 능력의 최고치를 맛보게 되면 내 마음과 정신력은 그 경험에 이끌리게 된다.

그리고 하루에 한 시간씩 길에서 달리면, 알코올을 통해 느꼈던 그 정신 상태를 맛보게 된다. 달리기는 사람을 자연적인 환각 상태로 이끈다는 사실을 배울 수 있다. 그 순간에 도대체 무슨 일이 벌어지는지 정확하게 말할 수는 없다. 《타고난 마음》을 쓴 대체의학자 앤드류 와일은 이를 두고 우리 정신세계의 의식적 부분과 무의식적 부분이 하나가 되는 순간이라고 일컬었다. "몸과 마음이 온전해지기(건강해지기) 위해서는 이렇게 하나가 되는 순간이 반드시 필요하다."

이 말에 토를 달 필요는 없지만, 한 가지 사실은 안다. 그게 무엇이든 몸에서 시작한다는 점이다. 건강한 상태가 되면 (조각가가 돌 속에 숨은 동상을 발견해 나가듯이) 몸 안에 숨은 참된 자신의 모습이 드러난다. 그 다음에는 영혼의 거울이자 내 성격의 열쇠이자 내 기질의 설명서인 몸을 통해 내가 누구인지 스스로 알게 된다.

이제 나는 더 이상 술을 마시지 않는다. 나는 파티로 세월을 보내는 사람이 절대 아니다. 파티에 나를 초대한 사람은 만나서 5분이 지나지 않아 자신이 실수를 저질렀다는 사실을 깨닫게 된다. 나는 대개 부엌을 뒤져 커피 한 잔을 끓인 뒤, 제일 큰 책을 찾아 파티가 끝날 때까지 자리를 잡고 앉아 읽는다. 나는 내가 어떤 사람인지 알게 됐다. 이제 나는 다른 누구의 흉내도 내지 않고 살아갈 것이다.

술을 마시던 시절에 비해 내가 훨씬 더 좋아졌다고 말하는 사람들도 '물론' 있다.

자신이 누구인지 알기 위해서는

반드시 몸을 거쳐야만 한다.

새로운 삶을 위해서는

살아가는 방법을 잊어버리기 전의

우리 몸으로 되돌아가야만 한다.

새로운 몸이 있어야만

그 안에 새로운 인간과

새로운 삶을 불어넣을 수 있다.

시
작
하
기

　　　　　다 아는 듯 잘난 척하면서 우리가 다시 똑같은 인생을 살아간다고 해도 첫 번째 삶에서 저지른 온갖 실수를 저지를 수밖에 없을 거라고 말하는 사람들이 있다. 몇 세대에 걸쳐 수많은 극작가와 소설가들이 있었지만, 다시 인생을 살 수 있다면 다른 결과를 얻으리라는 우리의 막연한 희망을 충족시킨 사람은 하나도 없었다. 과학자나 심리학자도 비슷하다. 과학자인 버키 풀러와 심리학자인 B. F. 스키너처럼 전혀 다른 성향의 사상가들도 이 점에서는 일치한다. 스키너는 이렇게 썼다. "사람을 바꿀 생각을 하지 말라. 그보다는 사람들이 사는 이 세상을 바꿔라." 풀러도 종종 이렇게 말했다.

　　물론 이 말에 반대하는 사람들도 있다. 믿음과 소망과 사랑과 관련된 일에 종사하는 사람들은 한 사람의 개인사를 완전히 바꿔놓는 데 하루면 충분하다고 생각하리라. 유사 이래 철학자들은 모두 이렇게 충고했다. 고대 그리스의 핀다로스에서 에머슨에 이르기까지 철학자들은 자기 자신이 돼라고, 목적에 맞는 충실한 삶을 살라고, 자신만의 세계를 발견하라고 말했다. 다만 어떻게 해야만 그럴 수 있는지, 또 그게 얼마나 어려운 일인지 말하지 않았을 뿐이다. '새로운 인간'에 대해 강조하면서, 사도 바울은 인간의 잠재력이 어디까지 뻗어 나갈 수 있는지 상기시켰다. 하지만 살아가면서 우리는 늘 이 잠재력의 한계를 분명히 알게 된다.

분명 제대로 살아가는 삶이란 책에서 말하듯이 쉽지만은 않다. 게다가 얻지 못한 것을 얻겠다고 나선다고 해서 얻을 수 있는 삶도 아니다. 우리는 마크 트웨인이 담배를 끊은 횟수만큼이나, 또 성공을 거둔 횟수만큼이나 자주 새로운 삶을 시작한다.(마크 트웨인은 담배를 수천 번도 넘게 끊었고 그때마다 성공했다.)

내일이란 내 남은 삶의 첫날이 아니겠는가? 그렇다면 오늘까지의 혼란스러운 삶과는 전혀 다른 삶이 시작되지 않겠는가? 물론 그 물음에 대한 정답은 '그렇다'이다. 그렇지 않다면 그 훌륭하신 분들이 그렇게 말했을 리가 없다. 하지만 어떻게 하면 그렇게 할 수 있다는 말일까?

나는 그게 자신의 걸음걸이를 알아가는 일에서 시작했다고 본다. (물론 대부분은 그게 언제였는지 기억하지 못하겠지만) 삶에서 처음 온전한 인간으로 움직이기 시작했던, 재산이나 사회적 지위나 다른 사람들의 평가가 아닌, 하나로 어우러진 육체와 정신과 영혼으로 자신의 모습이 채워졌던, 모든 환경과 자유롭게 맺어지는 하나인 상태로 돌아가야만 한다.

어린 시절을 거치면서 하나였던 자신의 자아도, 세계를 대하는 온전한 태도도 무너지기 시작했다. 이제는 소유한 것들로 자신을 이해하고, 다른 사람들의 의견으로 자신을 판단하고, 다른 사람들의 명령에 따라 결정을 내리고, 다른 사람들의 가치관에 따라 살아가는 일이 잦아졌다. 동시에, 또는 순차적으로 우리의 몸 상태도 퇴락하기 시작했다. 우리는 갈림길에 서 있었다. 당연히 잘 닦인 길을 택했다.

그 순간, 수풀이 우거지고 걸어간 흔적도 보이지 않는 길을 택한 사람이 바로 헨리 데이비드 소로다. 소로가 지성인인지는 모르겠으나, 호기심 많은 관찰자이며 관습적인 가치관을 반대한 사람이라는 사실을 모르는 사람은 없다. 하지만 그가 대단한 운동가라는 사실에 주목하는 사람은 드물다. 소로는 두말할 나위 없이 위대한 산책가였다. 덕분에 소로는 언제나 최상의 몸 상태를 유지할 수 있었다. 소로는 "말로 설명하기 곤란한 만족감이 내 몸 안에 깃든다. 피곤하면서 동시에 새롭게 태어난 느낌이다"라고 썼다. 수많은 일을 해낸 소로의 적극적인 태도가 몸에서 솟구치는 생명력에서 비롯했다는 것은 두말할 나위가 없다. 소로의 자아는 최상으로 유지되던 몸에 기댈 수 있었다. 육체적으로 완벽하게 살지 못한다면 누구도 완벽한 삶을 영위할 수 없다.

만약 소로가 옳다면, 자신이 누구인지 알기 위해서는 반드시 몸을 거쳐야만 한다. 새로운 삶을 위해서는 살아가는 방법을 잊어버리기 전의 우리 몸으로 되돌아가야만 한다. 그렇게 하여 자신의 모습이 제대로 갖춰지면 제3의 귀로 이전에 들리지 않던 소리를 들을 수 있기 때문에 자신을 둘러싼 힘을 4차원적으로, 육감적으로 느낄 수 있다. 제대로 모습을 갖출 때, 자아는 지극히 예민하고 직관적이며 민감하기 때문에 더 이상 몸이 망가지지 않는다.

건강을 잘 지켜온 사람들에게도 이 사실은 대단히 충격적이다. 건강 프로그램은 대개 심장마비를 피해 오래 살게 하고 몸의 상태를 늘 긴장시키거나 체형을 보기 좋게 하려는 욕망에서 비롯한다. 그렇게 해서 몸이 우리 마음과 영적인 에너지를 결정한다고 말하는 사람은 아무도 없다. 새로운 몸이 있어야만 그 안에 새로운 인간과 새로운 삶을 불어넣을 수 있다. 우리가 언제나 꿈꿨으나 젊은 시절, 누리면서 살던 몸으로는 결코 얻을 수 없었던 새로운 삶을 얻게 된다.

이제 상식적으로 우리가 스물여덟 살 시절로 돌아갈 수 없다는 것은 분명하지만, 기력과 근력과 지구력 등의 지표로 측정한다면 몸의 상태는 스물여덟 살과 맞먹을 수 있다. 운이 좋아 자신에게 맞는 운동 생활을 하게 된다면 우리는 젊음을 되찾아 그 당시에 무엇을 가장 중요하게 여겼는지 다시 돌아볼 기회를 얻게 된다.

삶이 덧없이 지나갔다거나, 더 나쁘게는 누군가 다른 사람의 삶을 살았다는 생각이 든다면, 이제 다시 살아도 똑같다는 전문가들의 말이 틀렸다는 것을 보여줄 수 있다는 뜻이다. 내일이란 남은 삶의 첫날이다. 소로의 길을 따르는 일만 남았을 뿐이다. 몸 안에서 즐거워하라. 말로 설명하기 곤란한 만족감을 느껴 보라. 피곤하면서 동시에 새롭게 태어나는 느낌을 맛보라.

애당초 자신이 지나왔던 그 갈림길로 다시 돌아가면 새로 시작할 수 있다.

'왜 태어났는가?'와 같은 어마어마한 질문의 해답을 찾고 있다면, 일상에서 매번 부닥치는 '어떻게 하면?'이라는 사소한 질문의 해답을 찾는 데서부터 시작하는 게 좋다. 자신의 영혼이 궁금하다는 식의 큰 질문의 해답을 원한다면 몸에 대해 던지는 작은 질문부터 해결하라. 성자나 형이상학자가 되고 싶다면 먼저 운동가가 되어라.

삶의 의미와 우주의 본질에 대해 의문을 던졌던 이들의 삶을 살펴보라. 질문을 던져 놓고 한평생 그 해답만 기다리며 살았던 성자들의 글을 읽어 보라. 공통점은 금욕주의에서 나온다. 이는 엄격한 훈련, 고행, 극기 등을 뜻하는 'ascesis'라는 그리스어에서 비롯한 단어다.

금욕주의자는 괴짜 은둔자가 아니다. 그는 최상의 상태, 최상의 법칙, 최상의 삶을 찾으려는 사람이다. 금욕주의자는 성자와 철학자뿐만 아니다. 역도 선수, 축구 선수, 장거리달리기 선수 모두가 금욕주의자다.

"먼저 자신을 이겨야만 하는데, 이는 단련한다는 뜻이다. 그 다음에는 진실을 직시하는 일을 감당해야만 한다"고 키르케고르는 썼다. 그는 걷기를 단련의 수단으로 삼았기 때문에 걸으면서 자신의 철학을 가다듬었다. 칸트 역시 위대한 산책가였다. 이웃들은 마을을 지나가는 칸트를 보고 시계를 맞출 정도였다.

소로는 산책한 시간만큼 글을 썼다. 집 안에 틀어박혀 있을 때는 단 한 줄도 쓰지 못했다. 몸과 마음은 유기적으로 하나라고, 건강을 찬양한 사람 중 하나인 헉슬리는 말했다. 운동과 명상은 분명히 하나다. 니체는 이렇게 썼다. "가능한 한 앉아서 지내지 마라. 자연 속에서 자유롭게 몸을 움직이면서 얻은 게 아니라면 어떤 사상도 믿지 마라. 그 사상의 향연에 몸이 참석하지 않았다면 말이다."

하지만 자신도 몸을 참석시키고 싶다면, 또 자유롭게 몸을 움직이고 싶다면, 음식과 기후와 훈련 등 세세한 부분에도 신경 써야만 한다. 도넛으로 배가 불룩한데, 어떻게 생각에 잠겨 진리를 발견하겠다고 몸을 움직일 수 있겠는가? 영양 섭취에 대해서는 의견이 분분하겠지만, 단식보다 음식 조절이 훨씬 더 어렵다는 것과, 소금과 정제 설탕의 섭취가 부적절하다는 데 이의를 제기할 사람은 없을 것이다.

기후에 대해서는 우리가 선택할 수 있는 폭이 그다지 넓지 않다. 운이 좋은 사람들도 있다. 처음으로 슈퍼볼에 출전했을 때, 그때까지 산타바바라에서 훈련했던 그린 베이는 기자에게 이렇게 물었다. "이 사람들은 얼마나 운이 좋기에 이런 곳에서 산단 말인가요?" 어떤 사람들은, 니체가 자신의 생리에는 재앙과도 같은 곳이라고 말한, 라이프치히나 베니스나 바젤 등과 같은 곳에서 살 수밖에 없는 처지일 수도 있다.

그러나 훈련은 수많은 식이요법과 기후의 결함을 보충하고도 남는다. 기후에 잘 적응하는 운동선수는 어떠한 환경에도 쉽게 적응해 고도, 기온, 습도 등을 이용해 자신의 능력을 키운다. 이 시점부터 옛부터 전해온 몸에 관한 지혜들이 적용되기 시작해 필요와 본성에 따라 먹는 음식도 달라지게 된다.

그 다음에는 음식과 기후와 운동하는 방식의 사소한 영역까지 주의를 기울여라. "결국 내가 완벽해지지 못하는 건 나 때문이다"라고 키르케고르는 말했다. 운동선수라면 그 사실을 잘 안다. 운동선수나 노는 아이는 한 가지 생각만 한다. 자신 안에서 모든 게 가능하고 자신이 운명의 주인이라는 사실을.

그러므로 가이사의 것은 가이사에게, 하나님의 것은 하나님에게 돌리라는 예수의 말처럼, 우리가 사회에 기여하고 자신과 가족의 생계를 책임지기 위해서는 주당 40시간을 일해야 한다. 하지만 그 문을 열고 나가면 자유다. 일을 통해서는 일생을 바쳐도, 실은 남은 생을 바쳐도 이 문밖으로 나가지 못한다. 그러나 이 때문에 괴로워하지는 말라.

이제 노동자들보다는 심리학자와 정신분석의와 사회학자들이 일 때문에 더 괴로운 듯하다. 그들은 일에 적응하게 만드는 여러

가지 학설들을 만들었다. 그러면서도 노동자들이 육체적으로, 영적으로, 심리학적으로 일에 완전히 적응하는 게 불가능하다는 사실은 인정하지 않는다.

오늘날 일을 통해 우리가 원하는 사람이 된다는 것은 불가능하다. 일은 그저 지불해야만 하는 대가일 뿐이다. 하루 먹을 빵을 구했다면, 나머지 시간은 노는 게 좋다. 살아남기 위해 의무를 다했다면, 이제 삶에서 더 중요한 무엇인가에 눈길을 돌려야만 한다. 은행 잔고에 신경 쓰면서 살았다면, 이제는 몸과 마음에 신경을 써라.

이제부터 말하는 지혜는 업무 시간이 끝난 오후 다섯 시에 시작한다.

"어떻게 하면 건강하게 살 수 있는지 잠깐이나마 말할 수 있는 의사가 있습니까?"

75세의 서독인이 보건부장관에게 이런 편지를 썼다. 시간이 난다고 해서 그런 질문에 대답할 의사가 있을지 의문스럽다. 건강하게 사는 것 같은 문제에 달려들 의사는 많지 않다. 건강하게 산다는 것은 에릭슨이 말한 바, 어떤 경우에도 대체불가능한 그 자체를 자신의 유일한 삶으로 받아들인다는 맥락에서 노년까지 살아남는다는 뜻이다.

그러므로 건강하게 산다는 것은 자신에게 충실하게 산다는 뜻이다. 오르테가의 말처럼, 원래 형성된 특성에 맞는 자신이 된다는 뜻이다. 관점에 따라 건강하게 살기는 일상적인 것일 수도 있고, 힘든 성취일 수도 있다. 중년이 되어서야 그 해답을 얻기 위해 분주한 내게는, 그것이 다마스쿠스로 가던 사도 바울에게 일어난 기적이 내게도 일어나기를 기다리는 것만큼이나 어려워 보인다.

하지만 젊은이들은 운동을 통해 같은 깨달음을 얻을 수 있다. 운동은 완벽한 자신을 만날 수 있는, 인간의 유일한 활동이다. 젊은이들은 잘 모르겠지만 자신을 아는 데 그보다 더 좋은 방법은 없다.

운동선수는 그 사실을 감추지 못한다. 운동선수를 통해 우리는 인간이 얼마만큼 성장할 수 있는지, 없는지 알게 된다. 이 거짓의 시대에, 위를 향한 좌절된 욕망만이 판치는 시대에 운동선수는 뛰어나고 우아하고 고결한 인간의 실례로 남는다. 적어도 정직한 운동선수들은 충분한 자격이 있다.

성공하건 실패하건, 진정한 운동선수는 변명하지 않는다. 진정한 운동선수는 자만심이나 선입견 없이 자신을 느낀다. 그는 자신이 할 수 있는 일과 할 수 없는 일이 무엇인지 안다. 그는 순위와 상관없이 자기가 가장 잘 할 수 있고 즐거워할 수 있는 일이 무엇인지 알아낸다. 진정한 운동선수는 자신의 참모습을 발견하고 자신의 능력과 약점을 이해하고 이를 받아들인다.

올더스 헉슬리는 이렇게 썼다. "기본적인 골격과 기질을 바꾸는 일은 우리 능력 밖의 일이다. 모든 사람이 꿈꾸는 최고의 상태는 원래 타고난 몸과 마음의 짜임새를 가장 잘 유지한 상태이다."

운동선수는 그 사실을 이미 알고 있다. 그래서 그 안에서 최선의 결과를 끌어낸다. 부정적인 한계보다는 긍정적인 목표를 통해 건강을 추구한다. 운동선수는 금연부터 하고 훈련을 시작하지 않는다. 그는 먼저 훈련을 시작한 뒤, 자신이 어느 순간부터 담배를 피우지 않는다는 사실을 알게 된다. 운동선수는 훈련보다 먼저 음식을 조절하는 법이 없다. 일단 훈련을 시작하고 나면 필요한 시간에 필요한 음식을 먹게 된다. 그런 식으로 다른 모든 것들도 올바른 자리를 잡아간다. 수면 습관도 자리 잡는다. 누가 시키지 않아도 배가 부를 때는 휴식을 취하고 위장이 비워지면 연습에 나선다. 알아서 준비운동을 충분히 하고 작은 진전에도 만족한다.

운동선수는, 절정의 순간과 끔찍한 순간 사이의 미세한 연결 지점을 발견한다. 그는 몸에서 울리는 신호에 귀를 기울인다. 심장 뛰는 소리, 따끔거리는 목, 현기증, 사소한 관절 통증, 한밤중에 잠에서 깨는 일 등. 이 모든 증후에는 의미가 담겼기 때문에 운동선수는, 숲에 사슴이 있는지 확인하기 위해 부러진 나뭇가지를 살피듯, 섬세하게 이런 증후를 살핀다. 몸의 신호를 통해 그는 자신이 갈 수 있는 가장 먼 곳까지 갔다는 걸 알게 된다.

몸 관리가 끝나면 자기 발견을 시작한다. 자신이 하는 운동 분야의 기술을 완전히 장악한 운동선수는 그 분야에 대한 자신의 애정을 통해, 스트레스와 긴장감을 대하는 태도를 통해 자신이 어떤 종류의 인간인지 알게 된다. 그는 자신이 어떻게 이뤄졌는지 발견한다. 자신의 진짜 성격을 발견한다.

《인간의 다양한 가치 기준》이라는 책에서 미국의 철학자 찰스 모리스는 인간의 성격에는 세 가지 기본적인 요소들이 있다고 말했다. 디오니소스적인 인간은 마음을 풀어 놓고 욕망 속으로 빠져들려는 경향을 지녔다. 프로메테우스적인 인간은 교묘한 솜씨로 이 세계를 다시 만들려는 경향을 지녔다. 불교적인 인간은 욕망을 단속하면서 자신을 지켜 나가려는 태도를 보인다. 심리학적인 용어로 이들 세 가지 요소를 설명하면 각각 의존적, 주도적, 초월적 등이 된다.

육체적으로 17세에 해당하는 사람이 운동을 통해 자신에게 합당한 삶의 방식을 알아내는 데 그렇게 오랜 시간이 걸리지는 않는다. 초월적이냐, 주도적이냐, 의존적이냐? 아니면 불교적인 인간이냐, 프로메테우스적인 인간이냐, 디오니소스적인 인간이냐?

이 질문에 대답하기란, 우리처럼 나이 먹는 게 겁이 나는 사람들에게는, 에릭슨의 말처럼 자신이 합당하고 유일한 삶의 방식에 따라 살아가는 것인지 확신할 수 없는 사람들에게는 한층 더 어려운 일일 것이다.

위대해지는 공식은 'amor fati', 즉 달라지려고도, 영원해지려고도 하지 않는 욕망이랄 수 있는 '운명에 대한 사랑'이라고 니체는 말했다. 숙명을 견디는 게 아니라 있는 그대로 모든 것을 사랑하는 것이라고.

언뜻 보기에 그런 발언은 당신과 나 같은 평범한 사람과는 무관한 것처럼 보인다. 위대함과 숙명과 운명과 영원은 사상가들이 즐겨 사용하는 용어들이라 우리의 현실세계와는 아무런 관련도 없는 관념적인 말처럼 들린다.

하지만 키츠의 글을 읽으면 이 숙명 속으로 한 걸음 더 들어갈 수 있게 된다. 키츠는 이 세계를 '영혼을 빚는 골짜기'로 봤지만, 자신이 누구인지 알기 전까지는 영혼을 찾을 수 없다고 말했다. 결국 자신의 모습을 되찾기 전까지 영혼의 존재를 느끼지 못한다.

오르테가는 다음과 같은 내면의 목소리를 따를 때 진정으로 살아갈 수 있다고 했다. "너는 원하는 그 무엇이든 될 수 있다. 하지만 마땅히 되어야만 하는 사람이 되려면 한 가지 길을 선택해야 한다."

그때 문제는 숙명의 존재도, 그 숙명을 받아들이는 것도 아니다. 진실과 마주할 때 우리는 그렇게 될 것이다. 문제는 어떻게 진실을 발견하느냐다. 어떻게 내면의 목소리를 들을 것이며, 하나의 길을 찾을 것이며, 우리 영혼의 본 모습을 알게 되느냐는 말이다.

그러니까 숙명의 존재 유무가 아니라, 그 숙명을 알아차리지 못할 수도 있다는 문제가 우리에겐 남는다. 실제로 그런 삶을 제대로 살아보지 못하고 죽을 수도 있다. 진실을 경험하지 못하고, 내면의 부름을 듣지 못하고 종말에 다다를 수도 있다. 그 영혼을 한 번도 알아보지 못했다는 것, 우리에게 준비된 삶을 살아보지 못했다는 것이 비극이다.

다행히도 니체는 그런 끔찍한 상황을 피해갈 수 있는 몇 가지 방법을 알려준다. 사소한 것들에 주목하라고 그는 말했다. 영양 섭취에 신경을 써라. 자신이 먹는 음식을 살펴봐라. 자신이 사는 곳과 들이마시는 공기에 대해 따져 보라. 어떤 대가를 치르더라도 새로 태어날 수 있는 절호의 기회에 실수하는 일이 없도록 하라. 자기를 지키는 일에 동물적인 감각을 발달시켜라. 삶을 하나의 놀이로 만들어라.

이런 사소한 것들은 지금까지 중요하다고 여겼던 모든 것들보다도 훨씬 더 중요하다. 그리스인들의 위대한 업적은 모두 사소한 일들, 일반적으로 완전히 무시해야만 하는 것들에서 시작했다고 니체는 결론내렸다.

그러므로 우리의 구원은 운동선수로 살아가는 일상생활 안에 있다. 건강한 몸에 몰두하는 삶이, 작고 자잘한 일상에 두는 관심의 중요성을 아는 사람의 삶 속에 있다. 운동선수는 니체의 말을 모두 이해한다. 훈련과 음식과 휴식에 어떻게 대처해야만 하는지 안다. 다른 사람들과의 긴장이 어떤 효과를 낳는지, 자신을 자극에 반응하는 사람으로 전락시키는 상황과 인간관계 속에서 얼마나 많은 에너지를 낭비하는지 안다. 운동선수는 놀이를 통해 자신을 발견하는 데 대해 모르는 게 없으며 과거와 미래의 자기 모습을 받아들일 줄 안다.

이 사실을 발견한 자들은 놀이를 알게 되고 이를 통해 맛보고 만지고 듣고 바라보고 숨 쉬는 그 모든 행동에서 참된 삶을 발견할 수 있다는 사실을 몸으로 느낀다. 불멸에 대해 논하면서 소설가 존 업다이크는 "우리 몸이 우리, 바로 우리다"라고 말했다. 이런 과정을 거쳐, 우리가 상상할 수 있는 유일한 낙원은 자신이 살고 있는 이 땅이며, 유일한 삶은 자신의 삶이라는 걸 알게 된다.

이때, 건강은 명령이 된다. 어떻게 건강해지느냐는 각 개인의 문제다. 나는 그게 숙명의 문제라고 생각한다. 하지만 그게 조깅이든 스쿠버다이빙이든, 테니스든 산악 등반이든 운동할 때는 니체가 말한 바에 따라 사소한 부분까지 놓치지 말아야 한다. 이런 지침을 지킬 때 우리는 내면에 감춰진 성격을 발견한다. 우리는 그 성격을 갈고 닦고 매만질 수 있다. 그때 우리의 참된 모습이 드러난다.

자신의 참된 모습을 발견하겠다면, 자신을 아끼는 법을 알고 싶다면, 자신의 운명을 받아들이겠다면 이 방법을 따라야 한다. 위대해지려는 게 아니라, 충실한 삶을 살기 위해 자신에 대해 알고 싶다면, 건강이 우리의 공식이 될 수 있다. 위대하든 초라하든 우리들 대부분이 원하는 건 그 정도다.

생리학자들은 가장 혹독한 육체적 시련을 거친 사람만이 가만히 앉아 있는 삶을 즐겨도 괜찮다고 말한다. 인간은 본래 가만히 있도록 만들어지지 않았다. 비활동성은 인간의 몸에 대단히 부자연스럽다. 평형감이 깨지게 된다. 활동해야만 심장과 순환계와 몸의 모든 체계가 제대로 돌아갈 수 있는데, 그게 없다면 모든 게 뒤틀리기 시작한다.

배 둘레와 몸무게를 늘려 보라. 혈압과 심장 압력을 높여 보라. 낮춰야 하는 것은 높이고, 높여야 하는 것은 낮춰 보라. 폐활량과 산소 소모량을 낮춰 보라. 유연성과 능률성, 지구력과 근력을 낮춰 보라. 건강이란 한때의 기억이 될 것이다.

몸이 없이 마음이 남아 있겠는가? 동맥만큼이나 빨리 지능이 마비된다. 창의력은 행동에서 우러난다. 앉아서 떠오르는 생각일랑 믿지 말라.

자리에 앉아 방관하는 사람은 사색가가 아니다. 그는 책상물림이다. 언제나 진실을 향해 자신을 열어 두고 직접 경험해 보기 위해 늘 찾아다니는 운동선수와 달리, 방관자는 팔짱만 끼고 앉아 있다. 그런 사람은 완고한 생각만 할 뿐이다. 그런 사람은 배타적이고 외골수적인 선입견으로 똘똘 뭉쳐 있다.

방관하는 책상물림은 자신이 다 안다고 생각해 더 이상 직접 경험하려 들지 않는다. 하지만 자신에게 닥친 감정들을, 어떻게 하든 성에 차지 않는 감정들을 다루려면 책상물림들은 반드시 직접 경험을 통해 성장해야 한다. 그동안 너무나 멀리했던 운동선수들의 방식을 익혀야 한다. 운동선수들은 노력을 통해 모든 감정을 풀어놓고 카타르시스를 얻기 때문이다.

책상물림은, 자신도 원하지만 결코 그렇게 될 수 없다고 생각해, 사람들을 바라보고만 있을 뿐이다. 몸을 움직이는 자들은 늘 즐거워한다. 거기에는 놀이하는 재미, 승리하는 재미, 심지어는 패배하는 재미까지 있다. 몸으로 부딪치며 그들은 소진을 경험한다. 이 소진을 통해 형제애와 평등을 얻게 된다. 이 소진을 통해 멋진 승자뿐만 아니라 멋진 패자까지도 될 수 있다.

비활동적인 책상물림이 운동선수의 경험에 대해 알 도리가 없으니, 스포츠의 팬이라는 사람들은 패자가 왜 멋있는지 잘 모른다. 그러므로 경기에 참가하는 선수들보다 구경꾼들이 승리에 더 집착하는 경우를 볼 수 있다. 응원하는 팀이 패하면 그 감정들을 건강하게 배출할 방법이 없기 때문에 팬들은 이웃에, 가까운 물체에, 심판에, 경기장에, 게임 그 자체에 쏟아붓기 쉽다.

응원하는 팀이 연패에 빠진 극렬 팬이 진정하기를 기대하느니, 어느 날 갑자기 술고래가 술을 끊고, 약물 중독자가 마약을 끊고, 하루에 세 갑씩 피워대던 골초가 갑자기 금연을 선언하기를 기대하는 게 낫다.

이런 구경꾼이 그 모든 육체적, 심리적, 감정적 시험을 거쳤더라도 자신의 온전한 모습을 찾으려면 큰 산을 하나 더 넘어야 한다. 구경꾼이란 군중의 일부라는 말이다. 그는 영화 〈게임The Games〉에서 코치가 말한 적이 있는, "배에 기름이 잔뜩 낀 채로 스탠드에 모인 얼간이들" 중의 하나다. 군중 속에 들어가게 되면 누구나 자신이 세운 행동 기준과 윤리 감각에서 벗어날 수밖에 없다. 군중 속의 인간은 다른 구경꾼과 보조를 맞춰야 하기 때문에 진화의 사다리에서 두 계단은 밑으로 내려가야 한다.

구경꾼이 되는 순간, 모든 것은 아래로 떨어진다. 환호와 고함 소리가 사라지기 전에 그 삶이 먼저 끝난다.

한 학생이 미국의 심리학자인

롤로 메이에게 말했다.

"저는 두 가지 사실만 알 뿐입니다.

첫째, 언젠가 나는 죽을 것이다.

둘째, 지금 나는 죽지 않았다.

묻고 싶은 건,

이 두 지점 사이에 있는 저는

지금 뭘 해야 하느냐는 겁니다."

자
신
이

되
기

인간이 벌이는 일들은 언제 성공하는가? 극도로 이성적일 때? 아니면 극도로 불합리할 때? 과학도 성공했지만, 종교도 성공했다. 과학적 지식도 먹혀들었지만, 종교적 믿음도 마찬가지다.

우리는 대개 모든 상황을 알 수 있을 때 행동한다. 하지만 불확실한 상황에서도 비슷하게 행동한다. 그래서 사도 바울은 "Credo quia absurdum(부조리하기 때문에 나는 믿는다)"라고 말했다.

그러므로 성공적인 건강 프로그램에는 두 가지 방식이 있을 수 있다. 하나는 이성적이고 실제적이고 생리학적인 방식이다. 다른 하나는 비이성적이고 신비적이고 심리학적인 방식이다. 한쪽이 의무적이라면 다른 한쪽은 자발적이다. 한쪽이 삶의 방식에 맞춰 개인을 변화시키는 데 목적을 둔다면, 다른 한쪽은 사람에 맞춰 삶의 방식을 변화시키는 게 목적이다. 한쪽이 실용적이라면 다른 쪽은 창조적이다. 한쪽이 일이라면 다른 한쪽은 놀이다.

첫 번째 방식은 결과에 주목하며, 두 번째 방식은 과정에 주목해 목적을 이룬다.

어떤 사람은 훈련량을 정할 때 쿠퍼 박사가 제시한 하루 최저 요구량 정도에 만족하는가 하면 또 어떤 사람은 최대능력치에도 부족하다고 느낄 것이다.

첫 번째 부류는 건강이라는 목적과 결과를 중요시하여 이를 얻는 과정에는 신경쓰지 않는다. 두 번째 부류는 행위 자체를 중요시하여 행동 그 이상의 목적 따위에는 의미를 두지 않는다.

첫 번째 부류는 야망을, 두 번째 부류는 꿈을 좇는다.

첫 번째는 막다른 골목에 몰린 사람들을 위한 방식이다. 운동을 하기에 부적당하고 체형도 갖춰지지 않은 사람들 말이다. 뭘 하고 싶은지 알지만, 이제는 그것을 할 능력도, 즐길 능력도 없는 사람들이다. 이 사람들은 마침내 막다른 골목에 이르렀고 이제 다시는 예전처럼 느끼고 바라보고 살아가는 게 싫은 부류다. 그들은 이제 육체를 잘못 다뤘다는 사실을 깨닫고 후회한다. 이제 그들은 건강 10계명을 준비할 자세가 됐다. 곧은 길을 따르는 것이 걱정되겠지만, 그 길의 저편에는 활력과 에너지가 놓여 있다.

바보도 아니고 그때까지 내버려두는 사람이 어디 있느냐고 물을지도 모른다. 진실을 외면할 수는 없는 법 아니냐고 말할 수도 있다. 하지만 사람들은 좋다고 해서 바로 따르지는 않는다.

그와 반대되는 행동에 푹 빠져 있을 때는 더구나 따를 턱이 없다. 그런 사람들은 앞으로 남은 인생이 끔찍해질 것이라는 사실을 이성적이고 실제적이고 생리학적으로 설명해야 진실을 납득한다. 이 사람들은 최악의 경우가 닥쳐야만 불편하고 지루하며 시간낭비일 뿐이라고 생각했던 건강 프로그램을 받아들인다.

두 번째는 삶 자체가 불편하고 지루하기만 해 내키지 않는다는 불행한 사람들을 위한 방식이다. 이들에게 상식적인 프로그램은 아무런 도움이 안 된다. 비이성적이고 신비적이고 심리학적인 방식만이 이들을 도울 수 있다. 이들에게는 자발적이고 창의적인, 놀이와 같은 방식만이 효과적이다. 이 사람들은 삶의 방식을 바꾸고 싶어 한다. 남는 시간에 충분히 빠져들어 결국에는 새로운 인생을 발견하게 만드는 일을 찾는다. 다마스커스로 가던 바울이 과거의 믿음을 버리고 새로운 열정을 찾은 것처럼 믿을 만한 진실을 찾아 헤매는 사람들이다.

처음 지녔던 열정이 사라지면 어떤 직업이든 의무가 됐다가 종국에는 짐이 된다고 심리학자 융은 말했다. 이때 삶은 점점 꿈에서 멀어지다가 굴복하고야 만다고 소설가 제임스 미치너는 말했다. 그럼 무엇이 남는가? 야구 선수인 빌 브래들리는 이렇게 말했다. "강렬한 열정으로 보냈던 젊은 시절, 그 몇 년 동안의 느낌을 영영 되찾을 수 없다는 사실을 알면서도 살아간다."

그런 비관주의적 관점은 받아들일 수 없다. 운동과 놀이를 발견한 59살의 남자인 내가 그 사실을 증명할 수 있다. 나는 "하나뿐인 삶인데 앞으로 어떻게 살고 싶으세요?"라는 질문을 너무 많이 받았다. 그때마다 나는 비이성적인 대답을 했다. "장거리 달리기 선수로 살고 싶소." 달리기를 선택했기 때문에 나는 숨은 열정을 일깨웠고 꿈을 되살렸고 젊음을 되찾았다. 몸을 되찾았기 때문에 삶을 되찾을 수 있었다.

비이성적이기 때문에 내 건강 프로그램은 성공했다. 내 나이에 운동선수가 되겠다고 결심한다는 게 말도 안 된다는 사람도 있을 것이다. 이성적으로 설명할 순 없지만, 의사 시절에 나는 정신을 최대한 집중해 달리기에 빠져들었다. 이제는 장거리 달리기에서 그런 느낌을 받는다. 달리기를 직업으로 삼고 의사 일을 여가로 삼는다는 것은 말도 안 된다. 하지만 이제 내 건강 프로그램은 단순한 건강 프로그램이 아니었다. 달리기는 과제였고 혁명이었고 전환이었다. 나는 내 참모습을 발견하겠다고 굳게 결심했다. 그리고 그 과정에서 이제는 뗄 수 없는 내 몸과 영혼을 발견했다.

내게 의사 일은 실패한 환상이었다. 나는 새로운 세계를 찾고 있었다. 진짜로 살아가고 싶었고 나만의 드라마를 만들고 싶었다. 삶의 의미를 가지고 장난치고 싶지 않았다. 나는 달리기를 하면서 그런 세계를 찾았다.

그러므로 거리에서 달리기를 하는 사람을 본다고 해서 그 사람의 머릿속 생각을 정확하게 알아차리기란 어려울 것이다. 달리기를 하는 이유가 이성적이고 실제적일 수도 있고 그저 해내고

싫기 때문일 수도 있다. 아니면 반대로 아이처럼 멍해지는 이 시간이 달리는 그 사람에게는 하루 중 가장 중요한 시간일 수도 있다. 어떤 경우든 달리기는 다음과 같은 궁극적인 질문에 대한 대답이 된다. 남은 인생을 어떻게 살고 싶은가?

캐나다의 자연관찰자인 존 샌섬은 육체 건강 문제에 새로운 해결책을 제안했다. 바로 종교다. 그에 따르면 육체적 건강을 지키려면 몰두 이상의 것이 필요하다. 우리가 종교적 믿음(또는 실제로 유토피아를 만들겠다는 신념)에 따라 행동할 때, 육체적 건강은 목표를 향해 나아가는 생활 방식에서 중요한 위치를 차지한다는 것이다.

이게 해답이 될 수 있을까? 아침 8시에 달리면서 열리는 미사? 교회까지 사이클 타기? 침례교회 예배 직전에 서키트 트레이닝을 하기?

나는 그렇게 생각하지 않는다.

모든 사람들은 종교적이다. 모든 사람들은 이미 저마다 거부할 수 없는 믿음에 따라 행동한다. 종교는 소속하는 것도, 받아들이는 것도, 생각하는 것도 아니다. 종교란 행동하는 것이다.

우리는 매일 깨어 있는 순간 종교적으로 움직인다. 어떤 식으로든 자신에게, 또한 이 우주에 무엇이 긴급하고 중요한 것인지 표현할 수 있다면 그게 바로 종교다. 이런 관점에서 모든 행동은 종교적이다. 우선 자신의 몸이 절실하게 얘기할 때에야 실천으로 옮길 수 있기 때문이다.

우리는 행복하고 즐겁기 위해 존재하지만("즐거움을 놓친다면 모든 걸 놓치는 걸세"라고 작가 스티븐슨은 말했다) 그 추구하는 방식은 저마다 다르다. 건강이란 그중에 들어가지 않을 수도 있다.

내 몸은 젓가락처럼 말랐다. 나는 내성적이고 예민하며 다른 사람들과는 사귀기도, 싸우기도 싫어한다. 나는 정의에 굶주리지도 목마르지도 않다. 축제에 가도 즐거운 줄을 모르고 사람들과 사귀어도 기쁘지 않다. 나는 브렌던 길이 〈뉴요커〉에 연재한 칼럼에 등장한 작가들과 비슷한 사람이다. 그 작가들은 서로 우연히 만날 뿐이며 모든 게 비밀스럽다. 그리고 누구에게도 자신을 정확하게 소개하지 않는다.

나는 책상물림이다. 이 말은 곧 내가 똑똑하다는 뜻은 아니지만, 나는 다른 사람들보다 관념적인 생각들을 더 중요하게 여긴다는 뜻은 될 수 있다. 다른 사람들과 마찬가지로 내 세계는 내 작은 몸뚱아리 속에 존재한다. 그 세계가 완성되느냐 마느냐는 내 육체적 건강에 달렸다. 내 몸이 완전해야만 나 역시 완전해질 수 있다.

건강이 내 삶이다. 건강은 반드시 필요하다. 내게는 대안도, 다른 선택도 없다. 이런 내적 요구에 따라 행동하는 게 내게는 어울리는 듯하다.

최근에 나는 프린스턴 근처에 있는 정신치료학회인 캐리어클리닉에서 육체적 건강에 대한 강의를 했다. 강의가 끝난 뒤, 질의응

답 시간이 되자 한 사람이 이렇게 물었다.

"조깅을 하면 수명이 연장됩니까?"

나는 의학을 곧이곧대로 믿는 그 의사를 바라보면서 이렇게 대답했다.

"정신 치료는 어떤가요?"

미리 생각하고 한 대답이 아니었다. 맥락도 없고 중요하지도 않은 질문에 대한 반발일 뿐이었다. 달리기가 수명을 연장한다는 생각 때문에 달리는 러너가 어디 있겠는가?

수명이 연장될까? 나는 알지도 못할뿐더러 알고 싶지도 않다. 물론 달리기가 내 몸에 좋다는 건 확신한다. 하지만 어떻게 좋다는 것일까? 몇 년 전, 나는 한번 알아보자고 결심하고 건강 진단을 받기 위해서 가까운 대학병원에 갔다. 내 혈중 최대 산소 용적률은 54퍼센트로 밝혀졌는데, 이는 28세 남자보다 낫다는 뜻이다.

분명히 달리기를 통해 내 건강 상태는 나아졌다. 그것 말고 또 뭐가 있는가? 내가 제 수명보다 오래 살 수 있을까? 어리석기 짝이 없는 소리다. 생리학적으로 내가 28세 남자와 같다고 하더라도 내 몸은 여전히 59세 남자의 몸이다. 육체적으로나 정신적으로 원기 왕성하다고 해도 내 몸은 가차 없이 늙어간다. 머리카락은 점점 빠진다. 시력은 감퇴한다. 이렇게 되고 보니 아무리 내가 28세 남자의 심장과 혈관을 지녔다는 말을 들어도 믿기 곤란하다.

하지만 좋은 점은 있다. 28세와 같다고 판정받는 건 좋은 일이다. 확실히 그렇다. 그건 육체적 나이와 상관 없이 운동할 수 있다는 뜻이니까. 달리기 덕분에 나는 몸을 가볍게, 심폐기능을 최대치로 유지할 수 있다. 덕분에 나는 최상의 상태로 몸을 지킬 수 있다. 덕분에 나는 최고의 체력으로 생활할 수 있다.

그러니까 수명이 연장된 게 아니냐고 말하는 사람도 있겠다. 하지만 아니다. 나는 태어날 때부터 사람의 수명은 정해져 있기 때문에 인위적으로 줄이거나 늘릴 수는 없다고 생각한다. 인간은 메신저 리보 핵산이 전하는 신호에 따라 예정된 시간에 태어난다고 생각한다. 분자들의 노래를 세포가 듣지 못하게 되는 때가 올 것이다. 그 다음에는 병과 해체와 죽음이 뒤따를 것이다.

우리는 그 속도를 빠르게 할 수는 있지만, 늦출 수는 없다. 의학은 눈부시게 진보했지만, 생명 연장에는 아무런 기여도 하지 못했다. 르네상스 시기의 이탈리아 화가들이 평균적으로 67세까지 살았는데, 핵시대가 되어도 사람들 모두를 그 이상 살 수 있게 하는 약품은 없다는 사실은 흥미롭다.

그러니 수명 연장 따위는 잊어버리자. "수많은 바구니도 달걀을 지킬 수는 없다"던 서버의 금언을 상기하도록 하자. 나쁜 일에서 멀찌감치 떨어져 운동만 하더라도 우리는 정해진 시간에 죽어야만 한다. 그런 생각 따위는 잊어버리는 게 좋다. 그때까지 우리 안에서 일어나는 일이 중요하다.

그렇다면 그 질문을 이렇게 바꿔보자. "달리기처럼 어쨌든 힘을 들여야만 하는 운동을 하면 삶이 좋아지는가?" 이 질문에는 대답을 할 수 있다. "확실히 그렇다." 달리기를 하면 부정적인 마음보다는 긍정적인 마음을 지니게 되고 뭔가를 하게 된다. 그리고 무엇보다도 달리기는 자신이 하는 일에 책임감을 느끼게 해준다.

의사 일을 해보면 책임감을 지니고 행동하는 것은 자신의 운명을 결정하는 데 참여하는 것과 마찬가지라는 걸 알게 된다. 스스로 잘 하겠다고 마음을 먹을 때, 진짜 잘 할 수 있다고 과학자들은 주장한다. 록펠러 재단의 존 노울즈 박사는 이렇게 말했다. "이제는 각자가 자신을 위해 노력하겠다고 마음먹을 때만이 미국인들의 건강 상태는 향상될 것입니다."

달릴 때, 나는 이런 책임감을 기꺼이 받아들인다. 그 과정에서 나는 책임감responsibility 속에는 반응하는respond 능력이 포함된다는 사실을 알게 됐다. 내 몸을 돌보겠다면 먼저 귀를 기울여 몸의 말을 들어야만 한다.

내 몸과 끊임없이 대화를 나누며 달릴 때 내 마음은 점점 더 건강해진다. 그래서 더 많이 연습하고 더 많이 달리고 더 많이 마음을 다잡으려고 노력하며, 인간의 가능성에 주목한 조지 레너드가 말한 '최고의 운동선수'가 내 안에도 있는지 살핀다. 그러다 보면 레너드의 말처럼 내가 삶이라는 최고의 경기를 하고 있다는 사실을 알게 된다.

다들 알겠지만, 삶이라는 경기에서는 얼마나 오랫동안 경기를 했느냐가 아니라 얼마나 잘 경기를 했느냐가 중요하다.

매일 조깅하던 사람이 있었는데 조깅이 심장 질환을 예방한다는 증거를 찾을 수 없었다는 발표에 실망해서 내게 편지를 보낸 적이 있다. 그는 "조깅이 심장마비를 막는다는 확실한 증거도 없다면 조깅할 필요가 없지 않습니까?"라고 물었다.

답을 말하자면, 우리는 더 중요하고 절실하고 간절한 목적을 위해 행동해야만 한다는 것이다. 왜 달리고 테니스를 치고 사이클을 하고 수영을 하고 사냥을 하고 승마를 하는가? 삶의 양이 아니라 질이 중요하기 때문이다. 한 학생이 미국의 심리학자인 롤로 메이에게 말했다. "저는 두 가지 사실만 알 뿐입니다. 첫째, 언젠가 나는 죽을 것이다. 둘째, 지금 나는 죽지 않았다. 묻고 싶은 건, 이 두 지점 사이에 있는 저는 지금 뭘 해야 하느냐는 겁니다."

살아가면서 어떤 일을 하고 어떤 사람이 되고 어떻게 바뀌어야만 하는지 궁금해질 때, 운동과 놀이와 연습은 상당히 중요하다. 질병 예방이 아니라 생리학의 차원에서 하는 말이다. 심장마비 예방이 아니라 건강의 차원에서, 고혈압과 발작 등의 질환이 아니라 몸을 가꾸는 차원에서 하는 말이다.

자기 능력의 최대치에 도달하려면, 체력을 최상으로 유지하려면 운동과 놀이와 연습이 반드시 필요하다.

이들의 중요성은 평생 기억해야 한다. 플라톤도 배우기 전에 먼저 몸을 단련해야만 한다고 했다. 교육이란 몸과 마음을 함께 길러준다고 플라톤은 말했다. 그럴 때 모든 힘, 적극적인 태도의 원천인 육체와, 이성이 자리잡은 마음이 서로 조화를 이루게 된다. "육체는 영혼의 교사이자 순경이다"라고 오르테가는 썼다. 잘 가꿔진 몸, 체력의 최대치에 이른 몸, 성숙이라는 이름에 값할 만큼 폭이 넓은 몸만이 최고의 선생이며 최고의 교관이다.

바로 그때, 조깅을 비롯한 운동을 통해 우리는 잠재적인 능력을 향해, 숨겨진 가능성을 향해 실제로 한 걸음을 내디딜 수 있다. 동시에 우리 내면은 불안으로, 프랑스 철학자 가브리엘 마르셀이 말한 정신적 동요로 가득 채워진다. 그러면서 이 삶에서 반드시 해야만 하는 일이 있다는 걸 깨닫게 된다. 역사가 시어도어 로삭이 말한 것처럼 그때 우리는 앞에 닥친 심각하고 긴급하고 중요한 과제는 '본래 타고난 죄'가 아니라 '본래 타고난 광휘'라는 걸 알게 된다. 우리 안에 존엄이 숨어 있다는 걸 알게 된다. 로삭은 "인간은 자신의 참된 높이까지는 가보지도 못하고 살기 때문에 점점 병들게 된다"고 말했다.

운동과 놀이와 연습을 하지 않고 그 높이까지 가기가, 아니 가보겠다는 시도가 가능할까? 자신의 몸을 훈련하고 단련하고 즐기지 않으면서 삶에서 반드시 필요한 힘과 이성, 조화와 상상력을 얻을 수 있을까? 다들 이 질문에 대답해보기 바란다.

내가 보기에는 통합적으로 인간에 접근하지 않으면서 인간을 단련시킨답시고 왈가왈부하는 것은 딱한 소리에 불과하다.

시인 하우스먼은 "내 문제는 두 가지다. 뇌는 머릿속에, 심장은 가슴에 있다는 것"이라고 읊었다. 일상생활에서 이런 문제를 대할 때, 우리는 건강한 몸 가꾸기의 중요성을 깨닫게 된다. 몸이 건강하다고 더 쉽게 살 수 있는 건 아니다. 실제로는 더 많은 요구에 직면하게 된다. 운동선수는 일반인들보다 더 많은 선택의 순간을 맞이한다. 그에게는 자유가 얼마나 위험한지, 'difficulté d'être'라는 불어가 뜻하는 게 무엇인지 이해하는 순간이 더 많이 찾아온다.

매 순간 우리는 이런 난제를 만난다. 그때마다 최상의 대처법을 찾아내는 것도 우리다. 이때 우리는 자신이 그 방법을 바깥에서 찾는 아리스토텔레스주의자인지, 안에서 찾는 플라톤주의자인지 알게 된다. 증거가 나올 때까지 기다릴 것인가, 내면의 목소리에 따라 행동할 것인가?

내가 찾은 해답은 분명하다. 먼저 나는 본능적으로 달린다. 그러다 보면 운동 방법의 하나로 연습하지 않을 수 없다. 그 다음에는 나보다 뛰어난 사람들의 조언에 따라 달리고 연습하게 된다. 그러나 결국에는 달리기가 내가 할 수 있는 가장 합당하고 참된 나만의 방법이기 때문에 달리게 된다. 그 과정에서 동맥과 심장과 순환계통이 좋아질 수는 있겠지만, 그건 내 관심사가 아니다.

내 참된 목표는 몸 가꾸기이지 아프지 않겠다거나 병에 걸리지 않겠다는 게 아니다. 내 진정한 목표는 참된 높이까지 이르는 것이다. 내 진정한 목표는 원래 내가 지녔던 존엄을 되찾는 것이다.

나는 제대로 살아가기 위해 달린다. 거짓말이 아니다.

나는 새로운 종교를 만들 작정인데,

이 종교의 첫 번째 교리는

"규칙적으로 뛰어놀아라"다.

오직 놀 때만 세상과 평화를 함께 얻을 수 있다.

놀 때, 우리는 자신이 하는 일이

대단히 중요한 동시에

대단히 하찮다는 것을 깨닫는다.

놀
기

셰익스피어는 틀렸다. 죽느냐 사느냐가
아니라, 노느냐 놀지 못하느냐 그게 진정한 문제다. 유머가 뭔지
아는 사람은 삶이 비극이 아니라 거대한 농담이라는 걸 안다. 또
한 삶은 수수께끼다. 다른 수수께끼와 마찬가지로 여기에는 분명
히 답이 있다. 삶은 자멸의 길이 아니라 놀이의 길이다.

잠깐 이 점에 대해 생각해보자. '난폭한 운명의 투석기와 화살'
에 맞서거나 '바다처럼 많은 문제들'에 맞설 때, 노는 것보다 더
좋은 대처 방법이 있을까? 이런 문제를 심각하게 생각하다 보면
햄릿이 생각날지도 모른다. 그게 아니라면 작가인 윌프레드 쉬드
가 쓴 것처럼 "다른 사람이 신과 섹스에 대해 말하는 것처럼 돈
에 관해 얘기하던", 제2차 세계대전에서 귀환한 닉슨 패거리를
떠올릴지도 모르겠다.

그 어느 방식도 합당하지 않다. 그 어느 쪽도 우리가 찾고자 했던, '이 세계가 주지 못하는 평화'를 가져다주지 못한다. 이것 역시 수수께끼의 하나다. 죽으면 이 세상을 떠나겠지만, 평화는 얻는다. 반면에 이 세상에서 활동하면서 무엇인가를 소유하고 성취하기로 결심한다면 평화를 얻지는 못한다. 오직 놀 때만 세상과 평화를 함께 얻을 수 있다. 놀 때, 우리는 자신이 하는 일이 대단히 중요한 동시에 대단히 하찮다는 것을 깨닫는다.

그때 우리는 뭔가를 성취하려는 마음이 중요한 동시에 하찮다는 사실을 받아들일 수 있게 된다.

그때 놀이는 우리 존재의 수수께끼를 푸는 열쇠가 된다. 자신을 넘칠 정도로 풍부하게 드러내면 수수께끼는 그다지 큰 문제가 되지 않는다. 어긋나고 일치하지 않을 때도 즐거워할 수 있게 된다. 마지막 한 방울의 기력과 결단력까지 쥐어짜며 자신을 지키는 시간이 지나면, 우리는 경쟁상대를 끌어안을 수 있고 경기에서 기쁨을 찾을 수 있다.

놀이 속에서 삶은 이어진다. 바로 그때 게임은 게임이 된다. 놀이하는 마음, 그 너머는 이단의 땅이다. 심각해진다. 유머 감각을 잃게 된다. 우리가 집착하는 것들이 얼마나 부조리한 것인지 볼 수 없게 된다. 옳고 그름이 중요한 문제로 자리 잡는다. 돈과 권력과 지위가 목적이 된다. 게임은 이겨야만 하는 게 된다. 놀이할 때 얻을 수 있는 참된 삶과 참된 가치를 잃게 된다.

참된 가치에는 육체적인 우아함, 심리적인 편안함, 분열되지 않은 자신의 모습 등이 들어간다. 거기에는 자신은 물론 자연과 하나가 됐다는 느낌이 들 때 생기는 절정의 경험이 있다. 세계가 우리에게 주지 못하는 평화의 순간이 아닐 수 없다. 앞으로 영원히 그런 평화를 얻게 될지도 모른다. 그렇게 되기를 바란다. 하지만 지금 우리는 그런 순간을 찾을 수 있도록 먼저 놀아야 한다. 우리가 영원히 자기 자신의 참된 모습이 될 수 있도록 말이다.

철학자들은 몇 세기 동안 이 점에 대해 언급해 왔다. 이제 신학자들은 하느님의 나라에 들어가려면 아이가 되어야만 한다는 사실을 의심하지 않는다. 만약 그렇다면 아이가 된다는 말은 아이처럼 놀 줄 알아야 한다는 뜻일 게다. 청교도적인 태도로 이 세계에 들어갈 수는 없다. 아이들은 노동과 돈과 권력 등 우리가 이루어야겠다고 마음먹은 것들에는 관심이 없다.

아이들이 '나가서 뛰어놀 때', 우리는 아이들을 부러운 눈으로 바라본다.

어른이 되는 동안 무슨 일이 일어났기에 우리는 그렇게 놀지 못할까? 지식인들은 폄하하고 경제학자들은 생각할 마음도 먹지 않고 심리학자들은 한쪽으로 치워 버렸기 때문에, 이 질문은 놀이하는 삶에 최후의 일격을 가한 선생들에게 떠넘길 수밖에 없다. '체육교육'이라는 게 생겨나 즐거움을 지루함으로, 재미를 고역으로, 기쁨을 노동으로 바꿔 버렸다. 한때 우리를 에덴동산으로 이끌었던 것들이 이제는 막다른 골목으로 우리를 이끌게 됐다. 우주를 대하던 우리의 시선이 그렇게 간단하게 바뀌어 버렸다.

우리가 놀고 자신과 신을 즐기던 우주는 따로 있다. 뭔가를 얻기 위해서는 매번 싸워야만 하는 공간이자 온갖 금지 규정으로 가득 찬 우주는 또 다르다. 이런 우주 속에 있을 때 우리는 필경 다른 세계에 있는 평화를 찾아 헤매게 된다. 이런 처지에 놓인 삶을 사무엘 베케트는 "마지막 질병"이라고 말했다.

물론 놀이는 그와 다르다. 당신은 이미 노는 방법을 알고 있는지도 모른다. 아무런 대가를 바라지 않고 어떤 일을 하고 있다면, 이미 구원으로 가는 길에 서 있는 셈이다. 결과도, 그런 생각마저도 잊어버린다면 더 멀리까지 갈 수 있다. 지금 그런 일을 하고 있다면 우리는 다른 차원 속으로 들어간 셈이다. 여기서는 미래를 걱정할 필요가 없다.

몇 년 전, 딘 콜드웰과 워렌 하딩이 엘 카피탄 산의 정상에 이르렀을 때, 나라 전체가 안도의 한숨을 내쉬었지만, 곧 다른 문제가 제기됐다. 왜 어떤 사람들은 27일간 위험을 무릅쓰고 3천4백 피트나 되는 수직 암벽을 올라야만 하는가? 커튼만 달아도 현기증을 느끼는 우리 같은 평범한 사람들에게는 있을 수 없는 물음이다.

"왜 산을 오르는가?"라는 질문에 대한 만족스러운 해답은 산악인들도 할 수 없다는 게 밝혀졌다. 물론 사람들은 저마다 대답한다. 하지만 다들 솔직하게 정답은 아니라고 인정한다. 정답은 없다는 뜻일 게다.

'피를 보는 스포츠'에 참가하는 사람들의 경우도 마찬가지다. 헤밍웨이가 말한 진실의 순간 따위는 잊어버려라. 그런 말로는 자신이 왜 스페인 팜플로나에서 황소와 함께 달렸는지 설명하는 소설가 제임스 미치너를 이해할 수 없다. 미치너 근처에서 두 사람이 황소에 받혀 죽었다. 그럼에도 미치너는 그 다음 날에도, 그 다음 다음 날에도 다시 찾아갔다. 도대체 왜 미치너나 그곳의 관중들은 (황소를 건드리기 위한, 또는 건드렸다고 주장하기 위한) 신문을 둘둘 말아 쥐고는 팜플로나로 가는 것일까?

미치너는 자신이 할 수 있는 제일 어려운 일에 자신을 시험해 보기를 원하는 사람들은 어느 곳에나 있기 때문이라고 설명했다. 미치너는 이런 갈망을 어리석고 허무하고 대가도 없고 무의미한 것이라고 설명했다. 하지만 미치너는 사람들이 이런 어려운 일을 감당하겠다고 나서는 사람을 훌륭하게 여긴다는 점을 지적했다. "우리 시대에는 에베레스트를 정복하거나 달까지 여행하거나 팜플로나에서 황소와 달리는 일 같은 게 바로 그런 일이다"라고 미치너는 말했다.

"끊임없이 기차 시간에 맞춰 움직여야 하는" 현대인에게 가장 어려운 일에 도전해 자신을 시험하겠다는 생각은 신선하고 멋진 생각일 수밖에 없다. 하지만 팜플로나 거리는 달에 있는 고요의 바다만큼이나 멀리 떨어져 있으며 고산병을 일으키는 에베레스트 정상은 더할 나위도 없다. 또한 역설적이게도 미치너와 스페인 사람들이 겪었던 일들은 자신의 방식이 아닐 것이라는 본능적인 거부감 때문에, 자신이 어떤 사람인지, 자신의 한계가 어디까지인지 확인하려는 우리의 욕망은 실현되지 못한다.

우리는 본능적으로(운동선수들과 스포츠 심리학자들도 인정하는) 스포츠를 통해 이런 욕망을 충족시키는 방법을 찾아낸다. 경험에 압도당하지 않고 경험하는 방법, 삶에 압도당하지 않고 살아가는 방법을 알 수 있다. 더 정확하게 말해서 온전한 자신의 모습을 되찾는 방법을 알 수 있다. 지금까지 자신이란 머릿속에 든 뇌를 뜻했다. 하지만 이젠 더 이상 그렇지 않다.

"(때로 그리스의 그리스도라고 불리우는) 프로메테우스는 인간이 어디까지 뻗어 갈 수 있는지 알고 싶어 했다. 운동선수들도 마찬가지다." 웨스트코스트 대학교의 심리학 교수인 윌프레드 미첼은 이렇게 말했다.

〈러너스 월드〉의 편집자이자 달리기 선수인 조 헨더슨은 운동을 통해 자신의 능력이 확장됐다는 사실을 깨달은 사람이다.

헨더슨도 다른 사람들과 마찬가지로 자신이 달리는 이유를 제대로 설명할 수 없다는 걸 안다. 하지만 이런 식으로 설명했다. "머릿속에 든 생각도 글로 쓰기 전까지는 구체적인 모습을 갖지 못한다. 마찬가지다. 내 안에 있는 게 뭔지 확인하려면 달려야 한다."

달리기는 온 존재로 느끼는 경험이다. 저마다 자신에게 딱 맞는 운동이 다를 것이다. 저마다 나름대로 스키를 탈 때, 등반할 때, 자전거를 탈 때, 수영할 때, 공을 던질 때 만족감과 충족감을 느낄 것이다.

그 경험을 통해 우리는 다른 차원으로 옮겨 갈 수 있다. 단순한 근육 운동일 수도 있다(예컨대 그림을 그리다 보면 팔뚝의 힘이 세어지는 것과 마찬가지로). 정신을 빼앗기도 한다. 턱 맥그로는 이렇게 말했다. "저는 야구를 대단히 좋아합니다. 1점 차이로 이기고 있는 9회말 노아웃 풀베이스 상태에서 공을 던지기 위해 마운드에 올라간다면, 이게 무슨 얘기인지 알 것입니다. 어찌나 긴장이 되는지 정신을 쏙 빼놓게 되죠." 때때로 그 경험은 종교적이기도 하다. 세계적인 서퍼인 마이클 힌슨은 이렇게 말했다. "서핑은 영적인 체험이다. 일단 파도와 하나가 되면 평상시의 존재감은 사라지고 만다. 내가 누군지 알려면 더 높은 차원으로 올라가야만 한다."

이렇게 다양한 스펙트럼을 보이는 한쪽 끝에서 전 대학 크로스컨트리 선수의 다음과 같은 말이 있다. "엄청난 고통을 만나 이겨낼 때, 달린다는 것은 이루 표현할 수 없을 만큼 만족스러운 경험이 된다." 또 다른 끝에서 열렬한 스노클링 선수인 딕 카벳은 다음과 같이 말하기도 했다. "스노클링을 하면 다시 태어나는 느낌이 든다. 태아처럼 아무런 책임감도 느끼지 않은 채 그저 물 위를 떠가면 된다. 내가 보기에는 스포츠와 수면과 종교의 제일 좋은 점만 모아서 만든 게 스노클링인 것 같다."

이런 조용한 혁명이 온 나라로 퍼지고 있다. 진정한 아웃사이더가 사라지고 있다는 말에 속으면 안 된다. 스키 매니아들은 자신이 살아 있다고 느낄 때가 언제인지 잘 알기 때문에 산에서 떠나지 못한다. 세계적인 마라톤 대회에 참가하는 러너들은 나뭇잎이 떨어지는 소리를 듣고 빗소리에 귀를 기울이면서 하늘을 나는 새처럼 자유로워지는 대회 날만을 기다리는 사람이 한둘이 아니라는 사실을 알고 있다. 그 사람들에게 스포츠는 시험이 아니라 치유다. 도전이 아니라 보상이며, 질문이 아니라 대답이다.

건강과 장수를 누리는 데 가장 기본이 되는 첫 번째 원칙은 다음과 같다. 자신만의 이상을 추구하라. 이런 원칙에 불만을 느낄 사람은 없을 것이다. 하지만 다른 원칙들이 흔히 그렇듯 권위를 가진 사람들이 나와서 이러저러하게 해석하기 시작하면 우리는 불만을 느끼게 된다. 이때 우리는 분리주의자가 되고 이단이 되어 자신만의 종교를 만들기 시작한다. 건강 문제에서 가장 큰 논란은 '연습'과 관련해서 일어난다.

　나는 새로운 종교를 만들 작정인데, 이 종교의 첫 번째 교리는 "규칙적으로 뛰어놀아라"다. 하루에 1시간씩 뛰어놀면 사람은 온전해지고 건강해지고 오래 살게 된다. 이처럼 연습은 놀이가 되어야 한다. 그렇지 않다면 연습에서 얻을 수 있는 건 하나도 없다. 간혹 언론 매체에 나오듯 연습 때문에 죽을 수도 있다.

　내 생각이 옳다는 걸 알려주는 과학적 조사 자료도 있다. 최근 영국과 아일랜드에서 3만 명의 사람들을 대상으로 조사한 바에 따르면, 격렬한 육체적 운동을 한다고 해서 관상동맥발작 징후와 심장병 징후를 바꿔 놓지는 못한다는 사실이 밝혀졌다.

하지만 같은 사람들을 대상으로 조사한 결과, 재미 삼아 몸을 움직이면 심장과 관련한 위험 요인들이 눈에 띄게 줄어들었다는 걸 알게 됐다. 격렬한 운동이 아닌, 수영과 달리기와 정원 손질과 테니스와 스쿼시와 핸드볼 등 놀이처럼 즐길 수 있는 운동을 할 때, 건강과 장수를 얻을 수 있는 셈이다.

그러므로 육체적으로만 노력한다고 심장마비와 퇴행성 질환을 줄일 수 있는 건 아니다. 그 행위 자체에 온 마음을 쏟는 노력이 필요하다. 무작정 달리기가 아니라 즐길 수 있는 달리기가 필요하다. 뭔가를 바라고 하는 운동으로는 아무것도 얻을 수 없다. 하지만 놀면서 하는 연습으로는 건강과 장수를 얻는다.

놀지 못하고 하는 연습은 몸과 마음 사이의 간격을 좁히는 게 아니라 늘린다. 목표 달성을 위한 고역이며 노동이 될 때, 연습은 시간 낭비에 불과하다. 만약 오래 살고 싶다는 생각 때문에 싫어하는 달리기를 시작했는데 5년 뒤 트럭에 치어 죽게 된다면, 하느님이든 달리기를 권했던 의사든 누군가 원망할 권리는 충분한 셈이다.

러너를 흉내내는 사람들이 제일 위험하다. '더 빨리 병'에 걸려, 더 짧은 시간에 더 많은 걸 성취하려고 들며 다른 사람들과 언제나 경쟁하고 이기려고만 드는 사람들 말이다. 오르테가는 "아픈 사람과 야심가만이 언제나 서두른다"고 말했다. 죽음에서 도피하는 수단으로 조깅을 택했으나 결국에는 그게 황천길로 좀더 빨리 가는 방법이 됐다는 사실을 발견하는 사람들이 이들이다.

그렇다면 어떻게 해야 하는가? 필연적인 이유가 있을 때만 달려라. 의사의 권고가 아니라 자신의 내적인 갈망에 따라 달려야 한다. 또는 즐기라고 말하는 내적인 욕망에 주의를 기울여라. 과거와 현재와 미래의 자신이 어떻게 달라졌고 또 달라질 수 있는지에 귀를 기울여라. 그리고 자신의 최선을 다하고 최선의 상태를 느껴라. 어떤 목적도 바라지 말고 일하라. 이 세상만사가 모두 혼란스러운 순간에도 편안해지고 자신감을 얻고 최고의 상태를 느끼게 해 주는 일. 그런 일을 발견하면 그 일을 통해 자신의 삶을 지키도록 하라.

"오늘이 내 생의 마지막 날인 것처럼 살아갈 때, 최상의 삶을 얻을 수 있다"고 마르쿠스 아우렐리우스는 말했다. 내가 생명이 다하는 날까지 달리려는 이유도 마찬가지다. 나는 하루하루를 살아갈 뿐이지만, 그게 내 삶이 된다.

진정한 놀이라면 죽는 그 순간까지도 하고 싶어서 몸이 달아오를 것이다.

스포츠에도 축제일이 있다면 크리스마스가 아닐까? 이 날에는 누구라도 노는 사람이 된다. 요한 호이징가는 그런 사람의 특성을 일컬어 호모 루덴스(놀이하는 사람)라고 불렀다. 생각하는 사람인 호모 사피엔스와 도구를 사용하는 사람인 호모 파베르 등과 다른 특성을 나타내기 위해서이다.

크리스마스를 통해 우리는 다시 한 번 노는 것이야말로 인간이 할 만한 행위라는 걸 깨닫게 된다. 크리스마스를 통해 우리는 어떤 철학자도 재미가 뭔지 설명하거나 이해시킬 수 없다는 걸, 삶이란 무엇이든 가능한 하나의 게임이라는 걸 깨닫게 된다.

이런 얘기가 새로운 건 아니다. 《법률학》에서 플라톤은 "게임을 즐기듯, 노래하고 춤추듯 삶을 하나의 놀이로 대해야 한다"고 말했다. 르네상스 때 이런 생각은 활짝 꽃을 피웠다. 하지만 종교개혁기에 인간과 몸을 적대시하는 사람들이 크게 늘어나면서 놀이하는 인간의 개념은 쇠퇴했다.

19세기 산업혁명 기간에는 상황이 더 나빠졌다. 호이징가는 "온 유럽이 보일러공의 옷을 입었다"라고 말했다. 실용주의, 공리주의, 교육열 등이 놀이하는 마음을 완전히 망쳐 버렸다.

하지만 희망은 남았다. 아직도 시인들과 아이들과 운동선수들은 남아 있기 때문이다. 그리고 운동경기도 사라지지 않았다.

지식인들은 운동이 운동 그 자체가 아닌 다른 무언가에 도움이 되어야 한다는 전제에서 운동을 바라본다. 지식인들은 남는 에너지를 소진하고 지친 머리를 달래며 건강을 지키기 위해 몸을 단련하고 부족한 자질을 기르는 게 운동의 기능이라고 봤다. 놀이란 도저히 분석할 수 없는, 삶의 가장 핵심적인 요소라는 건 알지 못했다.

놀이는 비이성적인 활동이다. 그 안에 움직이는 몸의 아름다움이 담길 때, 이 초논리적이고 비이성적인 활동은 정점에 이른다. 크리스마스라는 초논리적인 축제를 통해 인간만의 독특한 가치와 운명이 재확인되듯이. 신학자들이 크리스마스의 본질을 이해하지 못하듯 지식인들도 놀이의 본질을 이해하지 못한다. 인간에게는 놀이가 있다는 사실은 말씀이 육신을 만들었다는 《성경》 구절과 마찬가지로 신비롭고 초논리적이다.

다행히도 평범한 사람들에게는 초논리적인 신비주의가 어렵게만 느껴지는 게 아니다. 역설의 작가이자 크리스마스의 작가인 G. K. 체스터튼은 "사람들이 이해하는 것 이상의 가능성을 언제나 남겨 놓는 것은 신비주의뿐이라는 걸 모든 역사는 증명한다"고 말했다.

철학자 진 휴스턴은 이렇게 말했다. "사람들은 파우스트적인 인간이란 뭔가를 조작하고 꾸미고 나쁜 길로 이끌다가 결국 파멸에 이른다고 믿는 경향이 있다. 하지만 파우스트적인 인간에서 창조자, 예술가, 놀이하는 사람이 나올 것이다."

예수의 말 속에는 그 모든 것들이 나온다. 그때부터 경기의 방식이 바뀌었다. 천사가 "기뻐하라, 겁내지 말고. 너희들에게 큰 즐거움이라는 좋은 소식을 전하러 왔다"고 말할 때, 우리는 모든 게 달라졌다는 걸 알게 된다.

모든 사람들에게 삶은 게임이다. 우리가 사는 이 세계가 경기장이다. 좋은 소식이란 결국 인간이 승리를 거둔다는 것이다. 그때가 되면 모든 사람들이 우승팀에 속하게 될 것이다. 그뿐만이 아니다. 우리 모두는 위대한 선수가 될 것이다.

진정한 크리스마스는 셰익스피어의 다음과 같은 말을 떠올리게 한다. "인간이란 얼마나 놀라운 작품인가. 그 이성은 얼마나 고귀한가! 그 능력은 얼마나 유한한가! 그 형상과 움직임은 얼마나 또렷하고 놀라운가!"

호모 루덴스는 이 사실을 잘 안다. 아, 무하마드 알리, 지미 코너스, 카림 압둘-자바는 얼마나 놀라운 작품인가. 스포츠 팬이라면 인간의 능력에 대해 따로 배울 필요가 없다. 경기 속으로 격렬하게 빠져드는 그 비이성적인 태도도 마찬가지다. 지켜보는 관중들의 일치감도.

스포츠 팬들은 이 사실을 다 알고 있기 때문에 인간의 몸보다 더 영적인 것은 없다는 걸 안다. 경기장에 있을 때, 인간은 자신의 존엄을 되찾는다는 사실을 안다. 바로 거기 어딘가에 진정한 크리스마스를 알리는 뉴스가 있다는 걸 안다.

신문의 1면에는 호모 사피엔스들이 저지르는 온갖 비극과 호모 파베르들이 일으킨 환경 파괴에 대한 뉴스로 가득하다. 스포츠 면을 펼쳐들 때, 그런 뉴스들에 지친 우리는 크리스마스가 매일 이어질 수 있다는 걸 알게 된다. 진정한 크리스마스란 무엇일까? 《성경》의 〈잠언서〉에는 이렇게 나온다.

'삼라만상을 짓는 그분과 함께 있었으며 언제나 그분 앞에서 놀면서 매일 기뻐했노라. 이 세계 안에서 놀며 내 즐거움은 사람의 아이들과 함께였노라.'

누가 놀이를 옹호하는가? 요즘에는 거의 모든 사람들이 그러는 것 같다. 생리학자, 의사, 심리학자, 정신치료사, 경제학자, 사회학자 등 모두가 놀이를 옹호한다.

놀이, 운동, 육체적 활동은 이제 무시할 수 없는 위치에 올랐다. 몸무게를 줄이고 건강의 위험 요인을 낮추려면 놀아야 한다. 스트레스를 줄이고 편한 마음으로 다시 일하려면 놀아야 한다. 놀이는 우리의 건강을 지켜주고 수명을 연장시킨다. 일하지 않는 사람에게 할 일을 주고 반사회적인 감정들을 해소할 수 있는 안전한 방법을 제공한다. 전문가들은 레저 사회에서 놀이는 반드시 필요하다고 말한다.

놀이에 대한 이런 설명들이 합리적이고 옳다고 할 수는 있지만, 우리가 놀이하는 진정한 이유는 이 때문만이 아니다. 인간은 과학자와 사상가들이 생각하는 것보다 훨씬 더 급진적인 이유 때문에 놀이한다. 우리가 놀이하는 이유는 우리가 살아가는 이유 속에서 찾아야 한다. 그러므로 이는 신과 관련한 문제다.

고대의 질문은 이런 것이었다. "신은 존재하는가?" 이 질문은 "신은 과연 어떤 분인가?"라는 중세 시대의 질문을 거쳐 "왜 신은 이런 세계를 만들었는가?"라는 우리 시대의 문제에까지 이르렀다. 이 세계가 왜 만들어졌는지, 또한 우리가 왜 태어났는지 알 수 없다는 게 우리의 가장 큰 문제다. 우리가 왜 태어났고, 무엇을 위해 살아야 하며, 어떻게 자신을 증명해야 하는지 우리는 알 수가 없다.

내가 보기에, "세계란 거룩하신 주님의 극장"이라고 말한, 캘빈의 사상을 잘 살펴보면 가장 좋은 대답이 나올 것 같다. 우리는 신을 찬양하기 위해 이 세상에 태어났다. 신 자체가 노는 존재이기 때문에 신을 찬양하려면 우리도 놀아야 한다. 즐거움 속에서, 놀이 속에서, 운동 속에서 우리는 태어났기 때문이다.

일요일이면 이탈리아식 잔디 볼링을 즐겼던 캘빈이 원래 한 말은 이런 뜻이 아닐지도 모르지만, 오늘날 우리의 질문에 이보다 더 적절한 말은 없다. 우리는 신을 찬양하고 우리 자신의 존재와 신의 존재를 즐기기 위해 이 세상에 태어났다. 놀이할 때, 우리는 그 사실을 가장 잘 알 수 있다.

운동선수이자 시인이자 성자이자 과학자인 우리 아이들은 자연스럽게 그런 행동을 한다. 아이들은 뭘 하면서 목적을 묻지 않는다. 자기가 하는 일이 도움이 되는 것인지 아닌지 묻는 일도 없다. 사용가치가 있는지, 할 만한 일인지 실용적으로 따지는 법이 없다. 그럼에도 낙원에서 이제 막 이 세상으로 나온 이들은 늘 가만있지 못하고 움직이는 몸 안에서 감정과 영혼과 정신이 어떻게 하나가 되는지 실제로 보여 준다. 가만있지 못하는 그 상태가 바로 노는 상태다.

아이들에게 부족한 것은 지혜다. 마음대로 움직이는 것만으로는 부족하다. 어른이 되면 그 사실을 깨닫는다. "싸워라, 빌지 말고"라고 플루티누스는 말했다. 우리는 "놀아라, 빌지 말고"라고 말할 수 있겠다. 하지만 그 전에 싸움이 뭔지, 행동이 뭔지, 놀이가 뭔지 알아야 한다. 아이는 아직 자신이 주인공이 되는 드라마에서 어떤 역할을 맡았는지 모른다. 우리는 어린 시절에 받은, 그 노는 재능을 잃지 않고 그 사실을 깨달아야 한다. 에릭슨이 어른의 특징이라고 말했던 사람인, "상품을 생산하고 교환하는 존재"가 되지 않으려면 말이다.

교육의 목적은 이것을 피하는 것이다. 이를 통해 우리는 아이가 어떻게 어른이 되는지 알게 되는 동시에 어른이 되지 않고 아이의 상태로 남을 수 있는 비밀을 발견하게 한다. 우리는 아이로 성장해야 한다. 영혼과 육신으로 하나가 된 독특한 존재인, 자신의 중요성을 발견할 수 있는 아이로 성장해야 한다. "나는 왜 태어났는가?"라는 물음에 "참된 내가 되기 위해서"라고 대답할 수 있을 정도로 현명한 아이로 성장해야 한다.

놀이는 그런 존재에게 머문다. 놀이에서 다른 모든 행동이 비롯한다. 운동과 놀이를 통해 몸은 만들어진다. 운동과 놀이를 통해 성격과 자아가 만들어진다. 달리기를 통해 나는 노먼 O. 브라운이 말하는 대로 "역사를 만들지 않고 사는 법, 원수를 갚지 않고 즐기는 법, 영적 성장의 최종 목적지인 존재 속으로 들어가는 법"을 배웠다.

물론 내가 하루 종일 달리는 것은 아니다. 하지만 달리기는 내가 하는 일과 그 일을 하는 방법에 영향을 끼친다. 달리기를 시작하면서 나는 어떻게 하면 놀이처럼 살아갈 수 있는지 알게 됐다. 달리기를 하면서 나는 나 자신과 원래 생긴 바를 발견하게 됐다.

무슨 일이든 나는 노는 것처럼 시작해서 점점 나 자신을 소진시킨 뒤, 즐거움 속에서 끝맺는다.

놀이가 고통스럽고 힘이 많이 들고 위험할 수도 있다는 사실을 깨달을지도 모르겠다. 인내심과 끈기와 지구력이 있어야만 놀 수 있을 때도 있다. 모든 것을 다 쏟아 부어야 놀 수 있을 때도 있다. 인간이기 때문에 당연히 지니는 탐욕이니 허영이니 취향 같은 것을 버려야 놀 수 있을지도 모른다. 그렇다면 놀이가 노동보다 훨씬 더 어려울 수도 있고, 어른에게는 그저 논다는 게 쉬운 일이 아닐 수도 있다.

하지만 어떤 힘든 일이 있더라도 노는 것은 좋다. 장난을 좋아하는 신의 손아귀에 있는 우리에게 놀이만큼 좋은 게 어디 있을까?

나는 벅스와 셀틱스(미국 NBA 프로농구 팀 밀워키 벅스와 보스턴 셀틱스 - 옮긴이)에서 뛰는 선수들 한 명 한 명을 다 사랑한다. 카림, 오스카, 미키 데이비스와 페리, 와너 그리고 바비 덴드리지를 사랑한다. 데이브 코웬스, 조조, 존 하블리첵, 사일라스, 채니, 베이비페이스 넬슨도 사랑한다. 톰 헤인손을 사랑하고 래리 코스텔로를 사랑한다. 나는 그들 모두를 사랑한다. 이들은 각자 최선을 다했고, 동시에 최상의 경기를 했으며, 나는 이들을 통해 스포츠가 여덟 번째 예술이라는 사실을 확신할 수 있었기 때문이다. 또 그들이 하는 일이 얼마나 소중하며 그 경기를 관전한다는 것이 얼마나 귀한 경험인지 깨달았다.

　그 누구도 밀워키 벅스와 보스턴 셀틱스의 플레이오프 경기를 본 후에 스포츠가 별것 아니라고 말하기는 힘들 것이다. 이 경기로 선수들은 즐거움을 느끼고, 지켜보는 관중은 흡족해 한다. 인간의 영원한 욕구는 아름다움 속에 사는 것이라고 한 호이징가는 이렇게 말했다. "놀이 이외에는 만족할 만한 것이 없다."

　그리고 그 경기는 최고의 아름다움이자 놀이였다. 매혹적인 카림은 정말로 뛰어난 선수였다. 그토록 어려워 보이는 것을 쉽게 해내는 그 단순함이 놀랍다. 완벽한 플레이어 오스카 로버트슨은 슬로모션 페이크의 귀재이다. 오스카는 우리와 다른 시간대 속에 살고 있다. 그는 적당한 타이밍을 기다리고 기다리고 또 기다리다가 마침내 그물망 안에 완벽한 포물선을 그리며 소프트샷을 쏜다. 루시우스 앨런 없이는 밀워키 벅스가 존재할 수 없다. 그러나 빠른 손의 댄드리지는 와너를 위협한다. 또 미키 데이비스는 광대들과 놀기 위해 왕좌에서 내려온 광기 어린 왕처럼, 도저히 들어갈 수 없는 모든 샷들을 야무지고 빠른 속도로 골대 안에 집어넣겠다고 선언했다.

　이들에 맞선 보스턴 셀틱스는 상대팀과 비등한 기술과 스피드, 힘으로 챔피언들을 이끌어냈다. 지칠 줄 모르는 하블리첵은 있어야 할 모든 자리에 있었고, 있어서는 안 될 자리에 가지 않았다. 닉 킬러인 넬슨은 상대편의 골대 밑에서 놀라운 도약을 한 후 주문을 건 듯 사일라스를 꼼짝 못 하게 했다. 그리고 비단처럼 부드럽게 코트 밖에 있던 깡패 소년 코웬스가 이 전투에 완전히 합류했다.

이어서 맹렬한 기세로 웨스트팔이 최종 결과에 그의 서명을 새기기 전에 화이트와 채니는 발란신(George Balanchine, 전설적인 발레 안무가로 빠르고 정교한 움직임을 요구하며 엄격하고 까다롭기로 유명함 – 옮긴이)만큼이나 정교한 패턴으로 팀을 움직이게 했다.

산타야나는 운동선수를 "위대하고 지속적인 노력, 모든 원시적 덕성과 근본적인 인간의 선물의 재현"이라고 말했다. 이들은 동시에 예술 작품이었다. 이들의 경기는 확실히 예술이 "육체적 기예와 장인 전통"이라는 산타야나의 정의 중 전반부를 만족시킨다. 벅스와 셀틱스가 보여 준 육체적 기예와 장인 전통은 미술이나 음악, 무용 분야의 어떤 대가들과 비교해도 결코 뒤지지 않는다고들 한다.

산타야나는 나아가 예술을 본질의 순수한 직관이라는 명상적인 측면에서도 정의했다. 나는 그가 말하려는 바를 확신할 수는 없지만, 아마도 당신이 하는 행위의 내적인 의미를 아는 것과 관계가 있다고 추측한다. 또 벅스와 셀틱스의 경기는 산타야나가 무엇을 표현하고자 했든 그것과 반드시 연관이 있을 것이다.

일반적으로 철학자들은 평범한 사람들의 친숙한 경험을 필사적으로 언급하려고 한다. 에머슨은 말했다. "시인은 확고한 태도를 가지고 있다. 시인은 늘 믿을 뿐이다. 철학자는 투쟁의 과정을 거친 뒤에야 비로소 믿음의 근거를 얻는다."

나는 믿는 사람이다. 내가 이 경기들을 관전하는 동안 본 것은 선함과 아름다움이었고, 그 경기는 중요했다. 그래서 그날 오후 시간을 매디슨스퀘어가든(뉴욕의 실내 경기장 - 옮긴이)이 아닌 메디슨 애비뉴(맨해튼의 공원 - 옮긴이)에서 보낸 사람들, 혹은 메츠(미국 메이저리그 야구팀 - 옮긴이)가 아닌 메트로폴리탄 미술관에서 예술품을 관람하면서 색채와 형태와 자연에서 기쁨을 찾은 사람들과는 이견이 있을 수도 있겠다. 그들은 육체적 기예와 장인 전통과 본질에서 기쁨을 찾지는 않았을 테니까.

그럼에도 나는 예술 평론가 힐튼 크레머가 안셀 아담스의 사진을 언급한 말에 마음을 사로잡힌다. 크레머는 말했다. "내게 조지어 오키프의 얼굴(1937년 촬영 작)을 보는 것은 그동안 담았던 요세미티 계곡의 모든 전망들을 보는 것만큼이나 가치가 있다."

같은 맥락에서, 나라면 오스카 로버트슨의 얼굴을 택할 것이다. 혹은 밀워키 벅스나 보스턴 셀틱스 소속의 어떤 선수라도 그럴 만한 가치가 있다.

크레머는 우리가 늘 알고 있던 것을 말해 주었다. 바로 예술에 대해 우리가 진실로 많이 아는 것들이다. 본질적으로 우리는 우리가 무엇을 좋아하는지 그리고 무엇이 기쁨을 주는지 알고 있기 때문이다. 순수한 기쁨이란 맹목적일 때는 쾌락으로, 감각적 대상에 집중할 때는 아름다움으로, 자비로운 앞날에 대한 생각으로 퍼져갈 때는 행복으로 불린다고 산타야나는 말했다.

스포츠와 놀이는 이 모든 것을 수행할 수 있다. 벅스와 셀틱스

가 그들 자신의 것을 발견한 것처럼, 우리 자신의 스포츠를 발견
했을 때 우리는 기쁨을 느끼고 아름다움을 인지하며 영원히 행
복하게 살아갈 수 있을 것이다.

그러나 그것은 철학자의 말이다. 그들이 이미 내가 느낀 것을
설명하도록 놔두라. 나는 그들 모두를 그저 사랑한다. 벅스와 셀
틱스의 모든 선수들을.

배움이란, 물론 삶의

기초적인 것들을 익힌다는 뜻이지.

먹고 살 수 있는 방법을 익히는 거야.

하지만 더 중요한 것은 자신의 삶과

세계를 전체적으로 바라보고

온전한 인간이 될 때까지

자신의 잠재력을 끌어올리는 일이야.

배움은 자신을 완성시키기 위해

첫발을 내딛었다는 사실을 뜻하지.

배
우
기

　　　　　내 창의력이 최고조에 이른 것은 다섯 살
때다. 나는 선을 긋고 그림을 그리고 공작을 했다. 나는 노래를
부르고 춤을 추고 흉내를 냈다. 나는 내 몸을 완전히 장악하고 있
었다. 그러자 참되고 아름답고 즐거운 삶 속으로 완전히 빠져들
수 있었다.

　나는 뭐든지 살펴보고 실험하고 탐색했다. 그저 바라본다는
건 있을 수 없는 일이었다. 매일매일 롤로 메이가 말한 "모든 것
을 의식하는 인간과 세계의 만남" 속에서 창의력이 샘솟았다.

　나는 재능과 창의력을 혼동하지 않는다. 내게는 재능이 하나
도 없다. 재능을 타고 난 사람은 몇 안 된다. 하지만 나는 모든 것
을 인식했고 그에 반응했다. 나는 온몸으로 반응했다. 어른들이
결단력이라거나 몰입이라고 부를 만한 게 내 안에 있었다. 다섯

살에 나는 창의적이었고 온전한 나였다. 다섯 살에 나는 나만의 방식으로 살았다.

다섯 살 때 나는 다른 다섯 살 아이들과 마찬가지로 재능 없는 천재였다. 천재성은 힘과 노력과 위험을 감수하는 태도에서 나왔다. 소로가 예술가에게는 힘든 일이 반드시 필요하다고 말했다는 것은 나중에 알았다. 소로는 말했다. "힘들고 꾸준하고 전심을 쏟아야 하는 노동은 문인에게 매우 소중하다." 희랍어에는 '예술'이라든가 '예술가'에 해당하는 말이 없다는 사실을 알게 된 것은 그로부터 많은 시간이 지난 뒤였다. 고대 그리스인들은, 한때 내가 그랬던 것처럼, 아름다움과 유용함을 서로 나누지 않았다. 그들에게는 유용하다면 아름다운 것이었고, 성스럽다면 아름다운 것이었다.

다섯 살 아이는 원죄에 대해서 알 리가 없으나 성스러움이 뭔지는 안다. 시인 블레이크에 따르면, 시와 그림과 음악은 "낙원과 대화하는 인간의 힘찬 도구"다. 다섯 살 아이는 그 낙원을 바로 보되, 테크놀로지의 힘을 빌리는 게 아니라 우리 삶을 조절하고 이끄는 위대한 신화와 동화의 힘을 빌린다. 신화는 규정되기보다 본능적으로 알아차리는, 드러나기보다 함축적인 어떤 것이다.

다섯 살 시절의 나는, 내가 사는 우주와 가족과 세계가 옳고 착하고 아름답다는 사실을 본능적으로 믿고 있었다. 그때만큼은 아니겠지만 나는 늘 그렇게 믿어왔고 앞으로도 그럴 것이다.

나는 다섯 살 시절에 내가 살아갈 가치와 존엄과 특성이 있었다는 걸 알고 있다. 나중에 니체가 이런 것들은 절대로 타고 나는 것이 아니고 반드시 풀어야만 하는 힘든 과제라고 말했다는 것을 알았을 때, 나는 니체가 틀렸다고 생각했다. 우리는 모두 한때 그런 존재였다.

행동하지 않고 바라보기 시작하면서 우리는 그런 것들을 잃어 버렸다. 완벽하게 할 수 없다면 안 하느니만 못하다고 생각하면 서부터. 다들 자기 분야의 전문가가 되면서 다른 사람들의 분야 에는 눈을 돌리지 않는 법을 배우면서부터.

내게 이건 이 세상의 물건들이 어떻게 움직이는지, 어떻게 건 설되고 만들어졌는지, 어떻게 다뤄지는지 더 이상 관심을 두지 않게 됐다는 걸 의미했다. 나는 삶에 대한 통제력을 잃었고 동시 에 고장 난 기계라면 그게 무엇이든 속수무책인 상태가 됐다. 이 제 그런 기계들 사이에 나만 던져 놓으면 나는 자는 방법도, 먹는 방법도, 입는 방법도 잊어버릴 정도가 됐다. 누군가 나를 사막에 던져 버린다면 아르키메데스 이후 과학자들이 공들여 찾아낸 모 든 노력은 허사가 될 것이다. 사막에서 나는 그 모든 과학자들에 게 배웠던 모든 것들은 써먹지 못하고 살아갈 것이다. 삼라만상 을 주의 깊게 바라보며 재능으로 과학자들이 만들어 낸 그 모든 것들이 존재하지 않았다는 듯이 말이다.

이건 모두 이제 더 이상 내가 이 세계와 만나지도, 이 세계에 빠져들지도, 이 세계를 추구하지도, 관심을 갖거나 주의를 집중 하지도 않기 때문이다. 나는 재능이 없는 천재에서 가장 비참한 존재인 소비자로 전락해 버렸다.

소비자는 대상에 불과한 수동적인 존재다. 다섯 살 아이는 하루가 너무 짧다고 생각하지만, 소비자는 하루가 너무 길다는 걸 알게 된다. 나는 다섯 살 아이의 몰입을 잃어버린 대신에 권태를 얻었다. 나는 자신감을 잃은 대신에 자학을 얻었다. 중산층이었기에 나는 가난뱅이처럼 살아남기 위해 몸을 움직일 필요도 없었고, 부자처럼 자신을 육체적으로 완성시킬 절대적 자유를 얻지도 못했다.

다섯 살 아이는 그런 부자와 같다. 다섯 살 아이는 금전적인 문제에 구애받지 않고 자신의 참된 모습을, 자신의 온전한 모습을, 자신의 최상의 모습을 찾아 나선다. 돈과 은행 잔고에 대한 걱정이 없으니 다섯 살 아이는 백만장자와 마찬가지다.

하지만 다섯 살 아이는 부자 이상의 존재다. 다섯 살 아이는 고대 그리스인들이 굳이 따로 구분할 필요도 못 느꼈던 예술가다. 다섯 살 아이는 우리 모두가 되고 싶어 하는 운동선수다. 다섯 살 아이는 우리가 절대로 될 수 없는 성자다. 모든 소비자의 삶이 실패한 인생이라면 모든 다섯 살 아이의 삶은 성공한 인생이다.

쉰아홉 살이나 된 소비자는 거기에서 너무나 멀리 떨어져 있다. 하지만 내 안 어딘가에 열정과 에너지와 결단력이 콸콸 넘치는 샘이 있다는 것만은 분명하다. 다섯 살 무렵의 창의력이 여전히 내 안 어딘가에 있을 것이다. 아마도 한 번도 사용하지 않고 깨끗하게 접어 놓은 영혼 속 어딘가에 있지 않겠는가.

내 딸이 교사로 있는 유치원에는 아이들에게 주스와 쿠키를 주기 전에 꼭 짧은 기도를 시킨다. 아이들은 날마다 돌아가면서 자신의 창조주에게 감사나 소원을 담은 기도를 올린다. 지난 주에는 딸에 따르면 모든 일에 즐거워 하는 한 아이가 기도할 차례였는데, 이렇게 소리쳤다고 한다. "학교를 만들어 주셔서 고맙습니다, 하느님!"

하늘 어딘가에서 창조주가 이 기도를 들었더라면 무릎을 쳤을 테다. "옳거니 이 녀석이 왜 태어났는지 스스로 알게 됐구나. 좋은 일로 가득한 세상에 좋은 사람이 되기 위해 태어났다는 걸 깨달았구나. 사람으로 태어나는 일이 세상에서 제일 멋지다는 걸 알아냈구나. 자신은 물론 친구와 선생님 모두가 사랑스러운 존재라는 걸 발견했구나. 태어나 자라고 자신의 참모습을 발견하려고 자기 몸을, 자기 눈과 코와 손과 귀와 머리를 사용하고 있구나" 하고 말이다.

"학교를 만들어 주셔서 고맙습니다, 하느님!"이라니. 그 녀석이 얼마나 부러웠는지 모른다. 학교는 자기가 어떤 사람인지, 아니 그보다는 왜 그런 사람인지, 왜 자신의 능력이 무한한지 깨닫게 해 준다. 학교는 그렇게 할 수 있다. 학교에서 우리는 내면의 닫힌 문을 열고 주위 환경과 조화를 이루며 자신을 키워 나가는 법을 쉽게 알게 된다. 어른들은 여가를 통해 그런 깨달음을 얻을 수 있다.

철학자 폴 바이스는 학생들에게 학교가 있다면 성인들에게는 여가가 있다고 어느 글에 썼다. 자신이 누구이며 어떤 가능성이 남았는지 전심을 쏟아 따져 볼 수 있는 시간, 이 세계의 본질과 돌아가는 사정을 이해할 수 있는 시간, 빈둥거리며 놀고 모든 상상력을 동원해 온몸을 움직일 수 있는 시간, 놀고 춤추고 즐기면서 자신을 소진할 수 있는 시간이 바로 여가이다.

어느 그리스 주석가는 이렇게 썼다. "행복할 때 인간은 신과 대단히 비슷하다. 즐거워할 때, 축제를 즐길 때, 철학에 빠져 있을 때, 음악 속에 몰두할 때."

아리스토텔레스, 뉴먼 추기경, 에릭 호퍼 등도 비슷한 말을 했다. 그리스어로 'schole'는 여가라는 뜻이다. 뉴먼 추기경은 대학이라는 말이 자유로운 예술이란 생각에서 나왔다며 연구는 자신의 즐거움을 위해 이뤄져야 한다고 썼다. 호퍼는 캘리포니아 주를 반으로 나누자고 제안했다. 북쪽에는 평생 학교에 머물기를 원하는 사람들을 살게 하고, 남쪽에는 일하는 게 더 좋은 사람들을 살게 해 그들을 지원하자는 얘기였다.

시장에서는 이런 생각들이 잘 먹혀들지 않는다. 학교는 점점 더 직업학교가 되어 간다. 평생 일해서 먹고 살 기술을 배운 뒤, 하늘나라에 가서 영원토록 조용하게 지내겠다는 생각들이다.

여가는 일터로 돌아온 노동자들의 생산성을 극대화하기 위해 재충전을 하는 시간이 되어 버렸다. 그 자체가 목적이 되어야만 하는 학교와 여가가 '좋은 삶'을 살아가기 위한 목적이 됐다.

자연스러운 일을 그렇게 왜곡하고 나면 끔찍한 일들이 일어날 수밖에 없고 실제로 그런 일들이 일어났다. 더 이상 삶을 하나의 재미있는 게임으로 보지 못하게 되자, 심각한 육체적, 심리적, 정신적 질환들이 생겨나게 됐다. 이제 내가 학교를 졸업한 뒤로 정신 치료사들은 세계가 세 단계를 거쳐 변화해 왔다고 주장한다. 억압의 시대, 불안의 시대 그리고 지금 우리가 살아가는 권태의 시대라고 말이다.

이런 만성적 질환으로 고통받는 환자와 심리 치료사 사이에 오가는 말들을 처음부터 끝까지 펼쳐 놓으면 이 우주의 끝까지도 갈 수 있을 것이다. 하지만 그렇더라도 창조주에게 닿을 정도는 아니다.

창조주와 다시 연결되고 우리 자신을 치유하기 위해서는 모든 게 놀라웠던 어린 시절로, 쉬지 않고 계속했던 그 놀이 속으로, 자신과 몸을 사랑했던 그 마음으로 돌아가 다시 자라고 깨닫고 자신을 새롭게 발견해야 한다. 우리는 잃어버린 학교와 여가를 다시 찾아야 한다.

때로 나는 아무런 맥락도 없이 불쑥불쑥 갈망하는 여가에서 할 일을 찾아낸다. 그렇게 나는 성장하고 어른이 된다. 그런 과정이 없다면 삶은 아무런 의미가 없다. 그런 과정이 없다면 죽음을 피할 길이 없다. 그런 과정이 없다면 이 삶이든 다음 삶이든 내가 누구인지, 또 어떤 사람이 될지 알 도리가 없다. 여가가 없다면 나는 결코 온전해질 수 없다.

그렇다면 일은 무엇인가? 지금 당장 우리에게 급박한 문제이지 않은가? 물론 그렇다. 어떤 의미에서는 일이야말로 가장 중요한 문제다. 언젠가는 기술과 예술이 하나가 되는 때가 오지 않겠는가? 그때가 되면 일도 놀이가 될 것이다. 그때까지는 일종의 유머 감각을 지니고 일에 접근해야 한다. 어떻게 하면 일을 통해서 좀더 사람답게 살 수 있는지 고민해 보면서, 이렇게 되기 위해 시인과 철학자와 유치원에서 기도를 올리는 아이들의 시각을 지녀야 한다. 주스와 쿠키를 먹는 휴식 시간이 첫 번째 단계일 수 있다.

누구의 말인지는 기억나지 않지만, 이런 말이 있다. "도시에서 아이를 끌어낼 수는 있지만 아이에서 도시를 끌어낼 수는 없다." 누구의 말이든 상관없이 옳은 말이다. 나는 늘 그렇게 생각했다. 아이들이 자라면서 나는 살기 위해서 도시로 돌아가야 한다고 말하곤 했다. 파블로 솔레리의 말처럼 우리 문명을 지속시키고 발전시킨 시설이 있는 곳으로 가겠다는 뜻도 있었다. 피터 골드마크가 말한 "우리의 가장 중요한 배움의 장" 안에서 살겠다는, 헨리 제임스가 말한 "그 즉시 경험할 수 있는 자세"로 살겠다는 뜻도 있었다.

하지만 도시는 그런 것 이상이다. 지금은 잘 모르겠지만, 옛날에는 확실히 그랬다. 내가 자랄 때도 도시는 아스팔트가 깔린 놀이터였다. 지금은 이를 두고 아스팔트 정글이라고 부르는데, 그 시절에는 반 코틀런드에서 베이 릿지까지 뻗은 대단위 전천후 놀이터였다.

도시의 놀이터는 직선적이다. 따라서 직선적인 도시의 경기 역시 직선적이다. 박스볼을 할 때는 인도와 차도 사이의 연석을 기준으로 하수구를 따라 베이스라인을 그었고, 스틱볼을 할 때는 대각선으로 선을 그었다. 그리고 마지막으로 도시에서 자라는 아이들에게는 빼놓을 수 없는 중요한 놀이 도구인 분필로 마무리 선을 그었다. 베이스라인과 베이스와 아웃라인뿐만 아니라 점수를 쓰기 위해서도 필요했다. 폭풍우가 몰아칠 때까지 우리는 매일 오후 역사적인 시합을 벌였다.

공터 경기에서는 베이스와 내야와 점수판을 굉장히 정확하게 그렸다. 홈 플레이트 옆 바닥에 1회부터 그려 놓은 점수판에 경기 내용이 기록되는 한, 10점이나 15점 차이로 진다고 해도 자기 존엄을 잃어서는 안 된다는 걸 우리는 배웠다. 무슨 이유인지는 모르지만, 그때는 '힌두스'라고 외치면 한 번 더 공을 칠 수 있었다. 어쩔 수 없는 일은 단 한 가지뿐이었다. 지붕 위로 공이 날아가는 일.

그 시절에는 아직 자동차가 도시를 뒤덮기 전이었다. 주차된 차도 없었기 때문에 길 양쪽 하수구 사이의 공간을 전부 놀이터로 쓸 수 있었다. 자동차 때문에 경기가 중단되는 일도 거의 없었다. 하지만 시간이 지나자 자동차는 우리 골목까지 밀고 들어와 하루 종일 주차돼 있었다. 빠지는 자동차가 있으면 기다렸다는 듯이 다른 차가 들어왔다. 그 자동차 아래에 이제는 누구도 사용하지 않는 우리의 축구장, 하키장, 박스볼과 스틱볼 경기장이 있었다. 그렇게 도시는 죽었다. 포드와 크라이슬러와 제너럴모터스가 도시를 죽였다.

배리 타치스 같은 사람들은 《아스팔트 위의 운동선수》라는 책에서 여전히 도시는 운동장이라고 말한다. 하지만 타치스가 우리 선수단의 고향인 거리와 골목에 대해 쓴 것은 아니다. 이 책은 학교 운동장에 관한 책이다.

하지만 운동장은 누구의 것도 아니다. 운동장은 우리의 것이라는 관념이 없지만 골목은 우리의 것이었다. 골목에서는 우리만 놀 수 있었다. 다른 어떤 운동장도 우리 운동장이 될 수는 없었다.

우리는 우리의 골목을 잘 알았다. 브라운스톤(뉴욕시에 흔한 타운하우스 형태의 건물 - 옮긴이)의 앞쪽과 구석구석에서 어떻게 공을 가지고 놀 수 있는지 알았고, 스투프볼(거리나 골목 등에서 하는 야구와 비슷한 게임 - 옮긴이)에서 포인트를 얻기 위한 단계를 알았다. 우리는 박스볼에서 삼루를 지나 볼을 어디로 밀어야 할지 알았고, 그래서 더블아웃이 되면 점수를 잃어 꼴찌가 될 것도 알았다.

우리 골목은 다른 어느 곳과도 달랐다. 우리는 골목과 자신을 잘 알았다. 아이오와의 시골 아이들이 느끼는 것만큼이나 또렷하게 우리는 계절의 변화를 알았다. 단체 경기인 터치풋볼이 지나가면 롤러스케이트 하키가 오는 식으로 순환됐다. 봄이 오면 '스폴딩 하이 바운스'라는 상표가 새겨진 고무공의 계절이 찾아왔고, 그 공으로 우리는 박스볼과 스툽볼 그리고 게임 중 최고의 게임인 스틱볼을 하기 시작했다.

스틱볼을 할 때는 실력이 어떻든 심심찮게 기적적인 일들이 일어났다. 새로 들어온 친구도 우리가 '스폴딘'이라고 부른 순간을 만나면 공은 골목 저편으로 믿을 수 없을 만큼 멀리 날아갔다. 예전에, 또 앞으로 어떤 실패를 겪는다 해도 그 기억만은 잊을 수 없었다. 모든 경기에서 그런 기적이 일어났다. 크고 힘이 세다는 건 아무 소용도 없었다. 공터 경기에서 중요한 것은 품위를 잃지 않으며 자신을 지키는 일과 늘 희망을 품는 일이었다. 그 세계 안에서는 모든 스윙이 진짜였다. 처음 하는 친구들도 조금씩은 맞힐 수 있었다.

이제 다시는 도시에서 세 개의 하수구를 베이스 삼아 벌어지던 경기를 볼 수 없을 것이라고 말하는 사람들도 있다. 소년 시절에 내가 본 도시는 이미 죽었을 뿐만 아니라 그게 합당하다고 한다. 신학자인 자크 엘륄이 도시를 두고 한 다음과 같은 말에 동의하는 사람도 많다. "도시는 그 안에 사는 사람들에 의지해 유지되는 특수한 악의 한 형태다." 그렇다면 더 나아질 기미는 보이지 않는다. "지상에 새로운 예루살렘을 기대하는 것은 아무 소용도 없는 짓이다"라고 엘륄은 말했다.

나는 동의하지 않는다. 내 안의 소년이 계속 희망을 불어넣기 때문이다. 물론 도시가 죽어가고 있다는 것은 나도 인정한다. 심장과 뇌는 이미 생명을 잃었으나 기계로 목숨만은 유지되는 식물인간처럼 말이다. 건축가와 정치가와 시민들이 도시는 원래 놀이터가 되어야 한다는 사실을 망각했기 때문이다. 놀이터는 놀이터만을 뜻하는 게 아니다. 평화기금의 조지프 라이포드는 "내 주위의 모든 어른들은 죽은 아이다"라고 말했다.

골목이 다시 골목으로 돌아오지 않으면 아이는 계속 죽어갈 것이다. 자동차가 없는 골목. 서로를 잘 아는 이웃들이 걸어서 가게로, 일터로, 학교로 가는 골목. 아이들이 하는 놀이를 보고 계절의 변화를 짐작할 수 있는 골목.

새로운 도시 그리고 새로운 세계의 기준은 골목이 되어야 한다. 아놀드 토인비도 그렇게 생각했다. 토인비는 새로운 도시는 거리와 주택만의 세계가 될 것이라고 말했다. 독시아니스가 파키스탄의 카라치를 위해 계획한 축적지도나 코스타가 브라질의 브라질리아를 위해 설계한 계획도시를 보면 작은 단위들이 수없이 이어진다는 걸 알 수 있다. 그렇게 되면 우리는 다시 자기 골목을 가진 아이와 이웃과 남자와 여자로 돌아갈 수 있다.

그런 날이 다시 오면 나는 골목의 전문가가 될 것이다. 나는 스틱볼 방망이를 만들려면 막대기의 길이와 무게가 어느 정도여야 하는지, 어디에서 그런 놀이를 할 수 있는지 잘 안다. 분필에 대해서는 걱정하지 말기를. 내가 늘 가지고 다닐 테니까.

만약 내가 대학교 총장이라면 학자가 아니라 운동선수를 채용할 것이다. 학문적 성취 대신에 운동을 위해 지원금을 책정할 것이다. 교육의 잣대가 너무 지식 쪽으로만 기울어져 있기 때문이다. 이제는 관심의 영역을 스포츠와 놀이의 중요성을 깨닫도록 하는 쪽으로 옮겨 갈 필요가 있다.

학자들은 우리가 지원하든 그렇지 않든 자신의 길을 갈 수 있다. 우리가 사는 지식 사회에서 그들은 엘리트다. 하지만 미래는 구름이 잔뜩 끼었다. 지적 영역에서 컴퓨터는 독보적인 비중을 차지하게 됐고, 예전에 블루칼라들의 조립 라인을 화이트칼라들의 팩시밀리가 대체한 것처럼 지식인들은 다른 자리를 넘보고 있다.

버키 풀러나 다른 수많은 평범한 사람들의 말을 믿는다면, 그리고 오르테가의 가정을 지지하는 입장이라면, 한 사회에 천재는 그저 몇명이면 충분하다는 걸 알 것이다. 대부분의 사람들은 참된 삶을 살아가는 방법을 교육받아야 한다.

그런 점에서 운동선수들은 학자들보다 더 좋은 모델이 될 수 있다. 운동선수들은 평범한 사람에 관한 우리의 보편적인 생각을 재정립한다. 운동선수는 옛날부터 전해 오는 믿음을 되살리고 조상들의 지혜를 일깨운다. 아무리 지적인 면이 부족하다고 하더라도 운동선수는 온몸이 제대로 움직이는 통합된 인간, 온전한 인간이다. 눈에 보이는 완벽함을 추구한다는 명백한 목적을 통해 운동선수는 자신의 참된 모습을 찾으라는 오래된 전언이 무슨 뜻인지 보여 준다. 몸소 그 모습을 보여 줌으로써 운동선수는 그 어떤 말보다 더 심오한 철학적, 심리학적, 생리학적, 영적 교훈을 던진다.

철학적으로 볼 때, 운동선수를 통해 우리는 몸으로 다시 돌아갈 수 있다. 교실에서 데카르트주의자들이 뭐라고 떠들든 놀이터에서 우리는 몸이 우리에 속한 게 아니라 우리 자체가 몸이라는 걸 알게 된다. "나는 달린다. 고로 존재한다"고 어느 장거리 주자는 말했다. 그 사람은 인간이 온전한 전체이니 우리더러 그 진실을 알아내라고 권했다.

심리학적으로 볼 때, 운동선수들은 놀이의 필요성을 확인시켜 준다. 정확하게 말하자면 재확인시켜 준다고 해야겠다. 우리는 이미 놀이의 필요성을 알고 있었다. 성경과 플라톤과 르네상스 시기의 교육자들이 윤리학과 더불어 체육을 같은 비중으로 취급했다는 사실을 우리는 알고 있다.

하지만 우리는 놀이를 잃어버렸다. 비대해진 물질문명의 요구에 맞추느라 놀이와 스포츠를 희생시켰다. 우리는 놀이를 그 자체가 목적이 아닌 수단으로 만들어 버렸다. 운동선수는 참된 삶을 살아가려면 스포츠와 놀이가 필수적이라는 걸 보여 준다.

오래 살겠다는 속셈으로 육체적 능력을 기르는 게 놀이와 스포츠라고 생각한다면 큰 오산이다.

그러나 생리학적으로 볼 때 운동선수는 육체적 능력이 뛰어나 오래 사는 게 분명하다. 운동선수를 통해 우리는 정상적인 인간이 어떤지 새롭게 알게 된다. 운동선수를 통해 우리는 지금까지 우리가 생각한 정상적인 인간은 미성숙한 상태로 늙어가기만을 기다리는 관중에 불과했다는 걸 알게 된다. 정상적인 인간은 육체적 능력의 정점에 이른 사람, 몸의 활동과 심폐기능을 늘 최고의 상태로 유지하는 사람을 뜻한다.

운동선수를 통해, 우리는 죄가 없다고 해서 신성하다고 부를 수 없는 것과 마찬가지로, 질병이 없다고 해서 건강하다고 부를 수는 없다는 걸 알게 된다. 운동선수에게서 우리는 건강이란 적극적인 태도, 살아가게 하는 힘, 살아 있는 느낌이라는 걸, 이런 점들은 누구에게나 드러난다는 걸 알게 된다.

그러므로 운동선수는 대학에 영원히 잊혀지지 않을 엄청난 기운을 불어넣을 수 있다. 우리가 덕성을 가르칠 수 없을지는 모르지만 아무리 사소한 행동이라도 덕성이 뭔지 보여 줄 수는 있다. 마찬가지로 제아무리 하찮은 것이라도 훌륭한 게 무엇인지 두 눈으로 보여 줄 수는 있다. 윌리엄 제임스는 교육이란 다른 모든 것 중에서 일류가 무엇인지 알게 하는 과정이라고 말했다. 스포츠는 번번이 일류의 자질이 어떤 것인지 보여 준다.

그건 스포츠가 도덕적으로 순화된 전쟁이기 때문이다. 스포츠는 공격성과 폭력의 배출구가 아니라 인간이 자신의 가장 뛰어난 모습을 발견하는 경기장이자, 결단을 위해 용기와 인내심과 헌신을 드러내고, 동료를 위한 사랑과 우리도 몰랐던 힘을 끌어내는 극장이다. 비록 한순간일지 모르지만, 거기서 우리는 인간의 이상적인 모습을 발견하게 된다.

이 시점에 이르면 운동선수는 자신들의 동료뿐만 아니라 학교

전체에 큰 기여를 하게 된다. 그 엄청난 모순을 통해 운동선수는 자신의 삶을 즐기는 방법과 스스로 살아남는 신화적인 이야기를 우리에게 들려주기 때문이다.

그중에서도 가장 위대한 점은, 인간이 성공하기 위해 태어났다는 점이다. 운동선수가 경기를 하는 모습을 볼 때, 그 사실을 믿지 않을 수 없다.

소비자를 어떻게 속여 먹는지 배우려면 교육자들을 잘 관찰해보라. 그들은 학생들을 한방에 가둬 놓고 성공과 행복이라는 이름으로 현혹시키면서 과학과 인문학이라는 이름의 부적절한 수단을 판매한다. 그러면서도 그만큼 중요한 육체와 영혼이라는 경쟁자는 무시하기 일쑤다. 그러다가 제대로 되지 않으면 가르친 사람이 아니라 학생들에게 책임을 돌린다. 자신들이 아니라 우리들을 비난한다.

결론적으로 그들의 비난은 옳다. 죄를 뒤집어쓸 사람은 우리들이다. 교육자가 되지 못했기 때문에 그런 게 아니라 정상적인 인간이 되지 못했기 때문이다. 우리는 스스로 깨치고 성장해야 하는데, 교육 때문에 잘못된 길로 접어들었다. 그건 모두 우리의 책임이다. 배웠다면 삶에서 해야 하는 다른 일들과 마찬가지로 성공과 행복은 스스로 찾아야 한다.

다행스럽게도 인간의 마음은 자연스럽게 과신의 단계에서 의심의 단계로 건너간다. 그렇기 때문에 모든 사람들은 배우는 과정에서 에머슨의 말처럼 시기심은 무지의 소산이요, 모방은 자살 행위라는 확신에 이르게 된다. "오직 그만이 자신이 어디까지 할수 있는지 알 수 있고, 하는 순간에도 실제로 해 보기 전까지는모르는 것이다."

예일대학교의 킹먼 브루스터는 《예일의 딩크 스토버》에서 소개글을 쓰면서 이런 정신적인 성장은 자만심에서 자기 부정, 자기 연민으로 바뀌었다가 자신을 다시 발견한 뒤 마침내는 큰 뜻을 이루는 단계를 밟는다고 했다. 시인 블레이크는 이를 순수, 경험, 반항, 최종적인 깨달음의 단계라고 말했다. 우리가 인간을 보는 시야는 협소하다. IQ(지능검사), SAT(미국 대학입학 자격시험), GRE(미국 대학원응시 자격시험) 등의 수치로 자신을 파악하려고 들면 일찌감치 이런 발달 단계를 접어 버리는 셈이 된다. 로버트 콜이 털어놓은 것처럼 엄청나게 똑똑한 사람도 자만심에 가득 차면 생을 망칠 수 있다. 물론 자기 부정 속에 함몰되는 사람도, 자기 연민을 넘어서지 못하는 사람도 있을 것이다. 많은 경우, 반항의 단계까지 갔다면 많이 간 것이다.

필요한 것은 전체적인 시야에서 자신을 바라보는 것이다. 자신이 육체적 의미의 지성과 심미적 의미의 지성을 함께 지녔다는 걸 알아야 한다. 그게 없다면 IQ라는 것도 숫자 놀음에 불과하다. 몸과 마음이 떼려야 뗄 수 없는 관계라는 것을 깨달아야만 배움은 발전할 수 있다. 우리가 자신의 몸이 될 때, 놀이와 스포츠를 통해 순간순간 완벽해지기 위해 노력할 때 비로소 배움은 늘어난다.

운동이 무엇인지 알아야만 이 사실을 깨달을 수 있다. 철학자 폴 바이스는, 운동선수만이 움직임과 자신을 더 이상 구분할 수 없어 몸이 곧 '나'라고 받아들일 수 있는 단계까지 자신을 밀고 나간다고 말했다. 바이스는, 스포츠는 젊은이를 완성하는 최상의 도구라고 썼다. 젊은이를 성장시키는 데 그보다 나은 것은 없다고 했다.

운동이 무엇인지 모르는 교육자들은 이 진리를 거부한다. 그들은 자기 모습대로 우리를 가르칠 것이다. 친구인 복 허스트가 말한 바와 같이, 딩크 스토버가 대학교에 다니던 시절에는 그건 "상상력을 희생시켜 기억력을 증진시키는 일"이었다. 예일대학 졸업생들은 믿지 않을지 모르지만, 이제는 더 심각한 문제점을 낳았다. 미국 대졸자 중에서 평균 소득이 최상위에 드는 자들이 가을 동창회에 모여서 한다는 얘기가 성공하느라 몸이 상했다는 것이다.

이 사람들은 이제 잘못된 야망이 어떤 결과를 낳았는지 알게 됐다. 사실 버키 풀러의 말처럼, 인류에게 가르칠 만한 값어치가 있는 것들을 만들어 낼 수 있을 정도로 지적으로 뛰어난 사람은 한 시대에 대여섯 명 정도면 충분하다. 예일대학 졸업생을 포함해 우리 모두는 세상이라는 배의 갑판원 정도에 불과하다. C. P. 스노는 이렇게 말했다. "온몸을 바쳐 그 모든 지식을 익혀 이론 물리학에 중요한 기여를 할 사람은 백만 명에 한 명도 되지 않는다."

케네스 클라크에 따르면, 프로이트와 마르크스 이래로 이 세상을 바꾼 사상을 만든 사람은 아직까지 없었다. 그러므로 사회를 변화시킬 수 있는 사람으로 교육받을 사람은 아주 소수에 불과하다. 나머지 사람들은 자신만의 독특한 자아를 알아차리는 것만으로도 충분하다. 우리는 윌리엄 제임스가 말한 바, 지혜와 자유를 향한 끝없고 엄중한 탐구에 모든 것을 바쳐야만 한다.

하지만 교육에 종사하는 사람들은 각종 성적으로 우리를 꼼짝 못 하게 만든다. 언어 영역과 수리 영역을 통해 수능시험 성적을 산출해 낸 뒤, 우리가 교육받을 수 있는지 아닌지 결정한다. 더 이상 교육받을 필요가 없는 사람들을 가르치는 일은 꽤 쉽다. 완전히 다른 종류의 지성을 지닌 사람들에게 곤란을 겪지 않는 일도 꽤 쉽다. 과거가 아니라 미래의 가능성을 향한 원석 단계라는 딱지를 붙이는 일도 꽤 쉽다.

피카소는 산수를 어려워했다. 어떤 사람은 테리 브래드쇼의 두뇌는 12센트 값어치에 불과하다고 말했다. 지식이란 단어는 《성경》에 한 번도 나오지 않는다. 지식이 시인의 품질보증 마크가 된다는 말도 들어 보지 못했다. 우리는 모두 세속적인 존재지만 그 안에 신이 깃들어 있다. 예술가와 운동선수, 성자와 시인들은 그 사실을 안다. 오직 교육자들만 모를 뿐이다.

우리는 모두 사기당했다. 우리는 우리 자신이 되어야만 한다.

마크에게*

네 아버지에게 들으니 크로스컨트리를 하느라 공부할 시간이 많지 않아 네가 이만저만 걱정이 아니라고 하더라. 운동에 너무 관심을 쏟다가는 대학 수업을 제대로 따라가지 못할까 걱정하시는 게지. 달리기를 하면서 공부도 할 수 있을까, 그런 생각에 말이다.

나는 그 의문에 "그렇다"라고 말하고 싶다. 너나 나나, 그리고 다른 모든 사람에게 달리기는 삶을 배우는 또 다른 방식이란다. 사실 우리에게 하루에 한 시간 정도씩 달리는 것만큼 학문적 성취를 보장해 주는 것도 없단다. 대학 시절에 그 사실을 깨달은 사람이니까 이렇게 확언하는 것이다. 어떻게 달리느냐에 따라 내 평점은 달라졌어. 달리기를 잘 하고 충분히 즐겼을 때는 공부하는 게 재미도 있고 얻는 것도 많았지. 이런 변화는 성적에 곧 반영됐어.

하지만 배움이란 그것 이상이더구나. 달리기 역시 마찬가지였어. 배움이란, 물론 삶의 기초적인 것들을 익힌다는 뜻이지. 먹고 살 수 있는 방법을 익히는 거야. 하지만 더 중요한 것은 자신의 삶과 세계를 전체적으로 바라보고 온전한

---

* 이어지는 두 편의 글은 지은이 조지 쉬언이 조카에게 쓴 편지와 대학 졸업식장에서 행한 축사다. '배우기'에 대한 쉬언의 철학이 잘 담겨 있다.

인간이 될 때까지 자신의 잠재력을 끌어올리는 일이야. "우리는 그렇지 못하다. 그렇게 되기를 원한다"라고 파스칼은 말했단다. 배움은 자신을 완성시키기 위해 첫발을 내딛었다는 사실을 뜻하지. 가르침을 통해, 듣고 읽고 경험하는 것을 통해, 온몸과 마음과 영혼으로 실제로 시험해 보고 이를 통해 자신만의 진실을, 자신만의 세계를 알아가면서 자신을 완성시켜 나가지.

우리는 다 함께 배우지만 개인적으로 익혀야만 하지. 소크라테스가 말한 것처럼 교육이란, 자신에게서 끌어낸 지식의 획득이지. 하지만 교실과 강의실의 수업은 모든 학생들을 똑같게 만들어. 모든 사람들에게 같은 사실을, 같은 자료를, 같은 정보를, 더 나아가서는 같은 진리를 가르쳐 줘야만 하니까. 우리는, 개들이 뼈다귀를 물고 다른 곳으로 가듯이, 교실에서 배운 것을 다른 곳으로 가져가 진리가 과연 무엇인지 알아낼 때까지 물고 늘어져야 한단다.

그러자면 몸에서 시작해야 해. 건강하고 튼튼한 몸, 어떤 일이라도 견딜 수 있는 몸 말이다. 이 말은 곧 육체적으로 헌신하고 갈망하고 노력하고 훈련할 수 있어야 한다는 걸 뜻하지. 오직 놀이를 통해서만 우리는 육체 활동으로 새롭게 태어난단다. 마음이 진리를, 영혼이 선을 갈망하듯이 육체는 놀이를 갈망하기 때문이지.

너나 나나 달리기가 자신의 놀이가 됐으니 꽤 시작은 좋은 셈이다. 달리기는 모든 영역에 영향을 끼치기 때문에 우리가 달리는 시간이 곧 체육관이며 실험실이며 교실이며 교회란다. 이 체육관 안에서 우리는 건강을 발견하지. 그 안에 우리만의 독특함이 있다. 우리들 각자는 이전에도 없었고 이후에도 없을, 이 우주 안에서 유일한 존재라는 걸 배우지 않아도 알게 된단다. 길에서 달리는 시간 동안 온몸을 사용하기 때문에 우리는 실제로 몸 그 자체가 되지. 그런 과정을 통해 우리는 다른 분야에서도 완벽하게 몰입하는 게 뭔지 알게 된단다.

또한 길은 실험실이다. 거기서 우리는 눈에 보이고 경험할 수 있는 이 세계에 우리가 배운 것들을 접목시켜 볼 수 있지. 자신의 지각을 통해 교과서의 내용이 옳은지 따져볼 수 있다. 그럴 때, 교과서의 지식은 새로운 의미로 다가온단다.

하지만 무엇보다 중요한 것은 길에서 달릴 때, 우리가 새로운 사상과 원리를, 명상과 관조를 얻을 수 있다는 점이다. 우리 러너들은 합리적으로, 동시에 불합리적으로 생각하지. 우리는 요약을 통해 기억하지 않고 관계를 통해 기억하며, 그 모든 것들이 지나갈 때까지 기다린다. 우리는 요구에 맞춰 머리를 굴리지 않는다. 달리기는 이런 과정에 이르는 문이란다. 그런 편안함과 무집착의 상태 속에서 우리는 헤라클레이토스가 "사물의 본질에 귀를 기울이는 상태"라고 일컫는 상태에 도달하지. 우리는 세계를 향해 자신을 활짝 열어젖힌단다.

영혼의 문제는 또 어떨까? 달리는 시간을 통해 우리는 다른 어떤 곳에서도 얻을 수 없는 자유를 얻는다. 있는 그대로 자신을 바라보는 자유를 말이야. 다른 어디에서 자신의 삶을, 자신의 양심을, 자신의 소망을 볼 수 있겠니? 그 시간이 되면 그 모든 부족함이며 유약함이며 모자람이 다 드러나고 우리는 이를 받아들이게 된다. 달리는 동안에는 자신에게 그 어떤 고백이라도 할 수 있지.

그리하여 이윽고 너는 있는 그대로 자신을 받아들이게 되지. 왜냐하면 그 순간 문이 열리며 전에는 상상하지도 못했던 자신의 모습이 눈에 들어오기 때문이란다. 이제 너는 자신이 얼마나 유한하고 불완전한 존재인지, 하지만 동시에 다비드상처럼 끔찍할 정도로 놀랍게 태어났는지 알게 된단다.

이런 순간들, 아무런 노력도 하지 않았고 별다른 어려움도 없었는데 갑자기 환해지는 이런 순간들 덕분에 길에서 달리는 시간은 너의 하루 중에서 가장 소중한 시간이, 너의 배움 중에서 가장 중요한 시간이 될 거야. 자신만의 생각에 빠져 길을 달려보지 못한 사람은 배웠다고 하더라도 진짜 참된 지식은 알지 못할 위험이 크단다. 자신이 누구인가라는 질문의 해답 말이다.

언제나 최선을 다하자.

– 아저씨가

다운스테이트 의과대학 졸업생 여러분!

학장님께서는 제가 졸업식 축사를 맡으면 대단한 영광이겠다고 말씀하셨습니다. 권위 있는 심장병 전문의이자 철학자이며 건강 전문가에게 졸업생들이 뭔가 도움이 될 만한 얘기를 듣고 싶다고 말입니다. 말하자면 제가 안내하는 유적 답사라고나 할까요? 하지만 그런 이유 때문에 제가 이 자리에 선 것은 아닙니다. 진짜 동기는 간단합니다. 초대장을 보낸 여러분들의 학생 대표가 이런 말을 하더군요. 사람들이 졸지만 않으면 된다구요. 게다가 강연비도 줄 수 없다고 하더군요. 학생 대표는 그래서 제게 미안한 모양인데, 전혀 그럴 필요가 없습니다. 쉰일곱 살이 되고 보니, 듣는 사람만 있으면 떠들게 되더군요.

제가 심장병 전문의인 것만은 확실합니다. 하지만 대단한 건 아닙니다. 다른 전문가들과 마찬가지로 일상생활 전문가가 될 만큼 머리가 똑똑하지 않았거든요. 다른 전문 분야도 그렇지만, 우유부단하고 결단력이 부족한 사람에게 심장학만큼 쉽고 편안한 일이 없습니다. 심장병 전문의들이란 그런 사람들입니다. 언제나 뭘 어떻게 해야 할지 몰라서 고뇌하는 햄릿이죠. 혼자서 독백하다 보면 운 좋게도 환자들의 상태가 호전되기도 하고 어떤 때는 완치가 되기도 한답니다.

제가 독학 철학자라는 사실도 밝혀야겠습니다. 개똥철학에 가깝지만 우리 의사들에게는 방법이 없습니다. 아마 우리처럼 열악한 환경에서 교육받은 사람은 없을 겁니다. 우리는 의과대학에 다닐 만한 능력이 있다는 것을 보여 주기 위해 의과대학에 들어와 의과대학을 졸업합니다. 인성이니 생명의 소중함이니 따위는 배울 겨를이 없어요. 알다시피 과학자란 지나간 일에 대해서는 알 필요가 없습니다. 오늘 배우는 공부 속에 과거의 모든 지식이 들어가 있으니까요.

하지만 먼저 인간이 되기 위해서, 사람으로 살아가기 위해서, 〈창세기〉부터 공부할 필요가 있습니다. 항상 정신을 바짝 차리고 진짜 거인을, 작가를, 사상가를, 성자를, 운동선수를 만날 준비를 해야 합니다. 자신의 본성과 기질과 육체와 마음과 취향을 알고 싶다면 그 사람들이 반드시 필요합니다.

사실 저 같은 사람이 이런 자리에 선 게 꼭 죄를 짓는 것 같습니다. 왜냐하면 마흔네 살의 나이에 이미 저는 의학이 지겨워졌거든요. 그때 러처스 의과대학 교수 채용 공고에 신청서를 냈는데, 사유를 쓰라고 해서 "의사 일이 너무 지겨워졌습니다"라고 썼습니다. 바로 반려되더군요. 그래서 좋다, 더 높은 꿈을 품어 보자. 그렇게 해서 마흔네 살의 나이에 달리기를 시작했습니다. 말도 안 되는 그 일에 절대적이고 무조건적이고 단순 무식하게 몰입했습니다. 아, 그랬더니 내 몸이, 내 움직임이, 내 시야가 완전히 새롭게 느껴지는 것이었습니다. 완전히 새로운 삶이 열린 것이죠. 아, 진리란 여기에 있었구나. 그걸 그때 깨달았습니다.

이 자리에서 제가 깨달은 그 진리 몇 가지를 좀 들려드릴까 합니다. 하지만 그보다는 일단 거짓말을 하지 않았으면 좋겠습니다. "늙은이 말의 반은 거짓말"이라고 손톤 와일드는 말했습니다. 그러나 아무리 거짓말을 한다고 해도 졸업식 축하 연설보다 더 심하겠습니까? 해마다 이맘때가 되면 전국 각지에서 열심히 일하라고 말하는 연사들이 수두룩하지 않습니까? 사회에 나가서도 쉬지 말고 공부하려면, 훌륭한 어른이 되려면 열심히 일하라고 말입니다. 졸업생들에게 성공하라고, 봉사하라고, 다른 사람들을 위해 자신의 삶을 바치라고 그 사람들은 말합니다.

하지만 저는 이 자리에서 조금 다른 말을 하겠습니다. 저는 여러분들에게 제발 일하지 말고 좀 놀라고 말하고 싶습니다. 정신을 뛰놀게 하라는 뜻이 아니라 몸을 뛰놀게 하라는 말입니다. 이제 어른이 될 게 아니라 아이 시절로 다시 돌아가라고 말하고 싶습니다.

저는 여러분의 사회적 성공은 불행의 씨앗이 될 것이라고 말하고 싶습니다. 사회에 봉사하다 보면 당연히 자기 자신과 가족과 환자에게는 봉사할 시간이 없어집니다. 다른 사람을 위해 자기 삶을 바치다 보면 자기 삶은 한 번도 제대로 살아 보지 못하고 숨을 거둘 것입니다.

살아 보니 인생에서 가장 중요한 문제는 자신의 참된 모습을 꾸준히 찾아 나서는 일이었습니다. 정신을 바짝 차리고 온몸을 사용할 때, 놀이 속으로 푹 빠져들 때, 운동선수가 견뎌야 할 그 모든 시련을 받아들일 때, 우리는 자신의 참된 모습을 되찾게 됩니다. 그러는 동안에도 자기 마음 하나는 꼭 지켜가야만 합니다. 아이처럼 쉽게 감동하는 마음을 잊어서는 안 됩니다. 가능하다면 태평스러워지는 방법을, 드러난 겉모습에 얽매이지 않는 방법을, 편안한 마음으로 세상 모든 것을 향해 웃을 수 있는 방법을 익혀야만 합니다.

그래도 성공하고 싶다면 항상 정신을 바짝 차려야 합니다. 뭐가 중요한지 우선순위를 정해 놓으세요. 방해받지 않을 시간을 하루에 한 시간은 마련하세요. 그 60분 동안에는 신이든, 국가든, 가족이든, 일이든 들어오지 못하게 하세요. 그리고 일주일에 하루는 꼭 혼자서만 보내십시오. 자신을 아끼는 법을, 자신을 받아들이는 법을 배우십시오. 여러분도 자기 삶의 영웅이 될 수 있다는 걸 기억하십시오.

이거 쉽지 않은 일입니다. 온갖 일들을 들고 와서 여러분의 삶을 뺏으려 드는 사람이 세상에는 수두룩합니다. 하루에 열여덟 시간만 내달라고 하죠. 그러다가는 스물네 시간을 다 내달라고 할 겁니다. 가능하다면 서른여섯 시간도 뺏어갈 겁니다. 왜 그런 노래도 있잖습니까? "놔두면 그들이

너를 죽일 거야. 그렇게 내버려 두지 마. 네게는 친구가 있잖아."

하지만 여러분에게는 친구도 없습니다. 성과 이름을 다 부르는 사람들을 특히 조심하세요. 밤이나 낮이나 언제라도 여러분을 호출할 것입니다. 집에서 쉴라치면 꼭 불러내는 사람들입니다.

여러분만이 여러분의 친구입니다. 자기 몸과 그 아름다움을 지키는 사람은 여러분입니다. 노는 시간의 즐거움을 마련하는 사람도 여러분입니다. 어린이처럼 꿈을 지니고 살게 하는 사람도 여러분입니다. 절대 재방송되는 일이 없는 삶이라는 드라마의 각본을 쓰고 주연을 맡은 사람도 여러분입니다.

그 모든 것에 분연히 맞서십시오. 자신의 삶을 사십시오. 성공은 자로 잴 수도, 몸에 걸칠 수도, 두고 바라볼 수도, 벽에 걸어 놓을 수도 없습니다. 동료들의 찬사, 사회의 존경, 환자들의 감사 인사가 성공을 뜻하는 게 아닙니다. 성공이란 진정한 자신의 모습이 무엇인지 똑똑하게 아는 일, 자신이 원했던 모습대로 인생을 살아가는 일입니다.

그것만으로도 보상은 충분합니다. 하지만 살아가는 동안, 느끼는 즐거움이 그중 제일입니다. 최악의 경우에도 여러분은 자신만은 치유할 수 있습니다.

스포츠는 당신이 민주당원인지 공화당원인지,

자본주의자인지 공산주의자인지 따지지 않는다.

스포츠는 본질적인 부분만 따진다.

내 옆에서 뛰던 사람이 내게 물었다.

"당신은 누구입니까?"

내가 누구이며 어떤 사회적 신분을 지녔는지 말했음에도

그 사람의 질문은 그치지 않았다.

"잘 알겠습니다. 그런데 당신은 누구입니까?"

결국에는 당신도 가장 근본적인 질문에 이르게 될 것이다.

우
뚝
서
기

        내 나이쯤 되면 다른 사람의 말에 크게 주눅 들지 않는다. 무슨 책이 좋다거나, 어떤 영화가 재미있다거나, 어떤 정책이 어떻게 잘못됐다거나, 제한제制汗劑를 먹어야 한 대도 신경 쓰지 않는다. 내가 재미있게 즐기는 일에 대해 그러면 안 된다는 말을 들을 때도 나는 같은 태도를 견지한다. 내가 삶에서 운동을 제일 중요하게 여기자 내게 죄책감을 심어 주려는 사람이 꽤 있는데 그때도 마찬가지다.

  한 사람이 다른 사람에게 뭔가를 설명하려면 꽤나 노력해야한다. 진짜 운동에 빠진 사람이 그렇지 않은 사람에게 그 이유를 설명하려면, 한 해 52주 동안 축구 같은 운동을 지켜보는 사람이 한 경기만 보면 충분하다는 사람과 얘기하려면. 이런 의사소통의 문제 때문에 운동을 지루하고 반복적이고 시간만 뺏는 무의미한 여가로 여기고, 그 때문에 다른 중요한 일들을 희생한다고 생각하기도 한다. 아름다움과 마찬가지로 지루함이란 구경꾼의 마음에나 존재하는 것이다. "세상에 시시한 일이란 없다. 시시한 사람이 존재할 뿐이다"라고 작가 체스터튼은 말했다. 존재하는 것은 강 건너 불구경하는 사람들일 뿐이다. 축구가 재미없다면 그건 축구에 대해서 모르기 때문이다. 구경꾼들이여, 지루해 하라. 하지만 그건 전적으로 당신들의 책임이다. 월드컵이 재미없다면 그건 당신들의 잘못이지, 축구의 잘못이 아니다.

물론 내게도 그런 경우는 있다. 나는 음악 애호가들이 이해하는 음악의 아름다움을 즐기는 데 어려움이 많은데, 그건 전적으로 나의 문제이지 음악가들의 잘못이 아니다. 나는 베토벤의 작품번호 132번이 그저 시간만 긴 음악이라고 생각하는데 누군가 그 음악은 이 우주의 진실을 담은 것이라고 말한다면, 정말이지 아름다움과 지혜로 넘쳐흐르는 음악이라고 말한다면 나는 그 사람이 꽤나 부러울 것이다. 내가 그를 괴짜라고 부를 하등의 이유가 없다.

또한 나는 도시에서 자랐기 때문에 시골에서 자란 사람들에 비해 자연의 아름다움을 느끼는 데 좀 둔감한데, 이 경우에도 그런 기회를 얻지 못했던 걸 스스로 아쉬워 할 뿐이다. 95번째 생일에서 파블로 카잘스는 이렇게 말했다. "나는 몇 시간씩 나무나 꽃을 바라보곤 한다. 어떤 때는 어쩌나 아름다운지 소리 내 울고 만다." 카잘스만큼 나이가 들면 나도 그렇게 될 것이라고는 생각하지 않는다. 나는 그런 나 때문에 소리 내어 운다.

다른 과학자들과 마찬가지로 나는 시의 참뜻을 이해하는 데 어려움이 많을 수 있다. 그렇다면 나는 그게 내 상상력이 부족하다고 받아들이지, 시인의 잘못이라고 생각하지는 않는다. 문학평론가 랜들 제럴은 이렇게 썼다. "어떻게 하면 오든이나 딜런 토마스 같은 사람들의 시를 이해할 수 있을까요? 이런 질문을 들으면 나는 다음과 같이 대답한다. 다시 태어나라!" 오직 그럴 때, 나는 그 힘든 노력으로 이룬 명작의 값어치를 이해할 수 있을 것이다. 왜 그토록 많은 사람들이 그렇게 열광하는지, 왜 그토록 많은 사람들이 그토록 즐거워하는지.

어느 분야이건, 냉소적이고 비판적이고 방관적인 태도의 구경꾼들은 그 노력의 과정을 절대로 이해하지 못한다. 그러니까 그 사람들에게는 월드컵 결승이라는 것도 두 시간 동안 지루하게 뛰어다니는 일일 뿐이다. 하지만 축구 팬들은 어떨까? 경기에 져서 고통을 느끼는 진 팀의 팬들이나 광란의 상태로 흥분하는 이긴 팀의 팬들은? 구경꾼들이 지루해 하든 말든 팬들의 그 감정이 사라지는 것은 아니지 않은가?

이렇게 말하면 어떤 사람은 즐거움의 반대말이 고통이라고 생각할지도 모르겠다. 하지만 그렇지 않다. 아무 견해도 없고, 무감각하고, 느끼지도 아끼지도 못하는 상태가 그 반대 경우다.

아낌없는 마음은 팬들이 느끼는 모든 감정 중에 으뜸이 되는 감정이다. 우연찮게도 아낌없는 마음은 상당히 종교적인 색채를

띤다. 나는 아낌없이 행동한다. 선수들도 아낌없이 행동한다. 관객과 배우처럼 우리는 함께 서로를 아낌없이 대한다. 철학자인 조지 산타야나가 말한 것처럼 우리는 함께 어우러져 운동경기를 몸으로 하는 드라마로 만든다. 그 드라마 속에서는 인간이 살아가면서 겪는 모든 도덕적이고 감정적인 일들이 다 일어난다. 조지 산타야나는 이렇게 썼다. "축구 경기에서는 삶에서 일어나는 모든 일들이 일어나기 때문에 영혼이 떨리지 않을 수 없다."

나나 평균적인 스포츠 팬이라면 그 말이 무슨 뜻인지 잘 안다. 운동선수들은 더 말할 나위도 없다. 과연 무엇 때문에 그렇게까지 노력하고 그렇게까지 재능을 쏟아붓고 그렇게까지 멋지게 해내려고 노력한단 말인가?

테드 윌리엄즈는 자신의 기술과 자질로 그런 요소를 어느 정도 보여 주었다. 소설가인 존 업다이크가 즐거움으로 입이 쩍 벌어지게 만든 재능을 야구장에서 보여 준 선수라고 일컫은 사람이다.

존 업다이크는 이렇게 썼다. "윌리엄즈는 잘하는 것과 못하는 것이 종이 한 장 차이에 불과하다는 사실이 분명해지는 더운 8월의 주말, 경기장에 기꺼이 오르는 선수라고 할 수 있다. 그는 고전적인 의미의 운동선수다. 그는 항상 아낌없이, 자신과 경기를 위해 아낌없이 모든 것을 쏟아부을 줄 아는 선수다."

스포츠가 지루한 반복에 불과하다고 말할 수 없는 이유가 여기에 있다. 그렇지 않다면 하버드 대학교의 교수인 산타야나가 다음과 같은 질문에 대답하려고 일부러 시간을 내어 글을 쓸 이유가 없었을 것이다. "경기장에는 뭣 하러 가십니까? 왜 외야 관중석에서 그 아까운 시간을 날려 버리십니까?"

정치가들은 떠들어대고 신학자들은 논문을 쓰고 일반적인 미국인들은 당연하다고 생각하겠지만, 민족과 피부색과 출신 국가란 인간을 결정하는 요소 중에 지극히 사소한 것에 불과하다는 사실을 스포츠만큼 극명하게 보여 주는 것도 없다. 경기를 할 때는 백인이냐 흑인이냐 황인이냐는 중요하지 않다. 가톨릭교도인지 기독교도인지, 아니면 이탈리아인인지 독일인인지, 이스라엘인인지 아랍인인지는 중요하지 않다.

　운동은 이런 차이를 없애고 새로운 경계를 짓는다. 우리는 더 근본적인 특징에 따라 나뉘며 이는 다른 것으로 대체할 수 없다. 운동을 통해 우리는 세 개의 기본적인 유형으로 나뉠 수 있다. 이 세 유형을 나누는 기준은 육체적, 생리적, 심리적 특징들이다.

　철학자와 신학자에게는 이 사실이 별로 새롭지 않다. 그들은 다양한 방법을 통해 이 세 가지 유형과 우리 존재의 지향점을 일치시키려고 늘 노력한다. 예컨대《바가바드 기타》에 따르면, 신과 하나가 되는 세 가지 길이 있다. 노동의 길, 지식의 길, 헌신의 길이 그것이다. 그중에 어떤 길을 걷느냐는 그 사람의 타고난 본성, 체질, 성격에 따른다.

　운동에 빗대자면 축구 선수는 노동을 통해 구원받는다. 축구 선수는 행동하는 인간이다. 그의 육체, 그의 성격, 그의 기질이 이를 결정한다. 그의 열정과 노력과 용기를 보고 있노라면 세계를 완전히 망쳐 버리는 인종이니 민족이니 국가니 하는 저열한 가치에 매달리는 사람들이 사실은 세계를 망치고 있다는 생각을 하게 된다.

불행하게도 그런 가치들에 매달리게 하는 방법은 쉽게 생각해 낼 수 있다. 이 점도 스포츠를 통해 알게 된 교훈이다. 스포츠 팬들은 자신의 출신 고등학교나 출신 대학교, 자신이 사는 지역과 같은 우연한 요소로 형성된다. 사회심리학자인 셰리프는 남학생들 야영장을 관찰한 뒤, 팀의 구성원을 바꾸는 것만으로도 조직에 대한 충성도와 동지애가 얼마나 쉽게 바뀌는지 보여 줬다. 그런 하찮은 집착을 과장해서 강조하는 일은 스포츠적인 가치가 중심에 놓인 조직에서는 흔하게 찾아볼 수 있는 현상이다.

이런 열정적인 자기 동일시는 국제사회 속에서도 매우 흔하게 찾아볼 수 있다. 단순하고 과감하고 모험을 즐기는 이런 사람들이 애국이라는 이름으로 여러 국가를 규합해 행동할 수 있는 곳이 바로 국제사회이기 때문이다. 하지만 이때는 단순히 그들이 흔드는 깃발과 지지하는 구호에 자신을 일치시킨다. 셰리프가 관찰한 야영장의 남학생들과 마찬가지로 만약 다른 나라, 다른 대륙과 이해관계가 일치한다면 그들은 기꺼이 어제의 동지와 맞서 싸울 것이다. 하지만 그 과정에서 괴로움을 겪으며 도대체 이들 투사를 어떻게 대할 것인가 고민해야 하는 사람은 바로 우리들이다. 놀랄 만큼 용감하고 자신의 모든 것을 던지는 이 사람들을 좀더 고귀한 가치를 위해 헌신하게 만드는 방법을 고민해야 하는 사람도 바로 우리들이다.

이 세상은 그렇게 흘러왔다. 그동안 역사는 이 에너지에 어떻게 마구를 채워 좋은 일에 사용할까 모색해 온 과정이었다. 올더스 헉슬리는 이렇게 썼다. "문명은 종교적, 법적, 교육적 장치들을 통해 개인이 완력으로 악행을 저지르지 못하게 하는 한편, 억눌린 그 에너지들을 사회적으로 합당한 배출구로 돌리게 한다." 윌리엄 제임스 역시 비슷한 취지로 말했다. 윌리엄 제임스는 전쟁을 대체할 도덕적 방법을 찾았다. 이런 사람들이 쉽게 빠져들수 있도록 전심을 쏟아부을 수 있는 어려운 과제나 평화적 본성을 자극하는 고귀한 대의명분을 찾는다면 파괴적인 행위로부터이들의 관심사를 돌릴 수 있을 것이다.

받아들이기 어려울지 모르겠지만, 제임스는 전쟁을 건강함, 남자다움, 인간이 베풀 수 있는 가장 큰 희생의 근거로 여겼다. 전쟁은 모든 면에서 완벽함만을 원하기 때문이다.

가톨릭교회에서는 수도사들을 단련하기 위한 방법으로 행동하는 인간을 포함한 여러 유형의 인간들에게 저마다 합당한 종파를 선택할 수 있는 기회를 준다는 점에서 눈여겨볼 만하다. 가톨릭교도는 트라피스트회처럼 명상적인 종파에 가입할 수도 있고, 전례를 중요시하는 베네딕트회의 종교 의식을 통해 자신이원하는 바를 찾을 수도 있으며, 도미니크회의 가르침에 따라 이 세계를 바꾸기 위해 세속으로 직접 뛰어들 수도 있다. 가톨릭교회에서는 출생 성분이나 출생 지역처럼 우연히 정해지는 정체성이 더 근본적인 차이를 뛰어넘지 못하게 한다.

마찬가지로 스포츠 역시 당신이 민주당원인지 공화당원인지, 자본주의자인지 공산주의자인지 따지지 않는다. 스포츠는 본질적인 부분만 따진다. 한때 내가 가입했던 한 단체에서 나는 그런 사실을 알게 됐다. 처음에 같이 연습하는 동안, 내 옆에서 뛰던 사람이 거듭 내게 물었다. "당신은 누구입니까?" 다른 사람들과 마찬가지로 내가 누구이며 어떤 사회적 신분을 지녔는지 말했음에도 그 사람의 질문은 그치지 않았다. "잘 알겠습니다. 그런데 당신은 누구입니까?"

결국에는 당신도 가장 근본적인 질문에 이르게 될 것이다. 그 질문은 깃발이나 구호, 정치 집회나 공익 기금 조성용 만찬, 당신의 출신지가 어디며 하는 일은 무엇인지 등등과는 아무런 관계가 없다.

몸을 단련한다고 해결책이 나오지는 않는다. 하지만 최소한 우리가 집착하는 대부분의 것들이 얼마나 가볍고 하찮은 것들인지 보여 준다. "잘 알겠습니다. 그런데 당신은 누구입니까?"라는 질문에 대한 답을 알고 싶은가? 그렇다면 자신에게 맞는 스포츠가 무엇인지 먼저 알아내라.

세계기록이라면 늘 프랑스의 신학자인 데이야르 드 샤르댕이 한 말이 옳았다는 생각이 든다. 3분 49초 4에 1마일을 뛸 수 있다는 사실은 내게 "인간은 여전히 자신의 진화 궤도에 따라 움직인다"는 그의 말을 떠올리게 한다. 인간의 육체적 장벽을 뚫으며 나는 "다단계 로켓과 마찬가지로 인류는 이제 더 먼 곳을 향해 새롭게 도약하고 있다"고 확신하게 된다.

이 외면적으로 볼 수 있는 완벽함을 통해, 이 힘과 여백의 경제학을 통해, 나는 내면적 완벽함을 알아차리고 점점 더 나아지고 있다는 사실을 느낀다. 데이야르 드 샤르댕이 말한 바와 같이, 나는 더 많이 즐기고 더 많이 알기 위한 방법을 찾는 게 아니라 더 많이 존재할 수 있는 방법을 찾고 있다. 인간과 우주의 이상을 향한 사랑 속에서 진화하고 있다. 최종 지점이자 신성의 공간을 향해 계속 진화하고 있다.

전문가들에게는 이런 견해가 일반적이지 않다. 인간은 본질적으로 신의 설계에 따라 움직인다고 보는 사람은 많지 않다. 하지만 놀랍게도 예외가 있으니 바로 운동선수들이다. 주위의 모든 사람들이 참혹한 운명에 울부짖는 순간에도 운동선수들은 데이야르 드 샤르댕이 말한 바, "끊임없이 가속되는 자기 충족의 소용돌이"에 사로잡힌다. 운동선수들은, 자신의 성장을 향한 뜨거운 가슴을 지키는 한, 그 무엇도 인간과 인류의 성장을 방해하지 못한다고 우리에게 말해 준다.

그런 성장을 가장 잘 지켜볼 수 있게 해 주는 것이 바로 1마일 달리기다. 달리기 선수들에게는 여러 가지 시험대가 있는데, 그

중에서도 가장 대단한 게 바로 1마일 달리기다. 그 다음이 단거리 달리기와 마라톤이다. 이 셋을 통해 인간은 자신의 생리학적인 자질을 연마할 수 있다. 이 세 가지 달리기는 인간의 세 가지 근력의 주된 원천과 대응한다. 이 세 가지 달리기를 통해 인간은 다양한 모습으로 표현되는 육체와 마음과 영혼을 불러일으킬 수 있다.

단거리 달리기는 고에너지 인산염을 바로 속도로 바꾸어 주는 운동이다. 마라톤은 두말할 여지 없이 지구력을 시험하고 산소를 이용하는 달리기다. 하지만 1마일 달리기에는 이 두 가지 외에 산소 공급 없이 포도당을 이용하고 몸에 축적된 젖산을 없애는 무산소성 신진대사 활동이 추가된다.

단거리 달리기는 전적으로 육체적인 운동이다. 마라톤은 전적으로 심리적인 운동이다. 1마일 달리기는 육체적이고 심리적이고 영적인 운동이다. 소설가 폴 갈리코는 이렇게 말했다. "1마일이란 대단히 절묘한 거리다. 1마일을 달리기 위해서는 정신적으로 뛰어난 판단을 내려야 하는 동시에 육체적으로 최상의 상태를 유지해 두려움 없이 용기를 내야 하기 때문이다." 모든 게 한계에 이르는 4분의 3마일 지점부터는 자신이 하는 일이 절대로 헛된 일이 아니라는 강한 믿음으로 충만해야만 한다.

여기 말고 인류가 진화한다는 사실을 두 눈으로 똑똑히 관찰할 수 있는 곳이, 인간 능력의 최대치를 기대할 수 있는 지점이 또 어디에 있겠는가?

현재 신기록 보유자인 존 워커는 또 다른 걸물인 뉴질랜드인 피터 스넬과 꼭 닮았다. 몸무게 185파운드에 키가 6피트 1인치 반인 워커는 몸무게 175파운드에 키가 5피트 15인치였던 스넬과 비교된다. 스넬처럼 워커도 4백 미터를 달리다가 1마일로 바꿨다. 스넬처럼 워커도 몸집이 작은 사람은 장거리 주자에나 걸맞다는 걸 몸소 보여 주고 있다.

기록을 세울 때, 워커는 아주 쉽게 달리는 것처럼 보였다. 하지만 세계신기록이란 모두 그렇게 씌어지는 법이다. 세계신기록은 대단히 쉽게, 마치 그럴 줄 알았다는 듯이, 심지어는 그럴 수밖에 없었다는 듯이 세워진다. 하지만 어떻게 해서 그런 일이 일어나는지 아직까지 과학자들은 알아내지 못하고 있다. 달리기 트랙과 경기장의 정밀하고 확실한 통계 자료가 나와 있음에도 과학자들은 인간 육체와 그 잠재 능력을 여전히 낮춰 보고 있다.

물론 과학자들도 좋은 음식, 좋은 훈련 환경, 좋은 장비가 중요한 요인이라는 점은 인정한다. 하지만 과학자들은 인간 자체가 중요한 요인이라는 점은 모르고 있다. 사람의 능력을 더욱 개발하고 공동체를 개선하기 위해 수많은 사람들이 끊임없이 투쟁하는 그 자체가 중요한 환경이라는 사실을 모른다. 인간이 하나의 과정이지, 결과물이 아니라는 걸 과학자들은 제대로 꿰뚫어 보지 못한다.

유전적 요인과 다수의 사람들과 성장을 위한 열정은 세계신기록을 만들어 낼 뿐만 아니라 이 세상을 바꾼다. 그럴 때 1마일 달리기는 사소하지만 이런 공공의 개선책을 매우 분명히 보여준다. 이런 관점에서 우리는 "자신의 한계에서도 한참 떨어져 있고 심지어는 뒤로 밀리는 듯한 순간에도 온 힘을 다해 앞으로 나아갈 수 있는" 마음을 다잡을 수 있다.

데이야르 드 샤르댕과 존 워커와 지금 운동화 끈을 묶는 모든 선수들은, 자신이 할 수 있는 최고의 능력을 발휘하기 위해 애쓰는 그 모든 사람들은, 이런 사실을 우리에게 알려 준다. 우리는 여전히 인류와 이 우주의 놀라움을 더 봐야만 한다.

"인간이란 자신의 영혼을 불태울 뭔가가 있을 때, 모든 불가능을 없앨 수 있는 존재다"라고 라 퐁타인은 말했다. 우리 시대에는 미식축구 감독이었던 빈스 롬바르디가 누구보다도 이 사실을 분명하게 보여 주었다. 롬바르디는 감정과 의지와 소망과 명상의 힘을 통해 인간에게 숨겨진 에너지를 풀어내는 방법을 우리에게 보여 주었다.

내 생각에는, 미식축구 감독과 그 선수들이 인간의 능력이 어디까지 닿을 수 있는지 잘 보여 주었다고 말하면 못마땅하게 생각할 지식인들이 있을 것 같다. 하지만 이제 대다수 사람들은 스포츠 역시 인간이 노력해서 이루는 중요한 목표라는 사실을 알고 있다.

그런 사람들 가운데 하나가 폴 바이스다. 폴 바이스는 인간의 기본적인 관심사를 분류하며 정치, 예술, 종교와 함께 스포츠를 넣었다. 한 나라 국민들의 사고방식에 미친 긍정적인 영향을 따지자면 아마도 폴 바이스는, 빈스 롬바르디가 그 어떤 정치가나 예술가나 종교가보다도 큰 영향을 끼쳤다는 사실을 인정할 것이다.

그런 영향을 끼칠 수 있게 된 데는 어느 정도 폴 바이스가 언급한 대로 스포츠가 인간의 기본적이고도 중요한 관심사라는 사실이 중요할 것이다. 하지만 나머지는 빈스 롬바르디의 사람됨과 성격과 믿음이 좌우했다.

스포츠가 주는 생생함과 활력의 근원은 무엇일까?《아이들의 생활》에서 데니슨은 경기를 하는 아이들의 표정을 이렇게 묘사했다. "환한 얼굴, 생생한 표정, 날렵한 주의력, 정확하고도 익살맞은 시선." 이런 소중한 태도에 덧붙여 (때로 우리 자신들이 하는) 재간 넘치는 놀라운 솜씨와 완전히 자신을 쏟아붓는 그 충만한 감정도 있을 것이다. 이런 모든 게 바로 스포츠다.

전적으로 자신에게 충실해지라는 것은 롬바르디의 신조였다. 종교란 우리가 믿는 게 아니라 우리가 행하는 것이다. 원죄로 가득 찬 세계에, 천국으로 향한 길 위에서 끊임없이 견뎌야만 하는 불완전한 인간들의 세계에 태어난 이상, 롬바르디에게는 팀을 완벽하게 만들고, 지금 이 순간이 얼마나 중요한지 깨닫는 것이 종교가 됐다. 미식축구는 단순히 충실한 삶을 살아가는 중요한 도구에 그치지 않았다. 미식축구는 충실한 삶 그 자체였다.

롬바르디는 훈련 시간에 빈둥거리는 르로이 캐피에게 다음과 같이 말함으로써 미식축구와 삶이 어떻게 연결될 수 있는지 그 어떤 사례보다도 잘 보여 주었다. "캐피, 연습할 때도 꾀를 부린다면 시합에서도 너는 꾀를 부릴 것이다." 대부분의 감독들은 이쯤에서 그치지만, 롬바르디는 더 나아갔다. "그리고 시합에서 꾀를 부린다면 너는 앞으로 살아가면서도 꾀를 부릴 것이다. 그래서 나는 그걸 용납할 수 없다."

롬바르디에게는 자신의 잠재력을 끌어내지 못하는 삶이 제일 비극적이었다. 새로운 신학자처럼, 롬바르디는 육체의 중요성에 대해 설교했다. 롬바르디는 많은 시간과 혹독한 삶을 견디며 조금씩 앞으로 나아가는 한, 그것이 무엇이든 신은 인간을 사랑한다는 복음으로 보았다. 죽음은 인간의 본성과 삶을 향해 열린 가능성의 종결을 뜻한다고 레슬리 드워트는 말했다. 롬바르디에게 그 가능성이란 늘 깨어 있는 마음으로 노력하고 개선하고 애쓴다는 뜻이다. 죽음과 천국과 지옥은 신경 쓸 필요가 없었다.

그처럼 롬바르디는 엄격한 조련사였다. 하지만 우리가 아는 의미의 훈련을 잘 시켰다는 뜻이 아니다. 예컨대 소니 유르겐슨은 롬바르디가 자신의 몸무게를 물어보지 않았다고 말했다. 롬바르디는 유르겐슨에게 최대치의 능력을 발휘할 준비를 갖추기만을 바랐을 뿐이었다. 롬바르디는 무언가에 자신의 1백 퍼센트를 바치기 위해서는, 무언가를 1백 퍼센트 사랑하기 위해서는 훈련 이상의 훈련이 필요하다는 사실을 알아냈다. 그게 바로 믿음이다. 아무런 대가를 바라지 않고 헌신할 수 있는 믿음. 그것이 바로 롬바르디가 자신과 자신의 선수들에게 요구했고 실제로 얻어냈던, 아무런 대가를 바라지 않는 헌신이었다.

어떻게 가능했을까? 다른 사람들도 그런 생각을 하지 않은 건 아니었다. 롬바르디가 처음은 아니었다. 어떻게 롬바르디는 이런 믿음을 유지하고 선수들에게 부여할 강한 동기를 찾아내는 데 성공했을까?

많은 친구들과 선수들과 동료들과 정치가들이 빈스 롬바르디가 어떤 사람인지 우리에게 설명했다. 많은 글에서 미식축구에 대한 그의 헌신적인 노력에 대해 이야기하겠지만, 그를 가장 잘 설명할 수 있는 말은 바로 소명감일 것이다.

미식축구 감독으로서의 소명감을 말하는 게 아니다. 인간으로서의 소명감 말이다. 신학자들이 말하는 바, 자신과 동료에게 신이 존재한다는 사실을 일깨워 주는 생애와 책임감을 뜻할 때의 그 소명감 말이다. 그런 소명감은 강력하게 기원하는 인간에게만 찾아온다.

빈스 롬바르디를 불가능을 가능케 한 위대한 감동과 의지를 가진 인간으로 만든 게 바로 이 세 번째 요소인 기원이다. 또한 추도사에서 월리 데이비스가 말한 것처럼 "진정으로 충실한 인간"으로 살아갔기 때문이기도 하다. 부디 그가 영면하기를.

"당신은 정말 그리스도를 프로 미식축구 선수에 비유할 수 있다고 봅니까?" 최근 어느 철학과 교수가 내게 이렇게 물었다. 우리는 미식축구와 선수들에 대해 그가 쓴 글을 두고 토론하던 중이었다. 그는 미식축구를 '정교하게 짜여진 폭력'이라고 일컬었다. "진짜 웃기는 사람들은 그 순간적인 일들이 영원할 것이라는, 그 하찮은 것들이 이상적이라는, 그 살벌하고 경쟁적인 승리를 쟁취하기 위한 무자비하고도 증오심에 가득 찬 폭력이 우정이라는 환상을 심어 주는 자들이다"라고 그는 말했다.

내가 보기에 진짜 웃기는 사람은 그 교수였다. 교수는 타고난 책상물림이라 몸을 움직여 단련하는 데 대해 온갖 괴상한 말들만 들었을 것이다. 미식축구 선수는 그의 존재 속에 자리한 가장 깊은 곳에서 솟구친 사명감의 세계를 가지고 있다. 그 교수가 미식축구를 이해하지 못하듯, 미식축구 선수는 스스로 이해하지 못할 소명에 따르는 것일 뿐이다.

그렇다, 나는 그리스도를 미식축구 선수에 비유할 수 있다고 본다. 배관공에게서도, 예술가에게서도, 목수에게서도 나는 그리스도를 발견한다. 2천 년 전에 그리스도가 가져온 복음이란, 육체는 성스럽고 세계는 신성하며 '나'는 바로 인간이라는 사실이었다. 그리스도가 한 사람으로 섰을 때, 우리도 인간이 됐다. 베들레헴에서 들려온 전언은 모든 사람들이 동등하게 창조되었을 뿐만 아니라 모든 사람들은 독특하게 창조되었다고 말한다. 물론 인간들은 이 독특함, 인간이면 반드시 찾아야 할 충실한 삶을 이루는 데 성공할 수도 있고 실패할 수도 있다.

그 교수에게는 별로 듣기 좋은 소리가 아니겠지만, 학창 시절

외과 교수가 강의를 시작할 때면 매우 조심스럽게 말한 대로 삶은 성령의 사원인 몸에서 시작한다. 지적인 작업에 종사하는 사람들이 이 몸에 대해 알 방법이 있을까? 그을리지 않은 하얀 손등을 지닌 우리 전문가가 라인배커(미식축구의 후방 수비수 - 편집자)의 모습에서 그리스도를 발견할 수 있겠는가? 배관공의 삶에서 그리스도를 발견할 수 있겠는가? 목수는 어떨까?

못이 제대로 박힐 때의 소리에 대해, 목재마다 달리 풍기는 냄새에 대해, 대패로 잘 다듬은 나뭇결의 촉감에 대해, 망치를 쉽게 잡는 법에 대해, 톱을 부드럽게 켜는 법에 대해 과연 우리는 알고 있을까? 스스로 완성한 집을 둘러보며 생각에 잠길 때, 왜 목수가 영원을 볼 수 없을 것이며 언뜻 보기에는 하찮아 보이는 일들에서 왜 이상을 느끼지 못하겠는가?

두말할 필요도 없이 정신을 헛되게 소비하는 경우만은 없어야 한다. 영혼을 헛되게 소비하는 것은 더 나쁘다. 하지만 그 모든 경우가 육체를 헛되게 소비하면서 시작된다.

멕시코의 주술사인 돈 후앙과 지낸 경험을 책으로 써서 그를 영웅으로 만든 작가 카를로스 카스타네다는 이렇게 말했다. "우리가 제일 먼저 따져야 하는 것은 우리들 자신이다. 내 기운이 최상에 이르고 억눌리지 않을 때, 나는 다른 인간을 진심으로 좋아할 수 있다. 이 상태에 이르기 위해서는 항상 몸을 다듬어야 한다."

몸이야말로 이 세계와 자신에 대해 깨닫게 되는 정교한 도구이므로 몸을 완전무결하게 돌보아야 한다고 카스타네다는 말했다. C. G. 융의 생각도 별반 다르지 않다. 이 위대한 심리분석가는, 인간의 육체에는 '차크라'라는 독립된 중추가 있어 각각 인간의 사고를 관장한다고 생각했다. 타오스족의 어느 인디언 추장은 언젠가 그에게, 백인들은 미쳤기 때문에 온몸이 주름으로 뒤덮였다고 말했다. 추장은, 백인들은 머리로만 생각하기 때문에 미친 것이라고 덧붙였다.

물론 현재 문명사회에서는 머리가 최고다. 머리를 사용하는 노동자들이 돈과 명예로 상징되는 성공을 가장 쉽게 성취한다. 사람들은 손을 사용하느냐, 머리를 사용하느냐에 따라 블루칼라와 화이트칼라로 분류된다. 우리 사회체계에서는 신분상 프로 미식축구 선수보다는 철학과 교수가 몇 광년은 앞서 있다.

하지만 자신만의 세계에 충실하게 살아가고, 자신의 육체를 완전무결하게 다듬고, 자신과 자신이 하는 일을 믿는 사람은 미식축구 선수가 아니겠는가? "억지로 몸을 움직여야 한다면 무슨 일이든 그건 노동이며, 억지로 몸을 움직일 필요가 없다면 무슨 일이든 그건 놀이다"라고 마크 트웨인은 말했다. 이런 관점에서 보자면, 그 교수는 노예가 될 것이며 미식축구 선수는 자유인이다.

제대로 살지 못한 삶이 인생의 가장 큰 적이다. 자신에 대해, 그리고 여러 가지 선입견에 대해 이해하지 못할 때, 우리는 그런 위험에 처한다. 손을 써서 하는 일은 저급하다는 우리 사회 통념에 따라 움직일 때, 내가 무슨 수로 내면 깊은 곳에서 솟구치는 사명감을 발견할 수 있겠는가? 어떤 소명을 두고 그건 제대로 배우지 못한 자들에게나 어울린다고 믿고 있다면 무슨 수로 내가 그 소명에 따르겠는가?

"주님의 뜻에 따르는 거룩한 소명은 아니겠지만, 미식축구가 사람에게 허락된 2만 8천 개의 직업 중 하나라는 건 사실이 아닙니까?"라고 그 교수에게 말했다.

진실을 말하자면 이렇다. 우리는 주님의 소명에 따르는 어린 양들의 직업은 많이 알지만, 그 양들에게 어떤 직업이 어울리는지는 잘 모른다. 천재성과 재능이 고약한 이단의 자세인 취향의 문제로 대체될 때, 꼭 이런 일들이 일어난다.

더 이상 세상에 관심이 없어지던 쉰두 살이 되어서야 나는 공을 치면서 하는 스포츠의 비밀을 알게 됐다. 라켓볼에 관한 TV 프로그램을 시청하다가 갑자기 공에 대한 규칙을 깨달았다. 나는 내 힘을 어떤 물체의 속도로 바꾸는 기본적이고 물리학적인 법칙을 보았다. 그 순간 나는 그게 어떤 공이든 공을 치는 법을 알게 됐다.

어떻게 했어야 한다는 것을 깨달은 사람이라면 어찌 지나간 청춘을 슬퍼하지 않겠는가? 그 순간 누가 스틱볼을 하면서 하수구 세 칸을 넘어가는 홈런을 치거나, 테니스를 하면서 서브와 발리와 스매시를 때리거나, 파 포 홀에서 8번 아이언으로 세컨드샷을 칠 꿈을 꾸지 않겠는가? 어느 누가 다시 태어나면 반드시 멋지게 태어나리라는 생각을 하지 않겠는가?

나는 그런 생각을 하지 않은 사람이다. 쉰두 살의 나이에 나는 공을 잘 때리는 사람들에 관한 진짜 비밀을 배우게 됐다. 그들은 태어나는 것이지 만들어지는 게 아니다. 나는 그런 사람이 아니었다. 기술이 중요하기는 하지만 그것만으로는 부족하다.

정확한 타점과 공의 흐름과 생물역학적인 분석이 제아무리 완벽하다고 해도 육체적, 심리적, 정신적으로 준비가 돼 있지 않으면 공을 잘 때릴 수가 없다.

공을 잘 치는 사람은 공을 잘 치는 사람의 체형과 정신을 타고난다. 아무리 기술을 익힌다고 하더라도 잘 치지 못하는 사람이 잘 치는 사람으로 바뀔 수는 없다. 기술은 잘 치는 사람을 더 잘 치는 사람으로 만드는 데 필요한 것이다.

그 프로그램을 통해 나는 이런 사실도 배웠다. 야구 선수와 골퍼와 테니스 선수를 면밀히 관찰하면 공통된 체형 특징이 발견된다. 그들의 강건한 육체는 어떤 각도에서도 드러난다. 그런 종류의 스포츠에서는 그런 유형의 인간이 아니라면 제대로 해낼 수 없다. 전에 미식축구를 했던 골퍼나 그런 사람처럼 보이는 체형을 지닌 골퍼를 통해 나는 이 사실을 알아차렸다. 눈으로 보기에는 호리호리해 보이는 사람들도 그 빈약한 몸매 속에 강한 체형을 감추고 있었다. 예컨대 캔사스 시티 로얄즈의 자그마한 유격수인 프레드 파텍만 해도 팔뚝이 내 장딴지만 하다. 그의 팔목은 정말 대단하다.

그런 부분을 관찰하면 공을 잘 치는 사람들을 찾아낼 수 있다. 팔뚝이 모든 걸 말해 준다. 팔뚝은 언제라도 자신의 힘을 보여 주겠다는 증거다. 사람들의 팔뚝을 자세히 관찰한다면, 이런 종류의 스포츠에서 대성할 잠재력을 지닌 사람들, 타고난 선수들을 알아볼 수 있을 것이다.

또한 개인의 삶에서 성공할 잠재력을 지닌 자들도 알아보게 될 것이다. 비슷한 적극성과 활력과 대담함으로 자신의 일과 직업을 대하고 경력을 쌓아 가는 사람들을 말이다.

파텍 같은 부류의 사람들을 알아보기란 쉽지 않다. 옷에 눈이 멀어 그들이 감춘 내면의 힘과 이 힘을 떠받치는 용기와 자신감을 상상하지 못한다. 하지만 팔뚝을 살펴보면 자신이 야수 앞에 놓인 먹잇감에 불과하다는 사실을 알게 된다.

나부터가 팔뚝을 잘 살펴보는 사람이다. 당신이 가늘고 섬세한 팔뚝을 지녔다면 그건 공을 때리고 삶에 맞서 싸우는 운명이 아니라는 뜻이니 그렇게 살아야 한다. 그래서 나는 다른 사람들을 살펴볼 때, 꼭 팔뚝을 살펴본다. 다른 부분은 달라질 수 있다. 허리는 굵어질 수도 있고 가늘어질 수도 있다. 이중 턱이 생길 수도 있고 사라질 수도 있다. 하지만 팔뚝은 변하지 않는다. 팔뚝은 그의 내부에 어떤 게 숨겨져 있는지, 또 그가 외부에 어떻게 반응할지 말해 준다. 그럴 때 나는 그 어떤 일이 생기더라도 매일매일 억세게 살아가는 사람이 누구인지 알게 된다.

몇 가지 방법을 이용하면 나도 공을 때리는 사람처럼 가장할 수는 있지만, 그런 사람이 될 수는 없다. 쉰두 살에 나는 이 사실을 깨달았다. 아리스토텔레스가 정확하게 예견했듯이 쉰한 살이 되자 내 사고는 깊어졌다. 자신의 남성다움이 아마도 덜 남성적이랄 수 있는 활동에 밀려나야만 한다는 사실을 발견한 모든 남성들에게 찾아오는 위기를 나도 넘겼다. 단호하게 맞서 싸우는 행동을 할 수 있는 종류의 사람이 아니라는 사실을 발견한 다른 남자들처럼…….

나는 경쟁의 신화는 죽었다고 말한 롤로 메이가 틀렸다는 사실을 깨달을 때, 찾아오는 위기를 넘겼다.(메이에 따르면, 아서 밀러가 쓴 《세일즈맨의 죽음》은 경쟁의 시대는 끝났고 이제 협력의 시대가 왔다는 사실을 보여 준다.)

아마도 메이의 팔뚝은 내 팔뚝보다 굵지 않았던 모양이다. 게다가 그는 경쟁의 시대가 얼른 끝나기를 바랐던 것인지도 모른다. 내가 살펴본 바에 따르면, 스포츠의 세계나 기업의 세계나 경쟁은 여전히 살아 있고 생생하며 번성한다. 그리고 그 경쟁에서 이길 수 있는 팔뚝을 지니지 않고서는 최고의 자리에 오를 수가 없다.

어떤 비평가들은 스포츠가 미국의 종교라고 일컫는다. 나는 그렇게 생각하지 않는다. 종교는 경험 세계에 대한 증명할 수 없는, 일종의 가정에서 출발한다. 스포츠에 비해서 종교는 너무나 포괄적인 관념 세계다. 하지만 스포츠가 현재 우리 문화의 근간을 이루며 다양한 종교를 믿는 사람들이 의지하고 살아갈 수 있는 일반적인 가치를 제공한다는 것을 보여 주는 좋은 사례가 있다.

생겼다가 사라지는 문화의 영역에서는 사람들이 어떤 종류의 책을 읽느냐가 아니라 모든 사람들이 공통적으로 읽은 책이 무엇이냐가 중요하다고 산타야나는 말했다. 여기서 말하는 책이 이 시대의 문학을 뜻하는 것이라면 스포츠는 진정으로 우리 문화의 근간이라고 할 수 있다.

이 신비롭고도 심원한 영역은 몸에 기초한다. 우리는 모두에게 공통된 현실을 통해 이 신비한 곳까지 오르게 된다. 몸은 모든 종교와 문화와 문학이 시작해야만 하는 곳이다. 몸은 모든 작가들이 출발점으로 삼아야 할 곳이다. 하지만 그러는 사람은 많지 않다.

버지니아 울프는 이렇게 말했다. "문학의 관심사가 오직 마음뿐일 때, 문학은 가장 큰 힘을 발휘할 수 있다. 육체는 영혼을 또렷하고도 명확하게 보여주는 일종의 유리다. 육체는 아무것도 아니다. 육체의 존재는 희미하니 무시된다. 하지만 그러기는커녕 진실은 그 반대다. 밤낮으로 육체는 우리를 간섭한다."

스포츠와 놀이가 무엇인지 아는 작가들은 그런 실수를 절대로 저지르지 않는다. 몸을 깊이 이해한 상태에서 출발했기 때문에 그들은 다양하고도 놀라운 방법으로 선수들과 경기를 드러내고 칭찬할 수 있다. 그들은 오랜 진실을 다시 한 번 보여준다. 심오한 믿음일수록 이를 표현할 수 있는 방법은 많아진다는 진실을 말이다.

지난주에 나는 인터넷에서 '퓰리처상을 수상한 시인이자 특별한 야구팬이었던 마리안 무어가 84세의 나이로 어제 세상을 떠났다'는 뉴스를 읽었다. 칼라일 고등학교 여학생 야구팀의 전 좌익수이자, 브루클린에 적을 두던 시절 다저스의 명예 시인이며, 시즌 경기를 보기 위해 세 대의 텔레비전을 두고 야구 경기를 관전했으며, "저 선수는 공간이 없어요"라는 표현을 자주 쓴 사람. 새와 동물과 음악가와 운동선수를 숭배한 사람. 그 심오한 통찰이 차례로 옮겨가면서 그녀가 존재한다는 사실만으로 그곳은 더욱 활기차고 흥미진진한 곳이 되었다.

그렇게 나는 나의 성인들 중 한 명을 잃었다. 그녀는 다른 성인들이 그랬듯이 필요했을 때 나타났다. 받아들임을 수용할 필요가 있을 때, 믿음과 신화 그리고 내 인생의 방향을 안내하는 신념을 지킬 필요가 있을 때였다. 그녀는 사회적이고 지적인 존중을 제공할 뿐 아니라 나에게 내가 꿈꿔 왔던 진실이 사실이라는 점을 확신할 수 있게 해주었다.

1930년대에 '종교는 사람들의 아편이다'라는 공격이 있었다. 뉴욕 출신의 시인 피터 비에렉이 "반가톨릭주의는 지식인들의 반유대주의이다"라고 말했을 때 나도 거기에 있었다. 그 당시 나의 성인은 영국의 작가이자 철학자인 G. K. 체스터톤이었다. 그는 모든 이들을 압도하는 뛰어난 재능과 위트와 유머의 소유자였다. 역설의 장인인 체스터톤은 적절한 시간에 적절하게 존재한 사람이었는데, 이는 그가 단지 그의 적수들과 같은 사상가나 작가여서가 아니라 평범한 사람들이 느꼈던 것을 그가 말했기 때문이었다. 우리가 느꼈지만 표현할 수 없었던 것들 말이다.

체스터톤은 한때 이렇게 썼다. "평범한 사람은 셰익스피어만큼 거칠거나 호머처럼 끔찍할 수 있다. 만일 그가 종교적이라면 그는 거의 단테만큼 지옥에 대해 많이 말할 것이다. 만일 그가 세속적이라면 디킨슨만큼 술에 대해 많이 말할 것이다." 그리고 우리는 이제 이렇게 덧붙일 수 있다. 만일 그가 철학적이라면 마리안 무어만큼 야구에 대해 많이 생각할 것이라고.

미스 무어는 스포츠에서 내게 필요했던 성인이었다. '스포츠는 사람들에게 아편이다'에 대한 답이었다. 그녀의 천재성은 관찰하는 데에서 발견된다. 그녀는 모든 사물을 마치 최초로 본 것처럼 활력 있고 신선하고 새롭게 바라보았다. 그녀의 관심은 삶에서 일상의 평범한 것들에 있었다. 그녀는 결코 영원하거나 무한한 것에 대해 글을 쓰지 않았다. 대신 미국 프로야구 메이저리그에 최초로 진출한 흑인 선수인 재키 로버트슨과 캠피(미국 야구 선수 로이 캄파넬라Roy Campanella의 별명 - 옮긴이), 빅 뉴억(미국의 전설적인 프로야구 선수 도널드 뉴콤Donald Newcombe의 별명 - 옮긴이)에 대해 글을 썼다.

그녀는 나이 예순여섯에 야구 팬이 되었다. 한 친구가 데려간 브루클린 다저스 게임에서 그 열기에 매료되었다. 화려한 플레이나 기억에 남을 홈런이나 안타 때문이 아니라 경기 중 마운드에서 투수와 포수가 상의하는 모습 때문이었다.

그때 포수 캠피는 커다란 글러브를 자기 엉덩이에 댄 채 포수 마스크를 머리 뒤로 젖히고 진지한 표정으로(그녀는 그것을 열정이라고 불렀다.) 투수를 진정시키고 있었는데, 캠피가 투수의 엉덩이를 가볍게 두드리며 격려해 주는 모습에 그녀는 완전히 매혹되었다. 그녀는 야구 경기의 기술과 함께 이런 감정에 깊이 감동받았다.

그녀는 "볼을 던지는 것은 하나의 거대한 주제이다"라고 말했다. 그리고 그녀의 시 역시 그러하다. 투수가 던지는 슬라이더(속구와 커브의 중간 정도 되는 투구 - 옮긴이)와 미끄러지는 볼 그리고 경사진 변화구처럼 그녀의 시 역시 문장을 압축하는 데 놀랄 만한 경지이면서도 잘 통제된다.

무어에게 시는 야구와 같다. 누구도 경기가 어떻게 진행될지, 혹은 자신이 무엇을 하게 될지 전혀 예측할 수 없다고 그녀는 썼다. 그래서 그저 당할 수밖에 없는 처지인 투수와 포수와 야수와 타자에게는 흥분이, 열정이 일어날 수밖에 없다. 무어에게 운동선수들은 예술의 표본이었다. "공이 구석에 꽉 찰 때야말로 생생하게 살아 있는 실체로서의 예술을 기대할 수 있다"라고 그녀는 썼다. 다른 이들은 위협으로 보는 것을 가능성으로 본다는 점에서 무어와 운동선수들은 공통점을 지녔다.

그래서 예술가로서의 운동선수는 자신의 드라마를 개척하고 휴식을 취하고 필드에서 어떻게 행동할지 결정한다. 그는 위대한 안무가에 의해 다듬어지거나 다른 작곡가의 음악을 연주하거나 다른 극작가의 글을 낭독하지도 않는다. 그는 경기에 자신의 정체성을 밀어 넣으며 거기에 있다.

야구는 그녀의 명성 때문에 위상이 높아졌다. 지식인들이 '비범한 차별과 정확성 그리고 자제력의 시인'이며 '포, 호손과 헨리 제임스처럼 진품에 대한 열정적인 기대'를 가지고 있다고 경탄해마지 않았던 그녀는 야구에 매우 관심이 많았다. 하버드대학 박사학위를 받으러 보스턴으로 떠났을 때 펜웨이파크에서 열리는 레드삭스 경기를 일정에 포함시킬 수 없어서 몹시 슬퍼했을 정도로 말이다.

이제 이 친절하고 은혜롭고 예측할 수 없는 성인이 가버렸다. 그러나 그녀는 가기 전에 신체적인 것의 중요성을 가르쳐 주었고, 우리가 모든 사물과 동물 그리고 인간이 무슨 말을 하고 무엇을 하고 있는지 매순간 주의를 기울여야 한다고 알려 주었다. 그녀는 떠나기 전에 이렇게 말했다. "무엇을 하든 모든 힘을 기울이기를!" 나는 그렇게 할 것이다. 미스 무어, 그렇게 해볼 것입니다.

달리기를 예술로,

러너를 예술가로 볼 수 있을까?

피카소의 말은 좋은 대답이 될 것 같다.

"예술은 무엇입니까?"라고 묻자,

피카소는 "예술이 아닌 것은

무엇입니까?"라고 반문했다.

그러니 다른 모든 것과 마찬가지로

달리기도 하나의 예술이다.

달리면 그 말이 옳다는 걸 알게 된다.

달
리
기

내가 달리는 모든 1마일은 늘 첫 번째 1마일이다. 길에서 보내는 매 시간은 언제나 새로운 시작이다. 날마다 러닝복을 입을 때마다 나는 처음 본 것처럼 삼라만상을 보고, 익숙한 것을 낯설게, 평범한 것을 비범하게 보며 다시 태어난다. 괴테가 말한 것처럼 자신의 눈앞에 펼쳐진 것들을 그런 눈으로 바라보는 일만큼 어려운 것도 없다. 그런 태도로 달리고 놀며, 아이의 마음가짐과 시인의 주의력을 가지고, 처음 시작하는 사람의 가슴을 지닌 초심자로 남기는 어렵다는 얘기다.

달리기 위해서는, 살아가기 위해서는 다른 방법이 없다. 그렇지 않다면 달리기란 지루하고 아무런 즐거움도 없게 될 것이다. 그럴 때 달리기는 지루하게 반복되며 쓸쓸하고도 무덤덤하게 될 것이다. 달리기는 성가시고 습관적인 행위가 될 것이다. 습관적인 행위가 되면서 우리는 더 이상 깨어나지 못하게 되고 자신에게서 멀어질 것이다.

몸, 그러니까 초심자의 몸에서 시작할 때, 나는 깨어 있을 수 있다. 매일 나는 호흡하는 법을 새롭게 발견한다. 공기를 맛본다. 내 폐를 드나드는 공기를 느낀다. 동물처럼 들판과 숲속 사이로 나만의 길을 뚫고 가면서 나는 완전히 숨을 내쉬고 끙끙대는 법을 배운다.

매일 나는 어떻게 달려야 할 것인가 고심한다. 오금이 저리는 걸 느끼며, 무릎 아래로 발이 굴러가게 내버려 두며, 아이가 자연스럽게 취하는 자세를 찾으려고 고심한다. 그래서 이처럼 대단히 간단하면서도 동시에 대단히 복잡한 일들을 하는 동안, 몸은 처음과 같은 마음으로 집중하고 초심자에게서 즐거움을 이끌어 낸다.

바로 그 시점부터 점점 더 어려워진다. 몸을 통해 기본으로 돌아가는 것은 상대적으로 쉽다. 하지만 초심자의 마음과 생각을 지니는 것은 다른 문제다. 보고 냄새 맡고 듣고 만지며, 새로운 에덴의 새로운 아담으로 다시 태어나기란 시인으로 태어나기만큼이나 어려운 변화다. 자신의 삶에 더 충실해진 사람조차도 힘들다. 그러므로 그들처럼 나도 귀를 열고 잃어버린 진리를 발견해야만 한다. 내 주변의 모든 것, 내 안의 모든 것에 반응을 보여야만 한다.

시인들은 이런 반응을 보이는 데 자연스럽다. 제임스 디키는 정말 훌륭한 시인이란 속도를 조절하는 장치가 없는 엔진과 같다고 했다. 그러므로 진정한 시인들에게 삶이 그 정도까지 이를 수는 없다고 말하는 것은 무의미하다. 정말 훌륭한 시인에게는 달리 선택할 방법이 없다고 디키는 말했다. 그게 바로 시인의 삶이기 때문이다.

우리 같은 사람들은 기껏해야 하루에 한 시간 정도 시인이 될 수 있을 뿐이다. 달리거나 테니스를 치거나 골프를 하거나 정원 손질을 하는 한 시간 정도뿐이다. 진지한 어른에서 벗어나 진지한 초심자가 될 수 있는 한 시간 정도이며, 시인 셸리가 실수와 무지와 투쟁의 삶이라고 불렀던 것에서 벗어나 사랑과 아름다움과 기쁨을 만날 수 있는 한 시간 정도이다.

내가 처음 삶을 시작했을 때, 그런 좋은 경험들도 시작됐다. 내가 느끼는 감정들을 두려워하지 않았을 때, 울지 말아야 한다는 사실을 배우기 전에 말이다. 유머에도 때와 장소가 있다는 걸, 속 깊은 감정은 묻어두는 게 제일 좋다는 걸, 자신의 열정은 믿지 말라는 걸 배우기 전에 말이다.

달릴 때, 나는 그 좋았던 시절로 돌아간다. 이제 어떤 감정도 내게는 낯설지 않다. 나는 자신을 완전히 표현한다. 내 몸과 마음과 정신은 서로 긴밀하게 연결되면서 초심자만이 느낄 수 있는 무한한 가능성의 세계를 내 앞에 펼쳐 보인다. 시인 예이츠가 말한 것처럼 그 모든 게 끝나기 전에 우리가 이해하는 것 이상으로 더 완벽하게 이해할 때, 나는 모든 삼라만상의 시작을 느끼는 그 순간 속에서 다시 살아간다.

모든 게 끝난다는 게 무슨 뜻일까? 러시아의 신학자인 베르댜예프는 이렇게 말했다. "창조적인 불꽃이 차갑게 식는 것, 쇠퇴, 늙음."

내게는 그런 것들이 하나도 없다. 그러므로 매일 나는 초심자로, 아이로, 시인으로 거리에 나선다. 초심자의 순수함, 아이의 호기심, 시인의 안목을 찾는다. 그러면서 전에 보지 못했던 새로운 풍경을, 새로운 내면을, 삶에 대한 새로운 생각을, 존재와 자아에 대한 새로운 견해를 기대한다.

물론 좋은 시간보다 실패하는 시간이 훨씬 더 많다. 나는 절대로 실패의 갑옷을 꿰뚫지 못한다. 나는 내일 장볼 물건들의 목록이 있는 세계로 돌아가야만 한다. 기적과 같은 일은 보지도 못했는데 끝나버렸다. 참된 목소리는 듣지도 못했는데 사라졌다. 사랑하기에 가장 좋은 날 뒤에 내게 남은 것은 사랑을 잃은 나날일 뿐이다.

하지만 초심자라면 운 좋게도 그런 날을 다시 찾을 기회가 남은 법이다. 지금 이 달리기가, 지금 이 시간이, 지금 오늘이 즐거움으로 시작해 지혜를 남기며 끝날지도 모르는 법이다.

나는 주로 낮에 뛰는 사람이다. 요즘도 가끔 그러기는 하지만, 옛날에는 아침이나 저녁에 많이 뛰었다. 하지만 이즈음에는 거의 대부분 오후가 시작될 무렵에 달린다.

아마도 달리기를 언제 하느냐는 자기 상황을 봐 가면서 정하는 게 아니냐고 말할지도 모르겠다. 달릴 수 있는 시간이 날 때, 달리는 게 아니냐고 말이다. 대부분의 사람들은 달리는 시간과 달리기가 무슨 상관이냐고 생각한다. 하지만 나는 그렇지 않다는 걸 안다. 〈전도서〉에 나온 바와 같이 하늘 아래 모든 것은 다 때가 있는 법이다. 달리기를 할 때가 있는 법이다. 내가 달릴 때는 낮이다. 다른 이유는 없다. 낮에 뛰어야만 하기 때문이다. 내 몸과 영혼이 낮에 뛰라고 말하기 때문이다.

내 몸은 오후가 시작될 무렵에 최고조에 이른다. 내 순환리듬은 정점에 이른다. 태양처럼 내 에너지는 그때 맨 꼭대기에 이르며 내 체력은 최고가 된다. 그 시간쯤이 되면 나는 뭘 하든 간에 가장 잘 할 수 있다.

하지만 한낮은 생리학적인 면을 뛰어넘어 내게는 중요하다. 나는 모든 경주의 역사를 통틀어 가장 중요한 한 시간을 뛰는 것이다. 그 한 시간 동안 나는 내가 영원한 신비 속으로 들어간다는 것을, 내가 전혀 모르는 자아를 찾아 나섰다는 것을 끊임없이 깨닫게 된다. 그 한 시간 동안 나는 신화와 종교와 성스러운 느낌 속으로 돌아간다.

그때 나는 늘 다시 돌아오는 상징의 시간을 만난다. 종교학자 엘리아데가 말한 것처럼 순환적이고 가역적이고 재귀하는 시간이며, 내가 이 세상에 비쳐지는 것보다 훨씬 더 큰, 대우주의 아이로 태어났다는 사실을 말해주는 시간을 만난다.

동틀 무렵과 해질 무렵은 비슷한 맥락에 있다. 아침에 뛰는 달리기는 재생과 새로운 삶을 뜻한다. 주님을 기리고 대지를 찬양하고 새로운 삶의 희망을 노래하는 아침 기도와 같다. 그리고 저녁에 뛰는 달리기는 진실을 위해 하루 동안 싸웠으며 이제 집으로 돌아와 한 시간 동안의 느리고 쉼 없는 달리기를 통해 평화를 갈구하는 사람들에게 어울린다. 하루가 저물 무렵에 달릴 때면 나는 철학자가 된다. 나는 삶과 죽음과 나 자신과 내가 한 일들을 받아들인다. 나는 만족한다.

이런 관점에서 보자면 아침에 뛰는 달리기는 내 젊은 시절을 뜻한다. 아침에 뛰는 달리기는 밝은 아침의 표정을 받아들이는 일이다. 건강을 유지하고 조직력을 키우는 데 좋다. 아침에 뛰는 달리기를 통해 우리는 훈련을 받아들인다. 자신의 의무를 준수하는 일과 자신의 삶을 조절하는 일을 배운다.

낮은 성인에 해당한다. 삶의 목표를 추구하고 자신을 완성시키고 자신이 잊어버린 게 뭔가 살피는 달리기다. 가톨릭의 가르침에 따라 말하자면, 덕德을 통해 무엇이 아름답고 조화롭고 충실한 삶인지 바라보는 일이라고 할 수 있다.

그렇다면 저녁에 달리기는 삼라만상을 있는 그대로 받아들였던 지난 시절을 향한다. 저녁에 달리기는 모든 게 올바르고 사려 깊은 세계를 알아볼 수 있는 성숙한 지혜를 익히게 해준다. 에릭슨이 말한 바와 같이 우리가 살아가는 삶은 어떤 식으로 대체될 수 없는, 반드시 살아야만 하는, 단 한 번의 삶이다.

우리 러너들은 하나만 안다. 달리기를 대체할 만한 것은 하나도 없다. 나이가 얼마든, 언제 달리든 말이다.

나는 내 나이에 맞서지 않는다. 달리기가 나를 대신해 싸워 이긴다. 달리기는 내 젊음의 원천이며 내 불로초다. 달릴 때 나는 영원히 젊은이다. 달릴 때, 나이가 들지 않는다는 사실을 안다. 달리면서 노는 일이 시간을 이긴다는 걸 나는 안다.

길에서 달릴 때, 나는 앞으로 최대한 완벽한 삶을 살아가려고, 그리하여 결국에는 일흔네 살에 죽은 카잔차키스를 두고 그의 아내가 말한 것처럼 내 젊은 날 처음으로 피어올랐던 꽃을 수확할 수 있을 것이다.

그때 나는 나이와 싸우지 않는다. 지루함, 반복적인 일상, 제대로 살아가지 못하는 위험과 맞서 싸운다. 삶이 그 자리에서 멈추고 영적인 성장은 끝나고 더 이상 익히는 것은 불가능해질 수 있다. 자신이 원하는 삶을 더 이상 살아가지 못할 수도 있다.

살아가는 목적을 깊이 있게 따져 보지도 못한 채, 시간만 죽이며 살아갈 수도 있다. 행복했던 것들, 가슴 뛰게 만들었던 것들, 우리가 기쁨이요 즐거움이라고 여겼던 모든 것들이 흩어져버릴 수도 있다. 삶이라는 게 그저 하루가, 한 주가, 한 달이 힘겹게 지나가는 데 그칠 수도 있다. 시간이라는 게 내 삶의 동지가 아니라 적일 수도 있다.

달릴 때, 나는 이 모든 것들로부터 벗어난다. 나는 시간이 흐르지 않는 세계로, 잠깐이나마 영원을 맛볼 수 있는 곳으로 들어간다. 카잔차키스처럼 참된 자아를 찾기 위해 영원토록 내면의 불꽃을 격렬하게 밝히면서도 동시에 흥분과 즐거움과 기쁨으로 내 영혼이 가득 차는 곳으로 들어간다. 나는 인간에게 가장 적합한 환경이랄 수 있는 정신 상태가 된다.

"놀이, 경기, 농담, 문화는 삶에서 가장 진지한 것들이라고 우리는 확신한다"고 플라톤은 말했다. 그중에서도 가장 진지한 것은 키르케고르가 말한 바, "참된 자아의 발견"이다. 플라톤의 말을 빌리자면, 우리의 이상적인 원형을 되찾는 일이다.

하지만 그런 완벽함은, 적어도 육체적인 관점에서 보자면 젊은 시절에나 가능한 게 아닐까? 계속 운동하지 않으면, 계속 놀이하지 않으면 불가능하다. 사실 우리는 몸이 젊을 때 가장 즐겁기 때문에 나이가 들면 젊은 사람들을 부러워하는 것이다. 하지만 그럴 필요가 없다.

우리는 죽음이 우리 이름을 부를 때까지 아름답고도 남부끄럽지 않게 우리 몸을 가꿀 수 있다. 몸에 젊음이 깃들면 정신과 마음에도 젊음이 깃든다는 걸 알아야 한다. 그럴 때 카잔차키스처럼 우리는 실제 나이가 어떻든 간에 젊은 날 처음으로 피어올랐던 꽃을 수확할 수 있을 것이다.

달리기를 통해 나는 젊음을 되찾았다. 달릴 때면 나는 스무 살이 된다. 나는 스무 살의 건강과 기력과 힘과 멋진 몸을 느낄 수 있다. 나는 실제의 나이보다 훨씬 더 젊은 사람의 힘과 속력과 지구력을 느낄 수 있다. 내가 특별히 이상한 사람이라서 그런 게 아니다. 지금 하는 일에 온 마음을 쏟아붓기 때문이다. 달리기가 내게 에너지를 준다. 내 존재의 가장 깊은 곳에서 에너지가 넘쳐흐른다. 나는 그 생명의 에너지를 통해 내 힘이 어디까지 뻗쳐 갈 수 있는지 확인하고, 나 자신과 이 세계와 다른 사람들을 향해 내 존재를 활짝 열어젖힌다.

달리기를 통해 나는 내 몸과 마음과 정신을 내가 원하는 곳까지 끌어올릴 수 있다. 굳은 틀을 깨부수고 새로운 길을 찾아, 오르테가의 말처럼, 우리 모두가 내면에 지니고 있는 영웅으로 성장할 수 있다. 그건 평생에 걸친 일이다. 오르테가의 말처럼 "저건 아니다. 저건 아니다"라고 평생에 걸쳐 말하는 것이다.

그 과정을 통해 삶은 더 젊어지고 더 열정적으로 바뀐다. 삶이 강렬하게 몸을 움직이고 달리는 일로 가득해진다.

나이를 더 먹고 싶지 않다면, 무슨 수를 써서라도 자신의 몸과, 자신의 생각과, 자신의 감정과 함께 어우러져 신나게 놀아야만 한다. 그럴 수 있을 때, 우리는 매순간 모든 일에서 즐거움과 행복을 찾는 특별한 사람으로 성장할 수 있다. 그들에게는 한가함만이 가치 있는 일이다. 러스킨이 "게으름을 자랑하는 사람들"이라고 부른 그 사람들에게는 말이다.

내가 달리면서 놀고 있으면 어떤 사람들은 꽤나 한가하다고 말할 것이다. 하지만 중요한 것은 아무리 하찮은 일이라도 얼마나 정신을 바짝 차리고 있는지, 온 마음을 모으고 집중하고 있는지이다. 헤라클레이토스는 "부엌으로 가라. 거기에도 신은 계시

다"라고 말했다. 길로 뛰어나가 놀 때 우리는 건강한 삶이 무엇인지, 자신은 누구이며 어떤 사람이 되고 싶은지 알게 된다. 거리는 우리가 자신의 꿈에 대한 각본을 쓰고 실제로 연기하는 극장이다. 물론 처음에는 뼛속 깊은 곳까지 내려가야만 한다. 그러면 서서히 다른 어떤 것과도 대체할 수 없는 독특한 우리 자신의 모습을 이해하게 된다.

달리기를 통해 나는 제아무리 나이가 든 사람도 새롭게 태어날 수 있다는 사실을 알게 됐다. 시간이 흐를수록 우리는 육체적, 정신적 능력이 조금씩 줄어든다는 것을, 점점 사라지는 게 있다는 생각을 해야만 한다. 롤로 메이가 말한 것처럼 중요한 것은 스무 살이냐 마흔 살이냐 예순 살이냐가 아니다. 어떤 위치에 있든 주의를 세심하게 기울여 자신의 능력을 최대한 발휘하고 있는가가 중요하다.

삶을 즐기는 사람을 이기는 방법은 없다.

달리기를 예술로, 러너를 예술가로 볼 수 있을까? 피카소의 말은 좋은 대답이 될 것 같다. "예술은 무엇입니까?"라고 묻자, 피카소는 "예술이 아닌 것은 무엇입니까?"라고 반문했다.

그러니 다른 모든 것과 마찬가지로 달리기도 하나의 예술이다. 달리면 그 말이 옳다는 걸 알게 된다. 내가 대단한 일을 하는 것은 아니지만, 역시 달리기는 예술이며 달릴 때 나는 예술가다. 다른 사람에게는 무용이 그럴지 모르지만, 내게는 달리기가 예술이다. 이 세상 모든 예술 중에서 가장 오래된, 최고의 예술이다. 인류는 춤을 추기 이전에 벌써 달렸다. 나는 형상과 질료가 완전히 일치하는 행위를 춤이 아니라 달리기에서 찾는다.

또한 달리기는 허버트 리드가 말한 예술의 정의에도 부합한다. 리드는 예술이란 "혼돈에서 벗어나는 것"이라고 했다. 예술은 어떤 행위를 단계적으로 세분화하며 아무리 큰 것이라도 작은 단위로 나누어 삶의 리듬을 찾는 행위라고 했다. 리드가 달리는 사람을 보면서 그렇게 말했다고 생각해도 괜찮을 정도다.

혼돈에서 벗어나 질서를 찾는 데 그보다 더 좋은 방법이 어디 있겠는가? 한 걸음 한 걸음, 한 숨 한 숨, 한 순간 한 순간, 한 마일 한 마일 차곡차곡 채워나가는 데 그보다 단계적인 방법이 있을까? 앞으로 몸을 수그린 러너가 끝없는 길을 달리는 것보다 더 정확하게 공간을 나눌 수 있는 방법이 어디 있을까? 적어도 나는 삶의 리듬을 찾으려고 할 때, 육체에 귀를 기울이려고 할 때, 영혼의 목소리를 들으려고 할 때 달리기보다 더 좋은 방법을 알지 못한다.

몸이 영혼이 되고 영혼이 몸이 되기 때문에 달리기는 완전한 경험이 된다. 달리기는 예술이자, 예술 그 이상이다. 달리기는 다른 어떤 예술보다 더 심오한 사상과 관념을 제공한다. 어떤 화가는 이렇게 말한 적이 있다. "책을 읽고 읽은 것을 생각하고, 또 혼자서 곰곰이 따져 보는 데 많은 시간을 보낸다. 거기에 비하면 캔버스 앞에 있는 시간은 별로 중요하지 않다."

고쳐 말한다면 러너는 항상 캔버스 앞에 있는 셈이다. 러너는 언제나 관찰하고 느끼고 분석하고 명상한다. 언제나 과거의 선입견에서 자유롭지 못한 생각들을 떨쳐 내려고 한다. 전에 겪었다고 해서 지금 일어나는 일들에 신경쓰지 않아도 된다고 완강하게 주장하는 그런 생각들 말이다. 러너는 그런 생각들을 넘어서 자신의 본능과 감정을 탐색하고 신비의 영역이라고 부를 수밖에 없는 내면 깊숙이 들어간다.

러너에게 부족한 점이 있다면 다른 예술가처럼 잘 보여주지 못한다는 점이다. 그런 느낌과 직관을 표현하기도 하고 실제로 행동으로 옮기기도 하지만, 누구도 그것을 보지 않는다. 그런 점에서 러너는 예술가의 가장 주된 책무를, 자신이 경험한 느낌들을 남들에게는 제대로 전달하지 못하는 셈이다. 구경꾼들은 러너의 내면에서 벌어지는 변화의 일부만 볼 수 있을 뿐이다. 다양한 관점에서 삶을 바라보는 데 익숙한 시인조차도 러너를 볼 때는 한 가지 관점에만 고정된다.

'홀로 그는 나타난다 / 나타나 지나친다 / 홀로, 충만해져'

고독, 움직임, 충만함이 러너를 지칭하는 말들이다. 다른 세계는 그 이상 러너를 알지 못한다.

시간이 흐르면 이런 생각도 변할 것이다. 달리기는 오래된 예술이면서도 새롭게 발견한 예술이다. 완전한 달리기를 익히기 위해서는 아직도 배워야 할 것들이 많다. 차를 타고 다닐 때 나는 무성영화의 배우 버스터 키튼처럼 익명의 인간일지 모르지만, 길에서 아니면 아무도 없는 숲에서 혼자 달릴 때 내 안에 있는 존재가 눈에 보인다. 거기서 나는 풀숲과 진창과 낙엽에 따라 반응한다. 내 달리기는 태양과 그늘 속에, 얼굴로 불어오는 바람과 등을 떠미는 바람 사이에 있다. 그때 나를 본다면, 의기양양함과 자신감과 분투와 패배와 절망이 교차하는 것을 알 수 있을 것이다. 거기서 나는 슬픔과 분노, 원한과 공포를 모두 드러낸다. 개와 사람들과 복잡한 거리에 대한 두려움, 컴컴한 곳과 길을 잃는 것과 혼자 남는 데 대한 두려움을 드러낸다.

하지만 다른 사람들에게 이해받느냐 그렇지 못하느냐가 왜 중요하겠는가? 달리기를 모르는 다른 사람들에게 말이다. 그 사람들을 달리게 하기란 쉽지 않을 것이다. 그러느니 차라리 자신에게 맞는 예술을 찾아 예술가가 되라고 말하는 편이 낫다. 각자 자신의 내면에서 들려오는 목소리에 귀를 기울여 이 세상을 살아가는 자신만의 방식을 찾거나 저마다 독특한 자신의 모습을 찾는 편이 낫다는 얘기다. 러너는 이런 시도가 반드시 필요하다는 사실을 안다. 나 역시 내가 선택할 수 있는 기회는 많았지만, 그럼에도 러너가 되어야만 했다는 것을 안다. 오르테가는 이렇게 말했다. "원한다면 당신은 그 어떤 사람이라도 될 수 있다. 하지만 그중에 어떤 방식을 택하느냐에 따라 당신에게 딱 맞는 사람이 될 수도 있고 그렇지 못할 수도 있다."

달릴 때, 나는 오르테가가 한 말들이 딱 맞는다고 생각한다. 나는 내게 맞는 방식을 찾았고, 그 방식을 통해 내면의 목소리를 들었고, 그게 나만의 예술이라는 것을, 삶을 경험하고 해석하는 나만의 도구라는 것을 깨닫게 됐다. 달리기가 내게 어울리지 않을지도 모른다는 생각을 해본 적은 없다. 자신에 대해, 자신의 본능과 감정에 대해 더 많이 알고자 한 어떤 젊은이에게 윌리엄 제임스가 한 말은 옳았다. 그는 이렇게 말했다. "운동에서 구원을 찾으라. 운동을 통해 다른 실제적인 일들이 베풀지 못하는 가르침을 얻을 것이다."

장거리 러너는 정말이지 운동선수처럼 보이지 않는다. 장거리 달리기는 운동이라고 할 수 없다. 장거리 러너는 잘 뛰든 못 뛰든 장거리 달리기 외에 다른 일은 전혀 할 수 없다는 듯이 달린다. 장거리 러너는 자신이 지닌 것을 소모시켜 일정한 수준에 올라가는데, 이는 죽지 못하는 정도보다 약간 나은 상태다.

　장거리 러너는 우리가 숭배할 만한 방식으로 살아남는 게 아니다. 예컨대 자신의 적들을 이겨내기 위해 어려운 상황에 도전하지는 않는다. 장거리 러너는 기술이나 힘이나 민첩함을 현란하게 보여 주지 않는다. 장거리 러너는 새로운 집, 새로운 마을, 새로운 도시, 새로운 문명을 건설하는 로빈슨 크루소 같은 사람이 아니다. 장거리 러너는 이런 일들은 전혀 하지 못한다. 그저 몸으로 중요하지 않은 예술을 행하고 하찮은 수준의 완벽함을 얻는다.

　장거리 러너는 전혀 운동선수처럼 보이지 않는 것은 물론, 사람처럼 보이지도 않는다. 아무도 없는 길에 홀로 뛰어가는 장거리 러너에게는 과거도, 미래도 없다. 그는 아무런 맥락 없이 현재만을 살아갈 뿐이다.

장거리 러너는 시장 가치라고는 하나도 없는 행동을 하면서 엄청난 주의를 기울인다. 도무지 살아가는 것과는 무관한 일에 푹 빠져 살 뿐만 아니라 친구들에게도 이해받지 못한다.

그러나 이 무뚝뚝하고 집 밖에서 지내기 좋아하는 존재, 이 대단히 평범하고 일반적이나 사람 같지 않은 러너는 삶에 대한 중요한 전언을 지녔다. 우리 모두 들을 수 있으나 잘 듣지 못하는 전언을 말이다.

장거리 러너는 예언자다. 시인처럼 장거리 러너는 행로의 더듬이와 같다. 시인처럼 장거리 러너는 모든 일에 자신의 온 존재를 바친다. 시인처럼 장거리 러너는 '소유한 엄청난 것들, 자신의 육체와 불 같은 영혼'을 고마워한다. 시인처럼, 장거리 러너는 자신이야말로 가장 큰 물음이라고 생각한다. 그러므로 장거리 러너는 자신을 통해 그 해답을 찾고 그 해답을 통해 참된 자신의 모습을 만든다. 다시 한번 시인처럼, 장거리 러너는 우리 모두가 이 진실을 알 수 있음을 보여준다. 자신의 몸을 통해, 그 경험을 통해 바로 이 순간, 언제라도 진실을 발견할 수 있음을 보여 준다.

우리는 대개 종교란 과거에서 비롯해 미래에 대해 약속하는 것이라고 생각한다. 우리는 지금 이 순간의 중요성을 곧잘 잊는다. 우리는 지금 이 순간의 반대말이 과거나 미래라고 생각하지만 그렇지 않다. 지금 이 순간의 반대는 지금 이 순간을 느끼지 못하는 것이다.

장거리 러너는 지금 이 순간 자신의 모습으로 과거를 받아들이며 미래 역시 자신에게 닥칠 위험이 아닌 약속으로 보기 때문에 전적으로 현재에만 산다. 장거리 러너는 매일 만나는 세계 속에 푹 빠져든다. 장거리 러너는 신비롭게도 몸과 마음을, 고통과 즐거움을, 의식과 무의식을 서로 화해시킨다. 장거리 러너는 찢어진 곳을 깁고 갈라진 영혼의 상처를 치유한다. 장거리 러너는 평범한 것을 비범한 것으로 만드는 방법을 발견한다. 다 똑같은 것들을 저마다 독특한 것으로, 일상을 영원으로 만든다.

장거리 러너는 놀이에서 시작해 고통을 뚫고 지나가 즐거움 속에서 끝마친다. 행동을 통해 우리 역시 그렇게 해야만 한다고 말한다. 마음껏 놀던 아이 시절부터 천국을 향한 길을 걷기 시작해 마침내 할 일이라고는 놀이밖에 없는 천국에 이르게 될 우리가, 자신이 누구인지 발견할 수 있는 순간은 오직 놀 때라는 것을 알아야 한다고 말한다.

장거리 러너는 자신의 놀이를 발견한 사람이다. 그 놀이를 통해 장거리 러너는 자신의 몸을 정화한다. 초기 교부들이 뜻한 바와 같이 몸이 죽으면 자신이 죽는다는 것을 알기 때문에 장거리 러너는 몸을 죽이지 못한다. 장거리 러너는 몸을 받아들이고 완벽하게 만들고 고통을 추구하다가는 이내 고통을 뛰어넘어 완전한 존재를 발견한다. 물론 처음부터 그럴 수는 없다. 처음에는 고통이 지나갈 수 있는 방법을 찾는다. 아픔을 없애기 위해 갖은 노력을 다한다. 그러나 결국에는 고통을 꽉 움켜쥐고 반기게 된다.

이런 식으로 삶의 의미를 발견한다는 것은 꽤나 이상하게 보인다. 이런 일을 몸소 보여 주니 장거리 러너는 필경 괴상한 사람임에 틀림없다. 하지만 삶의 의미는 우리 이성을 뛰어넘는다. 천재 중의 천재들은 늘 그렇게 말했다.

우리 존재가 드러나면 저절로 삶의 의미도 드러난다. 우리 각자의 내면에 있는 우리 존재가 드러나면. 우리의 피와 살이 우리의 무의식에게 속삭이는 말들이 드러나면.

전혀 운동선수처럼 보이지 않는, 전혀 사람처럼 보이지 않는 장거리 러너들은 매일 자신을 둘러싼 이 세계와 만나면서 내면을 탐험한다.

장거리 러너는 자신의 몸을 중요하게 여기라고 말한다. 즐거웠던 과거의 기억을 잊으라고 말한다. 화려한 미래의 약속을 기대하지 말라고, 바로 지금 이 곳에서 천국을 발견할 수 있다고 말한다.

마라톤 경기 결과가 신문에 나오면 병원 복도에서 늘 다음과 같은 말을 듣게 된다. "계집애한테도 졌다면서요?" 아무리 생각해도 그건 틀린 말이다. 말과 뜻 그 자체로 틀렸다.

우선 여성이라는 말은 되지만, 계집애라는 말은 곤란하다. 조금이라도 생각이 있는 사람이라면 계집애라는 말 대신에 여성이라고 불러야 한다는 것쯤은 알 것이다. 계집애라는 말은 남자로 치자면 사내자식이라고 부를 만한 경우에나 쓸 수 있다. 게다가 그녀는 단순히 여성이 아니라 러너다. 그것도 대단히 잘 뛰는 러너다. 여성 러너들은 서로 이기려는 마음 이상의 것을 보여 준다. 여성 러너들은 남성들에 비해 체지방률이 낮다. 최대 산소흡입량도 놀라울 만큼 높다. 게다가 다른 상황에 비해 속도의 변화에 민감하게 반응하는 근육 섬유의 비율이 거의 남성과 동등하다.

시합에서나 연습에서나 잘 살펴보면, 여성 러너들 역시 남성들과 마찬가지로 아주 잘 뛰는 사람에서 아주 못 뛰는 사람에 이르기까지 다양하다. 일반적으로 나는 제일 잘 뛰는 여성들에게는 뒤처진다. 그렇게 잘 뛴다고 볼 수 없는 정도의 여성들과 순위를 다툴 정도다. 나는 쫓아가려면 입을 다물고 숨을 몰아쉬면서 쫓아가야 할 정도로 속력이 빠른 여성들과도 연습해 보았다. 그러므로 어떤 여성에게 진다고 하더라도 이상할 게 하나도 없다. 나보다 잘 뛰는 여성은 많다. 나보다 못 뛰는 여성도 많다. 다른 모든 러너들과 마찬가지로 그건 어떤 특정한 날에 누구의 상태가 가장 좋은가에 달린 문제다.

"계집애한테도 졌다면서요?"와 같은 말을 들을 때마다 나는 당황스럽다. 운동하는 여성에 대한 오해가 얼마나 심한지, 특히 남성의 영역으로 보는 운동을 하는 여성에 대해 얼마나 잘못된 생각이 많은지 보여 주는 말이기 때문이다. 완전히 부자연스러운 일이라는 생각이 그 말 속에는 담겨 있다.

엄격하게 따지자면 사실이다. 러너가 되기 위해서 여성은 자신을 완전하게 가꾸는 일을 포기해야 한다. 여성 러너는 점점 더 신비감을 잃게 된다. 여성 러너는 여성적인 힘을, 여자다워야 한다는 압박을 버려야 한다. 달리기는 오르테가가 여성을 두고 말한 '영원히 자신을 감추려는 속성'을 없애 버린다. 이런 포기의 과정에서 여성 러너는 자신의 본 모습이 무엇인지 발견하게 되고 다른 사람에게도 그 존재를 훤히 드러낸다. 자신이 천상 러너라는 사실을 깨닫게 된 여성은 자신의 육체뿐만 아니라 영혼도 새롭게 발견한다.

남성과 여성의 차이만 보려는 사람들은 이를 이해하지 못한다. 뭐든지 남들처럼 생각하는 그들은 운동을 통해 여성이 아이와 주방 외에 다른 어떤 것을 얻는다는 사실을 받아들이지 못한다. 남성과 여성이 서로 달리기 시합을 한다고 해서 득 될 것은 하나도 없다고 생각한다. 생물학적, 사회적 차이만 강조하는 그런 태도는 결국 모든 걸 남녀 사이의 전쟁으로 볼 뿐이다.

달리는 여성을 볼 때, 내게는 새로운 세계가 도래하는 장면이 보인다. 온실의 화초처럼 연약하고 어여쁜 계집애들을 봤기 때문이 아니다. 땀복과 러닝화를 착용하고 일주일에 30마일씩 훈련하는 여성들을 봤기 때문이다.

내 절대적인 한계가 어디인지

알아보는 일을 하면서

나는 탐험가였던 로알드 아문센의

"시도해 보지 않고

물러서지 말라"는 말을

좌우명으로 삼았다.

연
습
하
기

마라톤을 완주하고 싶다면 날마다 6마일 (약 9.7킬로미터)은 달려야만 한다. 장거리 러너들이 얘기하는 절정의 경험을 맛보고 싶다면, 역시 마찬가지로 연습하면 된다. 심장마비로 죽는 경우만은 피하고 싶다면 하루에 6마일 달리기는 생리학적으로 마술과 같은 효과를 나타낸다.

하지만 이걸 알아야만 한다. 그렇다 하더라도 매직식스Magic Six 운동법을 함께 하지 않는다면 천국의 문 앞에 가는 순간까지 끔찍한 일들이 당신을 쫓아다닐 것이다. 매일 달려서 생기는 나쁜 점, 예컨대 발과 다리와 무릎을 너무 많이 사용해서 생기는 근육 이상이나 요통 등에 대처하기 위해서 고안된 여러 가지 훈련법이 있다. 매직식스 운동법이 없다면 모래나 흙길을 걷기에 적합한 발로 한 시간에 5천 회 이상 평평하고 딱딱한 바닥을 밟는 충격을 더 이상 이기지 못하기 때문에 곧 달리기를 그만두게 될 것이다.

달리기를 연습하다 보면 다리와 허벅지와 허리의 뒷부분으로 이어진, 주로 사용하는 근육들이 너무 많이 발달한다. 이렇게 되면 이 근육들은 단단하게 뭉쳐진다. 그 근육들과는 반대로 작용하는 다리와 허리의 앞쪽 근육들과 복부는 상대적으로 약해진다.

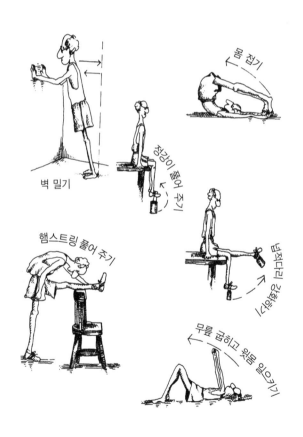

벽 밀기

몸 접기

정강이 풀어 주기

햄스트링 풀어 주기

넙적다리 길어지기

무릎 굽히고 윗몸 일으키기

매직식스 운동법은 이런 힘과 유연성의 불균형을 바로잡는 데 꼭 필요하다. 매직식스 운동법은 주된 근육을 위한 세 가지 유연성 운동, 즉 스트레칭과 반작용하는 근육을 위한 세 가지 강화 운동으로 이뤄졌다.

첫 번째 스트레칭은 '벽 밀기'다. 이 운동은 먼저 장딴지를 이완시키기 위한 것으로 벽에 손을 대고 앞뒤로 몸을 움직이는 동작이다. 먼저 발바닥을 바닥에 붙이고 벽에서 90센티미터 정도 떨어진다. 발바닥을 바닥에 붙인 채, 무릎은 굽히지 말고 장딴지가 당겨올 때까지 벽 쪽으로 몸을 민다. "무궁화꽃이 피었습니다"라고 천천히 되뇌면서 그 자세를 유지한다. 그 다음에 다시 돌아온다. 1분 동안 되풀이한다.

두 번째는 '햄스트링 풀어 주기'다. 이것은 무릎 뒤쪽 근육을 위한 스트레칭이다. 처음에는 낮은 의자에서 시작해 조금 높은 의자로 연습하다가 괜찮아지면 탁자로 연습할 수 있다. 먼저 무릎을 굽히지 말고 한쪽 다리를 의자나 탁자 위에 올려놓는다.

몸을 지탱하는 다리 역시 곧게 무릎을 편다. 그 다음에 머리를 무릎에 댄다는 기분으로 근육이 당겨올 때까지 상체를 수그린다. "무궁화꽃이 피었습니다"를 되뇐다. 다시 몸을 편다. 1분 동안 되풀이한다.

마지막 스트레칭은 '몸 접기'다. 이 동작은 무릎 뒤쪽 근육과 허리 근육을 이완시키기 위한 것이다. 먼저 바닥에 눕는다. 곧게 뻗은 두 다리를 들어 발끝이 머리 위쪽 바닥에 가닿게 몸을 접는다. "무궁화꽃이 피었습니다"를 되뇐다. 1분 동안 되풀이한다.

첫 번째 근육강화 운동인 '정강이 풀어 주기'는 정강이를 위한 것이다. 탁자 위에 걸터앉아 두 발을 아래로 늘어뜨린다. 한쪽 발에 2킬로그램 정도의 추를 매단다. 추를 매단 발끝을 위로 최대한 굽힌다. 이번에는 "아름다운 강산"이라고 천천히 되뇐다. 그 다음에 발을 내린다. 1분 동안 계속한다.

'넓적다리 강화하기'는 넓적다리 앞쪽에 있는 근육을 위한 두 번째 강화 운동이다. 역시 위의 자세와 동일하다. 대신에 이번에는 굽힌 무릎을 일직선이 되게 쭉 펼쳐서 다리 근육을 강화한다. 마찬가지로 "아름다운 강산"이라고 되뇐다. 그 다음에 다리를 내린다. 1분 동안 계속한다.

마지막 운동은 '무릎 굽히고 윗몸 일으키기'다. 무릎을 굽힌 채 바닥에 눕되, 두 발이 엉덩이에 가 닿는 듯한 느낌이어야 한다. 그 상태에서 몸을 일으켰다가 다시 눕는다. 더 이상 할 수 없겠다는 느낌이 들 때까지, 또는 적어도 20번 이상 할 때까지 윗몸 일으키기를 계속한다.

매직식스 운동법을 모두 하는 데는 6분 이상이 걸리지 않는다. 달리기를 하기 전이나 하고 난 뒤에 한다고 친다면 하루에 12분을 투자하는 셈인데, 이 12분으로 우리는 근육을 고르게 발달시키고 피로골절에 대비할 수 있으며 러너들에게 흔한 질병인 발뒤꿈치 통증(족저근막염), 아킬레스건염, 정강이 통증, 달리기 무릎 통증, 좌골신경통 등을 완화할 수 있다.

혹시 둘째 발가락이 첫째 발가락보다 긴가? 그렇다면 운동을 하기에는 여러 문제가 있다. 지금까지 문제가 없었더라도 사라지는 것은 아니다. 둘째 발가락이 첫째 발가락보다 긴 발을 모턴발 Morton's foot이라고 하는데, 이는 발의 모양과 관련해 흔하게 찾아볼 수 있는 선천적 결함으로 많이 움직이면 통증이 생긴다.

두들리 모턴이 이것을 발견하기 전까지만 해도 둘째 발가락이 첫째 발가락보다 긴 발은 주먹코나 주걱턱과 비슷한 것으로 여겼다. 정상적인 발이라는 게 어떻게 구성되는지 깊이 생각해본 사람은 하나도 없었다. 모턴은 그런 상식을 완전히 바꿔버렸다. 1935년 모턴은 《정상적인 발》이라는 책을 펴냈는데, 이는 3백 년 전 심장과 순환기에 대해 쓴 하비의 《심장과 피의 운동에 대해서》에 버금가는 발에 관한 고전이 됐다.

모턴은 두 가지 요인에 근거해 발의 기능을 설명했다.

1. 발의 구조적 안정성은 서로 결속된 26개의 뼈와 112개의 인대가 결정한다. 뼈의 구조가 이상하거나 인대가 이완됐을 경우에는 발에 힘이 없고 통증이 있으며 제대로 움직이지 않는 경우가 있다고 모턴은 말했다. 더 나아가 이런 역학적 문제 때문에 발에서 떨어진 다리와 무릎과 사타구니와 허리까지 문제가 발생할 수 있다.

2. 발의 체형적 안정성은 발에 있는 짧은 근육들과 긴 근육들, 그

리고 다리의 긴 근육들이 결정한다. 뒤꿈치 인대가 짧다거나 장 딴지와 허벅지 근육이 강하게 뭉쳐서 생기는 불균형한 근육 발 달은 발과 발바닥의 아치 부분에 통증을 가져올 수 있다고 모턴 은 주장했다.

구조적 안정성이 부족한 발은 대부분 모턴발이다. 이 발은 인체 역학적으로 불합리하다. 첫째 발가락의 척골이 2밀리미터 이상 짧은 상태로 태어나면 정상적인 체중 지탱에 필요한 삼각점을 왜곡시키게 된다. 이 삼각점은 뒤꿈치, 다섯째 발가락 끝, 첫 번째 척골의 끝으로 이뤄진다. 이때 발은 하중의 대부분을 두 번째 척골에 싣는 식으로 적응해 나가는데 이 때문에 피로골절이 일 어난다. 아니면 발바닥을 내전內轉시키게 되는데(즉 안쪽으로 말게 되는데), 이 때문에 많이 움직여 발생하는 모든 발과 관련된 질환을 담은 판도라의 상자가 열리게 된다.

일반적으로 널리 알려진 질환은 발(발뒤꿈치 통증), 다리(피로골절), 무릎(달리기 무릎 통증, 즉 연골연화증) 등에 고루 분포돼 있다.

당신이 운동선수인데 이런 질환에 시달리고 있다면 아마도 장 담하건대 한 번도 자신의 둘째 발가락이 첫째 발가락보다 길다 는 사실을 주의 깊게 살펴보지 않은 게 틀림없다. 그렇지 않다면 발과 관련한 문제를 불러일으키는 다른 더 복잡한 구조적 결함 을 지녔을지도 모른다.

모턴의 이 발견은 오랫동안 잊혀졌다. 한 세대의 의사들에게

이 이론이 전수됐지만, 곧 폐기됐다. 모턴발을 가진 많은 사람들에게 별다른 증상이 나타나지 않았기 때문이었다. 그래서 모턴발에 어떤 문제가 일어나면 우연의 소산으로 여겼다.

진실을 말하자면 모턴발을 지닌 대부분의 사람들은 그 증상이 나타날 때까지 발을 굴리지 않았기 때문이었다. 제2차 세계대전이 끝난 뒤, 운동선수들은 이전에 비해 훈련시간을 다섯 배는 늘렸고 이 때문에 발, 다리, 무릎, 등을 혹사할 때 나타나는 다양한 증상이 스포츠의학자들의 주된 관심사항이 됐다. 그 즈음에 모턴의 책은 도서관과 교육 과정에서도 사라졌다. 하지만 구조적인 문제와 체형적인 문제로 나눠 바라본 모턴의 이론은 누구도 해결하지 못하는 그 통증의 근원을 따져보는 데 적절했다.

두 발로 설 시간이 매우 적은 사람들에게 모턴의 이론은 별 영향을 끼치지 않는다. 실제로 운동을 하는 사람들은 활발하게 활동하고 있느냐, 부상중이냐에 따라서 다르게 받아들이니까. 더 정확하게 말하자면 실제로 선수생활을 하느냐, 은퇴했느냐에 따라 다르니까. 매일 코트에서 몇 시간씩 연습하는 농구선수, 일주일에 오륙십 마일을 달리는 러너, 하루에 두 번씩 경기를 펼치는 테니스 선수들에 대해 얘기할 때, 우리는 부타졸리딘, 코티즌 등의 약품과 수중치료 등에 대해 듣게 된다.

하지만 모턴발과 구조적 안정성과 체형적 안정성에 대한 얘기는 절대로 듣지 못한다. 그게 나로서는 이상하기만 하다.

폴 바이스는 《운동에 대한 철학적 고찰》이란 책에서 이렇게 말했다. "운동의 역사가 오늘까지 이르렀지만 우리는 여전히 혹독한 시합을 앞두고 운동선수가 뭘 먹어야 하는지 잘 모른다." 이런 무지는 당연히 더 너른 의미로 확장된다. 인류의 역사가 오늘에 이르렀지만, 노는 것은 고사하고 일하거나 살아가기 위해 우리가 뭘 먹어야 하는지 우리는 잘 모른다. 인간의 내장기관 그 생리학, 질병 등은 여전히 미지의 영역이다.

다행스럽게도 전문가들이 자신들도 모른다고 실토했기 때문에 우리는 그들의 식이요법과 처방을 따르지 않아도 된다. 영국의 의학잡지인 〈랜싯〉지 최근호에 실린 편집자의 말에 따르면, 십이지장궤양을 일으키는 원인에 대해서는 여전히 자세하게 밝혀진 바가 없으며 따라서 "치료를 위한 논리적인 기초가 완전히 결여된 상태"라고 한다. 미국 국립보건원의 의뢰를 받아 이뤄진 위장 연구 사업에서도 비슷한 결과가 나왔다. 저마다 다양한 소화기관을 연구한 이들의 보고서는 한 가지 결론을 끌어낸다. 우리가 소화 활동이나 소화기관과 관련한 질병에 대해 확고하게 믿고 있는 대부분의 지식은 사실이 아니거나 사실로 증명되지 않았다는 점이다.

전문가들이 이렇게 손가락만 빨고 있다면 과연 우리는 어떻게 해야만 할까? 가장 좋은 해답은 소화 활동에 관해 예전부터 전해 온 세 가지 규칙을 떠올리는 것이다.

1. 자신에게 맞는 음식을 먹어라.
2. 자신에게 맞지 않는 음식을 피하라.
3. 화를 짊어지고 자지 마라.

많은 사람들의 조사에 따르면 자신의 체질에 맞는 음식은 바뀌지 않는다. 자신의 체질에 맞지 않는 음식도 마찬가지다. 고도로 발달한 복잡한 의학 기술은 지난 몇 세기 동안 환자들이 의사들에게 늘어놓았던 말들을 확인시켜 주기만 했을 뿐이다.

어떤 음식을 먹으면 가슴이 아프고 소화불량에 걸리고 경련이 일어나고 설사를 하지만, 어떤 음식은 그렇지 않다는 말이 나오는 이유를 요즘에야 의학 실험을 통해 알아냈다. 어떤 음식에 문제를 일으키는 사람들을 통해 그 원인을 살펴보며 누구에게나 좋은 결과를 낳으리라고 여겼던 음식들이 왜 문제를 일으키는지 살펴보면서 알게 된 것들이다.

우리 모두가 유익한 음식이라고 여기지만 실제로는 그렇지 않은 대표적인 음식으로 우유를 꼽을 수 있다. 우유에 질색하는 사람은 몇 안 되지만 효소 결핍으로 유제품을 제대로 소화할 수 없는 사람은 그보다 훨씬 더 많다. 지금에 이르러서는 우유가 몸에 맞지 않는다면 먹지 말아야 한다는 게 분명해졌다. 우유가 대단히 좋은 음식일 수는 있겠지만 모두에게 그런 건 아니다.

사람들은 저마다 자신에게 어떤 음식이 맞지 않는지 알고 있다. 어떤 음식을 먹으면 가슴이 옥죄고 배가 아픈지를 안다. 그러므로 우리 몸은 자신에게 어떤 음식이 맞고 어떤 음식이 맞지 않는지 실험하는 연구실인 셈이다. 책이나 전문가에게 알려 달라고 하는 것은 말이 안 된다. 몸은 그들의 말에 귀를 기울이지 않을 것이다. 결국 우리는 어떤 일이 벌어지는지 과학적으로 해명한 설명만을 얻을 수 있을 뿐이다. 우리는 진실을 있는 그대로 받아들여야만 한다.

화를 짊어지고 잠을 자게 되면 잠에서 깼을 때 아랫배가 고통스럽다는 것도 그런 진실 중 하나다. 눈에 불을 담고 자면 위장에 불이 난다. 음식이 아니라 감정이 내장기관에 영향을 미친다. 운동선수라면 감정이 더욱 중요해진다. 시합 전에 긴장하거나 레이스에 대해 걱정하다 보면 위장을 비워 내는 시간이 길어진다. 평상시라면 소화하는 데 네 시간이 걸리던 음식도 여섯 시간 이상씩 길어진다. 여기에다가 나는 위장의 움직임을 증가시키는 격렬한 연습을 추가하고 싶다. 감정과 분투라는 요소 때문에 운동선수에게는 한 가지 규칙이 덧붙여진다.

4. 시합에 나설 때는 항상 위장과 결장을 비워라.

이 규칙을 따르지 않는다 해도 결국 선수와 음식은 헤어질 수밖에 없다. 음식을 게워 내거나 설사를 하거나, 아니면 둘을 동시에 하게 된다.

앞에서 말한 규칙을 따르되 대회를 앞두고 먹어야 할 음식에 대해서는 스스로 해답을 찾아야만 한다. 저지방에 단백질이 많지 않은 유동식이나 반유동식은 쉽게 소화되고 빠르게 위장을 빠져 나간다. 또한 매일 이런 저런 음식을 먹어 보면서 자신에게 맞는 음식이 어떤 것인지 알 수 있다.

무엇보다도 건강하게 잘 살고 최대한 능력을 발휘하기 위해서는 언제나 그렇듯이 자신의 몸에 귀를 기울일 필요가 있다. 다행스럽게도 위장 계통은 크고 분명하고 확실한 목소리를 낸다. 우리가 실수를 저질렀다면 바로 알아차릴 수 있다.

아무리 천천히 달리는 사람일지라도 점심을 한 번 거르거나 장운동을 포기해 본 적이 있는 사람이라면 이 말이 무슨 뜻인지 알 수 있을 것이다.

삶이란 위대한 실험이다. 우리는 저마다 관찰자이며 실험 대상으로 다양한 가능성을 점검하고 실제로 살아보고 그 결과를 기록한다. 철학자인 오르테가는 "살아간다는 것은 다른 수많은 일들 중에서 어떤 하나의 일을 한다는 것을 뜻한다"고 했다.

중요한 것은 온 마음으로 그 일에 몰두해야만 한다는 점이다. 우리는 언제나 정신을 바짝 차리고 살아야 하고 최고의 능력을 발휘해야 한다. "나는 삶의 매 순간 할 수 있는 한 최고로 정신을 집중하지 않는 사람을 부도덕하게 여긴다"고 오르테가는 일갈했다.

이렇게 정신을 바짝 차려 선택하고 최고의 노력을 기울일 때,

자연이란 지극히 간단하고도 쉽게 접근할 수 있는 최상의 실험실로 단번에 여러 가지 문제를 해결한다는 사실을 알게 된다. 우리가 어려움 속에서도 자신이 할 수 있는 최선을 다하기 위해 움직일 때, 우리의 결점들을 알아차리게 된다. 화가와 과학자와 철학자들과 성자들은 성공이 아니라 실패가 인간을 완성시킨다는 사실을 알고 있다. 운동을 하면 그 사실을 누구보다도 빨리 알아차릴 수 있다.

운동 중에서도 지구력이 필요한 운동, 예컨대 장거리 달리기나 수영이나 크로스컨트리 스키를 연습하는 선수들은 그중에서도 최고다. 내 영혼과 마음이 마라톤을 향한다면 내 몸은 이에 따르는 수밖에 없다. 시간을 단축시킬 수만 있다면, 3시간의 벽을 뚫을 수만 있다면 나는 그 어떤 훈련 계획과 훈련법과 식이요법이라도 기꺼이 따를 것이다. 나는 인간의 몸에 탄수화물을 얼마나 비축할 수 있는지 실험하는 관찰자이자 실험 대상이 된다.

관찰하는 법은 간단하다. 마라톤 시합이 벌어지기 일주일 전에는 장거리를 달리는데, 시간은 90분 정도가 적당하다. 그 다음 사흘간 고기, 생선, 치즈, 계란 등을 섭취하면서 탄수화물을 멀리한다. 이 기간에는 훈련을 계속한다. 그리고 대회 3일 전부터는 훈련을 멈추고 주로 탄수화물만 섭취한다.

이 식이요법은 탄수화물의 섭취를 중단해 우선 근육에 비축된 당분인 글리코겐을 일시적으로 비워 냈다가 다시 글리코겐을 과비축시켜 마라톤을 할 때 주된 에너지원으로 사용하는 데 목적이 있다. 스웨덴에서 한 최초의 실험에 따르면, 이렇게 글리코겐을 비축하면 운동 능력이 1백 퍼센트에서 3백 퍼센트까지 증가했다. 이 말은 곧 18마일을 달릴 때 대략 15분 정도 시간을 단축시킬 수 있다는 뜻이다. 그러니 전 세계 마라토너들이 탄수화물 비축의 신봉자가 된 것은 두말할 필요가 없다.

이제는 탄수화물 비축이라는 이 엄청난 실험이 자리를 잡아가고 있다. 많은 러너들이 같은 식으로 음식을 먹으며 자신이 얼마나 빨리 뛸 수 있는지 연습한 결과, 각 러너들이 타고난 근육의 특성, 그러니까 복잡한 신진대사와 생화학적이고 효소적인 반응에 주목하게 되었다. 이 실험의 교훈은 바로 여기에 있다. 수천 가지의 효소 중에서 하나만 부족해도 육체의 기능에 심각한 어려움을 가져올 수 있다는 점이다.

그러므로 어쨌든 탄수화물을 비축해야만 한다. 대부분의 사람들에게 그 효과란 어마어마하다. 달리기의 막바지에 이르러 악몽과 같은 상태를 더 이상 경험하지 않을 것이다. 세 시간의 장벽을 돌파하지 못할 수도 있지만, 적어도 기록은 단축된다.

탄수화물 비축에 대한 실험을 한 바 있는 파울 슬로빅의 연구에 따르면(⟨영양학 소식⟩, 1975년 10월 18일자) 평균적으로 기록이 8분 30초 단축됐는데, 이는 1마일당 20초, 또는 1백 야드 정도 단축시켰다는 뜻이다.

하지만 우리 몸을 통해 배울 것은 이뿐만이 아니다. 슬로빅이 관찰한 선수 중에는 문제가 생겨 예상 기록보다 1시간 정도 늦게 들어온 선수가 있었다. 그밖에도 다리에 쥐가 나거나 고통을 호소하는 경우와 그 때문에 어쩔 수 없이 레이스 초반에 경기를 포기하는 경우도 있었다.

이런 불행한 일은 모두 근육이 파열되고 혈액에 미오글로빈이 증가한 경우로, 이렇게 되면 신장이 원활하게 움직이지 않아 기능이 떨어지고 만다. 이런 일들이 생기는 원인은 탄수화물을 섭취하지 않으면서 훈련을 계속하는 처음 사흘에 있지, 탄수화물을 양껏 섭취하는 그 다음 사흘에 있는 게 아니다.

그러니 이대로 하는 게 좋다. 자신에게 탄수화물을 비축하는 능력이 없는 러너는(음치라는 사실을 알고 나서 내가 그랬던 것처럼, 아니면 저마다 그런 분야가 있는 것처럼) 인생이 불공평하다고 생각할 것이다. 하지만 자신의 삶을 통해 이 실험을 해본 사람이라면 누구나 중요한 사실을 배우게 될 것이다.

T.H. 헉슬리가 말한 것처럼 자연은 무지하다고 해서 봐주거나 그냥 넘기는 법이 없다.

과학자들에게 가장 어려운 문제는 우리가 감기에 걸린다는 점이다. 특정한 코감기 바이러스에 감염됐을 때, 우리는 잘 알다시피 목이 아파서 기침을 하고 콧물을 흘리게 된다. 과학자들은 감기를 고치는 것도 시간문제라고 자신한다. 백신이나 항생제를 만들어 내면 우리가 아는 감기는 추억이 될 것이라고 말한다.

하지만 나는 믿을 수 없다. 내 생각에는 인간이 살아가는 한,

감기에 걸리는 사람은 계속 나올 것 같다. 코감기 바이러스는 우리 안에 내재한 것이니 사라질 리가 없다. 평상시에는 잠복해 있지만, 우리의 방어 체계가 약해지면, 보호 장벽이 무너지면서 감기 기운이 나타나게 된다.

감기를 잡을 수는 없다. 플라톤에서 현명하신 우리 숙모에 이르기까지 다들 그런 말씀을 하셨다. 자만에 가득 차 거만하게 고집을 부릴 때, 감기는 우리를 찾아온다. 고대 그리스인들은 이를 'hubris', 즉 '자기과시'란 말로 뭉뚱그려 표현했다. 보통 사람들 이상의 존재라고 여길 때, 더 훌륭한 상태를 열망할 때, 능력 이상을 해내려고 모험을 감당할 때, 우리는 그리스인들이 '카타르'라고 부른 코감기에 노출될 위험을 안게 된다.

현대판 그리스인들이라고 할 수 있는 러너들은 이 사실을 너무나 잘 안다. 아테네 사람들처럼 러너는 매일 자기 능력을 최대한 발휘하면서 살아가려고 애쓴다. 언제나 자기 능력을 최고로 발휘할 수 있는 방법을 간절히 찾아 헤맨다. 힘과 스피드로 충만해 더 이상 피로를 느끼지 않는 날을 고대한다. 러너는 고대 그리스의 극작가 소포클레스가 한 다음과 같은 말을 이해할 수 있다. "제일 잘 사는 건 병 없이 사는 것 / 매일 마음이 바라는 바를 넘어서는 멋진 힘을 지니는 것."

하지만 그러는 과정에, 연습하고 시합에 나가는 과정에, 그러니까 자만에 가득 차 거만하게 고집을 부릴 때, 러너는 자신의 능력 이상의 일들을 할 수도 있다. 그러면 내부에 균열이 생기고 약점이 펼쳐지면서 코감기 바이러스의 습격으로 너무나도 평범한 감기에 걸리게 된다. 일주일 만이라도 그런 상태로 지내보면 소포클레스의 이런 말도 이해할 수 있을 것이다. "하지만 인간으로 살지 않는 게 그중 최고다."

어떻게 하면 이렇게 되지 않을 수 있을까? 어떻게 하면 발을 헛디디지 않고 최고의 상태에 도달할 수 있을까? 플라톤은 운동선수들에게 도움이 될 만한 몇 가지 규칙을 말했다. 술을 마시지 마라. 시칠리아식 요리를 먹지 마라. 코린트 출신의 여자를 멀리하라. 아티카에서 만든 과자를 조심하라. 그러나 맥주와 피자와 따라다니는 여자들과 초콜릿을 포기하는 게 진정한 해답이 될 수는 없다. 플라톤도 그 사실을 알고 있었다. 플라톤은 훈련 중인 운동선수들이란 양과 같은 사람들이라 평상시에 가던 길에서 조금만 벗어나면 병에 걸린다고 말했다.

러너들은 시합이 바로 길에서 이탈하는 경우라는 걸 잘 안다. 시합에 나가면 러너들은 할 수 있는 능력 이상까지 자신을 밀어붙인다. 힘을 아끼고 가만히 앉아 있는 대신에, 다시 힘이 솟구치기를, 자신의 나이에 맞는 최선을 다하기를 기다리는 대신에 러너는 이번 주 일요일에, 다음 주 일요일에, 그런 식으로 계속되는 시합에 참가할 때마다 그 순간 자신의 모든 것을 걸려고 한다. 바로 이 언덕길에서 '내 능력의 한계가 어디까지인지 다음에 확인하면 어떨까?'라고 생각하는 러너는 거의 없다. 가을이 되어 마라톤 대회가 이어지면 이성적으로 생각하는 러너는 거의 없다.

그러나 중요한 것은 잘 달릴수록 정신을 바짝 차려야만 한다는 점이다. 마음의 욕망과 평범한 감기가 서로 뒤엉켜 싸우는 길 위를 달리기 때문이다. 너무 심하게 달렸다면 그 성취 뒤에는, 너무 과욕을 부렸다면 그 시합 뒤에는 끔찍한 결과가 기다리고 있을 수 있다. 그러므로 연습에 대한 흥미를 잃거나 시합 뒤에 며칠간 힘이 들 것을 대비해서 휴식을 가져야만 한다.

최근에 나는 일주일 동안 아주 힘든 시합을 세 번 가졌는데, 마지막은 홈델 파크에서 언덕길을 따라 달리는 10킬로미터 경기였다. 지켜본 가족들은 2마일을 뛰었을 무렵, 내 얼굴이 너무 안 좋았다며 보스턴 마라톤에서 결승점에 들어올 때도 그 정도는 아니었다고 말했다. 내 아들은 당장이라도 나를 끌어내 시합을 포기하게 만들고 싶었다고 했다. 결승점에 들어왔을 때, 나는 5분 동안이나 꼼짝도 못 하다가 결국 다른 사람에게 신발을 벗겨 달라고 부탁해야만 했다.

마라톤 시즌에 그렇게 해서는 안 된다. 하지만 그게 잘 안 된다. 역시 힘든 10킬로미터 달리기로 알려진 내셔널 매스터즈 달리기 대회가 그 다음 주에 반 코틀런트 파크에서 열렸다. 벌써부터 코감기 바이러스가 몸을 감싸는 듯한 느낌이다. 그저 쉬는 이외에 더 좋은 방법이 없다. 방어 장벽이 완전히 무너지면 안 되기 때문에 나는 다음 달리기 시합을 위해 일주일 동안 쉬었다. 그리고 해냈다. 나는 올해 들어 가장 멋지게 달렸다. 그리고 그 다음 날에는 감기에 걸리고 말았다.

러너의 목표는 건강이 아니다. 러너의 목표는 최상의 능력을 발휘할 수 있는 몸 만들기다. 건강이란 그렇게 몸을 만드는 과정에 지나게 되는 어떤 것이다. 한 번도 발휘하지 못한 20퍼센트에서 30퍼센트의 능력을 끌어내는 과정에서 스치며 지나치는 정거장이다. 그러므로 러너는 자신의 최선을 다하기 위해서 건강을 희생기도 한다. 자기 몸의 한계는 넘어섰는데도 개인 기록은 마음에 들지 않을 수 있고, 그러면 힘든 만큼 기력이 다하고 절망에 빠져 우울해지기 때문에 건강을 희생하면서까지 최선을 다한다.

나는 수십 년에 걸쳐서 여러 번 이런 과정을 거쳤다. 1마일 달리기부터 시작해 마라톤까지 달리는 동안, 나는 심하게 운동하거나 시합에서 탈진하는 게 가장 심각한 문제라는 걸 깨달았다. 그 과정에서 나는 테니스에 빠진 사람들이나 골프에 빠진 사람들처럼 앉으나 서나 경기 생각만 하는 자신을 발견했다. 나는 지쳐버렸다. 나는 롬바르디가 잡았던 공을 놓치는 경우를 두고 "그럴 때는 그저 비명을 지르는 수밖에 없다"고 말한, 그런 상태에 이르렀다.

그래서 내 목표는 그 상태를 넘어서는 게 아니라 그 상태에 이르는 것이었다. 달리기 연습이 내 삶의 목표가 되고 대회에서 달리는 것이 제일 즐거운 상태, 그 이상 눈앞에 보이는 절벽 너머까지는 나아가지 않는 상태 말이다.

내 절대적인 한계가 어디인지 알아보는 일을 하면서 나는 탐험가였던 로알드 아문센의 "시도해 보지 않고 물러서지 말라"는 말을 좌우명으로 삼았다. 과학이 거기에서 할 일은 없다. 지친다는 게 무엇인지 생리학자들은 아는 바가 전혀 없다. 두려움을 느낄 정도로 연습량을 한계까지 몰고 갈 때, 나는 나만의 방식으로 그걸 깨닫는다. 대회를 피하고만 싶을 때, 다 집어치우고 쉬고만 싶을 때 한계는 드러난다.

수십 년에 걸쳐 달리는 동안, 나는 훈련에 관한 두 가지 규칙을 세웠다. 첫째, 무리한 연습보다는 부족한 연습이 낫다. 둘째, 문제가 생긴다면 그건 무리하게 연습했다는 신호이니 덜 연습해야만 한다. 이건 대회에서 잘 달리지 못했다면 그건 너무 연습을 많이 했다는 증거라는, 전설적인 육상 코치 빌 바우먼의 말과 같은 맥락을 갖는다. 이런 이유로 바우먼은 무리한 연습을 피하는 한 방법으로 힘든 훈련과 가벼운 훈련을 번갈아 하는 훈련법을 제시했다. 물론 대부분의 러너들과 코치들은 반대 의견을 내세운다. 그들은 대회에서 잘 뛰지 못했다면 연습량을 두 배로 늘려야지, 반으로 줄여서는 안 된다고 생각한다.

하지만 또 다시 실패할 것이 분명한 대회를 기다릴 필요가 있는가? 자신에게 도움이 될 만한 좀 더 정확한 방법은 없을까? 있다. 먼저 자신의 몸이 말하는 소리를 들어라. 그리고 자신의 건강 지수를 정확하게 파악하라.

우리 몸은 언제나 우리가 어떤 상태에 있는지 말한다. 몸의 말을 들어라. 지치고 무기력할 때, 연습이 즐겁지 않고 성가시기만 해서 싫증이 날 때, 항상 귀를 기울여라. 아침에 일어날 때 머리가 몽롱해지거나 맥박이 불규칙하다는 사실을 알아차렸을 때는 한 발 물러서라. 오한이 느껴지거나 목이 따갑거나 '모노 상태'처럼 세상이 느껴진다면 속도를 늦추도록 하라. 불쾌한 불면증이 계속된다면, 또는 아침에 깨어났는데도 기분이 상쾌하지 않다면 조심하라. 주의력이 떨어지고 집중하지 못하게 될 때는 느긋하게 마음먹어라. 이 모든 것들에 귀를 잘 기울여라. 몸을 일관되게 지켜주는 능력, 몸을 평온하게 유지하는 능력은 무리한 연습 때문에 무너지고 있는 것이다.

'건강 지수'를 파악하는 방법은 간단하고 도표로 그리기도 쉽다. 어떤 사람들에게는 몸에 귀를 기울이는 것보다 이 방법이 더 낫다. 아침에 잠에서 깨면 5분 정도 가만히 누워 있다가 자신의 맥박을 잰다. 어떻게 하느냐면, 먼저 엄지손가락과 집게손가락으로 흔히 '아담의 사과'라고 말하는 목의 툭 튀어나온 부분을 잡은 뒤, 목 뒤쪽을 향해 천천히 벌리다 보면 경동맥의 맥박이 느껴질 것이다. 그렇게 해서 60초 동안 몇 번 뛰는지 계산한다. 몸무게와 호흡도 잰다. 그 숫자들을 기록한다. 낮에 훈련한 뒤에도 마찬가지로 한다. 훈련이 끝난 뒤 그리고 15분이 지난 뒤에도 한다.

몇 주에 걸쳐 이런 식으로 기록해 나가면 자신의 몸이 어떻게 달리기에 적응해 가는지 한눈에 볼 수 있다. 매주 체력이 향상되면서 기본적인 심장박동이 평탄해지는 것을 알게 되는데, 대개 분당 50회 정도이다. 이렇게 파악한 뒤에 갑자기 맥박이 빨라지면 주의해야 한다. 만약 아침에 일어나서 맥박을 쟀는데 평상시에 비해 10회 이상 더 많다면 전날의 연습에서 아직 회복되지 않았다는 사실을 말하는 것이다. 이때는 정상적인 맥박을 되찾을 때까지 연습을 하지 않거나 줄여야 한다.

맥박을 재기 시작하면 우울증이나 신경증에 걸리지 않게 된다. 하지만 그보다는 '건강 지수'를 파악할 때, 더 잘 달릴 수 있다는 점이 중요하다. 이 글을 쓰는 현재로서는 무리하게 연습했다는 사실을 경고하는 다른 좋은 방법이 없다. 몸만들기에서 빠지지 않는, 지치는 문제를 해결할 수 있는 더 좋은 방법은 없다.

경주는 나의 달리기 능력에 궁극적인 시험이 되어야 하며 스톱워치가 최종 심판관이 되어야 하지만, 나는 절대로 그것을 진심으로 믿지 않는다. 나는 항상 내가 더 잘 달릴 수 있을 거라고 느끼며 재능과 연습의 한계를 아직 다 소모하지 않았다. 무엇보다도 나는 내가 100퍼센트를 다 쓰지 않았다는 것을 두려워한다. 그런 이유로 나는 진실을 알기 위해 데이비드 코스틸 박사와 함께 인디아나주 먼씨에 있는 볼스테이트 대학교의 '휴먼 퍼포먼스 랩(인간 성능 평가 실험)'에서 하루를 보냈다.

나는 일찍이 달라스에서 올림픽 장거리달리기 후보 선수들에게 실시한 모든 운동생리 테스트(필수 용량, 체지방 비율, 근육 강도, 최대 산소 섭취량, 실행 효율 및 종아리 근육 조직검사)를 받았다. 이 테스트는 내 잠재력이 어느 정도인지, 내가 어디까지 달릴 수 있는지를 말해 줄 것이었다.

나는 코스틸과 그의 동료들에게 '휴먼 퍼포먼스'란 '최대 휴먼 퍼포먼스'를 뜻한다는 것을 곧 알게 되었다. 테스트를 하면서 나의 한계와 그 너머까지 밀려났을 때 나는 내 체지방이 단지 5.3퍼센트에 지나지 않는다는 것을 기뻐할 겨를이 없었다. 모든 테스트에서 그들은 좀더 하라고, 좀더 세게 시도해 보라고 끊임없이 격려했다. 그리고 점점 수치가 떨어지는 걸 확인하고 나서야 테스트를 더 이상 반복하지 않았다. 그들은 내가 갈 수 있는 한도까지 나를 밀어붙였다.

몇 시간 후, 러닝머신에서 최대 산소흡수량을 테스트하는 동안 나는 그들이 그렇게 나를 밀어붙였다는 것을 깨달았다. 처음에는 8분 속도로 1마일을 달렸지만 그 다음에는 7분, 마지막 1마일은 6분 40초에 달렸다. 이 속도는 대략 시속 9마일이다. 이 과정을 달리다가 잠깐 쉬면서 수건을 풀고 잠시 숨을 쉰 후 다시 시작했다.

어쨌거나 지금은 최대한 노력해야 할 때였다. 나는 심전도 측정을 위한 전극을 가슴에 착용하고 산소 장치를 고정하는 플라스틱 헬멧을 조정한 후 입안에 마우스피스를 끼웠다. 그리고 나서 갑자기 4퍼센트의 등급으로 올라가는 단계인 1마일당 6분 40초로 달렸다. 그들은 내가 더 이상 갈 수 없을 때까지 3분 후에 등급을 6퍼센트로 올리고, 2분마다 2퍼센트씩 더 올려야 했다. 30초밖에 남지 않았다고 느꼈을 때, 나는 수신호를 보내기로 되어 있었다.

전반 30분에는 눈에 띄게 많이 노력해야 했지만, 나는 곧 스스로 제동할 수 있다고 느꼈다. 이 일은 고된 노동이었지만 나는 점차 러닝머신의 특성 및 내가 한 장소에 고정되어 있고 사람들이 지척에서 내게 최선을 다하라고 격려해주는 환경에 익숙해졌다. 6퍼센트로 올렸을 때 비로소 나는 한계에 다다랐음을 알았다. 다리는 점점 무거워지기 시작했고, 헬멧은 거추장스러워졌으며, 이리저리 흔들리기 시작했다. 마우스피스 역시 불편하게 느껴졌다. 나는 더 이상 계속할 수가 없었다.

그런 후 그들은 다시 단계를 8퍼센트로 올렸다. 고조되는 피로와 고통의 물결이 내 몸을 덮쳐 지나갔다. 내 가슴과 다리는 가차없이 이제 끝을 향해 가고 있었다. 나의 마지막 고통을 보기 위해 더 많은 사람들이 내 주변을 돌아다니고 있었다. 그들은 "좀 더 힘을 내요!" "조금만 더!"라고 소리치기 시작했다. 그러나 나와 기계 사이의 투쟁은 이제 결판이 나고 있었다. 그 테스트에서 6분 그리고 8퍼센트 단계에서 1분이 지난 후에 나는 드디어 수신호를 보냈다. 하지만 여전히 이 지옥 같고 용서할 수 없는 기구 위에서 달려야 할 30초와 130야드가 남아 있었다. 그것은 시간의 영원이었고, 우주에서의 무한이었다.

15초가 지나고 코스틸은 나와 겨우 몇 인치 떨어져 있었다. 다시 10초가 흘러갔다. 이 순간에 시간은 얼마나 천천히 가는지. 다시 5초가 지났다. 5초가 이토록 오랠 수 있을까? 누군가 시계로 시간을 재고 있었을 것이다. 넷, 셋, 둘, 하나. 러닝머신이 멈추었다.

나는 마우스피스를 빼고 숨을 헐떡거렸다. "오, 하느님! 오 하느님!" 생리학자들은 그 수치들을 곰곰이 들여다보다가 기뻐했다. 누군가가 말했다. "선생님, 봉우리를 넘어갔습니다!" 나는 정상을 지나 하강하고 있었고, 수치는 내 최대치에 이른 후 지나쳐 있었다. 나는 그들이 내게 해내기를 원했던 일을 해냈다.

통증이 서서히 물러갔다. 나는 의자에 몸을 뻗고 만족감에 빠진 채 '최대 휴먼 퍼포먼스'에 버금갈 만한 것에 대해 생각하고 있었다. "언제쯤이면, 아이를 볼 수 있나요?" 내가 물었지만 아무도 듣지 못했다. 그들은 내 근육 조직검사를 준비하러 갔다.

이런 과정에서 나는

질병과 의심, 실패와 좌절을 통해

내가 더 현명해진다는 것을 발견했다.

책에 나온 대로 할 수 있는 사람은 많다.

하지만 한 권의 책을 쓰는 일은,

오로지 완전히 실패한 뒤에

모든 것을 다시 시작해 본 사람만이 할 수 있다.

치
유
하
기

달리기를 즐기는 사람들에게는 세 가지 적이 있다. 자동차, 개, 의사. 앞의 둘은 잘만 피해 다니면 된다. 어쨌든 세상을 살아가려면 자동차에 적응하지 않을 수 없게 됐다. 사실 자동차가 없으면 살 수도 없을 것이다. 자동차와 함께 달릴 때 조심해야 할 사람은 러너다. 정신을 바짝 차리고 주의해야만 살아남을 수 있다.

개는 자동차보다는 덜 힘들다. 개란 결국에는 우리와 마찬가지로 동물이니까 자기 영역을 침범하는 등의 공격적인 행위에 우리처럼 반응하는 것이다. 개는 그런 감정을 표현하는 데 좀더 솔직하고 구애받지 않는다는 점만 다르다. 달리기의 맛을 점점 더 알게 되면, 점점 더 육체적으로, 동물적으로 바뀌기 때문에 개가 적이 아니라 사실은 친구라는 걸 깨닫는 날이 올 것이다.

의사는 그렇지 않다. 의사는 사람이다. 사람이란 기계처럼 항상 똑같이 움직이는 존재도, 동물처럼 그 행동을 예측할 수 있는 존재도 아니다. 사람이란 귀가 얇은 존재, 저마다 믿는 진실이 있는 존재, 이타적인 존재라는 뜻인데, 그중에서도 마지막 경우가 제일 나쁘다. 이타적인 존재라면 의사들을 꼽을 수 있다. 의사들은 남을 돕겠다는 생각 때문에, 인류에 조건 없이 헌신하겠다는 생각 때문에 의사 일을 천직으로 받아들였다.

하지만 오스카 와일드가 꼬집었듯이 인간이 정말 멍청하기 짝이 없게 행동하는 이유는 대개 대단히 고귀한 명분이 있기 때문이다.

달리기를 즐기는 사람은 이런 고귀함과 멍청함을 잘 이해해야 한다. 신문에는 그저 다른 사람들을 돕겠다는 마음으로 가득 찬 거룩하고 고상한 의사들이, 달리기가 얼마나 위험한 운동인지에 대해 쓴 멍청한 글들이 끊임없이 실리기 때문이다.

최근 들어 달리기는 시간 낭비에다가 위험하기까지 한 운동으로 평가받고 있다. 그 말을 그대로 따르는 무리들은 달리기가 탈장(헤르니아)에서 추간판탈출증(요통)까지, 여성들의 젖가슴 처짐에서 정맥류에 이르기까지 무수한 종류의 질병을 불러올 수 있다고 떠들어댄다.

진실은 무엇인가? 달리기는 위험하기만 한 시간 낭비에 불과한가? 그렇지 않으면 러너들이 주장하듯 돈도 들지 않고 위험할 것도 전혀 없는, 만족스러운 건강 단련법인가? 달리기를 하게 되면 탈장, 허리 통증, 여성들의 골반 통증, 상피성 신장증 등에 걸릴 확률이 높은가? 아니면 이런 병에 걸리는 건 개인적인 특성이나 날 때부터 지닌 육체적 결함 때문이니까 달리기와는 무관한 것일까? 하루 15분에서 60분 정도의 달리기가 건강을 해치는가? 혹시 더 즐겁게 살아가지 못하게 하고 결국 병에 걸려 일찍 죽게 만드는 건 그 밖의 다른 활동 때문이 아닐까?

달리기를 즐기는 사람은 이에 대해 분명하게 대답할 수 있는데, 의사들은 다르게 대답한다. 아직 입장을 정리하지 않아 어느 쪽에도 치우치지 않은 사람들이라면 어느 쪽의 대답이 옳은지 잘 알 수 있을 것이다. 더 좋은 방법은 한 번 달려 보는 것이다.

달리기는 가장 능률적이고 자연스럽게 몸을 움직이는 방법이다. 잘 달릴 때, 달리는 사람은 자기 근육이 지닌 힘을 최대한 사용해 주위 환경을 물처럼 스쳐 간다. 러너는 충격을 최소화하며 부드럽게 앞으로 나아간다. 엉덩이 위쪽의 상체는 균형을 맞추기 위해서만 움직인다. 복부 근육은 숨쉬는 데만 이용된다.

달릴 때는 무릎을 조금 굽힌 채 뒤꿈치부터 내딛는다. 이런 자세는 몸이 아래위로 출렁이는 것을 막기 때문에 어깨가 언제나 지면과 수평을 이룰 수 있다. 전체적으로 봐서는 부드럽게 달릴 수 있게 된다. 함께 뛰는 동료와 대화를 나눌 수 있을 정도로 달리면 몸에 무리가 가지 않는다.

러너의 3분의 2 정도는 부상을 경험하게 되는데, 부상이 생기는 대부분의 원인은 발이 약하다거나 주된 근육은 뭉칠 정도로 너무 발달하는 데 비해 반대 근육은 너무 약해지기 때문이다.

하나는 구조의 문제이고 하나는 자세의 문제인데, 이 둘 다 쉽게 고칠 수 있다. 발바닥에는 오목한 부분을 따라 지지대를 갖다 댈 수도 있는데, 이런 걸 직접 만드는 사람도 있다. 근육의 불균형적인 발달은 예방 훈련을 매일 하면 된다.

7년 동안 달리기 의학 상식에 대한 칼럼을 쓰면서 나는 부상을 당했다고 달리기를 원망하는 사람들이 있다는 말을 들어 본 적이 없다. 러너들의 주된 관심사는 달리지 못하는 동안 경험하게 되는 '영혼의 어두운 밤'에 대한 얘기였다.

달리기의 위험을 알려 주겠노라고 공들여 쓴 기사들은 아무짝에도 소용이 없지만은 않다. 그 기사들은 인간이 자신의 최선을 다하기 위해 하는 행동을 두고 정통 의학이 어떤 실수를 저지르는지를 보여 준다. 그럼에도 '우수한 자들의 질병'에 대한 합당한 관심은 계속되어야 한다. 정작 알아야 할 것은 그런 합당한 관심을 알려 주는 사람들이다.

의사들이 계속 그렇게 나오는 한, 의사들은 러너의 타고난 적이다. 자동차나 개처럼 피하는 게 상책이다.

의료 기술을 얻는 가장 좋은 방법은 의학에 대한 지식을 익히고 여러 질병과 친해지는 것이라고 플라톤은 말했다. 하지만 더 좋은 방법은 여러 질병들과 친해지는 동시에 자신이 직접 병을 앓아 보는 일이다. 이를 위해서는 의사들은 건강하면 안 된다고 플라톤은 생각했다.

물론 그런 사명감 때문에 의사들이나 고대 그리스인들이 운동을 하지 않으려고 했다는 말을 들어 본 적은 없다. 그 시절에도 자신의 신체와 정신을 닦아야 한다는 말은 누구나 들을 수 있었다. 주도적으로 움직이게 하는 힘을 한쪽에, 이성을 다른 쪽에 두고 이를 잘 조화시킬 수 있도록 말이다.

마음에 들고 안 들고를 떠나서 나는 플라톤의 처방을 따랐다. 나는 불완전한 체격을 지닌 의사이자 러너다. 머리끝에서 발끝까지 내게 있는 병을 모두 늘어놓으면 비듬에서 무좀에 이르기까지 한없이 길어질 것이다. 시시때때로 내 안의 뭔가가 고장 난다.

예컨대 내 호흡기는 눈에 띌 정도로 허약하다. 내 귀나 코 같은 곳은 항상 뭔가로 채워져 있다. 내 유스타키오관은 늘 닫혀 있다. 내 귀에서는 무슨 소리가 들린다. 내 편도선은 부어 있다. 코 뒷부분에서 흐르는 콧물은 이제는 친근하기까지 하다.

내 순환계는 그래도 낫다. 내 심전도는 비정상이다. 내 심장 뛰는 소리는 좀 특별하다. 때로 콩가 리듬처럼 맥박이 뛰는데 이런 생각을 하면 꺼림칙한 느낌 때문에 가슴 한쪽이 찌릿하다.

그런 주제에 내 아랫배 속에 있는 것들도 제대로 움직이는 게 거의 없다. 열구 탈장, 십이지장궤양, 쓸개 결핍, 다발성 게실증, 두 개의 크기가 다른 사타구니 탈장 등이 한 몸에 다 있다면 어떻겠는가?

엉덩이 아래쪽은 나와 달리기가 서로 맞싸우는 전쟁터라고 할 수 있다. 발과 다리와 무릎과 좌골신경은 치열한 전투가 벌어지는 전선이었는데, 지금은 불안한 휴전 상태 속에서 상대적으로 고통 없는 상태가 이어지고 있다.

플라톤이 그랬던 것처럼 이 모든 것들은 대단히 특수한 경험이다. 모든 선생들이 알아야 하지만, 이제 나는 오르테가가 왜 "지식으로 이끄는 것은 욕망이 아니라 필요"라고 말했는지 이해할 수 있다. 일단 병이 들이닥치게 되면 나는 바로 신속하게 배워야겠다는 간절한 관심으로 책을 펼친다. 나를 가르쳤던 선생님들이라면 꽤나 즐거워하실 것이다.

하지만 동시에 거기에는 해답이 없다는 사실이 거의 확실해진다. 다른 사람들이 말하는 이 지식들을 살펴볼 때 나는 오르테가의 말마따나 의심과 회의, 심지어는 읽기도 전에 그 책에 씌어진 것은 진실이 아니라는 선입견을 버리지 못한다. 나는 내 문제에는, 내 이 독특하고 유일한, 절체절명의 이 문제에는 정답이 있을 수 없는 게 아닌가 하고 생각하는데 때로는 옳다.

병에 걸렸을 때, 나는 모든 걸 의심한다. '여태까지 그랬는데'라고 생각했던 것들이 '어쩌면 그게 아닐 수도'가 됐다가, 다시 '아마 그렇지 않을 거야'로 변하다가, 마침내 '그럴 리가'로 바뀌게 된다. 나는 병에 걸리지 않으려면 어떻게 하라는 등의 말들이 실제로 그렇게 하면 병에 걸리지 않기 때문에 나오는 게 아니라 모든 병에는 표준적인 대처 방안이 있기 때문이라는 것을 깨달았다. 이런 과정에서 나는 질병과 의심, 실패와 좌절을 통해 내가 더 현명해진다는 것을 발견했다. 책에 나온 대로 할 수 있는 사람은 많다. 하지만 한 권의 책을 쓰는 일은, 오로지 완전히 실패한 뒤에 모든 것을 다시 시작해 본 사람만이 할 수 있다.

운동선수가 되면 중대한 사실을 알게 된다. 달리는 의사로서 나는 건강은 질병과 아무런 상관도 없다는 사실을 알고 있다.

건강은 몸이 온전하게 제대로 움직이며 최고의 능력치까지 이르렀는가에 달린 문제다. 내 건강은 내 삶의 태도와 많은 관련이 있다. 영혼과 육체가 알맞은 상태냐가 중요하다. 건강이란 온전한 인간으로 자신을 닦아 나갈 수 있느냐와 관련된 문제다. 내 몸에 병이 있더라도 내 건강은 최고조에 이를 수 있다. 내 경험에 따르면 질병을 건강하게 대할 수 있는 방법이 있다. 질병 때문에 최고의 능력치가 바뀔 수 있겠지만, 최고로 능력을 발휘할 수 있는 가능성이 아예 사라지는 건 아니다.

그럴 때 질병은 정보를 지식으로, 지식을 지혜로 바꿔주는 좋지 않은 경험 중 하나가 된다. 좋지 않은 경험이라도 우리는 그 경험을 통해 자신과 자신의 몸과 이 세계를 사랑하는 법을 배울 수 있다. 자신이 지금 해피엔딩으로 끝날 수밖에 없는 게임을 즐긴다는 생각을 잊지 말기를.

59살이 되고 보니 책과 몸, 이성과 본능, 학습과 직관 사이에서 하나를 선택해야만 하는데 그럴 때 나는 자연스러운 길을 택했다. 전문가들은 물론 다른 식으로 얘기할 것이다. 그들은 이렇게 말한다. 인간은 무방비 상태로 태어났기 때문에 이 세계에서 살아남는 법을 배워야 한다고, 그리고 그건 우리의 머리를 통해서만 가능하지, 반사작용으로 가능해지지 않는다고 말이다.

하지만 생존의 가장 기본적인 문제들을 곰곰이 따져 보면, 예컨대 숨쉬기만 해도 그건 내 몸이 스스로 하는 일이지, 생리학 교과서가 하는 일이 아니니까 이를 통해 나는 올바른 행동이 무엇인지 알게 된다. 숨을 들이쉬고 내쉬기, 생명을 상징하는 그 행위는 유사 이래 수많은 현자들을 매혹시킨 주제였지만 숨쉬기를 자신의 한계, 그 너머까지 몰고 가 이를 분석한 사람은 아무도 없는 듯하다. 나는 해 봤다.

나는 12년 동안 장거리 달리기를 했다. 그 12년 동안, 숨쉬기가 얼마나 힘든지 참으로 다양하게 경험했다. 그 12년 동안 어떻게 하면 더 수월하게 더 많은 산소를 얻을까 고민했다.

그 12년 동안 머릿속에 떠오르는 생각이라고는 내 몸을 지키는 방법에 대한 생각뿐일 정도로 심하게 달렸던 적이 많았다. 그 12년 동안 호흡에 관한 학사 학위를, 힘든 숨쉬기에 관한 석사 학위를, 호흡곤란에 관한 박사 학위를 받았어도 여러 번 받았을 것이다.

나는 어떻게 그 모든 것을 배웠을까? 내 안에 숨은 동물적 본능을 통해 배운 것일까? 등을 펴고 두 발로 곧추 선 뒤로 인간은 숨쉬는 법을 잊어버렸다. 네 발로 기어 다닐 때는 자연스럽게 복식호흡을 했는데, 아담과 이브를 두고 밀턴이 말한 것처럼 우리가 "신의 형상을 따라 곧추 서게" 되면서 복식호흡은 기억에서 사라졌다.

하지만 모든 권위자들이 동의하듯 복식호흡은 숨쉬기에 가장 좋은 방법이다. 폐활량과 정상 호흡량과 정상 호흡시 배출할 수 있는 최대 폐기량 등을 검사하는 하얀 가운의 마법사들은 모두 산소를 최대한 흡입하려면 복식호흡처럼 횡격막을 움직일 수 있는 행동을 권한다. 인간의 영혼을 말하는 천재들마저도 이런 식의 호흡법을 요가 수행의 필수적인 것으로 간주한다.

그러나 예부터 내려오던 이런 가르침이 오늘날에 와서는 너무나 쉽게 잊혀졌다. 복식호흡의 스승들은 이런 기본적으로 타고난 능력들이 왜 잊혀졌는지 이해하지 못할 것이다. 팔다리로 기는 사람들, 몸을 수그린 사람들, 엎드린 사람들 중에서 제대로 숨쉬는 법을 아는 사람을 만나기는 어려울 것이다. 나는 많이 만났다. 매번 대회가 끝날 때마다 나는 제대로 숨쉬는 법을 아는 사람을 만난다.

경기가 끝난 뒤, 모자란 숨을 보충하려고 숨을 몰아쉬는 경험은 정말 중요하다. 분당 호흡 횟수가 50회가 넘어가는데도 충분하지 않다. 공기와 맑은 정신을 얻기 위해 말 그대로 분투할 때, 나는 역사보다도 더 오래된 본능에 굴복해 무릎과 두 손바닥을 땅에 대고 쓰러진다. 결국에는 머리와 어깨와 손이 모두 지면에 닿는 자세를 취하게 되는데 그게 제일 올바른 자세다. '신의 형상을 따라 곧추 서게' 된 인간이 아니라 비는 인간이다. 그런 자세를 취할 때, 나는 시간이 지나면 다시 일어나 달릴 수 있을 것이라는 확신을 지니게 된다. 그런 자세를 취할 때, 이 지구상에는 숨쉴 공기가 참 많다는 걸 깨닫게 된다.

내가 복식호흡을 할 때는 이런 자세를 취할 때다. 어디서 배운 것도, 들어서 아는 것도, 갑자기 깨달은 것도, 내가 지혜로워서도 아니다. 내가 몸을 앞으로 기울이면 아랫배가 앞으로 나오고 횡격막이 당겨 숨이 들어온다. 천식이 있는 사람들이 달리기보다 수영이나 사이클을 더 잘하는 까닭이나 팔다리를 땅에 대고 엎드리면 편안해지는 까닭도 여기에 있는 것 같다.

이것이 여전히 신비로 남아 있는 이유는 전혀 신비하지 않다. 연구자들은 자신들이 새로운 아담에 대해 연구한다고 믿는다. 하지만 그들이 모은 엄청난 자료를 살펴보면 그건 새로운 아담이 아니라 다른 존재다. 앞으로도 새로운 아담이 나올 일은 없을 것 같다.

연구자들은 앉아 있는 사람, 휴식하는 사람, 천천히 쇠락하는 사람만을 따져 봤다. 정작 따져 봐야 할 존재는 숨을 헐떡거리며 마침내 진정으로 '신의 형상을 따라 곧추 서게' 되는 날을 향해 나아가는 사람인데도 말이다. 그렇게 되면 그들도 책을 완전히 고쳐 쓰게 될 것이다.

에릭 호퍼가 주장한 바와 같이 인간의 행위 중에서 가장 값어치 있는 것이 놀이라면 운동선수들을 보호하는 것이 의학의 가장 중요한 목적이 되어야만 한다.

하지만 의사들과 면담을 해본 운동선수라면 도대체 의과대학에서는 뭘 배우는지 궁금하게 생각할 때가 있을 것이다. 운동선수는 왜 어떤 질병은 그토록 중요하고 다른 문제는 그렇지 않은지에 대해 의문을 느낄 것이다. 건강이라든가 예방의학에 대한 문제에, 또 일상생활을 통해 최상의 능력치를 끌어내는 문제에 운동선수는 여러 어려움을 겪지만 이런 어려움은 대개 무시된다.

의사는 긴급한 상황을 해결하며 갈채를 얻는 사람이다. 동맥이 터져 피가 나오면 두려움 없이 내장 속으로 뛰어들고, 심장박동 정지와 심장마비를 어떻게 해결할까만 생각하는 사람이다.

고통을 호소하는 운동선수 앞에서 아무런 소용도 닿지 않는 사고 환자들의 사례를 놀랄 만큼 많이 끌어들이는 사람이다. 의사들은 운동선수들을 상담할 능력도, 건강에 대한 운동선수들의 끝없는 질문에 대답할 능력도 없다.

건강이란 문제 때문에 운동선수들을 다루는 일은 대단히 어려워진다. 건강이란 간단하면서도 복잡한 문제다. 체스터튼이 말한 바와 같이 건강이란 신비하고도 수수께끼 같은 방법으로 모든 것의 균형을 잡게 하는 것인데, 이를 통해 우리는 똑바로 서 있을 수가 있다. 운동선수들은 그 신비로운 균형을 되찾기 위해서는 무엇이라도 할 수 있다. 운동선수들은 육체와 정신이 신비한 조화를 이뤄 건강함이라고 알려진 상태에 이르기를, 그리하여 모든 영역을 아우르는 정확함을 얻을 수 있기를 소망한다. 그런 의문에 대한 해답을 알려줄 만한 사람은 없기 때문에, 건강에 대해 꿰뚫는다는 것은 우주의 법칙을 꿰뚫는 것이기 때문에, 운동선수는 자신을 치료할 수 있다고 생각하는 의사들을 압도한다.

운동선수에게는 치료해 줄 의료팀이 필요하다. 그 의료팀에는 의사뿐 아니라 건강과학에 관한 모든 분야의 전문가가 포함되어야 한다. 다른 분야와 고립된 채 교육받은 내과 의사들은 대개 다른 분야의 성과를 모르며, 다른 분야의 견해를 인정하거나 환자에 대한 자신들의 권리를 내주려고 하지 않는다. 영국의 한 치료학자가 꼬집었듯이, "고칠 수 있는 병이 수없이 많은데도 환자들이 고통받는 까닭은 어쩔 도리가 없어서가 아니라 적용할 수 있는 치료법이 있는데도 적용하지 않기 때문"이라는 말이 나올 정도다.

그렇다면 누가 운동선수나 운동을 하려는 사람들을 구해줄 것인가? 국민들의 건강을 위해 의학 전문가들을 한데 모아서 의료팀을 구성할 사람은 없단 말인가? 나는 1차 진료를 담당하는 일반 의사가 합당하다고 본다. 전문 의사와 달리 일반 의사는 환자를 전반적으로 돌볼 수 있으며, 환자나 다른 의사들과 가까워질 수 있고, 다른 의학이나 건강학 분야 전문가들의 성과를 쉽게 이해할 수도 있다. 전문 의사 사이에 유일한 종합 의사인 셈이다.

의사들은 일반 의사를 자신들의 의료 체계와 그에 딸린 전문 집단 사이에 놓인 존재로 보았다. 이 1차 진료에 종사하는 의사가 전문 의사와 건강학 종사자 사이의 균열을 치유할 수 있다는 사실을 발견하고 나는 무척 행복했다. 일반 의사는 도움을 얻기 위해 어느 분야라도 갈 수 있다. 의학적 성공에 명성이 좌우되는 전문가가 지닌 자기 고집에서 자유롭기 때문에 일반 의사는 전문 의사가 무오류성을 지켜야 한다는 책임감에 빠져 있는 동안 충분히 조언하고 상담할 수 있다.

운동선수는 의사들이 가장 다루기 힘든 환자다. 운동선수는 완벽함을 추구하기 때문에 캐넌이 '항상성'이라고 일컬었던 외부 환경과 조화를 이루는 육체의 내적 상태가 과연 어떤 것인지 전례 없이 따져보게 된다. 더 빠르게 달리고, 더 높이 뛰고, 더 멀리 던지려는 욕망 때문에 부상을 당하고 병에 걸린다면, 의학 전문가들은 치료할 준비가 돼 있지 않다. 자신이 목표하는 잠재력을 끌어내기 위해 시도하다가 일어난 일이지, 의학 교과서에 나오는 일이 아니니 말이다. 또한 때로 정통적이지 않은 일들, 기본적인 의학적 상식에 위배되는 일들 때문에 그렇게 됐으니 말이다.

정도의 차이는 있겠지만, 운동선수들은 우리와 전혀 다르지 않다. 운동선수들은 일반인들보다 자기 안에서 더 많은 것을 끌어내려고 노력하는 사람들일 뿐이다. 운동선수란 다음과 같이 정의할 수 있겠다.

자신을 둘러싼 환경에서
훈련을 통해

타고난 재능을 최대한 끌어내려고 노력하는 사람

이게 바로 최대치의 능력을 끌어내기 위한 처방전이다. 이것은 또한 운동선수의 능력이 어디에서 한계를 맞이하는지 보여 주는 공식이기도 하다. (우리와 마찬가지로) 운동선수들은 생긴 그대로에서 출발해야 하는데, 이때부터 어려움이 생긴다. 그 어려움은 기본적인 육체의 생김새, 태어날 때의 형태, 체형, 골격, 몸을 다루는 방식, 부상과 질병에 대한 민감성 등 이 모든 것들에 달린 일이다. 심장과 폐와 신진대사 활동 등 다른 기능적 특성도 마찬가지다. 그리고 저마다 힘든 일을 대하는 방법도 다르다. (우리처럼) 모든 운동선수들은 각기 특정한 질환에 쉽게 노출되는 몸을 타고났다. 배아 단계에서부터 그런 결함은 유전됐다. DNA와 RNA가 비극의 씨앗을 담고 있다. 피와 혈액도 중요하다.

운동선수는 이런 약점, 병에 걸리기 쉬운 상태를 인정하고 연습에, 힘든 일에 자신을 내맡긴다. 지나치게 연습한다는 말은 그때부터는 상대적인 말이 된다. 사람마다 다 다르다. 제대로 연습한다면 체력의 한계를 견디는 훈련으로 최상의 몸 상태를 만들 수 있다. 잘못 연습하면 체력의 한계를 견디는 훈련 때문에 악몽을 겪을 수도 있다. 그러므로 어떤 운동선수가 원래 어디가 강하고 어디가 약했는지 알아야 한다면 의사들은 그가 어떻게, 얼마나 연습하는지 알아야 한다. 얼마나 잠자는지, 얼마나 휴식하는지도 알아야 한다.

또한 여기서 멈춰서는 안 된다. 운동선수를 둘러싼 환경도 알아야 한다. 몸을 둘러싸고 들어오거나 나가며 작용하는 모든 것들이 여기에 포함된다. 더위, 추위, 고도, 음식, 약물, 입고 있는 옷, 사용한 도구 등이 그것이다. 사회적, 심리적 분위기도 무시해서는 안 된다. 다들 아는 바와 같이 체력 소모, 스트레스라는 건 육체적인 것만이 아니다.

장거리 러너에게는 상대적으로 쉬운 문제인 다리 부상과 관련해 이런 요인들을 한번 살펴보자.

만약 의사가 유전적 성향, 훈련 방법, 주위 환경 등을 고려해 통합적으로 접근하지 않는다면 그 환자는 러너가 아니라 전에 달리기를 해본 적이 있는 환자로 전락하고 만다.

일단 둘째 발가락이 엄지 발가락보다 긴 모턴발을 타고난 약간 마른 체형에 골격은 좋은 러너를 생각하자. 그런데 그의 요천추에는 사소하나 중요한 특이 사항이 있을 수도 있다. 의사가 이런 비정상적인 문제들을 제대로 살펴보지 않고 치료한다면 환자를 망쳐 놓고 말 것이다.

게다가 러너가 훈련을 하면 할수록 달리기에 필요한 주된 근육은 뭉쳐서 딱딱해지는데 이 때문에 모턴발과 허리에는 더 많은 압박이 가해진다. 동시에 그 반대편 근육은 상대적으로 약해져 늘어나고 상하기 쉬워져 부풀어 오르게 된다(정강이 통증). 그러므로 '운동선수가 훈련을 하면 근육에 세 가지 현상이 일어나는데 그중 두 가지는 안 좋은 현상'이라는 격언이 있다.

유전적으로 타고난 결함과 훈련 과정에서 생긴 불균형 등 이 모든 것을 치료했다고 해도 운동선수를 둘러싼 환경을 이해하지 못하면 역시 치료에 실패하고 마는데, 여기서는 그걸 러닝화라고 해 두자. 대부분의 러닝화가 달리기에 적당한 게 아니라는 사실을 잘 모르는 의사라면 환자를 암흑 속으로 밀어 넣을 수 있다. 허리쇠(발의 아치를 보강하기 위해 신발 안쪽에 넣는 철판 - 편집자)가 없고 충격 흡수 소재가 부착되지 않은 러닝화는 모턴발로 뛰었을 때나 교정 훈련을 하지 않을 때와 마찬가지로 부상을 가져올 수 있다.

이런 간단한 문제만 봐도 운동선수들을 돌보는 데는 정말 다양한 분야의 전문가들이 모여야 한다는 것을 알 수 있다(이 경우에는 트레이너, 코치, 발병학자, 물리치료사, 정골요법사, 정형외과의 등과 더 나아가자면 러닝화 제작사도 포함되어야 한다). 심장, 폐 등의 다른 분야에까지 들어가게 되면 훈련 안으로 들어온 건강과 질병의 문제는 훨씬 더 복잡해진다.

하지만 원리는 한결같다. 우리가 타고난 육체와 체력의 한계를 견디는 훈련과 우리가 살아가는 방식과 우리를 둘러싼 환경 등이 모든 것을 결정한다. 우리의 유전자와 그 유전자를 다루는 방식이 질병을 낳기도 하고 최상의 몸을 만들기도 한다.

운동선수의 부상 예방과 치료는 인간공학적으로 쉽게 생각할 수 있었다. 부상은 발과 다리, 무릎, 넓적다리와 허리 과다사용증후군처럼 만성적이거나 혹은 트라우마처럼 급격한 스트레스와 긴장, 뒤틀림을 생각해 보면 원인을 파악하고 교정할 수 있다.

과다사용증후군은 운동선수의 부상 중 대부분을 차지한다. 언론과 의학저널과 TV에서는 운동선수의 부상 원인으로 주로 트라우마를 언급하지만, 부상당한 운동선수의 대부분은 비접촉식 스포츠(선수간 접촉이 많은 레슬링, 복싱 등과 달리 접촉이 적은 테니스, 배드민턴 등의 스포츠 - 편집자) 선수들이다.

최근까지는 계속되는 연습이 이런 부상을 낳는다는 생각에 '과다사용'이란 용어가 등장했다. 종족골, 비골, 발꿈치뼈돌기의 스트레스성 골절과 아킬레스건염, 후두경골 건염, 정강이통, 햄스트링 통증, 좌골신경염 등은 특히 육상, 테니스, 농구, 축구 등에서 연습시간당 발에 가해지는 엄청난 횟수의 충격이 원인이라고 생각했다. 이 스포츠들은 시간당 각 발에 대략 5천 번의 충격이 가해지는 것으로 계산한다.

그러나 이제 '과다사용'은 부상을 유발하는 데 단순히 촉진제 역할을 할 뿐이라는 것이 명백해졌다. 생체역학적인 약점 부위를 과도하게 사용함으로써 증상을 일으킨다는 것이다. 이러한 생체역학적 불안정성은 선천적이거나 후천적, 구조적 또는 잘못된 자세 때문일 수 있다. 일반적으로 두 가지 요인 모두가 원인일 것이다. 선천적이거나 구조적 또는 생체역학적 약점들은 다음과 같다.

1. 약한 발

나처럼 교육받지 않은 의사는 모턴발이나 뒷꿈치의 변형을 찾아야 한다. 이 증상들은 발이 충격받을 때마다 발의 중립적인 위치가 흔들린다는 것을 나타낸다. 평발 혹은 납작한 발은 스트레스와 근거리 및 원거리 부상을 유발하는 뒤틀림을 일으킨다.

2. 요추부 이상
좌골신경통 환자의 대다수는 비정상적인 요추부 X선을 가지고 있다.

3. 다리 길이 불일치
이 상태는 발과 골반에 다양한 스트레스를 주어 발, 다리, 무릎 내전근과 좌골에 통증이 나타날 수 있다.

후천적이거나 잘못된 자세로 생긴 생체역학적 비정상성은 근육의 힘과 유연성의 불균형 모두 혹은 둘 중 하나와 관계가 있다. 이러한 상대적인 근육의 부적합성은 연습량에 직접적인 영향을 미치는데, 다음과 같이 나눌 수 있다.

• 주요 운동 부위의 비유연성
후두경골, 요골, 장딴지근(gastrocs), 가자미근(soleus), 햄스트링 및 장요근의 압박. 무릎 아래의 비유연성은 나아가 부적합한 발에 스트레스를 주고 아킬레스와 장딴지 및 무릎에 문제를 일으킨다. 이 비유연성은 무릎 위로는 엉덩이의 전방회전과 자궁경부증, 좌골신경통을 일으킨다.

• **전방부의 약점**

전정반중력근, 전정실, 사두근과 복부가 여기에 관련된 중요한 구조들이다. 이러한 약점은 피부 통증과 앞쪽 정강이 통증, 사두근 당김 그리고 요추부좌골증후군을 일으킨다.

과다사용증후군을 분석할 때, 신발과 길 표면의 역할 또한 인식해야 한다. 시중에서 판매하는 운동화 대부분은 정강이를 통해 지지하는 부위가 없으므로 피해야 한다. 적절한 지지대가 있는 좋은 신발을 신었더라도 선천적, 후천적으로 취약점이 있는 러너는 길의 경사지거나 돌출된 부분에서 위험할 수 있다. 경사진 길은 발의 가장 윗부분을 누르고 굴곡지게 하는 경향이 있다.

한번 부상을 진단받으면 치료는 생체역학선을 따라 진행해야 한다.

1. 발에 어떤 생체역학적 문제가 있는지 평가하고 교정하는 것은 필수이다. 첫 번째 중족골의 잘못된 무게를 수정하고 중립 위치를 유지해야 한다.
2. 강도 유연성을 평가해야 하며, 교정 연습을 규정해야 한다.
3. 착용하는 신발, 표면 훈련법 및 주행 스타일에 대한 권장

사항을 작성해야 한다.

4. 무엇보다 치료는 효과가 아닌 원인에 집중해야 한다. 발꿈치뼈돌기, 아킬레스건염, 정강이통, 연골연화증 등은 모두 발-다리 연속체가 고장 났다는 뜻이다. 부타졸리딘과 스테로이드 주사, 수술은 과다사용증후군 치료에 필요한 인간공학에서는 설 자리가 없다.

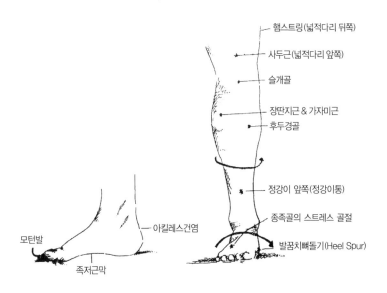

과다사용증후군을 치료하려면 러너의 발, 낮은 등과 근골격계 시스템에 대한 철저한 생체역학 분석과 연습 조건에 대한 지식이 필요하다. 기초적인 생체역학상의 약점을 시정하지 않으면 치료

는 성공하지 못한다. 이후에 다시 달리기 시작하면 증세가 재발할 수밖에 없다. 적절한 분석과 적절한 통합 치료가 있어야 통증 없는 달리기도 가능하다.

요약

대부분의 하퇴부 운동 부상은 트라우마가 아니라 과도하게 사용한 탓이다. 이러한 질병의 근본은 (1)발과 허리의 선천적 생체역학적 불안정성, (2)근육의 후천적 생체역학적 불안정성 때문이다. 신발과 노면을 포함한 부가적인 환경 요인들은 증후군을 발생시키는 데 영향을 미친다. 성공적으로 치료하려면 이 모든 요인을 고려해야 한다.

바로 그때, 내가 들었던

최고의 응원 소리가

들려오기 시작했다.

"조금 빨리 걷는다고 생각해.

빨리 걷는다고." 동료가 소리쳤다.

그 말을 들었기 때문에

나는 달리던 사람을

두 명이나 추월할 수 있었다.

경
주
하
기

믿을 수 없을지 모르지만, 장거리 러너는 혼자서 모든 일을 다 하는 사람이다. 쉽게 어떤 결정을 내리지 못하는 우유부단한 성격에 중요한 일을 잘 잊어버리고 공상에 잠기기를 좋아해 세상사에 부적당한 사람이 바로 러너다. 러너는 또한 자신의 코치이자 감독이자 트레이너다. 그런데 러너에게 이처럼 하기 힘든 역할이 없다. 도대체 자신이 어떤 훈련을 해야 하는지 러너는 절대로 알지 못하며, 시합에 참가하겠다면서도 대회장에 가 보면 어제 시합이 있었다거나 러닝화를 안 가져왔다거나 이런 식이다.

러너는 자신만의 세계를 느끼고 생각하고 그 세계에 푹 빠져 있기 때문에 진정한 코치나 감독이나 트레이너가 될 수는 없다. 길을 달려가는 러너를 보노라면 그 사람이 자신만의 세계 안에 있다는 걸 알 수 있을 것이다. 그 순간 그는 마음 속으로 1980년 모스크바에서 열릴 마라톤에서 우승한 뒤, 승리의 질주를 하는 것일지도 모른다. 혼자만의 생각에 빠지면 그처럼 재미나니까 러너들이 셔츠니 러닝화니 출발 시간이나 구급약 따위를 잊어버린다고 해도 조금도 이상하지 않다. 꿈결 같은 길을 가는 러너를 구해 줄 수 있는 유일한 물건은 배낭이다.

배낭 속에는 러너에게 필요한 모든 것들이 다 들어 있다. 어떤 상황이 닥쳐도 상관없다. 사계절 중 그 어떤 경우에도 대비할 수 있다. 연중무휴, 만국 공통이란 말은 이 배낭을 위한 말들이다.

이런 말이 우습게 들릴 수도 있겠다. 동네 길을 뛰어가는데 옷만 입고 뛰면 되지, 뭐가 더 필요하냐고 물을 수도 있겠다. 하지만 한 계절 정도 거리를 달려 보지 않는 한, 러너에게 얼마나 많은 것들이 필요한지 짐작도 못 할 것이다. 시간이 지날수록 필요한 것은 훨씬 많아진다.

운동화 끈을 예로 들어 보자. 경주가 시작되기 직전에 운동화 끈이 끊어진다면 엄청난 혼란 상태에 빠지게 된다. 그 무기력, 희망, 절망, 시간이 쏜살같이 흘러가는 듯한 느낌 등은 다시 경험하고 싶지 않을 것이다.

반창고도 있다. 물집이 잡혔거나 잡힐 부위에 필요하다. 마라톤 결승점을 6마일 정도 앞뒀을 때 물집이 잡히면 그냥 달리는 게 얼마나 쉬웠는지 알게 된다. 이런 문제가 생기면 일반 반창고는 소용없다. 그건 너무 뻣뻣하다. 밴드에이드는 자꾸 벗겨지기 때문에 더 나쁘다. 조나스^{Zonas} 반창고가 사용할 만하다.

그 다음에는 바셀린이다. 풍속냉각지수가 20 정도에 머물러 있으면 바셀린을 발라야 한다. 달리면서 쓸린 부분에도 필요하다. 하지만 발에 반창고를 먼저 감은 뒤에 바셀린을 사용하라. 바셀린을 손에 묻히면 반창고를 제대로 붙일 수가 없다.

그리고 장갑과 스키 마스크도 있다. 달리다 보면 왜 그런 것들이 필요한지 깨닫게 되는 날이 올 것이다.

여름에는 손수건도 필요하다. 네 모서리를 잘 묶어서 모자처럼 머리에 두르면 땡볕을 어느 정도 막을 수 있다. 경주를 하기 전에 물에 적신 채 그렇게 쓰고 달리면 8월의 불볕 열기도 어느 정도 수그러든다.

손톱깎이, 뒤꿈치와 발 안쪽을 지지할 패드도 잊지 말아야 한다. 가슴에 번호표를 부착할 수 있도록 여분의 옷핀과 비상금도 준비한다. 막힌 코를 뚫는 스프레이와 제산제와 영양보충제도 있어야 한다. 자신의 순위와 성적을 적을 볼펜과 종이도 챙겨야 한다.

나 역시 많든 적든 그 모든 물건을 챙기지 못하는 경우가 그간 여러 번 있었다. 사실은 아무것도 준비하지 않고 대회장에 간 적도 있었다. 운동복도 가져가지 않았던 적이 있었다. 그래서 나는 어떤 경우라도 준비물을 챙기지 못하는 경우가 없도록 하는 좋은 방법을 고안했다. 집에서도 항상 러닝복을 입고 지내고 배낭에 모든 물건을 챙겨 둔다!

저지 시에서 열린 심장기금 달리기 대회를 그렇게 준비했다. 집에서부터 러닝복을 입고 있었다. 아무 문제가 없었다. 그 다음에 배낭의 물건을 꼼꼼히 살펴봤다. 돈, 옷핀, 반창고, 바셀린, 스키 마스크, 장갑, 운동화 끈, 손톱깎이, 코 스프레이, 제산제, 영양 보충제, 종이와 볼펜, (날씨가 갑자기 추워지는 경우를 대비해 준비한) 여분의 터틀넥 스웨터, (비가 올 경우를 대비해 준비한) 세탁소 비닐 커버, 날짜와 출발 시간을 공백으로 비워 둔 기록표, 경기가 끝난 뒤에 먹으려고 준비한 각설탕과 소다캔. 모든 것이 갖춰졌고 저마다 다 쓰이는 데가 있었다.

경기장까지 가는 동안 나는 어떤 상황에도 대처할 수 있을 정도로 모든 것을 다 준비했다는 사실에 마음이 놓였다. 하지만 스탠리 극장의 지하실에 마련된 탈의실에 갔을 때 나는 중요한 것을 하나 빼놓고 왔다는 사실을 깨달았다. 뭘까? 바로 배낭이었다.

다른 장거리 러너들과 마찬가지로 나는 연습을 통해 기분이 고양된다. 다른 사람을 만나서 그런 경우는 없다. 상대방과 머리를 맞대고 싸워서 이겨야 하는 운동선수들은 누구를 이겨야 하는지 분명하게 안다. 그들은 상대를 제압하기 위해 열망, 분노, 공포 등 큰 감정들을 이용한다. 그런 특별한 흥분 상태에서 특별한 능력을 발휘할 수 있다. 언젠가 라인맨(미식축구에서 스크리미지 라인에 위치한 선수-편집자) 하나가 경기에 필요한 감정을 불러일으키기 위해 상대방의 태클에 걸릴 때마다 자신의 집이 불타오르는 장면을 상상한다고 말하는 걸 들은 적이 있다.

내게는 그런 상상이 필요 없다. 자동차를 주차시키기도 전에 나는 아드레날린이 솟구치는 걸 느낄 수 있다. 모여서 몸을 푸는 러너들을 보는 순간, 아랫배로 뭔가가 지나간다. 탈의실의 냄새만 맡아도 내 맥박은 내달리기 시작한다. 운동장 트랙에 서면 서늘한 땀이 흘러내린다. 그리고 두려울 때면 그런 일이 생긴다는 다윈의 말처럼 하품이 연신 나온다.

그러므로 나는 경주를 대비해 스스로 마음을 북돋아줄 필요가 없다. 눈으로 보고 귀로 듣고 코로 냄새를 맡으면 모든 게 해결된다. 이런 것들에 지나치게 반응하는 것도 자제할 필요가 있다. 감정을 키우는 건 좋지 않다. 나는 순간적으로 온몸을 불태울 수 있는 엄청난 에너지가 필요한 게 아니다. 내가 해야 할 경기는 지구력이 필요한 경기다. 내가 추구하는 것은 완벽함이다. 내 달리기는 훈련과 결단력과 이성의 산물이다. 격한 감정이 쓸데없다는 사실을 종종 느낄 수 있다. 감정에 불타거나 흥분한 러너들은 비이성적인 행동으로 경주를 망치고 만다.

다른 러너들을 자신의 경쟁자로 여기는 것도 내가 보기에는 상당히 이상하다. 그들은 적이 아니다. 그들은 내가 최선을 다하도록 도와주기 위해 온 사람들이다. 연습의 성과를 최대한 경주에다 끌어내기 위해서 온 사람들이다. 그 사람들에게 화를 내봐야 내 힘만 빠질 뿐이다. 도움이 되지 않는다. 나도 그랬던 적이 있었기 때문에 그게 정말 옳다는 걸 안다.

그렇다면 적은 누구인가? 나는 적이 누구인지 알아냈다. 그건 바로 나다. 러너가 맞상대하는 자는 바로 자기 자신이다. 이렇게 자신과 맞붙으며 훈련을 시작해 훈련을 끝낸다. 경주에서 다른 러너들과 경쟁하는 게 아니라 매일 훈련하면서 자기 자신과 맞붙어 싸워야 한다. 다른 사람들은 큰 게임을 앞두고 그러겠지만 나는 매일 훈련에서 나 자신과 맞붙어 싸우기 위해 감정을 불러일으키고 자신을 북돋운다.

연습할 때는 감정이 완전히 고양되든지, 아니면 맥이 탁 풀리든지 둘 중 하나의 상태가 된다. 연습할 때, 나는 경주에서 맞닥뜨리는 온갖 어려움의 두세 배는 되는 큰 어려움을 겪는다. 연습할 때 나는 자기의심과 괴로움과 두려움을 이겨내야 한다. 그게 한 번만이라면 좋겠지만, 계속 되풀이된다. 연습할 때, 나는 고통이 최고조에 이르는 벽을 만난다. 그게 한 번만이라면 좋겠지만, 계속 반복된다. 당장 걸음을 멈추고 싶은, 당장 쉬고 싶은, 내일로 미루고 싶은 욕망을 이겨내야 한다. 이 과정을 매일 되풀이한다.

연습하는 동안, 나는 끊임없이 이 고역스러운 일, 이 지루한 일에서 벗어나기 위한 핑계를 찾으면서도 힘든 연습과 훈련 외에 다른 방법이 없다는 것을 스스로에게 납득시킨다. 나는 매일 하는 이런 훈련을 통해 얻는 게 있을 거라고 믿어야 한다. 더 연습한다는 게 무의미해 보이고, 달리기 때문에 포기한 일과 잃어버린 시간이 아깝다는 생각이 들면 들수록.

그런 고난을 견딜 수 있는 마음은 어떻게 찾을 수 있을까? 연습하기 위해 차를 주차시킬 때는 아드레날린의 분출 따위는 느껴지지 않는다. 빈 운동장을 보는데 달콤한 느낌이 퍼져 나갈 리 없다. 운동장에 서면 앞으로 일어날 변화에 대한 기대보다는 웬만하면 안 뛰었으면 좋겠다는 생각이 앞선다. 그때도 하품을 하는데, 그건 두려움에서 비롯한 게 아니라 지겨움에서 비롯한다.

그럼에도 마음을 졸이며 훈련을 기다리게 만드는 무언가가 있다. 그 어떤 것보다 나를 흥분시킨다. 내가 누구인지 발견한다! 나 자신과 스톱워치만 있으면 나는 내가 누구인지 배울 수 있다. 내가 무엇을 할 수 있는지 알아낸다. 경주는 그렇게 발견한 나를 재확인시켜 주며 연습에서 발견한 나를 부정하지 못한다. 나는 연습을 통해 나 자신을 먼저 발견한다. 경주를 통해서 발견하는 건 그 다음의 문제다.

자신의 숨겨진 가능성을 찾을 수도 있고 못 찾을 수도 있다는 사실은 누구에게나 격렬한 감정을 불러일으킨다. 때때로 나는 나 자신에 대한 분노를 불태운다. 나는 분노의 물줄기를 나 자신에게로 돌린다. 그때 나는 평상시에는 한 번도 사용하지 않았던 말로, 적어도 해군에서 제대한 이후로는 한 번도 입 밖에 내본 적이 없는 단어를 사용해 내가 어떤 사람이며 어디서 왔는지 설명할 수 있게 된다. 그때 나는 내 힘의 한계를 넘어설 수 있다.

어떤 운동을 하건 초심자들을 구별하기란 그다지 어렵지 않다.

대회장에 나가서 몸을 풀면서 한 번 훑어보기만 해도 나는 대회에 처음 참가한 사람이 누구인지 금방 알아차릴 수 있다.

과연 몇 등으로 들어올 것인가 궁금해 하며 화려한 운동복이나 아래위로 하얀 경기복을 입었거나 등에 번호표를 붙인 다른 참가자들을 살펴보노라면 내 생각이 틀리지 않았다는 확신이 든다. 그런 복장은 "나는 마라톤이 처음이요"라고 떠드는 것이나 마찬가지다.

값비싼 체온 보존용 점퍼도 첫 출전자를 구별하는 좋은 특징이다. 그 옷은 십중팔구 마라톤이라는 새로운 모험에 도전한 친구를 위해 다른 친구가 선물한 게 틀림없다. 그러나 처음으로 마라톤 대회에서 달리기 위해 준비하는 동안, 그 사람들은 멋진 옷이 그 자리에는 어울리지 않는다는 사실을 금방 눈치챘다.

운이 좋다면 얼마 지나지 않아 그 비싼 옷을 잃어버릴 것이고, 그 사람은 즉시 다른 사람들에 비해 튀지 않는 외투를 구할 것이다. 그런 식으로 우리는 점차 러너로 바뀐다.

하얀 러닝셔츠에 하얀 팬티 등 아래위를 온통 하얀색으로 차려입는 것도 달리기 초심자를 알려 주는 또 다른 특징이다. 온통 하얀색으로 차려입었다는 것은 전에 한 번도 달려 본 경험이 없다는 사실을 잘 보여 준다. 하얀색 경기복은 이제 러너로 탄생하기만을 기다리는 새싹들을 위한 유니폼이다. 평범한 하얀색 운동복을 입고 경기에 나선 사람은 이제 처음 달리기를 시작하는 사람이며 아직 갈 길이 먼 사람이다.

그런 사람들은 처음으로 대회에 출전했을 가능성이 대단히 높다. 그런 사람들에게는 어려움도 많다. 처음으로 달리는 사람들에게는 너무 먼 거리임에도 판단을 잘못 내렸을 수도 있고, 신발에서 신발 끈에 이르기까지 수많은 문제가 발생해 첫 대회는 엉망이 될 것이다.

번호표를 등에 붙이고 있다면 운동장에서 시합을 해본 적은 있을지 모르지만, 도로에서 하는 시합은 처음이라는 사실을 알 수 있다. 그래서 달리는 거리가 5마일이 넘어가는 시합이라면 그런 선수들은 간단히 무시해 버린다. 화려한 체온 보존용 옷을 입은 사람 중에는 내가 잘못 판단하는 경우가 종종 있고 아래위로 하얀 운동복을 입은 사람 중에서도 가끔씩 그렇지만, 등에 번호표를 붙인 사람인 경우에는 잘못 보는 법이 거의 없다. 등에 번호표를 붙인다는 것은 도로에서는 처음 뛴다는 사실을 보여 주는 가장 뚜렷한 징표다.

오래 전, 나는 코네티컷주의 웨스트포트에서 열린 10마일 마라톤에 참가한 적이 있었는데, 거의 모든 선수들이 등에 번호표를 붙이고 있다는 사실을 발견했다. 그때 문득 47살의 나이에 내가 드디어 마라톤에서 1등을 할 수도 있겠다는 생각이 들었다. 1918년생이 속하는 나이대가 아니라 전체를 통틀어 1등을 할 수 있겠다는 예감이 들었다.

출발 시간이 다가오면서 예감은 확실해졌다. 나를 위한 날임이 분명해졌다. 하지만 시작을 알리는 총소리가 들리기 5분 전에 희망은 산산이 부서졌다. 세인트 존 육상 선수단의 선수 여덟 명이 도착한 것이다. 그들의 맨 앞에는 뉴저지 최고의 장거리 달리기 선수인 아틸라 매트레이가 있었다. 매트레이는 우연히 그 고장에 왔다가 시합이 있다는 소식을 듣고 찾아온 것이었다.

그 시합에서 나는 10등을 했다. 물론 나중에 찾아온 9명의 선수가 아니었더라면 1등을 했을 것이다. 그러므로 마라톤 선수들의 첫 번째 법칙은 이렇다. "등에 번호표를 붙인 선수에 대해서는 신경을 꺼라."

하지만 초심자 티를 벗는 데는 그다지 오랜 시간이 걸리지 않는다. 다음 달리기 시합에서는 번호표를 제대로 붙일 것이다.

화려한 체온 보존용 옷 대신 덜 번지르르하고 덜 튀는 옷을 입고 나타날 것이다. 초심자도 금방 우리와 같은 러너, 티셔츠에 미치는 러너로 바뀔 것이다.

내게는 티셔츠가 서른 장 정도 있어서 대회에서 입을 티셔츠를 고를 때마다 여간 시간이 걸리지 않는다. 그 티셔츠들은 고등학교 시절부터 대학 시절을 거쳐 이런저런 달리기 동호회에서 활동하는 동안 늘 함께였다. 그 티셔츠들은 유명하건 유명하지 않건 이런 저런 마라톤 대회의 역사를 한눈에 보여 준다. 대회에서 등수 안에 들어 부상으로 받은 것도 있지만, 대부분은 참가비를 내고 받은 티셔츠다. 어떻게 얻었건 그 티셔츠들은 대회에 참가했기 때문에 얻은 것들이다. 티셔츠 하나하나를 통해 내가 어떤 대회에 참가했는지 알 수 있다.

왜 티셔츠를 고르는 데 그처럼 오랜 시간이 필요한지 잘 설명하기는 곤란하다. 그 날의 내 기분과 대회의 성격과 다른 참가들의 분위기에 따라 달라야 한다. 그러나 분명한 것은 내가 멀리서 온 사람이라는 사실을 보여 주려고 노력할 때가 많다는 점이다. 센트럴 파크나 반 코틀런트에서 달린다면 나는 오레곤 로드 러너라고 쓰인 셔츠나 웨스트 밸리 트랙 클럽에서 만든 멋진 하얀 나일론 셔츠를 입는다. 골든게이트 파크에서 달린다면 저지 쇼어 마라톤 대회 셔츠나 어깨끈이 좁고 빨간 날개 달린 발 그림이 있는, 전형적인 달리기 셔츠인 뉴욕운동클럽 티셔츠를 입을 것이다.

그러므로 티셔츠를 보면 선수들을 파악할 수 있다. 그 정도가 되면 이제는 첫 출전자도 아니고 초심자도 아니다. 그쯤 되면 화려한 땀복에 아래위로 하얀 운동복을 입고 등에 번호표를 붙인 선수들이 있는가 하고 주위를 둘러보게 된다.

나는 아픔을 꾹 참고 소리내지 않는 사람이 아니다. 아플 때는 내 주위에 있는 모든 사람들이 그 사실을 알아차린다. 대회에서 달리면 힘들지 않은 경우가 거의 없는데, 그때마다 나와 함께 달리는 선수들은 그 사실을 쉽게 눈치챘다. 주변에 아무도 없이 혼자 달리는 경우라고 하더라도 언덕을 올라갈 때나 속력을 내기 힘들어지면 끙끙대기도 하고 소리를 지르기도 하고 하느님을 부르기도 한다.

왜 그러냐면 나는 누군가 손을 꽉 잡고 악수하는 정도만 해도 아픔을 느끼는 사람이기 때문이다. 그래서 순식간에 너무 많은 고통이 내게 밀려오면 달리기에 몰두하기가 어려워진다. 그때 나는 자신의 영혼이 마더 테레사와는 다른 재료로 만들어졌다는 사실을 깨닫게 된 신참 수녀와 같은 꼴이 된다. 아니면 자신이 이그네이셔스 같은 신학자가 될 수 있을까 의심하는 신학생이거나. 그렇다고 되돌릴 방법은 없다.

그래서 나는 고통을 너무나 빨리, 그리고 너무나 자주 느낀다. 이게 내게는 자연스럽다. 이 고통에 대한 나의 반응 역시 자연스럽다. "아픔을 느끼는 자들로 하여금 말하게 하라"고 아우렐리우스는 말했다. 나도 이 말에 동의한다. 내게 몸이 있고 그 몸이 아프다면 그냥 말하게 내버려 둬야 한다. 울부짖음을, 울음을 참는 동물은 이 세상에 없다. 왜 나라고 그렇지 않겠는가? 사람이기 이전에 나도 하나의 동물이지 않은가? 그렇다면 고통을 느껴 소리를 지르는 것은 더없이 자연스럽고 정상적인 일이다.

게다가 나는 아일랜드인이다. 원래 불평이 많기로 소문난 민족이다. 아일랜드인들도 문명사회를 받아들이기는 했지만 길들여지지는 않았다. 특히 우리 가문은 수렁에서부터 밖으로 나온 작고 살갗이 검은 사람들이다. 고통을 느끼면 구슬픈 노래를 부르는 사람들이다. 두 세대에 걸쳐 신사가 되기 위해 많은 노력을 했지만, 그렇다고 우리의 기질에 반하는 것들을 감출 만큼 충분한 차폐막을 얻은 것은 아니다.

그 결과, 나 같은 사람이 생겨났다. 고통에 온몸으로 반응하는 러너. 어떤 고통을 겪고 있는지 낯빛으로 그대로 보여 주는 러너. 온 나라에 비명 소리를 울려 퍼지게 하는 러너.

이건 내가 배웠던 방식과는 좀 다르다. 어린 시절에 나는 꿍무니 빼지 않고 고통을 감내하는 사람을 영웅으로 여겼다. 쥐가 자신의 배를 갉아먹는 것을 불평 없이 내버려 두던 스파르타의 젊은이. 무감각하게 자신의 고통을 지켜보던 인디언 전사. 내가 읽은 책은 한결같이 극기주의자가 되라고 말했다. 고통을 당하면서도 입을 꾹 다무는 사람, 죽는 그 순간까지도 입가에는 미소를 잃지 않는 사람 등을 훌륭한 사람으로 여겼다.

나도 그렇게 해 보려고 했지만, 잘 되지 않았다. 정신이 어지럽기 시작하면 온몸이 전체적으로 붕괴되는 듯하다. 어디 하나 온전한 곳이 없다. 그리고 어마어마한 소리가 터져 나온다. 이런 과정을 통해 나는 켄 도어티가 말한 전일적 접근법이 옳다는 것을 인정하게 된다. 전 펜실베니아 대학팀 감독은 육체와 마음과 정신은 모두 하나라는 이론을 신봉했다. 아픔을 안으로 삭이고 고통을 표현하지 않고 참으려면 또 다른 에너지가 필요해진다고 그는 말했다. 그러니 그러지 말라고 덧붙였다. 자신을 그대로 드러내라고, 고통을 받아들여 드러내고 긍정적인 방식으로 이용하라고 말한다. 그렇게 해서 고통을 덜 수 있다.

영국의 훌륭한 러너였던 고든 파이어리도 생각이 같았다. 꾹 다문 입술이 좋다는 철학 덕분에 러너는 소진돼 최고의 능력을 발휘하지 못하게 된다고 그는 썼다. 고통이 있다면 고통에 전적으로 반응하고 이를 달리는 에너지로 이용하는 게 훨씬 더 좋다. 그는 이렇게 덧붙였다. "자유를 아는 러너라면 자신이 지금 마지막 한 방울의 땀까지 모두 뽑아내기 위해 아픔과 고통 속에서 노력하고 있다는 사실을 얼굴과 몸동작으로 보여 줄 수밖에 없다. 그렇지 않은 듯 감추는 것이란 얼마나 어리석은가?"

내 옆에서 함께 달리는 러너라면 내가 얼마나 괴로워하는지 알게 될 것이다. 내가 지금 마지막 한 방울의 땀까지 뽑아내고 있다는 사실을 알게 될 것이다. 그때까지도 뽑아내지 않은 땀방울이 있다면 말이다. 어떤 사람들은 그게 대단히 성가셨던지 그 일을 두고 내게 불평에 가득 찬 편지를 보내기도 했다. 틀림없이 달리는 도중에 말했다가는 내가 자빠져 버릴까 봐 겁이 나서 아무 말도 못 했을 것이다.

어떤 러너는 내게, 앞으로 달리기를 하려거든 자신에게서 최소한 2백 야드는 떨어져 줄 것을 권했다. 그러면서 덧붙이기를, 혹시 하느님이 부르신다고 해도 웬만하면 거절하는 게 좋지 않겠느냐고 했다. 다른 젊은 러너는 내 곁에서 달리기가 겁난다고 말했다. "선생님이 쉬지도 않고 씩씩댈 때마다 제 기력이 다 닳아 버리는 것 같습니다. 제 폐가 꼭 선생님이 잘못되는 경우를 대비해서 준비한 저수탱크처럼 느껴질 정도입니다." 그게 다가 아니었다. 내가 내쉬는 한숨은 그 젊은이의 의지를 약하게 만들었다. 그는 내 한숨이 꼭 이 세상 모든 절망을 다 담은 것처럼 느껴진다고 했다. "그때 제 마음이 어떤지 아십니까? 왜 끝까지 달려야 하지? 우리가 지금 왜 뛰는 거지? 여기서 뭘 하고 있는 거지? 왜 사는 거지? 그런 생각만 듭니다. 그러니까 제게서는 좀 떨어져 주십시오."

나는 그들이 충분히 이해가 간다. 나이 많은 사람이 자신의 속도에 기대 속도를 늦추지 않으려고 등 뒤에 바짝 붙게 되면 누구라도 성가실 것이다. 그것만으로도 성가실 텐데 달리면서 내쉬는 숨결 하나하나가 마지막 숨결이라도 되는 양 씩씩대고 끙끙댄다면, 지금 자신이 어떤 처지에 있는지 봐 달라는 듯 하느님을 찾고 있다면 더욱 성가실 것이다.

그런 데다가 고통에 가득 차 소리가 요란한 이 늙은이가 마지막 순간에 속도를 내기 시작해 결국 자신보다 먼저 결승점에 들어가는 것을 보게 된다면 상당히 골이 날 것이다.

그러나 그때 그들에게 들려줄 멋진 말을 한 사람이 있으니 바로 퍼시 세러티다. 그에 따르면, 낯빛을 늘 단정하고 점잖게 지키기 위해 의식적으로 노력한다는 것 자체가 "약한 사람이 가질 만한 생각"이라고 한다.

모든 것을 밖으로 드러내야 한다. 고통을 느끼는 단계가 남들보다도 훨씬 낮은, 깡마르고 체구가 작은 아일랜드인에게는 그게 그다지 어려운 일이 아니다.

나는 결승점에 도착할 무렵에 제일 잘 뛴다. 그전까지는 다른 마라토너와 별반 다르지 않다. 무리 지어 달리는 다른 많은 선수들 중의 하나에 불과하다. 아직 성공하지는 못했지만, 1마일을 6분 안에 달리기 위해 기를 쓰는 나이 많은 자에 지나지 않는다.

하지만 결승점이 눈에 들어오면 모든 게 달라진다. 이제는 그누구라도 내게 비할 수 없다. 나는 세계 최강의 육상 선수가 된다. 나는 누구에게도 지지 않는다. 머리는 잿빛에 벗겨지고 피부는 쪼그라들었지만, 나는 세계 최강이다. 헐떡대고 낑낑대고 씩씩대지만, 누구에게도 지지 않는다.

나와 함께 달려 본 친구들은 이 사실을 잘 안다. 몇 년 전, 반코틀런트 공원에서 열린 핸디캡 경주(나이별로 핸디캡을 적용해 핸디캡이 많은 그룹부터 먼저 출발시켜서 순위를 측정하는 경주 - 옮긴이)에 참가했을 때, 나는 내 뒤를 쫓아 오는 한 사람을 젖히기 위해 마지막 3백야드를 전속력으로 질주했다. 많은 사람들이 그 사람의 이름을 부르며 나를 따라잡으라고 응원했기 때문에 나는 그의 이름이 톰이라는 걸 알게 됐다. 결승점에 들어온 뒤에 나는 그 사람이 1년 전만 해도 맨해튼대학교 장거리 육상 팀의 주장이었던 톰 시긴즈라는 걸 알게 됐다. 그 사람은 나중에 내게 와서 이렇게 말했다. "그렇게 간절히 원하신다는 것을 알았더라면 따라잡겠다고 나서지도 않았을 텐데요."

그렇게 간절히 원하는 마음은 훈련에서 비롯한다. 나는 ("죽으나 사나 연습이 최고라고 믿는다"는) 허브 엘리엇 학교의 코치에게 훈련을 받았다. 그 사람이 내게 가르쳐 준 주법은 간단했다. 모든 것을 쏟아라. 무엇도 남겨 두지 마라. 쉽게 성취할 수 있는 대회란 뛸 만한 가치도 없다. 경기가 끝난 뒤, 민망한 얼굴로 그 사람을 만나느니 정신을 잃을 정도로 달리는 게 낫다.

한편으로 발을 굴러 전속력으로 질주할 수 있는 능력은 타고나는 것이기도 하다. 내 몸은 원래 반마일을 가장 빨리 달리는 데 적합하도록 태어났으며 실제로도 반마일 달리기를 가장 잘 한다. 앞으로 달릴 거리가 4분의 1마일 정도라면 내게는 최고의 기량을 발휘할 수 있는 부분만 남은 셈이다.

빨리 달릴 수 있는 능력과 쓰러지는 한이 있어도 끝까지 밀어붙이고 말겠다는 마음이 있으면 마지막 순간의 승부에서 대부분 이길 수 있다. 다른 조건이 모두 동일하다면, 박차고 나갈 수 있는 능력이 있는 러너가 이기는 것은 당연하다. 그런 능력이 있기 때문에 나는 뒤에서부터 달려 나와 다른 사람과 보조를 맞추면서 이 사람이 과연 아직 힘이 남았는지 아니면 힘을 모두 소진했는지 판단한 뒤, 언제 제치면 좋을지 결정할 수 있다. 내가 달리면서 이런 저런 상황에 맞춰 변화할 수 있는 까닭은 그 때문이다.

그러나 마지막 순간이라고 하더라도 머리는 굴려야 한다. 빨리 달리는 것만으로는 부족하다. 자신의 힘을 모두 소진하는 것만으로도 부족하다. 상대가 더 이상 반응을 보일 수 없다는 게 확실해지는 바로 그 순간에 힘을 모두 소진시키면서 속력을 내야 한다. 장기판으로 치자면 외통수가 되는 순간이어야만 한다.

이 사실을 나는 나이가 들어 깨달았다. 시합에 수없이 참가하면서 언제 어떻게 수를 두어야 하는지, 언제 어떤 방식으로 속력을 내야 하는지 배우게 됐다. 그 다음날이면 서로 자신이 몇 등을 했는지 기억하지도 못할 처지였는데도 달리는 동안 누군가를 이겨 보겠다고 수없이 노력하면서 나는 마지막 순간에 이기는 법에서 일가를 이뤘다.

결승점에 가까워졌을 때, 사람들은 두 가지의 허세를 부린다. 첫 번째는 실제로는 그렇지 않은데, 자신은 지쳤다고 생각하는 일이다. 두 번째는 그 반대 경우로 실제보다 덜 지친 것처럼 구는 일이다.

뒤처지는 척 보내 줬다가 나중에 전속력으로 달리는 수를 쓸 때, 나는 첫 번째 허세를 부린다. 이건 어느 모로 보나 나를 이길 수밖에 없어 보이는 힘세고 젊은 러너들을 상대로 구사할 때 대단히 효과적이다.

처음에 나는 앞지르기가 무섭다는 듯이 조심스레 추월한다. 천천히 추월해야 하는데, 그렇지 않으면 상대방이 속력을 내는 바람에 작살이 꽂힌 채 도망가는 고래를 죽을힘을 다해 쫓아가는 어부의 꼴이 되고 만다. 그러므로 천천히 해야 한다. 내쉬는 숨이 마치 마지막 숨결이라도 된다는 듯이 소리를 내어 헐떡거리고 괴로워하면서.

그러다가 상대가 나를 쉽게 제치도록 내버려 둔다. 그 뒤에는 그 사람의 조금 뒤에서 달리는데, 내가 위협이 될 만한 존재가 아니라는 걸 잘 알기 때문에 상대는 무신경해진다. 그러다가 30야드쯤 남았을 때, 나는 방아쇠를 당긴다. 나는 쏜살같이 상대를 제쳐 버린다. 상대방도 나를 따라잡으려고 들지만, 그때쯤에는 모든 게 뒤늦은 상황이 되고 만다. 나를 다시 따라잡을 수는 있겠지만, 그건 결승점에 다 들어온 다음의 일이다.

실제보다 덜 지친 척하는 전략은 나와 비슷한 나이 또래의 러너들에게 써먹는 방법이다. 이 경우에 나는 가능한 한 조용하게 숨쉬고 발걸음 소리도 크게 내지 않는다. 나는 자신감을 감추지 않고 힘찬 기세로 가볍게 다른 사람들을 제친다. 이들보다 앞서서 달려가기 때문에 나는 잠깐씩 휴식을 취할 수도 있고 그러다가 마지막 결승점을 향해 속력을 낼 수도 있다.

일단 앞서게 되면 나는 뒤를 돌아보지 않는다. 따라잡으려는 마음을 포기하고 그저 달릴 뿐인 지친 러너는 앞에 가는 사람이 불안에 차 어깨 너머로 돌아볼 때 가장 큰 힘을 얻는다. 그러므로 나는 절대로 뒤돌아보지 않는다. 대신에 나는 도저히 따라잡을 수 없을 것처럼 보이든 어떻든 나보다 앞서 뛰어가는 사람을 따라잡으려고 애쓴다.

언덕은 러너를 시험하는 좋은 잣대다. 상당한 경사면을 지닌 긴 언덕을 달려 보면 어떤 러너가 과연 자기 말처럼 잘 뛰는지 아닌지 금방 판단할 수 있다. 특히 경기 종반에 그런 언덕이 나온다면 확실하다. 언덕은 모든 사람을 형제처럼 어울리게 만든다. 언덕을 훈련에 이용하는 코치들은 언덕 훈련을 크게 장려한다. 하지만 언덕이 얼마나 고통스러운지 아는 러너들은 언덕에 욕을 퍼붓는다.

다들 알겠지만 러너의 세계는, 두 가지로 나뉜다. 하나는 언덕의 세계이고 다른 하나는 평지의 세계다. 언덕을 달릴 때, 러너는 수평으로도 움직이지만 수직으로도 움직인다. 그건 간단한 물리의 법칙이다. 일정한 몸무게를 지닌 몸이 특정한 경사도를 지닌 구간을 특정한 속도로 달리는 일이다. 물리학적 법칙으로 보자면 이처럼 간단하지만, 생리학적으로 보자면 도저히 인간으로서는 견딜 수 없는 상황을 낳는다.

평지에서는 노력하는 만큼 얻을 수 있지만, 언덕을 오를 때는 노력의 대가를 얻기 전에 일단 살아남는 게 중요해진다. 산소를 충분히 공급받지 못한 채 언덕 구간을 다 올라온 러너는 마치 숨을 참고 잠수했던 수영 선수처럼 폐가 터질 듯 숨을 몰아쉰다. 온몸이 물먹은 솜처럼 무거워져 한 발자국도 더 움직일 수 없다고 끙끙댄다.

그런 고통은 흔하다. 장거리 달리기의 즐거움은 모든 것이 물 흘러가듯 순조롭고 자연스럽게 움직일 때 느껴지는 규칙적이고 우아한 동작에 있다. 그러다가 언덕을 올라가는 순간이 되면 규칙적이고 우아하던 몸의 움직임은 사라지고 고통이 시작된다. 천국에서 장거리 달리기를 한다면 러너에게 달리는 그 순간만은 자신이 무한해진다는 느낌을 줄 것이다. 하지만 지옥에서 장거리 달리기를 한다면 언덕 오르기와 비슷할 것이다. 그때 러너는 자신이 장거리 달리기에는 어울리지도, 적합하지도 않다고 생각할지도 모른다. 자신의 한계를 또렷하게 느낀다.

평지 달리기가 윌리엄 제임스가 '한 번 사는 사람once-born'이라고 가리킨 낙관주의자의 세계라면, 언덕 달리기는 세계의 악한 것들이란 악한 것들은 모두 보고 받아들이는 음울한 자들인 '두 번 사는 사람twice-born'의 세계다.

물론 언덕 중에서도 유달리 끔찍한 언덕들이 있다. 동부에도 악명을 떨치는 곳이 여러 곳 있다. 보스턴 마라톤의 하트브레이크 힐. 반 코틀런트 공원의 5마일 구간 중 4마일에서부터 시작하는 세머터리 힐. 윌밍턴에서 열리는 시저 로드니 하프 마라톤 중 듀퐁 호텔까지 이르는 마지막 3백 야드의 오르막길. 그리고 개릿 마운틴의 마지막 4분의 1마일 코스. 큰 대회라면 어디나 러너들에게 깊은 인상을 심어 주기 위해 이런 언덕 코스를 하나쯤 만들어 놓는다.

나는 앞에서 말한 언덕을 모두 달려 봤다. 그 전에 녹초가 돼 결승점에 들어가기도 했고 심지어는 도중에 시합을 포기했던 적도 있었지만, 그 언덕을 달리는 데에는 비할 바가 아니었다. 언덕 달리기는 한 번도 경험해 보지 못한 고통이 있다는 사실을 내게 가르쳐 주었다. 하지만 그중에서도 가장 끔찍했던 언덕 코스는 어느 8월 그리니치에서 15마일을 달릴 때 경험했다.

더위도 더위려니와 거리도 만만치 않았는데, 결승점에 가까워 졌다고 생각할 무렵에 언덕 구간이 나타났다. 그 언덕은 이제까지 내가 달려본 중에서 가장 경사도 심하고 거리도 길었다.

언덕을 올라가는 동안, 다른 러너가 나보다 10야드 정도 앞서 달리고 있었기 때문에 그 순간만은 그 사람을 따라잡는 것보다 더 중대한 목표가 없었다. 언덕 위에서는 달리기 동료가 내게 용기를 북돋아 주고 있었다. "따라잡아, 따라잡을 수 있어."

언덕까지 20야드 정도 남았을 때부터 나는 눈에 띄게 느려졌다. 앞에서 달리던 러너가 점점 내게서 멀어지기 시작했다. "붙잡아, 붙잡으라고!" 위에서 이런 소리가 들렸다. 이제 나는 몸을 앞으로 수그리고 뭔가를 찾아 더듬는 듯한 손짓을 하면서 허우적댔지만 앞으로 나가는 속도가 매우 더뎠다. 동료는 포기하지 않았다. "계속 움직여, 몸을 움직여!" 동료가 소리쳤다.

아무런 소용이 없었다. 달리는데도 제자리걸음이었다. 이제는 내 뒤에서 오던 사람들이 나를 따라잡아 추월하기 시작했다. 앞서 달리던 사람은 정상 부분을 넘어가는가 싶더니 이내 시야에서 사라졌다.

바로 그때, 그날 들었던 최고의 응원 소리가 들려오기 시작했다. "조금 빨리 걷는다고 생각해. 빨리 걷는다고." 동료가 소리쳤다.

그 말을 들었기 때문에 나는 달리던 사람을 두 명이나 추월할 수 있었다.

달리는 중에 누군가 뒤에서 밀어 준다면 더 좋은 결과를 얻을 수 있다는 글을 읽어 본 적이 있을지도 모르겠다. 그럴지도 모른다.

하지만 다른 대부분의 사람들도 그렇듯이, 내게 필요한 것은 누가 뒤에서 밀어 주는 게 아니라 앞에서 당겨 주는 것이다. 내게는 달리는 내내 나를 쭉 당겨 줄 사람이 필요하다. 앞장서서 달리는 사람 뒤에 자리 잡을 때 나는 속도를 가장 잘 유지할 수 있다. 다른 러너의 어깨에 끌려가듯 달릴 때, 가장 쉽게 달릴 수 있다. 그러다가 결승점에 이르러서는 언제라도 원하는 순간에 조금 더 힘을 발휘할 수 있다.

다른 사람들과 함께 달릴 때, 맨 앞에 서 있든 꽁무니를 쫓아가든 결국 같은 거리를 달리는 게 아니냐고 생각할 수도 있다. 4분의 1마일당 에너지 소모량은 선두나 그 꽁무니를 쫓는 사람이나 같다고 말이다. 하지만 앞장서면 대가를 지불해야 한다는 사실을 알아야 한다. 우선 자기가 바람을 다 맞아야 하는 데다가 대부분의 러너들의 경우, 효과적인 달리기 전략을 세울 수가 없다. 앞장서서 달리면 자존심을 지키는 데는 큰 도움이 될지도 모르겠지만, 온몸의 기운을 빼는 데는 아주 효과적이다. 앞장서기는 외롭고 멍청한 행동인 경우가 많다. 앞장서서 달리는 사람은 자기 뒤에서 달리는 사람보다 더 많은 노력을 기울여야 한다는 사실을 깨달아야 한다. 자기가 그 사람들을 위해 바람을 막아 주는 데다가 자기 뒤를 따르는 사람들은 속도를 유지하느라 신경 쓰고 고민하고 마음 졸이는 법이 없어지기 때문이다.

앞에서 온몸으로 바람을 맞으면 어떤 대가를 치르는지에 대해서는 영국의 생리학자인 L. G. C. 퍼그가 조사한 적이 있다. 퍼그는 중거리 달리기에서 바람을 안고 달리면 전체 에너지 소모량의 7.5퍼센트를 더 소모한다는 사실을 발견했다. 그 조사 과정에서 퍼그는 앞장서서 달리는 사람에게서 1미터도 떨어지지 않으면서 바짝 붙어 달리던 선수는 이 같은 추가적인 산소 소모량의 80퍼센트를 절감할 수 있다는 걸 알게 됐다. 이 말은 곧 앞장서서 달리는 선수의 뒤나 한 무리의 선수들 중에서 뒤쪽에서 달리는 선수는 최대 산소 흡입량에 6퍼센트의 이점을 갖는다는 뜻이다. 이 수치는 다시 운동장을 한 바퀴 돌 때 4초를 벌 수 있다는 뜻으로까지 해석된다. 적어도 한 바퀴에 1초 이상 번다는 것만은 분명하다.

그러므로 누군가의 등 뒤에서 바람을 피해 달리면 어떤 이익이 있는지는 이제 생리학자들도 측정할 수 있다. 바람을 피해 달리기의 또 다른 이점을 아직까지 생리학자들이 알아내지는 못했지만, 곧 밝혀질 것이다. 경기에 집중할 수 있는 이점, 마음을 편안하게 가질 수 있는 이점, 흐름을 계속 유지할 수 있는 이점, 몸을 조화롭게 지켜 갈 수 있는 이점, 능률적으로 달릴 수 있는 이점.

앞장서서 달리는 선수의 뒤를 쫓아갈 때, 나는 속도에 신경 쓰지 않아도 된다. 마음을 놓지 못하고 내가 달리는 속도가 어떤지 따져 보고 분석할 필요가 없다. 남은 거리에 대해서도, 시합에 대해서도, 이기거나 지는 문제에 대해서도 마음을 놓을 수 있다. 그런 걱정일랑 앞에서 달리는 선수가 할 테니까. 그 선수는 다른 사람들의 엔진이나 마찬가지다. 경기의 모든 것은 그가 짊어지고 있으니 나는 그저 그에게 맞추기만 하면 된다. 앞장선 선수를 이용하라. 그리하여 나는 달리기 속으로만, 그 리듬 속으로만, 그 음률 속으로만 빠져들게 된다. 내 마음과 생각은 고요해진다. 머릿속의 복잡한 생각일랑은 모두 내 몸에서 사라져 버리고, 몇 년의 연습을 통해 배우고 익혔던 바로 그 방식대로 몸이 움직이게 된다.

2년 전 페디스쿨에서 열린 2마일 달리기 시합에 참가해 내 나이대의 미국 신기록을 세웠을 때, 나는 이런 일을 경험했다. 우선, 내 14년 달리기 인생 중에서 2마일을 11분 안에 달린 적은 그 이전에도, 그 이후에도 한 번도 없었다는 사실을 알아야 한다. 그 시합에서 나의 유일한 경쟁 상대였던 한 선수는 그 사실을 알아차리고 내게 속도를 맞췄다. 그 선수는 페디 스쿨의 운동장을 열 바퀴 도는 그 경기에서 한 바퀴당 정확하게 33초의 기록을 맞추기 위해 애썼는데, 이는 마치 컴퓨터로 입력한 듯 1마일을 5분 30초에 주파하는 속도였다. 3피트 뒤에서 달리는 나는 그와는 전혀 다른 세계 속에 있었다.

영점에 정확하게 맞춘 소총처럼 완벽한 속도를 유지하는 사람이 있었기 때문에 나는 전에 없는 행운을 얻을 수 있었다. 그 사람 뒤에서 달리는 동안, 나는 정말이지 마음이 편안했고 경기 결과에 대해 걱정할 필요가 없었기 때문에 내가 하는 행동 속으로 철저하게 몰입할 수 있었다. 그때 나는 둥지 속에 들어가 자신만을 생각하는 상태라고 일컬을 수 있는 상태에서 완벽하게 달리기 속으로 빠져들 수 있었다. 경기도, 승리도 중요하다는 생각이 들지 않았다. 그저 달릴 뿐이었다. 나를 둘러싼 모든 것이 아름답고 눈부셨다. 모든 것이 소중했다. 더 이상 아무런 노력도 필요 없었다.

그게 어떤 느낌인지는 직접 달려 보지 않는 한, 아무리 설명해도 알 수가 없다. 그 순간만은 '달리기란 에머슨이 시를 두고 시간이 존재하기 전에 이미 씌어진 것들이라고 묘사한 것과 같지 않을까' 하고 생각한다. 나는 원래부터 아름다웠던 나 자신으로 돌아가고자 했다. 머튼의 용어를 사용하자면, 나는 위대한 깨달음으로 들어가는 길목에 서서 막 빠져들려던 참이었다.

바로 그런 느낌이 찾아왔다. 달리는 내내 나는 믿을 수 없을 만큼 몸이 가벼워지는 것을 느꼈다. 나중에는 시간이 어떻게 흘러가는지, 공간이 어떻게 스쳐 가는지 느끼지도 못한 채 그저 달릴 뿐이었다. 그와 나와 달리기로 모든 시간과 공간이 압축되는 듯한 느낌이었다. 마치 환각제를 복용해 감각기관이 달라진 것 같았다. 그리고 정신을 차리니 두 바퀴가 남아 있었다. 그때부터 나는 치고 나가 그를 제친 뒤, 발을 내딛을 때마다 조금씩 간격을 넓히기 시작했다. 그리하여 10분 53초의 기록으로 결승점에 들어왔는데도 더 뛸 수 있을 정도로 몸이 가벼웠다.

내 최고 기록은 이처럼 앞장서서 달리는 선수를 따라가면서 세웠다. 힘든 일은 그 선수가 다 했다. 그 선수가 바람을 맞으며 나를 잡아끌었다. 그 선수가 나를 위해 정확한 속도를 유지했다. 그러는 동안, 나는 그저 흘러가는 대로 따라갔다. 나는 달리기 속으로 빠져들어 달리기와 하나가 됐다. 나는 무엇도 하지 않았다. 그저 내 몸이 저절로 최고의 기록을 낸 것이다.

시합의 생리학이라는 게 있다면 지극히 간단하다. 초반에 치고 나갈 때를 제외하면 러너는 결승점에 갈 때까지 일관되게 유지할 수 있는, 가장 빠른 속도를 얼른 알아차려야 한다. 시합의 전략이라는 게 있다면 더 간단하다. 톰 커트니의 규칙을 따르면 된다. 다른 목적이 있지 않은 한, 자신은 절대로 앞에서 뛰지 않는다고 그는 말했다. 속도를 늦추거나 빠르게 하려는 목적이 아니라면 말이다.

그러므로 가장 잘 달릴 수 있는 길은 명확하다. 당신을 위해 속도를 유지해 줄 사람을 찾아라. 그 다음에는 그 사람의 뒤에 서서 속도를 고정한 채, 다른 것은 생각하지 말고 달려라. 그러다 보면 모두들 자신만이 생각하고 있는 마지막 승부처가 나올 것이다.

두 번 정도 앞질러야 하는 성가신 일만 빼면,

첫 출전자들은 다루기 쉽다.

왜 두 번 앞질러야 하느냐면,

첫 출전자들은 나처럼 나이 많은 사람이

자신을 추월했다는 사실이 믿기지 않아

갑자기 전력 질주를 해서

나를 다시 앞지르기 때문이다.

하지만 내게 두 번째로 추월을 당하고 나면

자신이 노인 하나를 이기지 못할 만큼

준비가 덜 됐다는 사실을 인정하고는

나를 따라잡을 생각을 포기한다.

승
리
하
기

학창 시절에 나는 한 학년이 시작하는 9월부터 끝나는 6월까지 매일 달리기를 했다. 어른이 된 지금은 한 해가 시작해서 끝날 때까지 달린다. 나는 주방 벽에다가 로드 러너스 클럽에서 나눠 주는 마라톤 대회 스케줄을 붙여 놓았는데, 이에 따르면 1월부터 12월까지 모두 140개의 대회가 열린다.

그런 까닭에 이제 장거리 달리기는 내가 매일 하는 놀이가 됐다. 다음에 뛸 때까지 달리기 용품을 깊숙한 곳에 넣어 두는 경우는 없다. 매일 달리기 때문이다. 일 년 내내 나는 달리기를 한다. 해마다 다시 돌아오는 대회 하나하나를 나는 사랑한다.

하지만 지금 사랑하는 여자를 제일 그리워하듯이, 그 여자가 옆에 있으면 입 맞추고 싶고 빠져들고 싶듯이 내가 제일 좋아하는 대회는 지금 벌어지는 대회다. 겨울 달리기는 낙원에서 달리는 것이며 봄 달리기는 에덴동산이다. 늦여름의 달리기는 우리에게 약속의 땅을 보여 준다고 할 수 있다. 왜냐하면 가을 달리기를 통해 우리는 천국을 만나게 될 테니까.

10월의 바람이 꼭 그렇다. 시원하고 청명하고 상쾌한 바람. 갖은 자연의 소리를 실어 나르는 바람. 그 모든 것에 집중하게 만드는 바람.

달리는 데 그보다 좋은 계절이 있을까? 명기 스트라디바리우스처럼 러너는 아름다운 날씨에 예민해진다. 내가 제일 잘 뛰는 계절도 바로 가을이다. 나는 젊은 시절에 얼핏 봤던 그런 삶을 살아간다. 힘이 절정에 오른 상태에서 살아간다. 시인 예이츠는 봄을 유년에, 여름을 청년에, 가을을 성년에 비유했는데 그게 하나도 이상할 게 없다.

그처럼 최고의 상태로 달릴 수 있으니, 절정에서 오른 힘으로 달릴 수 있으니, 자신이 성년임을 보여 줄 수 있으니 가을은 천국인 셈이다. 의심할 여지없이 우리는 마치 천국에 있는 것처럼 움직일 수 있다.

천국은 조용하지 않다고 예이츠는 말했다. 그곳에서 사랑하는 자는 여전히 사랑하나 그 열정만은 더없이 위대해진다. 그곳에서 말을 타는 사람은 말을 타나 그 말만은 바람처럼 달려간다. 그처럼 싸움도 계속된다. 그곳에서 달리는 사람은 여전히 달린다.

그리고 지금 가을이라는 이 영원할 것만 같은 시간 속에서 최고의 시합은 자연에서 달리기다. 바로 거기서부터 나는 시작했다. 가을에 자연에서 달리면서부터. 그때 나는 달리기가 어떤 것인지 처음으로 느낄 수 있었으며 그 느낌은 언제라도 즐겁다.

자연에서 달리기는 자유롭게 뛰어다닐 때 가장 좋다. 나와 대자연. 나와 시원한 바람. 나와 발에 부딪히는 낙엽. 나와 고요한 언덕.

그게 바로 자연에서 달리기이다. 고요한 언덕 위에서 낙엽이 발에 밟히는 소리를 들으며 숨 쉬는 나를 느낀다. 자연 속에서 내 영혼은 치솟는다. 나를 둘러싼 모든 것들은 죽었거나 죽어 가고 있으며 나는 새로 태어나는 걸 느낀다. 나는 가장 멋진 사람이 된다.

최고의 상태, 완전히 새로 태어나는 듯한 그 느낌을 나는 오롯이 혼자서 느낀다. 대자연만이 관객일 뿐이다. 다른 계절에는, 다른 시합에는, 사람들이 내가 달리는 것을 그저 지켜보거나 응원하거나 용기를 북돋아 준다. 이것저것 관심이 많은 구경꾼들이다. 하지만 자연에서 달리면 그렇지 않다. 처음 얼마간은 다른 러너들 속에서 혼자라는 느낌을 받을 것이다. 그러나 시간이 흐르면서 나는 그 사람들과도 멀어진다. 내 앞에서, 아니면 내 뒤에서 달리겠지만, 내 머릿속에서, 내 마음속에서 그 사람들은 사라진다.

나는 반 코틀런트의 언덕들을 홀로 달린다. 그 코스는 십 대 시절처럼 나를 시험했다. 열여덟 살 때 괴로워했던 그 언덕에서 나는 다시 고통을 느낀다. 내리막길에서 나는 흘러간 세월 속으로 날아 내린다. 그 어떤 러너가 다가오든 나는 피하지 않고 온 힘을 다해 언덕을 빠져나와 결승점을 향해 달린다.

지난 주, 반 코틀런트에서 꼭 그렇게 뛰었다. 그 언덕들을 모두 세 차례 넘는 9마일 경기였는데 처음 3마일의 달리기는 어쩐 일인지 대단히 고통스러웠다. 두 번째 달리기는 그만큼 나쁘지는 않았다. 그리고 세 번째 달릴 때부터 언덕을 달리기 시작했고 나는 이겨 냈다. 그렇게 해서 평지로 내려왔더니 내가 따라잡아야 하는 선수가 겨우 30야드 전방에 있었다.

천국에서 그 같은 가을을 다시 맞이할 수 있다면, 나는 마지막 순간을 한 번 더 뛰어 보고 싶다. 불가능할 것처럼 보였던 4분의 1마일 동안의 전력 질주 후 그 자리에서 쓰러지지 않기 위해 나는 막 따라잡은 그 선수에게 붙었다. 그 선수의 심장이 쿵쾅대는 소리가 내 귀에 들렸고 내 심장 고동 역시 그에 짝을 이뤘다. 그렇다는 것만을 깨달았을 뿐인데, 순식간에 이 세계가 가을이면 자신의 나이를 잊는 늙은이에게 말은 건네는 친구들로 가득한 듯한 느낌이 들었다.

팀 맥룬이 우리 집 주방 벽에 쪽지 하나를 붙여 놓고 갔다. 월요일 아침에 밥을 먹으려고 내려왔더니 그 쪽지가 보였다. 이렇게 씌어 있었다. "위대한 쉬언 씨는 오늘 밤에 열리는 타카내시 핸디캡 레이스에서 고생할 것이다." 그러고는 '유령'이라고 서명을 해 놓았다. 피아니스트인 맥룬의 그 말은 너무했다.

나는 페어 헤이븐의 레스토랑에서 연주하는 이 피아니스트에게 3주 동안 내리 달리기에서 졌다. 그 녀석이 앞장서서 끌고 다니는 선수들의 꽁무니만 쫓아다녀야 했다. 심지어는 결승점에 너무 늦게 들어가는 바람에 신문의 소식란에도 내 이름이 실리지 않아 사람들에게 이제는 달리기를 안 하느냐는 질문을 들어야 했다. 하지만 그 쪽지는 너무했다.

그렇지만, 좋다. 맥룬은 하버드에 다닐 때, 2마일을 8분 53초에 끊었던 청년이다. 하지만 그건 2년 전의 일이다. 제대로 된 쉰 살의 남자가 참가비를 건지려면 대학을 졸업한 지 2년이나 된 녀석쯤은 기술에서나 체력에서나 두뇌에서 따라잡아야 한다. 나잇값을 한다는 건 이런 의미다. 그게 그날 저녁 타카내시에서 내가 이루려고 했던 일이었다. 맥룬은 충분한 대가를 치러야 한다고 나는 생각했다.

타카내시의 모든 게 달라지는 때가 있다. 그곳은 좁아서 순위를 다투기에는 부적합하다. 참가하는 사람들도 갓 고등학교에 들어온 신입생들이나 몸 상태가 엉망인 중산층에 비만인 대학생들 같은, 좀 떨어지는 사람들이 대부분이다. 한참 좋았던 시절에 나는 언제나 20등 안에 들었고 때로는 10등 안에도 들었다. 정말로 사람들이 대단한 듯 나를 쳐다봤다.

타카내시는 대단히 풍광이 좋은 곳이다. 호수 둘레를 따라 놓인 아스팔트 길을 한 바퀴 돌면 4분의 3마일 정도가 되는데, 다른 곳에서 뛸 때보다 빨리 달려도 마음이 편안해진다. 그 길은 바다

쪽에서 한 번 급하게 꺾이는데, 그 때문에 고개를 돌려 자신을 뒤쫓는 사람들에게 신경을 쓴다는 사실을 알려 주지 않고도 다른 사람들이 어디까지 왔는지 볼 수 있다. 그렇게 네 바퀴를 돌고 난 뒤에는 7백 야드 정도의 내리막길을 포함해 5천 미터의 마지막 구간으로 들어가는데, 결승점으로 들어가는 코스 중에서는 최고가 아닐 수 없다.

날씨도 고려해야 한다. 바다가 얼마 떨어져 있지 않기 때문에 저녁이면 서늘하다. 하지만 습한 바람이 불지 않고 서쪽에서 아직 햇살이 비치는 한에는 달리기에 그보다 좋은 곳이 없다. 잘 달려 결승점에 들어온 뒤, 집으로 가는 동안에도 땀이 마르지 않을 정도면 더할 나위가 없다. 그럴 때는 노스 엔드에 잠깐 들러 차가운 레몬차를 마실 시간도 생긴다.

이 에덴동산과 같은 곳으로 1마일을 4분 30초에 달리고 2마일은 10분 안에 주파하는 피아니스트와 그 친구들이 찾아왔다. 지긋지긋할 정도로 달리기를 쉽게 하는 이 녀석들이 스치듯이 시야에서 빠져나가는 것을 볼 때면 있는 힘이 모두 빠져 버려 쫓아가느라 가슴이 터질 지경이 된다. 처음 3주 동안, 내가 제친 사람들은 "아빠, 힘내세요"라고 소리치는 아이들을 응원단으로 데려온 자들뿐이었다.

이제까지는 내가 봐준 것이니 이제부터 내가 어떻게 하는지 잘 지켜보라고 맥룬에게 말할 수 있는 때가 왔다. 하지만 그건 먼저 나 자신에게 해야 할 말이었다. 내가 아는 다른 어른들은 자신이 쉰두 살이라는 걸 알고 어떻게 했는지 갑자기 궁금해졌다. 쉰두 살이 막다른 벽일 수는 없지 않은가? 분명히 좀더 강한 처방이 필요했다.

우선 머리카락을 잘랐다. 머리카락을 자른다고 해서 5킬로미터 마라톤에서 더 빨리 뛸 수는 없다. 조금만 생각해 보면 알 것이다. 하지만 심리적으로는 그렇지 않다. 머리카락을 자르면 그 즉시 10초에서 20초 정도 빨리 달릴 수 있다. 그건 누구라도 인정할 것이다. 맥룬도 내 머리카락을 보고 깨달았을지도 모른다. "저 사람, 잘 달리게 생겼네"라고 말했을지도 모른다. 그 다음에는 B12 주사를 맞았다. 누군가 비타민 주사를 맞았다는 말을 들으면 아무래도 흔들리게 된다. 그게 아무런 소용도 없다는 것은 안다. 하지만 심리적으로는 그렇지 않다. 마음속으로는 '다른 때보다 기운이 넘치겠는걸' 하고 생각하게 된다.

진짜 심리적인 효과는 달릴 때 입는 셔츠에서 온다. 내가 제일 좋아하는 셔츠는 '시저스 로드니 하프마라톤' 셔츠다. 그 마라톤을 완주했다는 사실은 나를 사기충천하게 만든다. 이 셔츠에다가 나는 보스턴 마라톤에서 붙였던 번호표를 붙이고 내 타이거 마라톤화를 신었다. 제화 회사에서 그 후에 약간 고치기는 했지만, 메지아가 보스턴 마라톤에서 우승할 때 신었던 마라톤화와 같은 종류였다.

나는 준비를 마쳤다. 나 스스로도 준비를 끝냈다는 사실을 알게 됐고 맥룬도 알게 됐다는 건 더욱 좋은 일이었다.

출발선에 섰을 때, 조금 불안한 일도 생겼다. 주최 측에서 나를 살펴보더니 기대했던 대로 4분 먼저 출발시킬 게 아니라 3분 먼저 출발시키는 것으로도 충분하다고 결정한 것이다. 하지만 이번만은 내 기분이 하늘로 솟구치고 있었다. 나는 맥룬 녀석이 이제 끝장이라는 사실을 알 수 있었다. 3분 먼저 출발한다면 나보다 빨리 결승점에 들어갈 수 있는 사람은 없다.

실제로 나는 두 명만 놓쳤다. 소년 합창단원처럼 생긴 얼굴에 아파치족의 전령 같은 다리로 핸디캡 계원을 속여 6분이나 먼저 출발한 14살 난 소년과, 나와 함께 출발했지만 조금도 따라붙지 못할 만큼 기세가 좋았던 붉은 머리의 청년이었다. 우리처럼 핸디캡을 얻어 출발한 사람들은 엄청나게 많았지만, 곧바로 그 사람들에게서 빠져나왔기 때문에 바다 쪽 모퉁이를 돌 무렵에는 위협적으로 느낄 만큼 빠른 기세로 따라붙는 사람이 하나도 없다는 걸 볼 수 있었다. 결승점에 가까워졌을 무렵, 나는 붉은 머리칼을 향해 내달렸다. 그 즈음에는 너무나 힘이 들었지만, 뒤에서 달려오는 사람이 나를 따라잡지 못하게 하는 가장 좋은 방법은 앞에서 달려가는 러너를 따라잡는 것이라는 걸 알고 있었기 때문에 어쩔 수 없었다.

멋진 시합이었다. 5등까지 함께 모여 사진을 찍었다. 우리는 매주 함께 최선을 다해 달렸던 사람들이었다. 하지만 늦게 들어온 사람들도 모두 잘 달렸다. 지친 러너들의 얼굴로 상쾌하게 불어오는 타카내시의 따뜻한 분위기를 느껴 본다면 누구라도 그렇게 생각할 것이다. 그 즈음 맥룬도 결승점으로 들어와 내게 입이 닳도록 칭찬을 아끼지 않았다. 다시 한 번 멋진 하루가 그렇게 지나갔다.

해변 마라톤의 출발선에 서 있는 우리의 등으로 시속 15마일의 바람이 불어오던 날이었다. 기온은 화씨 32도(섭씨 0도)였다. 북쪽으로 이어진 해변은 눈에 보이는 한 온통 모래였다. 2백 야드 정도 하얀 모래사장이 이어지다가 울퉁불퉁한 바위를 누르며 푸른 바다를 향해 콘크리트 구조물을 세운 방파제가 나왔다. 바닷물은 썰물이었고 잔잔했고 수온은 화씨 45도였다. 우리들 대부분은 시합이 끝나기 전에 땀이 쌀쌀하게 식어 버리는 걸 경험할 터였다.

50여 명의 선수들이 총성이 울리기만을 기다리고 있었는데, 그중에는 우승 트로피와 메달을 노리고 이 특이한 대회에 참석한 사람들이 있었다. 다른 사람들은 룰렛 바퀴에 사로잡힌 도박꾼처럼 달리기에 중독된 사람들로, 그 즈음에 열리는 시합이 그것뿐이라 찾은 사람들이었다. 그리고 몇몇은 시합 자체가 중요한 것이 아니라 바다 옆 모래사장에서 바람을 맞으며 달리는 것이 새로운 경험이 될 것 같아서 참가했다. 그런 부류에 속하는 사람이 바로 밥 칼슨, 톰 바움, 폴 킬 그리고 나였다.

칼슨을 예로 들어 보자. 우체부인 칼슨은 대회 중에서 가장 끔찍한 시합인 파이크스 피크 마라톤 대회를 완주한 뒤, 늘 자랑스럽게 "그런 악천후가 있을 수 없다"고 말하는 마운트 워싱턴 마라톤이 열릴 때까지 참을 수가 없었던 것이다.

칼슨보다는 다섯 살 어린 톰 바움은 아마 힘든 걸 좋아하는 데에서는 칼슨보다 더할 것이다. 1월 9일에 열리는 저지 쇼어 마라톤 대회의 조직인이기도 한 바움은 해변 마라톤이 열리기 며칠 전 내게, 대회날은 날씨가 상당히 좋지 않을 것이라고 질러 말한 바 있다. 즐거움에 가득 찬 목소리로 바움은 이렇게 말했다. "모진 바람에 눈보라가 몰아치고 기온이 뚝 떨어질 것이라고 봅니다. 정말이지 잊지 못할 경험이 될 거예요."

해변 달리기는 43살의 정신과 의사인 폴 킬에게도 잊지 못할 경험이 될 것임은 분명했다. 킬은 그 시합이 죄책감으로 가득한 악몽이 될 것이라고 말했다. 우리는 좋지 않은 날씨를 피하고 싶어 하면서도 거기에 끌려가다가 결국 처벌을 받게 될 것이라고. 하지만 그건 나중의 문제였다.

출발할 때, 킬은 우리와 함께 있지 않았다. 이 네 명이 함께 달리면 들어오는 순서는 대개 칼슨, 쉬언, 바움, 킬의 순이었다. 가끔씩 심리적으로 불안정하거나 잠을 충분히 못 잤을 경우에는 순서가 바뀌기도 했다. 칼슨은 벌써 변명을 준비하고 있었다. 특송 업무와 휴일에 마신 술로 달리는 내내 칼슨은 녹초가 됐다.

우리 모두를 함께 괴롭혔던 건 바로 모래였다. 전에 나는 벤트너에서 달린 적이 있었는데, 그때는 모래가 딱딱하게 뭉쳐 있었기 때문에 발을 제대로 굴릴 수 있었고 주법과 속도를 유지할 수 있었다. 하지만 이번에는 완전히 달랐다. 물기가 없는 곳은 쉽게 무너져 내렸고 물기가 있는 곳은 질퍽거렸다. 걸음을 내디딜 때마다 모래는 점점 더 깊이 빠져들었다. 여느 때와 마찬가지로 출발했지만, 우리는 1백 야드도 못 가 곤경에 빠져 허우적거릴 수밖에 없었다.

힘차게 내딛는 발걸음으로 앞서 나간 칼슨은 곧 어려움에 빠져 우리가 밟고 간 모래에서 질퍽거렸다. 칼슨의 주법은 확실히 발이 파묻히는 땅에는 어울리지 않았다. 처음 1마일을 통과했을 때, 7분 43초라는 기록을 들을 수 있었는데, 이는 우리가 노력한 것에 비하면 2분이나 늦은 것이었다. 숨쉬기도 곤란했고 다리도 무거웠는데 말이다.

하지만 우리는 때로 발목까지 파묻히는 물가 모래를 밟으면서도 끈기 있게 나아갔다. 남쪽에서 방파제를 따라 올라갈 때는 모래언덕 위로 발 디딜 곳이 있었는데 거기에서도 우리의 기대는 무산됐다.

잘 달리려고 무진 애를 썼지만, 딱딱한 콘크리트 위에 발을 내딛고 나자 방파제 북쪽으로 바위와 바위를 밟으며 뛰어 내려가야 하는 힘든 내리막길이 기다리고 있었다. 이 길을 다 내려와 해변으로 껑충 뛰어내리고 나니 다시 모래사장을 밟고 달려야 했다. 산 너머 산이었다.

이런 어려움 속에서 새로운 문제가 나타났다. 톰 바움이었다. 반환점을 돌아설 무렵, 어디서 나타났는지 톰 바움이 갑자기 내 옆을 스치더니 나를 추월했다. 괴로운 것은 그것뿐만이 아니었다. 북쪽으로 가는 것만 해도 그렇게 힘들었는데, 이제는 바람을 안으며 달려가야 하는 것도 모자라 올 때는 뛰어내리기만 했던 바위를 기어올라야 하니까.

2마일 정도가 남았을 때, 주법을 교정한 칼슨이 우리를 바투 쫓아왔다. 나는 아직도 주법을 찾으려고 하고 있었다. 훨씬 뒤에 있던 킬은 누군가에게 쫓기는 악몽을 경험하고 있었다. 우리는 모두 그런 악몽 속에 있었다. "도망가려고 하면 할수록 다리는 무거워지고 몸은 뒤로 밀리는 것 같았어"라고 나중에 킬은 말했다.

몸무게 77킬로그램에 190센티미터인 바움은 그 큰 운동화 때문에 적당하게 내딛는 데 약간 어려움을 겪는 것 같았다. 바움을 따라잡기가 점점 더 힘들어진다는 느낌이 드는가 싶더니 1마일 정도가 남았을 무렵에는 바움이 나를 완전히 따돌렸다. 나는 마치 배에서 상류로 힘차게 거슬러 올라가는 다른 배를 바라보는 사람이 된 듯한 느낌이었다.

바움이 어떻게 달리는지 내가 눈치챈 것은 바로 그때였다. 바움은 자전거를 타듯이 달리고 있었다. 바움은 등을 곧추세우고 안장 위에 앉은 것처럼 무릎을 굽혀 페달을 굴리듯이 발을 오르내렸다. 바움은 눈 위를 걸을 때 신는 신처럼 운동화를 굴렸는데, 그렇게 하면 발이 모래에 닿는 시간을 최소화할 수 있었다. 한쪽 발을 치켜드는 순간에 다른 쪽 신발 바닥은 모래에 완전히 닿아 있었다.

나는 마음속으로 내 10단 기어 자전거에 올라탄 뒤, 저속 기어를 넣고 그를 쫓았다. 10야드 정도 떨어졌던 거리를 좁히기 시작해 마지막 방파제에 올라갈 즈음에는 완전히 따라잡았다.

4마일 정도를 달린 뒤에야 우리는 해변에서는 어떻게 뛰어야 하는지, 그런 어려움 속에서 살아남는 방법은 무엇인지 깨닫게 됐다. 날씨는 이제 더 이상 신경 쓰이지 않았다. 뿜어내는 기운 덕택에 우리는 습기로 눅눅한 열대 해안을 달리는 것 같았다. 맞바람도 더 이상 느껴지지 않았다. 모래사장이며 그 모든 것에 정면으로 부딪친 끝에 우리는 이겨 냈다. 하지만 아직은 승리했다고 생각하기 싫었다. 우리가 아직 모르는 다른 차원의 힘이 있을 것만 같았다. 그 다른 차원을 경험하지 못하는 한에는 승리라는 말을 쓸 수가 없었다.

그래서 톰 바움과 나는 전력 질주가 애당초 불가능한 모래사장 위를 전력 질주하기 시작했다. 다리와 심장이 터질 것 같았기 때문에 더 이상 주법도 중요하지 않았다. 우주 전체가 그 해변으로 압축되는가 싶더니 결승점이 가까워지면서 점점 더 좁아지기 시작했다. 그러다가 아주 오랫동안 온 세계가 우리 안으로 들어왔다.

그리고 다시 우리는 1월 9일의 달리기가 역사상 최악의 달리기이기를 기대하며 시속 15마일의 바람이 부는 화씨 32도의 해변으로 돌아왔다.

케이프 메이에서 개최되는 50세 이상을 위한 이스턴 2마일 챔피언십은 내가 달려본 다른 2마일 경기와 별반 다를 게 없었다.

첫 1마일은 모든 게 순조로웠고 규칙적이었으며, 두 번째 1마일은 첫 1마일에서 유지한 속도를 지키느라 고통스러운 채로 노력을 퍼부어야 했다.

나는 일관된 속도로 달리는 뉴질랜드인 봅 하면을 따라 달리며 첫 1마일을 5분 28초에 끊었는데, 우리 50피트 전방에는 브라우닝 로스가 달리고 있었다. 로스는 한때 40세 이상 달리기 대회를 석권한 사람인데, 50세 이상 달리기 대회는 이 대회가 처음이었다. 그런데 반환점을 돌고 나니까 다리는 무거워지고 근육은 당기고 호흡은 거칠어지기 시작했다.

그 즈음 하면은 로스를 따라잡기 위해 승부수를 던지기 시작했고 나는 양자택일을 해야 했다. 힘들더라도 하면을 계속 쫓아가느냐, 아니면 그냥 3등에 만족하느냐. 경기를 하다 보면 그런 결정적인 순간이 찾아오게 마련이다.

개중에는 시합 전에 그런 것들을 결정해야 한다고 말하는 사람들도 있다. 러너의 목적이 뭐냐에 따라서 말이다. 하지만 그랬다면 나는 매번 실패했을 것이다. 출발하기 전에 나는 로스와 하면이 나보다 잘 뛴다는 사실을 인정했기 때문에 나머지 25명의 선수들이나 이겼으면 하고 바랐다. 하지만 내가 보기에 이기겠다는 마음만으로 고통을 참아 낼 수는 없다. 제아무리 대단한 결심을 했다손 치더라도 그건 고통을 배제한 상태에서 상상한 결심에 불과하다. 두 번째 1마일이 시작되면 곧 찾아오는 그 끔찍한 현실과는 아무런 상관도 없는 결심일 뿐이다.

게다가 결심을 한다고 해서 더 잘 달릴 수 있다면, 달리기 싫은 마음이나 유산이 축적되어 생기는 피로에 대한 심리학적인 두려움이나 곧 닥칠 힘든 경험에 대한 걱정이 더 못 달리게 할 게 아닌가. 확고한 마음가짐이 앞날을 장밋빛으로 부자연스럽게 채색한다면 달리기 싫은 마음은 그 위에 음울한 회색과 죽음과도 같은 검정색으로 덧칠할 것이다.

하기 싫은 마음은 누구에게나 있다. 그리스도 역시 죽음을 앞두고 그 잔만은 피하고 싶다고 말하지 않았던가. 우리에게는 다들 포기하고 싶은 마음이 있다. 군사 심리학자인 R. A. 킨즈먼은 에르그 측정기가 부착된 자전거 위에 올라가 운동 능력의 56퍼센트를 발휘해서 페달을 굴리라고 했을 때, 그 지속 시간이 1분 30초에서 98분에 이르기까지 다양했다고 보고했다.

하먼이 승부수를 던졌을 때, 나는 피로의 3요소를 붙잡고 낑낑대고 있었다. 마음가짐의 결여, 유산의 축적, 하기 싫은 마음.

만약 내가 하먼을 놓치지 않고 따라간다고 치자. 그건 도저히 따라잡을 수 없는 로스를 겨냥해서 더 힘을 써야 한다는 뜻이며, 나아가서는 실제로 따라잡은 뒤에는 다시 결승점까지 전력 질주를 해야 한다는 뜻인데, 그게 가능할지는 신만이 아실 일이었다. 이미 힘들어서 견딜 수가 없을 지경인 내 몸으로는 그런 마음을 먹는다는 것 자체가 잔인한 일이었다.

하지만 잔인하든 어쨌든 나는 결정을 내려야 했다. 결정을 내린 나는 하먼의 신발만 바라봤다. 하먼의 신발만 바라보며 그의 속도를 쫓아가는 동안, 이 우주에 그와 나뿐인 듯한 느낌이 드는가 싶더니 어느새 우리는 로스를 따라잡아 추월했다.

이제 고통과 긴장과 걱정은 극에 달했다. 내게 희망이라는 게 남았다면 그건 전력 질주하지 못할 정도로 뒤떨어지지 않는 일이었다. 그 고통이 얼마나 대단하건 전력 질주해서 이겨낼 수 있는 거리를 유지하는 일이었다.

달리기의 묘미란 바로 그런 데 있다. 남은 거리가 4분의 1마일 정도가 됐을 때, 나는 치고 나가기 시작했다. 두 사람보다 내가 고통을 더 잘 견디기 때문이 아니었다. 도저히 고통을 참을 수 없었기 때문이었다. 내 운명을 스스로 결정하고 싶었기 때문이었다. 남의 속도에 끌려다니는 게 아니라 나만의 속도를 찾고 싶었기 때문이었다.

이렇게 내가 너무 빨리 치고 나가자 두 사람은 조금 놀란 듯했고, 그래서 바로 따라붙지는 않았는데 그게 결정적이었다. 둘이 이제쯤 나를 따라잡아야겠다고 마음먹었을 때 이미 나는 따라잡을 수 없는 곳에 있었다. 왜냐하면 나는 고통도 따라잡을 수 없는 곳까지 갔기 때문이었다. 나는 어떻게 해서 내 다리가 움직이는지도 모르는 채 다리를 끌어올리며 유산의 바닷속을 허우적대고 있었다. 호흡은 가빠지고 헐떡임은 부자연스러웠지만, 내 몸은 그런 것들을 돌볼 겨를이 없었다. 결승점의 테이프를 끊는 순간,

나는 내 앞에 버티고 선 벽을 돌파한 셈이었다.

물론 그렇다. 피로라는 건 마음가짐과 유산 축적과 하기 싫은 마음에 많이 좌우된다. 하지만 그것뿐만이 아니다. 인간의 한계가 몸의 세포나 두뇌에 따라 좌우되는 건 아니다. 우리는 축적된 유산의 양을 측정할 수도 있고, 뇌에 전극을 꽂아 어떤 사람의 팔과 다리를 움직이게 할 수도 있다. 하지만 그런 식으로 한 인간이 결정을 하도록 만들 수는 없다. 혈액 속에 어떤 약품을 주사한다고 한들 믿음을 갖게 만들 수는 없다.

믿음에서 비롯하는 결심은 마음으로만 가능하다. "과연 할 수 있느냐, 할 수 없느냐"와 같은 엄청난 질문에 스스로 대답할 때, 우리는 그 모든 피로를 이겨 낼 수 있는, 또 한편으로는 우리 자신을 이겨 낼 수 있는 힘을 발견할 수 있다.

올해로 나는 쉰아홉 살이 됐는데, 이건 참 설명하기 곤란한 나이다. 쉰아홉이라면 이제 중년이라고는 할 수 없다. 내가 아는 사람 중에 그 두 배의 나이인 백열여덟 살인 분이 하나도 없으니 말이다. 하지만 그래도 나는 노인이라고 하기에는 좀 그렇다.

설명하기 곤란한 나이이기는 하지만, 살아가기에는 좋은 나이다. 나는 목 위쪽부터 나이가 들기 시작했다. 그 말은 이제 어느정도 나이를 먹어 얼굴에도 지혜가 깃들게 됐다는 뜻이다. 중년을 거치면서 나는 원하는 대로 얼마든지 일할 수 있는 육체를 얻었고 그런 육체에 합당한 얼굴로 바꾸었다.

그게 어떤 얼굴인지 알 것이다. 내 머리칼은 잿빛으로 짧고 얼굴에는 살이 없어 뼈가 드러난다. 전체적으로 보자면, 뜰에 생긴 골치 아픈 문제가 과연 붙들 만한 값어치가 있는지 고심하다가 그냥 그대로 놔두는 금욕주의자의 얼굴을 연상시킨다. 사실 최근에 찍은 내 사진을 보면 데이야르 드 샤르댕이 생각난다. 너무나 이단적인 생각으로 머릿속이 가득 차 악마들이 되레 손사래를 칠 만한 얼굴일지도 모른다. 인간이 완벽하게 태어났다는 사실을 강론한다고 해서 로마에서 추방되지는 않을 것이다. 하지만 덕분에 지옥 바깥으로 빠져나올 수는 있다. 그런 점에서 그 표정은 신을, 다른 인간을, 그리고 마침내 자기 자신을 용서하고 자유를 얻은 자의 표정이랄 수 있다.

그렇긴 해도 내가 아직 그렇게까지 초월적인 표정을 지닐 만큼 나이가 든 건 아니라는 사실을 알아줘야겠다. 쉰아홉은 아직 갈 길이 많이 남은 나이다. 지나온 나날보다 더 신나는 일들이 기다리고 있을 것이다.

언제라도 나를 신나게 만드는 건 달리기 시합이다. 쉰아홉이 되어서도 나는 참가자가 얼마나 되건 늘 일정한 순위를 지켜 왔다. 지난 15년 동안, 내 순위는 언제나 상위권과 중위권 사이의 경계 지점이었다. 내 위치는 다른 러너들에게 합격과 불합격을 가르는 커트라인이었다. 나를 이긴다면 행복한 마음으로 돌아갈 것이었다. 하지만 내가 이긴다면 다음 경기를 기약하는 수밖에 없었다. 내 나이대에서는 내가 에이스요, 패를 다 펴 보라고 말할 수 있는 사람이었다.

나는 절대로 쉬운 상대가 아니다. 지금 이 책을 읽는 당신의 나이가 어떻든 나보다 5분 먼저 출발한다고 해도 나는 이삼십 분 안에 당신을 따라잡을 수 있다. 게다가 나는 지구력이 강하기 때문에 웬만한 고통쯤은 웃으며 넘길 수 있다.

지구력이란 마지막 순간에 전력으로 질주할 수 있는 능력이라고 생각하는 사람도 있을 것이다. 하지만 지구력은 처음 달려 나갈 때부터 필요하다. 앞으로 넘어야 할 언덕길이 6마일 정도 남은 상태에서 어떻게 하면 다른 사람들의 눈을 피해 옆길로 빠질까 고민할 때부터 지구력은 필요하다. 아직 결승점에 들어가려면 40분은 더 달려야 하는데, 벌써부터 그 어느 때보다 심한 아픔이 밀려온다고 생각할 때부터 지구력은 필요하다. 운이 좋은 건, 나이가 들수록 지구력이 떨어질 것 같은데 그렇지 않다는 점이다. 악마를 붙잡고 씨름할 생각은 전혀 없지만, 나 자신을 붙잡고 씨름하는 일이라면 마다하지 않겠다. 대개 나 자신을 이겨 낼 때, 나는 다른 사람도 이겨 낸다.

두 번 정도 앞질러야 하는 성가신 일만 빼면, 첫 출전자들은 다루기 쉽다. 왜 두 번 앞질러야 하느냐면, 일단 첫 출전자들을 앞지르면 나처럼 나이 많은 사람이 자신을 추월했다는 사실이 믿기지 않아 갑자기 전력 질주를 해서 나를 다시 앞지르기 때문이다. 하지만 내게 두 번째로 추월을 당하고 나면 자신이 노인 하나를 이기지 못할 만큼 준비가 덜 됐다는 사실을 인정하고는 나를 따라잡을 생각을 포기한다.

하지만 분별없이 나를 짜증나게 하는 이들도 있다. 올여름에는 6마일 시합의 반환점을 통과하는데, "나는 이 대회를 위해 지난 3년 동안 준비했답니다"라고 말하면서 나를 앞질러 간 사람이 있었다. 1마일쯤 뒤에 나는 그 사람을 다시 앞질러 버렸다. 그 사람이 내 근처에서 달리겠다면 다시 3년을 준비하는 수밖에 없을 것이다.

물론 내가 다른 사람을 화나게 하려고 입을 여는 법이 없기는 해도 다른 사람에게 비슷한 행동을 할 때는 있다. 예컨대 올해 웨스트포트에서 열린 10마일 경기에 참가했을 때, 결승점을 1마일 정도 남겨 두고 나는 평생 한 번도 따라잡아 본 적이 없는 25살의 달리기 친구와 거리가 가까워졌다. 결승점이 200야드 정도 남았을 때, 그 사람과 나 사이의 거리는 고작 15야드 정도였고 그 사이에는 세 명의 러너가 달리고 있었다. 결승점이 있는 쇼핑플라자로 들어갔을 때는 그 세 명의 러너가 그 사람을 추월했는데도 더 이상 손쓸 수가 없는 단계였다. 내가 보기에 그 사람은 산송장 꼴이었다. 100야드 정도 남았을 때, 나는 달리기 시작해 그 청년을 추월했다. 너무 일찍 제치기는 했으나 괜찮을 것 같았다. 나 역시 죽을 지경이었다는 건 말하지 않아도 알 것이다.

10야드 정도 앞질러 이제 곧 결승점을 넘어가리라 생각하는 찰나에 등 뒤에서 멧돼지 한 마리가 달려오는 듯 끙끙대는 소리가 들려왔다. 그 청년이 나를 따라잡았을 때, 힐끗 표정을 훔쳐봤더니 희멀건한 눈동자에 얼굴은 온통 침으로 뒤덮여 표정이 고통 그 자체였다. 그런 표정으로 청년은 나를 앞질렀다.

그 청년은 나중에 앞에 가는 대머리가 누군지 알아차리고는 절대로 내가 자신을 이기지는 못하는 것이라고 생각했다고 말했다.

그러니 나이 많은 사람이 젊은 사람을 신경 쓰지는 않는다. 그 반대다. 나이 많은 사람을 젊은 사람이 신경 쓰는 일이 더 많다. 50대의 표정이 얼마나 멋진지 알고 나니 60대는 더 낫지 않을까 기대하게 된다. 내가 데이야르 같은 외모를 지닐 수는 없겠지만, 이것만은 분명하다. 고등학교 졸업 앨범에 실린 표정을 다시 찾을 수는 없다는 점이다.

카잔차키스는 할아버지의 유령에게

자신이 할 바를 알려 달라고 부탁했다.

할아버지는 "할 수 있는 한

멀리까지 손을 뻗어라"라고 대답했다.

하지만 카잔차키스는 그 말을 무시하고

더 어려운 명령을 내려 달라고 부탁한다.

그러자 할아버지의 유령은

천둥 같은 목소리로 외친다.

"할 수 있는 한, 멀리까지 손을 뻗어라!"

 losing

잃
어
버
리
기

어느 날 경기를 마친 뒤, 나는 먼저 뜨거운 욕조에 아픈 다리를 풀어 놓았다. 그런 다음 절룩거리며 침대에 가 온몸을 쭉 펴고 누워서 편한 자세를 만끽했다. 아래층에서는 여섯째 아들인 존이 농구 게임을 지켜보는 가족들을 향해 이런 질문을 던지는 소리가 들렸다.

"아빠는 왜 저렇게 끙끙대면서도 늘 달리기를 하는 걸까?"

2층에서 나는 같은 질문을 스스로에게 던져 보았다. 왜 이 괴로움을 겪는 걸까? 십중팔구는 도저히 견딜 수 없는 고통 너머로 자신의 육체를 밀어붙여야 하는 마라톤이라는 경기를 우리는 왜 하는 것일까?

브라이트 해변까지 달려가는 첫 번째 10마일은 장난이나 마찬가지였다. 등으로 불어오는 세찬 남풍을 짊어지고 해안을 따라 달리며 1월의 일요일 아침을 보내기에는 최고라고 생각했다. 브라이트 해변을 지날 무렵에는 속도를 조금 빠르게 할 정도였지만, 기분은 좋았고 달리기도 최고였다.

하지만 샌디 훅 공원에 있는 반환점을 돌 무렵부터 뭔가 불길한 조짐이 보이기 시작했다. 좁은 길에서는 거의 느껴지지 않았던 시속 15마일의 바람이 그때부터 성가신 존재로 자리 잡았다. 더 많은 노력을 쏟아붓는데도 속력은 떨어지기만 했다.

그 다음 두 시간 동안, 나는 잠시도 쉴 틈이 없었다. 그러나 아직 다리에 힘은 남았고 호흡도 괜찮았으며 자세도 유지할 수 있었다. 내가 달려가는 동안 브라이트 해변이 다시 나타났다가 사라졌다.

바로 그때, 이 글을 쓰는 이 순간처럼 순식간에 다리에 쥐가 났다. 두 종아리에서부터 경련이 시작되더니 허벅지로 올라가기 시작했기 때문에 내 보폭은 반으로 줄어들었고, 매번 내딛는 걸음이 고통에 가득 찬 선택의 순간이 돼 버렸다. 아직 7마일이나 남았는데 결승점에 들어가겠노라고 마음먹는 건 멍청한 짓이라고 생각했다. 그 순간 내가 어떤 고통을 느꼈는지 안다면 누구도 내가 결승점에 들어갈 수 없을 것이라고 단언했을 것이다.

하지만 나는 계속 달렸다. 내 속도는 점점 떨어졌다. 나는 고통을 최소화하면서도 계속 달릴 수 있는 주법이 어떤 것인지 찾기 위해 다양한 자세를 취했다. 어느 자세도 도움이 되지는 않았지만, 그 과정에서 달리기를 포기해야 한다는 생각은 점점 사라지기 시작했다. 고통을 더 이상 견딜 수 없을 지경이 되면 나는 "아이고, 하느님!"이라고 소리쳤다. 그 어떤 기도보다도 엄청난 말이었다. 그 다음에는 발걸음에 맞춰 숫자를 헤아렸다.

하나 둘 셋 넷. 하나하나 숫자를 헤아리는 행동은 그 순간 내가 할 수 있는 최상의 마음 다스리는 법이었다. 숫자를 헤아리면서 나는 내가 움직인다는 사실을, 또한 4,500걸음 정도만 움직이면 애브레이 공원에 있는 컨벤션 홀에 도착할 것이라는 사실을 깨달았다.

이런 고통을 겪고 있는데 알렌허스트가 보였다가 사라졌다. 딜 호수가 나타나는가 싶더니 컨벤션 홀이 모습을 드러냈고, 결승점까지 이 세상에서 가장 긴 세 블록이 나타났다. 황홀경 속에 빠진 채 달리기 시작해 고통 속에서 끝난, 도합 3시간 45분의 달리기였다.

몇 분 몸이 따뜻해지면서 기력이 돌아오는 것을 느끼고 있는 동안, 나는 마라톤은 내게 어울리는 경기가 아니라고 생각했다. 정말이다, 나는 그 경기에 합당한 연습을 하지 않았다.

지난 4월 이후 10마일 이상을 연습해 본 적이 없었고 마라톤 대회는 보스턴 마라톤이 마지막이었다. 그 정도 연습하고서 좋은 결과를 기대한다는 것은 바보들이나 하는 짓이다. 옛날에는 그래도 괜찮았을지 모른다. 하지만 나이는 많아지고 욕망은 줄어드는 지금에 이르러서는 마라톤을 이제 그만 놔주는 편이 가장 좋을 듯했다.

누구에게나 그 어떤 마라톤이든 마라톤을 한다는 것 자체가 불가능한 꿈처럼 여겨지는 시절이 있다. 5마일 이상의 거리를 달린다는 사실을 도저히 상상할 수 없을 때가 있는 법이다. 나도 그랬다. 내 목표는 즉각적이고(1마일을 5분에 끊는 일) 실제적(몸을 제대로 만드는 일)이었다.

그런데 부지불식간에 달리는 시간이 점점 더 늘어나기 시작했다. 조지 산타야나가 마지막 청교도라고 일컬은 올리버 앨든의 운동처럼 달리기는 반드시 필요한 행위가 됐다. 산타야나는 이렇게 썼다. "매일 두 시간씩은 밖에서 몸을 움직여야 한다는 것은 이제 누구도 부인할 수 없는 상식이 됐다. 그러지 못할 때, 육체는 불안정해지고 정신 활동은 거북해지며 내면은 끔찍한 마음으로 잠겨든다."

앨든의 경우에는 두 시간 동안 노를 젓거나 말을 탔는데, 그걸 통해 그는 종교 활동이나 시를 읽으면서도 만나지 못했던 대자연과 순수한 대화를 나눌 수 있었다. 그리고 산타야나의 말에 따르자면 그 활동을 통해 더없이 기쁘고 완벽하며 독립된 존재로 남을 수 있게 됐다.

'불립문자의 그 종교 속으로의 몰입'이라면 충분하지 않을까? 뼈를 약하게 만들 정도의 피로감과 심지어는 걸어서 결승점을 통과하는 불명예를 짊어질 가능성도 있는데 왜 26마일 달리기 속으로 빠져드는 것일까? 찰스 강에서 노젓기에 몰입하거나 상쾌한 뉴 잉글랜드의 한낮을 말 위에서 보낸 앨든의 청교도적인 행위에 마라톤도 필적할 수 있을까? 마음의 작용이 멈추는 또 다른 의무, 하지 않아도 되는 또 다른 도전, 바라지도 않았던 또 다른 특권. 반드시 뭔가를 이루어야 하는 점에서 말이다.

아래층 TV 속의 카림 압둘-자바는 윌트 쳄벌레인과 1대 1로 맞붙으며 NCAA 농구팀 포트햄의 찰리 옐버튼이 운동선수의 기본 자질이라고 말한 바 있는 자신의 본성을 드러낸다. "운동선수라면 그게 어떤 경기이든 자신의 본모습을 드러낼 수 있어야 한다."

나는 여전히 모르겠다. 하버드 대학 팀의 주장이 앨든에게 이런 편지를 쓴 바 있다. "선생님은 시간이 남아돌아서 신선한 바람과 경탄할 만한 일몰을 쫓아다닐 수 있을지 모르지만, 우리는 연습을 해야만 합니다. 우리는 그럴 만한 시간이 많지 않은 데다가 예일 대학 팀을 이겨야 하거든요."

아마 우리는 이 두 가지 태도를 모두 지닐 수 있을 것이다. 내가 원하는 건 더 많이 달리기이지, 그 반대 경우가 아니다. 2월의 마라톤에서 고통과 괴로움과 말로 표현할 수 없는 피로를 느꼈다면 3월에는 또 다른 경험을 원한다.

자신이 누구인지, 어디를 향해 가는지 알고 있다면 4월의 보스턴 마라톤은 매일 오후에 달리는 쉬운 달리기가 될 것이다. 아름다운 노을과 신선한 공기 속에서 달리기를 마치고 집으로 돌아갈 때처럼, 온몸이 데워지고 나른한 상태에서도 달리기가 끝난 뒤의 힘과 충만함을 느끼면서 결승점으로 들어올 수 있을 것이다. 그러면 2월의 공허했던 그 마음은 가뭇없이 사라질 것이다.

월요일자 신문에 실린 쇼어 마라톤 대회 경기 결과표에서 내 이름을 본 사람이 있을지도 모르겠다. '기타 부문 완주자'라는 제목 아래에 '69위, 조지 쉬언, 쇼어 A.C. 소속, 3:18:32'라고 인쇄돼 있었다. 나쁘지 않다고 생각할지 모르겠다. 235명이 달렸으니 순위도 나쁘지 않다. 내 최고 기록이 3시간 2분이고 노력을 멈추지 않았을 때의 최저 기록이 3시간 33분이라는 사실을 감안하면 완주 시간도 나쁘지 않다. 그렇게 생각할 수도 있다. 하지만 틀렸다.

왜냐하면 그 마라톤에는 눈물도, 고통도, 탁월함도 없었기 때문이었다. 수치스러워서 앞으로 내 머릿속에서 지워 버렸으면 하고 생각하는 마라톤이기 때문이었다. 신중함이 소심함으로, 조심스러운 마음이 겁으로, 꺼리는 마음이 두려움으로 바뀌는 지점이 어딘지 정확하게 보여 준 마라톤이기 때문이었다.

42.195킬로미터의 마라톤을 앞둔 모든 러너는 신중하고 조심스럽고 꺼리는 마음이 들지 않을 수 없다. 퍼시 세러티는 "32킬로미터는 누구나 달릴 수 있다. 하지만 마라톤을 완주할 수 있는 사람은 많지 않다"고 말했다. 그 나머지 10킬로미터가 푼돈이든 큰돈이든 판돈의 향방을 결정한다. 우리가 쌓아 놓은 육체적 판돈이 1분 만에 사라져 버릴 수도 있다.

왜 그런지 아는 사람이 없다. 어떤 생리학자들은 20마일에 이

르면 몸속에 축적된 (포도)당이 모두 소진되기 때문이라고 말한
다. 아마 그럴지도 모르겠지만, 그 원인이 어떻든 러너는 달리는
도중에 어떤 기분이 들었든 32킬로미터에 이르면 끔찍한 일이
기다릴지도 모른다고 생각한다. 이 때문에 마라톤은 쉽게 예측하
기가 어렵고 위험 요소가 많은 운동이 됐다. 그 모든 것을 결정하
는 것은 초반의 속도다. 그래서 소심한 게임 전략을 펼칠 때는 첫
7마일을 워밍업 과정으로 여기고 나머지 20마일을 진짜 마라톤
으로 생각하는 전략도 있다.

변명의 여지없이 내가 꼭 그런 짓을 저질렀다. 나는 마라톤을
완주할 수 있을 만큼 많은 거리를 연습했다. 쇼어 A.C. 동료들과
함께 오래 달리기를 했으며 일주일 전에 함께 10마일을 달릴 때
는 누구보다도 빨리 뛰었다(기록은 62분이었다). 하지만 마라톤을 시
작해 1마일을 채 지나지 않았을 무렵, 동료들 중 4분의 1은 내 워
밍업 속도보다 더 빠른 속도를 유지해 앞서 나갔다. 내가 유지한
속도는 초반 7마일용이 아니라 반환점까지 지켜야 할 속도였다.

반환점을 1마일 반 정도 남겼을 때, 동료들이 결승점을 향해
나오는 반대 방향으로 달려갔다. 나보다 거리상으로는 3마일, 시
간상으로는 24분이 앞선 셈이었다. 그들은 경기와 코스와 날씨
(화씨 40도에 바람은 하나도 없는 더없이 좋은 날이었다)에 자신들의 모든 걸
걸고 있었다. 그들은 도전한 셈이었다. 어떻게 될지 모르는 위험
속으로 기꺼이 들어간 셈이었다. 엄청나게 대단한 걸 얻어 내지
못한다면 모든 걸 잃고 마는 가능성을 향해 자신들의 존재를 활

짝 열어 놓은 셈이었다.

그러는 동안, 나는 미끄러지고 있었다. 이건 제임스 디키의 시 '구출'에 나오는, 하루하루 연명하는 인간인 에드 젠트리의 다음과 같은 말과 같은 의미이다. "미끄러짐은 삶의 윤활유다. 미끄러질 때, 우리는 자신이 할 수 있는 가장 적당한 방법을 찾아 마찰을 없앤다. 그렇게 되면 삶이 편안할 정도로 순조로워진다."

하지만 삶을 미끄럽게 살아가든, 순조롭게 살아가든 때로는 종교적인 맹신이 필요할 때가 있다. 나는 반환점에 도착했다. 내가 154등으로 반환점을 돌았다는 사실이 도움이 됐을지 모르겠다. 그 사실에 마음가짐이 조금 달라졌을지 모른다. 하지만 어쨌든 앞서간 동료들을 따라잡으려면 전속력으로 달려야 했다. 나는 해변을 달리는 블루 카밋 특급열차처럼 브라이트 해변을 지나갔고 롱 브랜치를 질주했다. 나는 1마일을 지날 때마다 일고여덟 명의 러너들을 추월했다.

결승점까지 5마일 정도가 남았을 때 나는 힘들게 달리고 있는 폴 킬(그날 최고로 달려 보스턴 마라톤 참가 자격을 얻었다)을 따라잡았고, 4분의 1마일 정도를 남겨 뒀을 때는 이제 걷고 있는 진 마이너를 추월했다. 내 앞에서 톰 바움은 3시간 3분의 기록으로, 세계에서 열 번째로 빠른 여자 선수인 팻 배릿은 3시간 4분의 기록으로 결승점을 통과했다.

결승점에서 나는 많은 사람들에게 좋은 말을 들었다. 기록은 그다지 나쁘지 않았고 나는 반환점 이후 지옥 같은 13.1마일을 달려왔다. 하지만 나는 내 위치가 어딘지 알고 있었다. 바움이나 팻의 자리에 있어야 하거나, 지쳐서 걸었거나 둘 중의 하나였어야 했다. 나는 그 가운데 길을 택했다. 뜨뜻미지근한 길을 택한 것이다. 그래서 거의 모든 사람들이 상을 받는 동안, 나는 더 이상 기다릴 수 없었다. 나는 그 대회를 머릿속에서 지우고 싶었다.

집으로 돌아오는 길에 나는 《그레코에 대한 보고서》에서 니코스 카잔차키스가 쓴 글을 떠올렸다. 카잔차키스는 할아버지의 유령에게 자신이 할 바를 알려 달라고 부탁했다. 할아버지는 "할 수 있는 한 멀리까지 손을 뻗어라"라고 대답했다. 하지만 카잔차키스는 그 말을 무시하고 더 어려운, '크레타인'에게 어울릴 만한 명령을 내려 달라고 부탁한다. 할아버지의 유령은 천둥 같은 목소리로 외친다. "할 수 있는 한, 멀리까지 손을 뻗어라!"

그 말을 내 달리기 셔츠에 써 놓아야겠다. 마라토너에게 그보다 더 좋은 충고가 있다면 귀를 기울이겠다. 우리가 진정 자기 자신의 참된 모습을 찾으려 든다면 그건 매 순간 실패할 위험을 안는다는 뜻이다. 자신의 능력이 어디까지인지 알게 됐다면 결승점까지 걸어서 들어가게 된다고 하더라도 하나도 부끄러울 게 없다.

그렇기 때문에 신문에 실린 경기 결과만 보고서 누가 성공했고 누가 실패했는지 섣불리 말해서는 안 된다. 누가 그저 매끄럽게 달렸고 누가 닿을 수 없는 곳까지 손을 뻗었는지, 누가 20마일 달리기 선수였고 누가 진정한 마라토너였는지, 신과 러너 자신만이 알 뿐이다.

"고통과 죄악과 죽음은 정직하게 마주했을 때 극복할 수 있을 뿐, 그렇지 않다면 그 고리를 끊을 수는 없다"고 윌리엄 제임스는 썼다. 진정으로 멋진 삶을 살고자 한다면, 이 대우주를 통해 자신의 소명을 알고자 한다면, 행복만으로는 부족하다고 그는 덧붙였다.

정신과 의사인 빅터 프랭클도 이 '인간 존재의 비극적인 세 요소'를 대면할 것을 주장한 사람이다. 지나간 일에 대한 우리의 죄책감, 지금 겪는 고통 그리고 앞으로 찾아올 죽음. 두 사람 모두 이 세 요소는 무시하거나 회피할 수 없으니 똑바로 지켜보면서 이겨 내라고 경고했다.

그런데 이런 것들과 마주칠 수 있는 곳은 과연 어디일까? 원하는 즉시 고통을 느낄 수 있는 곳이란? 죄악과 정면으로 부딪쳐 자신을 정화할 수 있는 곳이란? 죽음을 경험하고도 다시 삶으로 돌아올 수 있는 곳이란?

내가 보기에 이 물음에 대한 가장 훌륭한 대답은 운동이다. 운동을 통해 삶은 몇 시간으로 압축된다. 삶에서 느낄 수 있는 모든 감정을 2에이커 정도의 운동장에서 느낄 수 있다. 뉴욕의 공원을 지나는 6마일 정도의 길 위에서 한 인간은 고통을 받고 죽었다가 다시 살아나기도 한다.

운동은 죄인이 성자로 바뀔 수 있고 평범한 사람이 영웅으로 다시 살 수 있는 무대다. 과거와 미래가 현재 속에서 하나가 된다. 이상한 일이지만 운동을 통해 우리는 이 세계와 하나가 되는 최상의 경험을, 그 모든 불화를 넘어서 마침내 자신의 숨겨진 모든 능력을 발휘하게 되는 최상의 경험을 하게 된다.

나는 달리기 대회에 나가면 매번 이 특이한 경험을 한다. 대회가 시작될 무렵에는 희망뿐이다. 출발선에 서면 몸 안에 희망이 가득 차 있다는 즐거움이 든다. 희망은 내 몸 안에 그리고 내 주변에 선 사람들 안에 들어 있다. 그런 자신감과 기대 심리와 일치감이 들기 때문에 어느 대회나 축제가 된다.

모든 대회는 제임스가 '한 번 사는 사람'이라고 불렀던 낙관적인 상태 속에서 시작한다. 나쁜 점이 있다면 그저 무시하는 상태다. 2마일을 달린 뒤, 내가 언덕을 오르고 있다면 조금 달라졌다는 걸 알게 된다. 삶은 이제 더 이상 멋지고 아늑하고 편안하지 않다. 언덕을 오를 때, 삶은 너무나 부족하고 고통스럽고 위험하게 느껴진다. 내 육체는 이제 산소를 찾아 비명을 질러댄다. 나는 태어날 때나 병에 걸렸을 때나 사고를 당했을 때 다른 사람들이 얼마나 아팠을지 짐작할 수 있게 된다. 한 번만 그렇게 겪으면 좋겠지만, 그게 반복되리라는 걸 안다. 왜냐하면 언덕 너머에도 언덕은 있기 때문이다. 매번 지난번보다 더 힘들 것이다.

지나간 뒤에도 언덕들은 내 몸 안에 여전히 남는다. 왜냐하면 과거의 모든 경험은 나의 살과 뒤섞이기 때문이다. 몸 안의 세포 하나하나가 과거의 경험을 담고 있다. 언덕과 고통에 똑바로 마주하느냐, 언덕과 고통을 회피하느냐, 양자택일의 문제다.

고통과 죄책감은 대개 함께 다가온다. 언제나 나는 조금 더 잘할 수 있었다고 생각한다. 어느 순간에 마음을 쉽게 먹었기 때문에 전적으로 몰두하지 못했다고 후회한다. 전에도 늘 그랬듯이 나 자신의 참된 모습을 찾는 데 실패했다고 확신한다. 고통과 죄책감이 가득한 채, 나는 언덕을 벗어난다. 그 고통과 죄책감을 값어치 있는 것으로 만들어 줄 길을 찾으며. 좀더 나은 순위, 좀더 나은 기록, 좀더 나은 달리기를 기대하며.

주위를 돌아보면 모든 러너들이 마찬가지로 행동한다. 대회 참가자는 축제에 참가한 기분으로 달리기 시작해서 패퇴하는 패잔병 같은 느낌으로 결승점에 들어가게 된다. 말 없고 인내심이 강하고 자기 기분을 잘 드러내지 않는 러너들이 자기 안에 숨겨둔 호랑이를 끄집어내면서 곳곳에서 조금 전까지 친구였던 사람과 맞서는 광경을 찾아볼 수 있다. 이제 도처에서 순위 다툼이 시작된다. 그 사람이 45등이든, 86등이든, 293등이든, 내가 뒤처지는 한 내 앞에서 달리는 사람을 1등이라고 생각하지 않을 수 없다.

그러다가 우리는 마지막 남은 구간을 서로 앞지르려고 달리기 시작하는데, 이때는 서로 자극받아 더 잘하려고 노력하게 된다. 서로 더 이상 쏟아부을 게 없을 때까지 남은 힘을 쏟아붓는다. 오직 '나'만이 남을 때까지. 그 순간 나는 고통도, 죄책감도 넘어선다. 나는 평상시에는 한 번도 가 보지 못했고 겪어 보지 못했고 닿지 못했던 곳에 이른다. 그 마지막 몇 야드를 달릴 때, 나는 의사인 엘리자베스 퀴블러-로스가 죽어 가는 환자를 두고 육체를 벗어나 평온과 완전함 속에 떠다닌다고 묘사한 상태를 경험하게 된다. 마치 몇 초간 내 몸에서 벗어나 결승점을 향해 달려가는 자신을 바라보는 듯한 느낌이 든다. 어떤 일을 해 낸다는 성취감에서 잠시 벗어나 일어나는 모든 일에 온전한 평화로움을 느낀다.

달리기란 그런 것이다. 레드 블레이크는 축구란 인생과 가장 비슷한 운동이라고 말했다. 물론 정확하게 말하자면 삶이란 축구 같은 경기라는 뜻이리라. 운동선수라면 자신이 하는 운동이 가장 삶과 비슷하다고 느낄 것이다. 운동선수라면 운동할 때, 자신이 살아 있다는 걸 알게 될 것이다. 고통과 죄악과 죽음에 똑바로 마주서서 그것들을 이겨 낼 수 있는 곳이 어딘지 알 것이다.

삶이란 시합 사이에 흘러가는 시간에 불과하다.

운동선수의 시간은 삶의 유한성을 강조한다. 우리 대부분은 이 생각을 마음에서 몰아낼지도 모른다. 인생은 짧고 인간은 부패할 수 있다는 두 가지 사실에 대해 우리는 생각하고 싶어 하지 않는다. 삶은 유한하다는 사실이 삶에 압력을 가하고 강화하며, 긴급하고 절박하게 매 순간 최선을 다하게 만든다고 오르테가는 말했다.

삶에 최선을 다하는 바로 그 순간, 특이하게도 과거와 현재와 미래는 하나가 된다. 운동선수는 매 경기에서 이런 시간의 느낌을 경험한다. 마치 아메리칸 인디언들에게 과거, 현재, 미래를 지칭했던 단어가 오직 하나였던 것처럼. 아인슈타인도 이 원시적인 시간의 감각을 받아들였다. 그는 평생 우정을 나눴던 친구가 세상을 떠났을 때 이렇게 말했다. "이제 그는 나보다 조금 앞서갔다. 그 사실은 그리 중요하지 않다. 물리학을 믿는 이들에게 과거와 현재와 미래의 분리는 오직 환상일 뿐이다."

시간에 대한 이러한 인식에 더해 운동선수는 자신 앞에 펼쳐질 시간에 고난과 고통, 불편함이 반드시 존재하고 또 극복되어야 한다고 자각한다. 그렇지 않으면 그는 진짜 게임 속에 있는 게 아니라고 생각하면서 인생을 겪게 될 것이다.

윌리엄 제임스는 스포츠에 필요한 끔찍한 피로와 소모와 고통을 만나는 일이 한 인간을 존재의 선물을 다루는 심오한 길로 이끈다고 생각했다. 우리 대부분은 빼앗기기 전까지는 이 존재의 선물을 깨닫지 못한다. 심리학자 에이브러햄 매슬로는 심각한 관상동맥 질환으로 고통받다가 거의 죽음에 이르렀을 때 이렇게 말했다. "모든 것들이 두 배로 소중해진다. 당신은 살아가고, 걷고, 숨 쉬고, 먹고, 친구를 만나는 모든 행동에 마음이 저릴 것이다. 매일 매 순간이 달라진다."

프랑스의 시인 샤를르 페귀는 인간은 자신의 죽음에 책임이 있다고 말한다. 각자의 죽음은 그만의 개성이며 그만의 스타일로 행해져야 한다. 나는 9월에 서핑을 하다가 평범한 죽음을 경험할 뻔했는데, 그 방식은 나에겐 적절하지 않았다. 나는 마라톤을 하면서 상징적으로 죽음을 경험한 적이 있는데, 이것이야말로 내가 끝을 내야 할 방식이라는 것을 확실히 알 수 있었다. 힘껏 달리다 마침내 멈추어 서서 멋진 이륜마차처럼 무너지는 것 말이다. 조용한 루저로 오랫동안 살아온 나 같은 사람은 그저 아무것도 남지 않았을 때 그때가 온다. 죽음이 환영받는 그 시간이 온다. 그저 한 발도 더 이상 디디지 못하게 된다.

내가 보기에 우리가 할 수 있는 최선의 일은 제대로 죽는 것이다. 인생에는 경주용 차를 운전하거나 정부를 운영하거나 부를 축적하거나 혹은 도시를 건설하는 일, 심지어 마라톤을 달리는 일 이상의 것이 있을지도 모른다. 그러나 이 삶에서는 아니다. 그러니 모든 힘을 다해 지금 하고 있는 그 일을 하라.

왜 마라톤인가? 그 답은 벽에 있다.

그것은 32킬로미터 지점에서

부딪히게 되는 심리적인 장벽이다.

마라톤을 완주해 본 러너들은

이 벽이 나타나는 순간

이제 지난 32킬로미터만큼이나 힘든

10킬로미터가 남았다는 사실을 잘 알게 된다.

그래서 마지막 10킬로미터는

의학적 상식으로는 도저히 설명이

불가능한 방식으로 달려가는 수밖에 없다.

러너는 혼자서 그 벽을 뚫고 지나가야 한다.

경험하기

15년 전, 나는 처음으로 보스턴 마라톤에 참가했는데, 시합은 클럽에서 달릴 때보다 약간 더한 정도였다. 참가선수는 모두 225명이었다. 하지만 참가자 대부분은 도전해 보자는 심사였거나 그냥 한번 뛰어 보자는 심사였다. 어떤 사람들은 비만에다가 몸도 갖춰지지 않은 채, 체육복이나 테니스복 같은 옷을 입고 있었다. 마라톤화 대신에 스니커즈를 신고 나온 사람도 있었다. 그 해였던가, 그 다음 해였던가, 프래밍엄까지 내 앞에서 달리던 사람은 중산모까지 쓰고 있었던 걸로 기억한다.

보스턴 마라톤에서 뛴 첫해에 나는 3시간 7분의 기록으로 96등을 했는데, 덕분에 나는 미국을 통틀어 마라토너 중에서는 1백 위 안에 들 수 있었다. 지금은 그런 기록으로는 5백 위 안에도 들지 못할 것이다. 그 시절에는 미국에서 한 해 동안 열리는 마라톤 대회가 7개뿐이었지만, 지금은 2백 개가 넘는다. 참가자 수도 2200명까지 육박하더니 지금은 지난 해 기록이 3시간 이하인 사람들로만 참가를 제한하고 있다. 여성과 40세 이상은 기록이 3시간 30분 안이면 참가 자격을 얻을 수 있다.

도대체 그 많은 사람들이 갑자기 어디 있다가, 또 무엇 때문에 달리기 시작한 것일까? 이런 이상 열기는 어디서 비롯했을까? 왜 평범한 사람들이 갑자기 달리기 시작하는 것일까?

그 답은 내 경우에 비춰 말할 수 있을 텐데, 나마저도 이유가 시시때때로 변한다. 그러므로 요즘 내가 달리기를 하면서 깨달은 것들을 말해 보겠다. 그 다음에 왜 마라톤을 하게 됐는지 설명할 수 있을 것이며, 마지막으로 계속 마라톤에 빠져들게 하는 이유가 무엇인지도 말할 수 있을 것이다. 다들 알다시피 마라톤을 한 번만 뛰어 보는 러너는 없다. 러너는 몇 번이고 마라톤을 완주한다. 러너들은 완벽한 파도를 찾아 나서는 서퍼들과 비슷하다.

내가 왜 달리기 시작했는지는 이제 중요하지 않다. 달리고 싶은 마음이 들었기 때문이라고 설명하면 그만이다. 그 다음에는 저절로 달리기 시작했다. 달리기를 통해 나는 새롭게 태어날 수 있었다. 달리면 달릴수록 더 달리고 싶었다.

한 가지 이유를 들자면, 힘이다. "먼저 좋은 동물이 되어라"라고 에머슨은 말했다. 나는 그렇게 했다. 나는 내 몸에 대해 알게 됐고 몸을 즐기게 됐다. 전에는 온 힘을 빠지게 했던 일들이 그 다음부터는 그다지 노력이 필요 없는 일이 됐다. 전에는 TV 앞에서 졸던 내가 뭔가 할 일이 없을까 싶어서 집 안팎을 두리번거리게 됐다. 나는 삶에서 더 많은 일들을 하게 됐다.

그러다가 나는 놀이를 발견했다. 아니, 놀이를 되찾게 됐다. 나는 달리기가 재미있다는 걸 깨닫게 됐다. 지루한 일상에서 벗어나 한 시간 동안 달리는 동안, 나는 재미와 즐거움을 느꼈다. 그렇게 한 시간 동안 놀다가 그만 나의 참된 모습을 발견했다. 아니, 되찾았다. 45년의 세월이 흐른 뒤에야 내가 어떤 종류의 인간인지 알게 됐으며 그 모습을 받아들였다.

이렇게 말하고 보니 건강해지고 재미를 찾았고 자아를 발견했으니 충분한 것처럼 느껴진다. 하지만 그렇지 않다. 나는 도전하고 싶었다. 시험해 보고 싶었다. 내 한계가 어디까지인지 알고 싶었고, 그 다음에는 그 한계를 넘어서고 싶었다. 즐겁게 달리고 힘이 충만해지는 것만으로는 충분하지 않았다.

이 시점부터 윌리엄 제임스의 철학에서 발견할 수 있는 생각들이 쏟아져 나오기 시작했다. 내가 그 어떤 말로 표현하든 그 생각은 제임스의 다음과 같은 문장을 넘어서지 못했다. "숭고할수록 향취는 더해지는 법. 굽히지 않는 삶을 우리는 찾아 나선다."

제임스는 쉽게 타협하는 자들, 무난하게 살아가려는 자들에게는 어울리지 않는 철학자다. 제임스는 노력을 신봉했다. 제임스는 우리의 사람됨을 결정하는 것은 지성도, 체력도, 재력도 아니라고 생각했다. 그것들은 마음만 먹으면 얻을 수 있는 것들이라고 말했다. 우리에게 진짜 중요한 문제는 얼마만큼 자발적으로 노력할 수 있느냐다.

제임스는 우리가 자신의 생각보다 훨씬 더 많은 노력을 기울일 수 있다고 했다. 우리는 자신이 지닌 힘을 제대로 발휘하지 못한 채 살아가고 있기 때문에 이 저장고의 마개를 여는 법을 배워야 한다. 그는 이를 위해서는 '힘을 끌어내는 인자', '도덕적으로 합당한 전쟁'이 우리에게 필요하다고 했다. 전쟁터가 그렇듯 이는 영웅이 태어나는 극장이며, 한 인간이 자신의 용기와 의지를 피력할 수 있는 경기장이며, 자신의 능력을 최대로 발휘할 수 있는 무대이다.

나 같은 부류의 사람들에게는 마라톤이 바로 그렇다. 마라톤을 할 때 우리는 윌리엄 제임스가 말한 바로 그 일을 한다. 제임스는 우리가 지금 하는 일 이상을 해낼 수 있다고 말한 심리학자다. 자신의 경험을 소중하게 생각하는 사람이라면 누구나 귀를 기울일 얘기를 들려준 철학자다. 맞서 싸우는 가운데 행복이 있다는 사실을 알게 됐으며 굳센 마음과 용기와 끈기로 힘든 일에 다가가야만 의미 있는 삶이 시작된다는 사실을 깨달은 사상가다. 그런 일이 어디 있느냐고 묻는다면 마라톤이 좋은 예가 될 것이다.

이렇게까지 말했지만, 아직도 무슨 말인지 이해하지 못할 수도 있다. 42킬로미터와 195미터를 달리는 게 왜 그렇게 대단한지, 그게 왜 그렇게 특별한지, 왜 마라톤만 그렇고 다른 경기는 그렇게 될 수 없는지 이해하지 못할 수도 있다.

그 답은 벽에 있다. 마라톤의 벽이란 32킬로미터 지점에서 부딪히게 되는 심리적 장벽을 뜻한다. 마라톤을 완주해 본 러너들은 이 벽이 나타나는 순간이 진정한 반환점이며, 이제 지난 32킬로미터만큼이나 힘든 10킬로미터가 남았다는 사실을 잘 알고 있다. 정말 32킬로미터 지점부터 진정한 마라톤이 시작된다. 거기에 벽이 있기 때문이다.

이 벽을 넘어서는 것이 에베레스트를 정복하는 것이라면, 그때까지는 작은 봉우리를 넘어온 셈이다. 러너가 무너지기 시작하는 곳도 바로 거기다. 이 문장을 적어 내려가는 것처럼 빨리 무너질 수도 있고, 결승점까지 걸어가는 것이 점점 가시밭길 위를 맨발로 달리는 것으로 바뀌어 천천히 무너질 수도 있다.

웬만큼 연습한 러너라면 32킬로미터 지점까지는 누구나 달릴 수 있다. 아침에 일어났다가 다음 주 일요일에 32킬로미터 달리기가 센트럴 파크에서 개최된다는 기사가 실린 〈뉴욕타임즈〉를 읽고 마음이 동했다면, 당장 짐을 꾸려 찾아가면 된다.

하지만 설사 바로 집 앞에서 마라톤 대회가 열린다고 하더라도 준비가 안 됐다면 포기해야 한다. 마지막 10킬로미터를 달릴 준비가, 벽을 넘어설 준비가 없었기 때문이다.

많이 달려 본 사람이라고 하더라도 그게 정확하게 어떤 것인지 설명하지는 못한다. 혈중 포도당 비율이 낮아졌거나 유산이 과다 축적돼 찾아오는 피로감 때문에 그냥 심리적으로 위축되는 것일까? 아니면 탈수나 체온 상승 때문일까? 그렇지 않다면 혈

류량의 상실이나 많은 러너들이 짐작하는 대로 체내 글리코겐의 고갈 때문일까?

그 어느 것도 분명하지 않다. 이유야 어떻든 일관되게 자신의 몸을 통제해 온 러너는 그 순간부터 통제력을 잃어버리고 만다. 그래서 마지막 10킬로미터는 의학적 상식으로는 도저히 설명이 불가능한 방식으로 달려가는 수밖에 없다. 벽에 맞닥뜨린 순간부터 러너는 혼자서 그 벽을 뚫고 지나가야 한다.

인디아나주 먼시에 있는 볼 주립대학교 인간행동연구소의 소장이자 운동 심리학자인 데이비드 코스틸 박사는 벽이라는 게 있을 리 만무하다는 생각에 직접 마라톤을 달려 보았다. 하지만 그 지점에 이르렀을 때, 그는 이런 말을 했다. "모든 게 소진된 듯한 그런 느낌은 난생 처음이었다. 더 이상 달릴 수도, 걸을 수도, 서 있을 수도 없었다. 주저앉는 일마저도 상당한 힘이 필요했다."

바로 그게 달리기다. 처음에는 그냥 달리면서 시작한다. 그러다가 마라톤에 한번 도전해야겠다는 생각이 드는 날이 온다. 그리고 벽을 만난다. 그 벽을 넘어서기 위해 많은 노력을 기울였다고 해도 뛰고 나면 늘 더 잘 할 수 있었다고, 더 힘을 모을 수 있었다고, 더 꿋꿋하게 버틸 수 있었다고, 더 용기를 낼 수 있었다고, 더 끈기를 발휘할 수 있었다고 생각할 것이다. 언제나 이번만은 자신이 생각하는 멋진 러너로 그 벽을 넘을 수 있을 것이라고 생각할 것이다.

15년 동안 50여 회의 마라톤을 뛰어 본 나로서는 이 정도가 가장 잘된 설명인 듯하다.

마라톤에서 달리고 싶다면 윌리엄 제임스를 연구해 보라. 기술이
나 훈련은 조금 뒤에 익혀도 상관없다. 조급하게 굴지 않아도 곧
적당한 마라톤화를 구할 것이며, 어떤 옷을 입고 어떤 음식을 먹
고 어떻게 연습하고 얼마나 달려야 하는지 깨닫게 될 것이다. 그
런 것들보다 먼저 깨쳐야 하는 것은 완주할 수 있다는 것, 당신이
든 그 어떤 누구든 완주할 수 있다는 사실이다.

그 다음에는 완주가 가능할 뿐만 아니라 당신에게 완주가 필
요하다는 사실을 깨쳐야 한다. 언뜻 아무리 어려워 보이더라도
할 수 있고 해야 한다면 즐겁고도 행복하게 그 일을 할 수 있는
길이 여러 가지가 있다.

제임스는 그 길에 대해 가르쳐 준다. 제임스는 심리학자로서
우리가 지금보다 더 많은 일을 해낼 수 있다고 말한다. 제임스는
철학자로서 자신의 경험을 소중하게 여기는 사람들이 솔깃해 할
만한 얘기를 들려준다. 다른 사람들의 눈에 보이는 것보다 더 많
은 능력을 지니고 있다고 생각하는 사람들이 주목할 필요가 있
다. 제임스는 사상가로서 행복을 발견하고 지켜 가는 법을, 자신
이 하는 일과 끈기를 발휘하는 일에서 그 행복을 찾는 법을 가르
쳐 준다.

제임스는 행복을 연구하는 과학자다. 제임스는 과학을 뛰어넘
어 온갖 소중한 재능이 숨겨진 인간의 마음으로 들어가 그 재능

을 발휘할 수 있는 힘을 찾아낸다. 제임스에게 삶이란 맞서 싸우기이다. 삶은 행동과 고통과 성취 위에 서 있다고 그는 말했다. 삶의 핵심적인 의미는 그런 영속적인 데 있다. 강건한 마음으로 용기와 끈기를 발휘해 낯선 생각을 실현하는 행위이다.

고통 속에서, 그러나 살아 숨 쉬는 가운데 땀과 고통과 본능을 최대한 발휘하면 우리의 정신을 일깨울 수 있다며 제임스는 이렇게 말했다.

"인간은 뻗어 나가야만 한다. 한 방향이 안 된다면 다른 방향으로."

마라톤이 그 한 방향이 될 수 있다. 42.195킬로미터를 달리기란 여간 힘든 게 아니기 때문에 진정으로 인간은 뻗어 나가게 된다. 32킬로미터 지점에 이르면 반 정도 왔다고 말하는 사람들이 있다. 대부분의 사람들은 32킬로미터를 달릴 수 있다. 하지만 나머지 10킬로미터는 앞서의 32킬로미터를 달려온 것과 맞먹는다. 그렇기 때문에 러너는 절대 한계까지 자신을 밀어붙일 수밖에 없다. 그러므로 자기 안에 숨겨진 저장고의 뚜껑을 열어젖힐 수밖에 없다. 자신이 지닌 모든 굳센 마음과 용기와 끈기를 발휘해야 한다.

제임스라면 어떻게 생각했을까? 마라톤이 이런 소중한 힘이자 위대한 인간의 원천을 쓸데없이 낭비한다고 생각했을까? 나는 그렇지 않으리라고 본다. 사실 제임스는 누구보다도 마라톤 러너들에게 필요한 말을 많이 했다. 제임스는 언제나 고결한 삶, 가난한 삶, 운동하는 삶을 옹호했다. 제임스는 운동선수와 성자들에게 매혹됐는데, 그가 보기에 그들은 신을 위해 행동하는 운동선수였다. 제임스는 늘 금욕적인 삶을 숭앙했다. 금욕이란 그리스 어원에 따르면 운동선수의 훈련에 가깝다. "금욕주의는 인간 실존에 다가가는 심오한 길"이라고 제임스는 갈파했다.

그는 이런 종류의 훈련을 통해 인간은 최대치의 능력을 발휘할 수 있다고 생각했다. 또한 이를 통해 자신이 한 번도 경험하지 못했던 강함과 영웅적인 태도와 고통과 어려움을 견디는 인내심을 찾을 수 있다고 생각했다. 원한다면 자신이 어떤 사람인지 발견할 수 있다고 했다. 우리가 전에 한 번도 이르지 못했던 높은 봉우리에 오름으로써 발견할 수 있다는 얘기다.

그렇다면 제임스가 제안한 습관의 형성 방식을 통하면 이런 상태에 더 빨리 이를 수 있다는 것일까? 잘 살아가고 더 중요한 일들에 매진하기 위해서 우리는 일상생활의 많은 부분을 습관화해야 한다고 그는 말했다. 그렇지 않으면 매번 어떤 결정을 내릴 때마다 시간과 노력을 들여야 할 것이다.

진정한 마라토너가 되고 싶은 러너라면 제임스에게서 좋은 습관을 익히는 법에 대해 배울 수 있다. 지침대로 올바르게 연습하면 훈련 과정에서 아무런 문제도 만나지 않을 것이다. 일주일에 30마일에서 50마일 정도만 연습한다면 고통스러운 마라톤에도 어느 정도 맞설 수 있는 준비를 갖춘 셈이다. 바람이나 추위나 모진 날씨에도 그다지 힘들어 하지 않고 거리를 달릴 수 있을 것이다. 그때가 되면 더 흥미로운 일이 있어도 길에 나서게 된다. 가정이나 사회적인 할 일도 미루고 길에 나서게 된다.

단호한 결심으로 시작하라고 제임스는 말한다. 드높은 포부와 굳세고 확고한 마음가짐으로 시작하라. 예외를 인정해서는 안 된다고 제임스는 경고한다. 굳센 마음을 풀어 버리기란 굳센 마음을 먹기보다 훨씬 더 쉽다. 달리는 시간 동안에는 그 무엇에도 방해받지 말아야 한다. 러너와 달리기 사이에 끼어드는 일은 하나도 없어야 한다.

그 다음에는 이런 습관을 들이는 행동 하나하나를 잘 이용해야 한다. 나아가 자기가 무엇을 할 것인지에 대해서 말하지는 말라. 그냥 행동으로 보여 주라. 그리하여 매일 조금씩 이렇게 연습하는 가운데 살아 있는 노력을 보여 주는 능력을 얻게 된다고 제임스는 말했다.

제임스의 말을 잘 새겨들은 마라토너는 육체적 능력을 최고치로 끌어올린 뒤, 마라톤이 요구하는 그 어떤 고통과 아픔에도 대가를 치르겠다는 마음으로 애국기념일인 4월 19일에 홉킨튼 커먼으로 몰려든다. 하지만 제임스는 보스턴으로 가는 러너들을 사로잡을 말들을 조금 더 얘기한다. 그건 바로 신비로운 상태, 종교적인 충만, 진리에 대한 의문 등이다.

경기가 반을 넘어서고 10킬로미터만 남게 되는 마지막 순간에 이르면 러너의 정신과 영혼은 그 육체와 하나가 되기 때문에 러너는 자신과 신을 전혀 새로운 방식으로 바라보게 된다. "경험을 통해 우리는 새롭게 소화해야 할 것들을 끊임없이 공급받게 된다"고 제임스는 말했다.

마라토너에게는 마라톤보다 위대한 경험이란 존재하지 않는다. 그리고 길을 달리는 마라토너에게 윌리엄 제임스보다 소중한 벗은 없다.

영국의 소설가 제임스 조이스는 호메로스의 《오딧세이아》에 나오는 10년의 세월을 더블린의 하루로 압축했다. 조이스는 영웅 율리시스의 정신과 영혼과 육체를 면밀히 살펴본 뒤, 평범한 인물 레오폴드 블룸을 만들었다. 로터스 열매를 먹고 시름을 잊는 자들, 애꾸눈 키클롭스, 키르케, 하데스, 사이렌, 요정 칼립소 등에서 일상의 삶을 살아가는 일상인들의 내면과 외면에서 일어나는 갖가지 일들을 떠올렸다. 그리고 잠에서 깨어나 다시 잠들 때까지, 자신이 창작해 낸 아일랜드 출신 유태인의 하루 속에 모두 집어넣었다. 모두 18시간이었다.

보스턴 마라톤은 세 시간 안에 그 모든 걸 경험한다. 다른 많은 운동과 마찬가지로 마라톤에는 인생이 집약돼 있다. 달리는 동안 마라토너는 일상의 삶을 살아가는 동안에는 예술가나 시인만이 분명히 느낄 수 있는 삶의 드라마를 경험한다.

마라토너에게 모든 감정은 평상시에 비해 고양된다. 고통도, 황홀함도 더없이 익숙해진다. 홉킨턴에서 보스턴까지의 여로는 트로이에서 이타카까지의 여로와 닮아, 한 인간이 자신의 본모습과 자신을 둘러싼 세계에 맞섰을 때 어떤 일이 일어나는지 잘 보여 준다. 왜 어떤 인간은 실패하고 왜 어떤 인간은 성공하는지 잘 보여 준다.

율리시스는 뛰어난 운동선수여서가 아니라 그 자신의 현재에 충실했기 때문에 성공할 수 있었다. 율리시스는 배를 만들어 항해했다. 율리시스는 레슬링을 하고 달리기를 하고 원반을 던졌다. 율리시스는 황소의 가죽을 벗기고 살을 도려내 요리했다.

하지만 이런 기술들만으로 율리시스의 성공을 말할 수는 없다. 비밀은 인내에 있었다. 율리시스는 그 어떤 삶이 자신을 향해 다가오더라도 받아들였다.

보스턴 마라톤에 참가하면 이런 태도를 비일비재하게 발견할 수 있기 때문에 누구라도 그런 것처럼 보인다. 나는 사람이라면 누구나 이런 태도를 지녀야 하며, 또한 노력한다면 누구라도 이런 태도를 지닐 수 있다고 생각한다. 이런 태도를 발견할 수 있는 곳으로 마라톤 대회만큼 좋은 곳이 없다. 왜냐하면 1등이든 아니든 마라톤을 하는 사람들은 모두 살아남느냐 아니냐의 기로에 선 사람들이기 때문이다.

이긴다는 건 사실 중요하지 않다. 올림픽 우승자를 기리는 노래에서 핀다로스는 "덧없도다, 사람의 즐거움이 머무는 계절은"이라고 읊었다. 우승해 본 사람들은 대부분 하우즈먼이 말한 것처럼 자신의 월계관이 소녀들의 화환보다도 덧없는 것임을 깨닫게 된다.

그러므로 마라토너에게는 그의 나이가 어떻든 '그 후로도 행복하게'가 있을 수 없다. 내일은 또 다른 시합이, 또 다른 시련이, 또 다른 도전이 기다리고 있을 것이다. 그 다음에도, 그 다음 다음에도 시합은 계속된다.

그렇다면 율리시스는 어땠을까? 그저 가만히 나이가 들기만 기다리는 왕으로 살아가는 데 만족했을까? 마라토너를 비롯해 그렇지 않았을 것이라고 생각하는 사람들이 많다. 단테는 율리시스가 옛 친구들을 불러 모아 새로운 모험을 찾아 나서자고 권했을 것이라고 생각했다. 율리시스는 이렇게 말했다. "너희의 지난날을 생각해 보라. 짐승처럼 살기에 어울리지 않는 자들이 너희이니 선행과 지혜를 찾아 나서도록 하라."

그런 소망이라면 곧 행동으로 옮겨질 것이다. 그리스인들은 온전한 인간이 되는 일에 많은 노력을 들였다. 안락한 삶에는 행복이 없으며 가만히 앉아서 하는 명상에는 지혜가 깃들지 않는다고 생각했다.

나이 많은 마라토너라면 다들 그 사실을 안다. 우리는 보스턴에서 그걸 배웠다. 단테의 생각을 이어받은 시인 테니슨은 율리시스가 다음과 같이 읊었다고 했는데, 그건 우리 내면에서 들리는 목소리이기도 하다. "지난날, 대지와 천공을 누비던 기력은 이제 우리의 것이 아니로되 우리는 여전히 우리로다. 세월과 운명은 우리를 쇠약하게 하였으나 분투하겠다는, 반드시 찾고야 말겠다는, 내 손에 넣겠다는 의지만은 더없이 강하도다. 그 무엇에도 굴하지 않겠다는 그 마음만은."

그 무엇에도 굴하지 않겠다는 그 마음이 모든 걸 말해 준다. 나이가 든다고 해서 인내하고 견디지 않을 수는 없다. 세월이 흐르는 동안, 그런 마음가짐은 더 나아질 수도 있다. 그러니 젊은이들을 부러워할 필요는 없다. 우리는 삶에게 무엇 하나 해 달라고 애걸하지 않는다. 삶이 내게 아무것도 해 주지 않아도 상관없다. 우리는 좋은 일과 지혜를 찾아 나서는 사람들이다.

테니슨은 "빼앗기는 그만큼 우리에게는 남는 것이 있다"고 썼다. 우리는 계속 살아갈 것이고 견딜 것이다. 우리는 다른 사람들보다 더 많은 것을 알고 있다. "멈추는 일은, 끝내는 일은, 불타오르지 않고 녹스는 일은, 사용되지 않아 빛을 잃는 일은 얼마나 무딘 일인가!"

나는 멈추지도, 쉬지도, 재능을 썩히지도 않을 생각이다. 율리시스의 후손이자 블룸의 형제로서 나는 살아남기 위해 애쓸 것이다.

나는 보스턴 마라톤에서 처음 몇 마일을 달릴 때까지는 이것이 세상에서 가장 쉬운 마라톤이라고 생각한다. 대회에 참가할 즈음 나의 몸 상태는 최고이기 때문이다. 내 몸은 군살이 하나도 없이 날렵하게 모든 준비를 마친다. 그런 몸에 대회 당일의 흥분이 불을 지핀다. 그래서 출발선이 있는 홉킨턴 커먼에 서 있다가 총성과 함께 달려 나갈 때면 나는 순수한 에너지 그 자체로 바뀐다.

시작은 언제나 웃음과 떠들썩한 대화와 다들 서로의 완주에 대한 기원으로 시작한다. 출발해서 얼마간은 자신의 몸 상태도 상쾌하기만 하다. 빨리 걷는 것보다 약간 빠를 정도라 무난하고 편안하다. 나는 몸을 풀면서 달릴 때보다 약간 빠른 정도로만 속력을 유지한다("시작할 때는 언제나 조금 참아야 합니다"라고 오스트리아의 올림픽 출전 선수인 아돌프 그루버가 하는 말을 들은 적이 있다). 그래서 보스턴 마라톤의 처음 얼마간은 다른 대회와는 비교가 안 될 정도다.

홉킨턴의 내리막길을 내달린 뒤 애쉬런드를 지나 프래밍엄의 완만한 오르막길을 오를 즈음이면 나는 땅 위를 스치는 기분이 든다. 차를 탄 것처럼 나는 땅을 스쳐 지나간다. 이런 사람들과 함께 달린다는 생각에 뿌듯할 뿐이다. 처음 몇 마일 달려갈 때는 마치 기차에 앉아서 차창 밖으로 다른 사람들이 달리는 모습을 내다보는 듯한 느낌이다.

하지만 몇 마일 더 나아가다 보면, 이제 더 이상 참고만 있어서는 안 되는 때가 온다. 나는 10마일 지점을 지나 나틱으로 접어든다. 별다른 노력을 하지 않아도 뛸 수 있었던 시간이 지나고 노력을 들여야 하는 시간이 금방 찾아온다. 아직까지 나는 주법을 흐트리지 않은 채 힘이 적게 드는 방식을 유지한다. 나는 조금씩 속력을 높이지만, 아직까지는 센트럴 파크에서 10마일이나 20마일 경주에 나섰을 때처럼 1마일을 6분에 끊는 정도에는 이르지 못한다. 나는 가장 능률적인 방법을 찾으려 한다. 조심스레 발가락을 몇 인치 더 밀어 본다. 그것만 해도 세 시간을 달리면 큰 차이가 날 것이다.

곧 나는 중간 지점인 웰즐리에 도착한다. 경주는 다시 달라진다. 이제 1마일을 갈 때마다 나는 최선을 다한다. 이제는 꽤나 힘들어진다. 성에 차지는 않지만, 전에 없는 노력이다. 놀랍게도 내몸은 여전히 날아갈 듯하고 움직임도 좋다. 몸 상태만 두고 보자면 전무후무한 상태인 듯하다. 하지만 내 몸에서 조금씩 이건 장난이 아니라고 말하는 소리가 들린다. 아이들 뜀박질이 아니라고. 햇살을 맞으며 오래 달릴 일이 아니라고.

17마일 지점에 이르면 거기서부터 뉴타운 힐즈가 시작된다. 세계적으로 유명한 하트브레이크 힐을 비롯한 모두 4개의 언덕이 2마일에 걸쳐 펼쳐진다. 나는 이 언덕을 오를 때, 거리에 줄지어 선 사람들 뒤에 있는 가로 풀밭 위를 달린다.

풀밭은 내 종아리와 허벅지에 가해지는 충격을 흡수한다. 사이클 선수가 운동량을 일정하게 유지하기 위해 저속으로 기어를 바꾸는 것처럼 나는 보폭을 줄인다. 풀밭과 계단 같은 게 있다고는 하지만 언덕을 오르는 건 정말이지 너무나 힘들다.

그러면서 순식간에, 시작할 무렵에만 해도 식은 죽 먹기였고 오늘은 어쩐지 성적이 좋을 것만 같다고 느끼게 하던 달리기가 낙오하지만 않으면 좋겠다는 생각으로 바뀌어 버린다. 계속 움직이느냐 움직이지 못하느냐의 문제가 된다. 그 2마일이 영원히 끝나지 않을 것처럼 보인다. 그러다가 보면 어느새 나는 보스턴 칼리지에 도착하고 옆에서 응원하는 사람들의 말마따나 이제부터는 내리막길이다.

그때부터 내리막길이 시작되든 말든, 우리 마라토너들은 보스턴 칼리지에서부터 나머지 절반의 달리기가 시작된다는 사실을 알고 있다. 이제 나는 홉킨턴의 출발선에 서 있을 때와는 전혀 다른 사람으로 바뀐다. 속력을 유지하면서 달려오느라 근육 속에 비축한 소중한 연료인 글리코겐을 모두 써 버렸다. 뉴타운 힐즈 덕분에 내 몸에는 유산이 너무 많이 만들어져 근육이 무거워졌다. 초반에 내리막길을 달린 게 내 허벅지에 얼음 송곳을 박아 놓은 것이나 마찬가지가 돼 버렸다. 내 혈중 당도는 떨어지기 시작했다. 나는 눈에 보이는 대로 물을 마셨지만, 탈수를 막을 수는 없었다.

보스턴 칼리지에서 언덕을 내려가면서 나는 처음으로 마음의 갈등을 겪는다. 다시 한 번 이번에 달리는 보스턴 마라톤 마지막 10킬로미터가 내 생애 가장 어려운 10킬로미터가 될 것이라는 걸 예감한다. 이제부터 고통은 내 절친한 벗이 된다. 완만한 내리막길 덕분에 허벅지가 당겨 온다. 다리는 점점 무거워진다.

홉킨턴에서는 별다른 노력을 하지 않아도 1마일을 7분에 끊었는데, 커먼웰스 애비뉴에서는 기를 쓰는데도 10분이나 걸린다. 아직 힘이 남은 근육이 어디 있지 않을까 해서 나는 주법이나 자세를 바꿔 본다.

이제 눈앞으로 프루 타워가 보이면서 그 어느 곳보다 내키지 않는 길이 시작된다. 이제 나는 절대로 도달할 수 없을 것만 같은 결승점을 향해 한 발 한 발 내딛어야만 한다. 나는 고통을 견디며 1인치도 가까워지는 것처럼 느껴지지 않는 타워까지 1마일을 달린다. 그 몇 분 동안은 프루 타워와 결승점과 고통에서 해방된다는 것과 뜨거운 욕조 속에 들어간다는 게 모두 이뤄질 수 없는 일처럼 느껴진다.

하지만 비컨 스트리트까지 가면 내가 해냈다는 사실을 깨닫게 된다. 당근 냄새를 맡은 말처럼 내게는 갑자기 생기가 돈다. 마지막 1마일은 정말 즐겁게 달린다. 거기까지 이르는 동안 일어난 모든 일이 그로써 모두 보상받는 듯한 흥분된 느낌이 든다. 그러니 내년에도 뛰지 않을 수 없다. 한 번에 1마일씩.

다른 장거리 러너들과 마찬가지로 나는 아직도 아이다. 특히 달릴 때면 정말 그렇다. 달릴 때, 내게 가장 중요한 것은 재미있게 노는 것이다. 그렇게 놀이를 통해 그 어느 순간에라도 나는 상상 속의 세계로 들어간다.

아이들이 그렇게 생각하듯이 나도 내 마음대로 살아갈 수 있다. 내 삶이란 나만의 것이라고 믿는다. 혼자서 재미있게 놀기 위해 이 지구상에 태어났다고 확신한다. 아이들처럼 나는 가능한 가장 좋은 세계, 남들보다 빨리 달리기 위해 애쓰는 세계, 좋은 일만 일어나는 세계 속에서 살아간다. 아이들처럼 나는 다른 사람들이 뭘 어떻게 하는지는 관심도 없다.

이건 믿음 같은 게 아니다. 믿음이란 비가 오기를 간절히 기도

한 뒤, 우산을 들고 집을 나서는 브르타뉴의 어느 농부 이야기에 나오는 것과 같은 마음을 뜻한다. 믿음이란 주머니에 한 푼도 없으면서 때가 되면 삼사십 명의 고아들을 기차에 태워 코니 아일랜드를 향해 떠나던, 우리 할머니의 친구였던 수녀님이 가질 만한 마음가짐이다. 그 분의 좌우명은 "나머지는 하느님이"였다. 그런 게 믿음이다.

믿음은 어른들이 지니는 의지의 표명이다. 아이는 의지와 이성과 교조에서 벗어나 있다. 아이는 그저 알 뿐이다. 내 안에 있는 아이는 내가 하는 놀이가 언제나 즐겁다는 사실을 알고 있다. 다가올 시합에 대한 걱정마저도, 달리면서 겪을 수많은 어려움마저도 즐길 수 있다는 것을, 마지막 순간에 흐뭇하거나 괴롭거나 그 무슨 일이 일어나더라도 내가 이미 큰일을 해낸 영웅이며 경기를 이긴 사람이라는 걸 안다. 마지막 순간에 이르면 그 무슨 어려움이 있든 나를 걱정해 주는 사람이 있다는 것을 안다.

(가족과 친구들은 그 사실을 잘 알고 있었을지 모르지만) 내가 이 사실을 깨닫게 된 것은 1976년 보스턴 마라톤에 참가했을 때였다. 4월 19일 애국기념일의 공식적인 기온은 섭씨 33도였는데, 이는 평상시에도 무더운 온도지만 러너에게는 치명적이다. 생각이 많은 어른이라면 이런 기온에는 뒤로 물러서 있을 게 분명하다. 하지만 나는 홉킨턴 고등학교 체육관에서 다른 1800명의 러너들과 함께 옷을 갈아입고 있었다.

그러다가 출발선으로 가는 도중에 주유소의 벽에 걸린 온도계를 보게 됐다. 그 온도계는 섭씨 47도를 가리키고 있었다. 나는 지체 없이 주유소를 지나쳤다.

출발선에서는 머리와 모자와 운동복에 끼얹어 열기를 가라앉히라고 호스로 컵에다 물을 채워 넣고 있었다. 선수들의 가족들은 벌써부터 움직이고 있었다. 철없는 아이와도 같은 선수들을 돌보기 위해서 말이다.

모든 게 그런 식이다. 말도 안 되는 일이었다. 대회일을 다른 날로 바꾸거나 최소한 다른 시간대로 조정해야 했다. 보스턴까지 땡볕이 작열하는 26마일의 길을 달리는 러너는 다른 사람의 도움을 받을 길이 없다. 하지만 나는 필요한 도움이라면 언제라도 받을 수 있다는 걸 알고 있었다. 내가 죽지 않으리라는 걸 알고 있었다.

예를 들자면, 보스턴 사람들의 응원은 유별나다. 처음 보스턴에 참가했을 때, 연도에 늘어선 사람들이 달리는 내내 '조지'라고 내 이름을 불러서 깜짝 놀랐다. 사람들은 선수들의 이름이 적힌 〈보스턴 글로브〉를 든 사람을 중심으로 모여 섰다가 내가 지나가니까 "화이팅, 조지"라거나 "잘 달린다, 조지"라거나 결승점에 가까워지면 "힘내세요, 조지! 3마일 남았습니다"라고 외치곤 했다.

가족들이나 철없는 아이 같다는 걸 아는 러너에게 그 같은 응원은 믿을 수 없을 정도로 감동적이었다. 그 응원을 들으니 뭐라도 할 수 있을 것 같았다. 그게 보스턴 마라톤 완주라 할지라도 할 수 있을 것 같다는 생각까지 들었다.

올해의 응원은 그 어느 때보다 대단했다. 우리는 뿌리는 비를 맞으며 2마일을 달렸다. 기온은 33도였고 구름 한 점 없는 맑은 날이었지만 우리는 비를 맞아야 했다. 사람들이 호스를 꺼내와 물을 뿌렸기 때문이었다. 그래서 온통 물바다였다. 달려가는 내 내 사람들과 아이들은 마실 물을 꺼내 놓기도 하고 머리 위로 물을 뿌리기도 했다. 사내아이들은 선두 그룹이 벌써 한 시간 전에 지나갔음에도 지치지도 않고 내게 게토레이를 건넸다. 통에 얼음을 담아서 들고 나온 사람들도 있었다. 옛날 방식으로 오렌지를 잘라서 나눠 주는 사람들도 있었고 선수들에게 손을 내밀어 맞부딪치는 아이들도 있었다.

애쉬런드부터는 온통 박수와 환호성뿐이었다. 웰즐리에서는 소녀들에게 환영을 받았고, 뉴타운 힐즈에서는 아이들이 선수들에게 얼음과 물을 서로 나눠 주겠다고 아우성이었다. 거기서 나는 누군가 멈춰서 마시기만을 기다리며 작은 컵을 들고 선 네 살 여자애를 봤다. 나는 그 물을 받아 마신 뒤, 그 애에게 "네가 최고다"라고 말했다. 보스턴 마라톤을 한다는 건 당신이 결코 잊을 수 없는 목소리와 얼굴과 아이를 만난다는 뜻이다.

이제 보스턴 시내로 들어온 나는 가족들에게 둘러싸여 달리는 것처럼 편안한 기분을 느낀다. 지금까지는 그러지 못했다. 제대로 마라톤을 하지 못했기 때문이었다. 마라톤에서 제대로 달리지 못한다는 게 그냥 괴로울 뿐이라면 괜찮은데, 마라톤이기 때문에 괴로움을 느끼는 시간이 점점 더 길어진다는 게 문제다. 14년 동안 마라톤을 해 왔지만, 그렇게 오랫동안 달린 적은 없었다. 하지만 고통스럽고 완주할 수 있을지 확신할 수 없었지만, 남은 거리를 쩔뚝거리며 달리는 동안에도 불안한 마음은 들지 않았다. 나를 지켜보는 사람들이 모두 가족이나 친구나 마찬가지였으니 무슨 일이라도 생긴다면 나를 지켜 줄 것이라는 사실을 알고 있었기 때문이다.

만약 내가 도중에 그만두더라도 그 사람들은 "지금까지도 정말 잘했어요, 조지"라고 말할 게 분명했기 때문이었다. 내가 어떻게 하더라도 그 사람들이 나를 칭찬해 줄 것이라는 사실을 안다. 언제라도 내게는 맛있는 밥과 따뜻한 잠자리와 다시 달릴 수 있는 내일이 기다리고 있을 것이다. 그런 세계에서 살 수 있는 사람은 역시 아이들뿐인 듯하다.

딸이 보스턴에 있는 대학에 들어가게 돼 내가 달리는 모습을 지켜보러 왔다. 나중에 딸은 이렇게 말했다. 프루덴셜 센터에 몰려든 수천 명의 사람들 중에서 이성적으로 냉정함을 잃지 않았던 사람은 자신뿐이었다고.

거기 모인 사람들은 선수들이 들어올 때마다 응원하고 환호성을 지르고 박수를 보냈다. 젊은 사람에게도, 늙은 사람에게도, 하버드 출신에게도, 캘리포니아 출신에게도 응원을 아끼지 않았다. 아는 사람이 보이면 거의 광란의 분위기였다. 그런 와중에 딸은 부흥회에 참석한 성공회 신자처럼 한 발 물러선 채 말없이 침착함을 잃지 않고 있었다.

그때 내가 들어왔다. 나는 그 길고도 너른 광장 쪽으로 방향을 틀었다. 그 순간만은 이 세상에 나와 응원하는 사람들뿐이었다. 결승점까지 가려면 200미터 정도를 더 달려야 하지만 이젠 더 이상 의미가 없었다. 달리기는 거기서 끝난 셈이었다. 사람들의 환호가 그렇게 말하고 있었다. 또 해낸 것이다. 이번에도 나는 이겨 낸 것이다. 1위보다는 한 시간이나 뒤에 들어왔고 순위도 312등이었지만 갑자기 나는 힘이 샘솟는 걸 느낄 수 있었다. 나는 홈런을 친 주자처럼 결승점을 향해 뛰고 있었고 한 걸음 한 걸음이 즐거움으로 가득했다.

그때 사람들 사이에 서 있던 어떤 사람 하나가 결승점을 향한 나와 진행 요원들 사이로 갑자기 뛰쳐나오는 게 눈에 띄었다. 나는 50미터 정도 더 달려간 뒤에야 손을 흔들며 힘을 내라고 소리치는 그 사람이 누군지 알 수 있었다. 딸이었다.

어떤 마라톤이든 결승점에 들어가는 때만큼은 가슴 벅차지 않을 수 없다. 달려오는 내내 러너는 갖은 어려움을 겪었다. 힘든 일도 아주 많았지만 결국 이겨 냈다. 그런 해방의 순간이 있을 수 없다. 그 시련이 끝날 때쯤이면 달리는 사람이나 지켜보는 사람이나 뭔가 대단한 일을 해낸 것이라는 생각을 하지 않을 수 없다.

때로 그런 생각이 들 때면 달리는 사람이나 지켜보는 사람이나 영영 잊을 수 없는 경험을 하기도 한다. 나 같은 경우에는 보스턴 마라톤에서 그런 경험을 했다.

내 친구 하나는 그랜드파더 마운틴에서 벌어진 스코티시 경주에서 그런 일을 경험했다. 이 경주는 온 나라에서 제일 힘든 달리기다. 산악 지대를 오르내리며 42.195킬로미터를 달리기 때문에 다른 어떤 마라톤과도 비교할 수 없을 정도로 힘들다.

내 친구는 그 힘든 시련을 이기고 마침내 마라톤을 완주했다. 결승점이 마련된 마지막 언덕을 올라가는데, 갑자기 백파이프 소리가 들렸다. 다들 알다시피 구슬픈 백파이프 소리는 다른 악기와 다르게 사람의 애간장을 끓게 한다. 그 어려운 시련의 끝에서 백파이프 소리를 들은 내 친구는 북받치는 감정에 눈물을 흘리며 결승 테이프를 끊었다.

친구는 스코틀랜드의 각 가문의 휘장이 내걸린 텐트로 둘러싸인 언덕에 섰다. 친구가 지나갈 때마다 사람들은 친구를 향해 함성을 내질렀다.

가끔 그 친구는 자기가 그 대회에서 몇 등을 했는지는 까먹는다. 하지만 백파이프의 선율이 울리는 가운데 모든 사람들이 잘했다고 소리를 지르던, 그 행복했던 그랜드파더 마운틴의 언덕에 서 있었던 사실만은 절대로 잊지 못한다.

물론 이 모든 것들은 누가 이기고 지는가와는 전혀 무관한 문제다. 이기고 진다는 것은 팀을 이뤄 경기할 때나 가능한 일이다. 달리기를 하는 사람은 경기를 하는 게 아니다. 러너는 경쟁을 한다. 경쟁이란 단어의 라틴어 어원을 보면 '증명하다', '입증하다'

등이다. 그 사람이 어떤 일을 했는지는 다른 러너들이 증명한다. 그러므로 러너는 최선을 다하게 되면, 할 바를 다 한 셈이다. 경주를 한다는 건 자신의 의지를 지켜 간다는 뜻이다. 경주를 한다는 건 자신이 누구인지 입증한다는 뜻이다.

장거리 러너는 이 사실을 잘 이해한다. 장거리 러너는 더없이 관대한 사람이다. 과묵하며 감정의 부침이 심하지 않고 논쟁을 일으키는 법이 없다. 장거리 러너는 세상과 대치하려 하지 않고 자신만의 세계 속으로 빠져드는 사람이지만, 마라톤을 할 때면 호랑이가 된다. 장거리 러너는 자신은 누구이며 한계는 어디까지인지 알아내기 위해 자신의 육체를 끝까지 밀어붙인다.

장거리 러너는 고통의 바다 속으로 점점 더 깊이 들어간다. 필요한 것이 있다면 그것을 이루는 데 얼마나 많은 노력이 필요하건 해내고야 만다.

그러나 의미 있는 질문들은 자주 던져지지 않는다. 마라톤이 한 인간의 모든 것을 드러낸다면 그의 성장에 따라 변화할 것이다. 한 인간으로 자라기란 일관되지도 않고, 쉽게 이루기도 어렵다. 계획을 세워서 자신의 모습을 찾을 수는 없다. 몇 년이고 아무런 변화도 없는 시간이 지나갈 것이다.

장거리 러너들은 살아오면서 마라톤을 완주한 기억보다 대단한 것은 없다고 말하는 사람들이다. 매달 마라톤을 완주한다면 여러 가지 말들이 나올 수 있다. 하지만 흔들의자에 앉아 휴식하는 시간이 오면 다시 모든 준비가 끝난다.

웰즐리 서쪽, 그러니까 코스의 절반에 해당하는 교회 탑을 지나고 나면 보스턴 마라톤은 경주가 아니라 경험이 된다. 이제부터는 옷을 갈아입는 체육관에서 느꼈던 동지 의식, 출발선에서 가졌던 즐거운 마음, 프래밍엄과 나틱을 지날 무렵, 그다지 어렵지 않게 유지했던 1마일당 7분 30초의 페이스는 잊어버려야 한다. 이제 기다리고 있는 것은 뉴타운 힐즈를 향해 달려가는 러너 자신과 그를 둘러싼 세계일 뿐이다.

뉴타운 힐즈의 언덕 코스는 러너가 소중하게 간직하는 모든 것들, 모든 가치관, 모든 인생관을 다 드러내게 할 것이다. 언덕 코스를 통해 러너는 자신이 삶을 바라보는 방식이 어떤 것인지 실토할 수밖에 없다.

하지만 아직까지 러너는 몸의 움직임과 하나가 돼 서두르지 않고 편안한 마음으로 그 순간을 향해 나아갈 수 있다. 러너는 수없이 많았던 훈련시간이 얼마나 소중했는지 깨닫게 된다. 자신과 달리기가 하나가 됐던 그 순간들의 소중함을 말이다. 골프 선수가 자신의 스윙과 하나가 되듯, 러너는 달리기와 하나가 된다. 이 신비로운 지점에 이르면 시간은 아무런 의미가 없어진다. 러너는 소설 《그리스인 조르바》에 나오는 조르바가 "불사신이라도 된 듯하다우"라고 말하면서 행동할 때처럼 행동한다.

웰즐리 지역을 톡톡 뛰어가다 보면 러너는 자신이 하는 행동 속으로 점차 빠져든다. 달리기 그 자체가 될 때까지 러너는 점점 더 움직임과 하나가 된다. 그러면서 러너는 이 신비로운 영역 속으로 더 깊이 들어가게 된다. 자신을 둘러싼 바다, 하늘 등과 하나가 된 수영 선수처럼 러너는 자신을 둘러싼 대지와 바람과 빗줄기와 완전한 관계를 맺는다.

이게 어떤 느낌인지 설명하기란 대단히 어렵다. 윌리엄 제임스는 이렇게 썼다. "우리 삶에서 일어나는 진실과 사실의 문제는 언어를 초월할 때가 많다."

행동을 통해 어떤 진실을 깨달았을 때는 어김없이 이런 일이 일어난다. 철학자인 헤리겔은 선禪을 배우겠다고 나섰다가 활 쏘는 법을 통해 지혜에 이르는 길을 배우라는 권유를 받았다. 우리는 육체를 통해 지혜를 익힌다. 자신의 육체를 완벽하게 만들면서, 또한 육체를 최상의 상태로 끌어올리면서 우리는 익혀 나간다. 가브리엘 마르셀은 "세상에는 머리만으로는 뚫고 나갈 수 없는 벽이 존재한다. 그때는 직접 몸으로 부딪쳐야만 한다"고 했다.

보스턴 마라톤은 그처럼 몸으로 부딪쳐 깨닫는 달리기이다. 보스턴 칼리지를 지난 러너는 앞으로 남은 10킬로미터를 달리면서 머리만으로는 도저히 얻을 수 없는 어떤 것을 이해하게 되리라는 것을 안다.

홉킨턴에서 경쟁심과 고독 속에서 출발선을 떠났던 러너는 이제 결승점이 가까워지면서 자신에게는 다른 사람의 도움이 무척이나 필요하다는 사실을 깨닫는다.

어떤 러너는 달리는 사람과 응원하는 사람 사이의 이 독특한 유대 관계에 대해 이렇게 말한 적이 있다. 〈보스턴 글로브〉에 그 사람은 이렇게 썼다. "보스턴 마라톤에서 달린다는 건 마라톤 이상임을, 달리기 클럽에서 달리는 것 이상임을 이제 알겠습니다. 우리 모두는 한 가족이었습니다. 그 속에서 뛰었다는 것만으로도 저는 자랑스럽습니다."

보스턴 마라톤에서 달려 본 러너라면 그게 가족 이상의 어떤 감정이라는 것을 알 것이다. 지극히 작은 것 안에 모든 우주가 다 들어갈 수 있다는 사실을 알 것이다. 아씨시의 성자가 옳았다는 것을, 그리스도의 윤리가 합당하다는 것을 알게 될 것이다. 그간 우리는 이웃을 남이라고 생각했기 때문에 그 윤리를 지킬 수 없었다. 분리된 존재로 느꼈기 때문이기도 했다. 하지만 커먼웰스 애비뉴를 따라 내려가노라면 이 세상 모든 사람이 하나가 된 듯한 느낌이다.

러너는 스윙과 하나가 된 골프 선수의 상태를, 수영과 하나가 된 수영 선수의 상태를 넘어선다. 그때 러너는 프루 센터를 향해 달려가는 모든 익명의 존재, 모든 인간과 하나가 된다. 그 순간 러너는 불교에서 자비라고 말하는 상태, 고통받는 다른 모든 중생과 하나가 되는 절대적 상태에 도달한다. 러너는 지쳐서 쓰러질 것만 같은 다른 러너를 향해 마음속으로나마 그와 자신이 다르지 않음을 피력한다.

상상이 아니냐고? 그럴지도. 감정이 너무 격해진 것 아니냐고? 그럴 수도. 하지만 마침표를 찍기 전에 소설가 조이스 캐롤 오츠가 쓴 놀라울 정도로 낙관적인 글 〈새로운 천국과 지상〉을 한 번

읽어 보기 바란다.

"놀랍고도 신비하면서도 말로 설명하기 어려운 경험일수록 감추지 말고 널리 알리고 나눠야 한다. 우리 마음이 모여 집단의식을 형성하면 우리가 자신이라고 생각했던 이 몸뚱이란 우리 존재의 내적 경험과 외적 경험이 일어나는 경계를 표시하는 것에 불과하다는 사실을 깨닫게 될 것이다"라고 오츠는 썼다.

프루 센터의 샤워장에서 몸을 푸는 러너들은 자신을 둘러싼 두 개의 현실(자신과 자신을 둘러싼 세계)이 하나가 됐음을 느낀다. 러너는 다른 사람, 이 땅, 이 우주와 완전히 새로운 관계를 형성한다. 이것은 해마다 4월 19일 애국기념일이면 웰즐리에서 보스턴으로 가는 길에서 늘 일어나는 일이다.

다음날 아침이면 모트 레스토랑에 모인 사람들은 다음과 같은 말로 나를 성가시게 한다. "당신도 믿지 못하는 얘기 말고 보스턴 마라톤을 둘러싼 인간 드라마 같은 얘기를 칼럼으로 쓰면 다들 좋아하지 않을까요?"

좋은 질문이다. 하지만 그 안에 답이 있지 않겠는가? 보스턴 마라톤은 두 가지가 있기 때문이다. 스포츠 기자들이 바라보는 보스턴 마라톤이 있다. 그들에게 보스턴 마라톤은 전 세계의 마라토너를 매혹시키는, 장거리 경주의 월드시리즈다. 홉킨턴에서 보스턴으로 가는 내내 재미나고 신기하고 감동적인 경험들로 가득한 애국기념일의 한 행사다.

반면에 내면에서 일어나는 보스턴 마라톤도 있다. 그건 마라톤에 참가한 러너들이 손꼽아 기다리는 순간과 관계가 있다. 러너들이 깨닫든 깨닫지 못하든, 달리기는 자신의 '진정한 중심'을 찾아가는 여정이다. 그건 모트 레스토랑에 모인 사람들이 말했다시피 자기 자신을 포함해 그 어느 누구도 제대로 이해하지 못하는 경험이다.

나는 보스턴 마라톤에 참가하기 얼마 전, 마이클 머피가 쓴 《영국의 골프》라는 놀라운 책을 읽다가 '진정한 중심'이 무엇인지 배우게 됐다. 머피에게 골프를 통해 특별한 경험을 하게 만든 프로 골프 선수인 시바스 아이언즈는 피타고라스를 따르는 사람으로 우리가 이 세계를 알려면 우선 자신의 내면에서 시작해야 한다고 말했다. 자신의 육체와 감각과 생생한 경험을 통해서만 이 우주의 깊은 구조 속으로 들어갈 수 있다고.

옛날식 막대기와 공으로 아이언즈는 머피에게 '내적인 육체'를 발견하는 법을 가르쳤다. 머리에 떠오르는 끔찍한 악몽들, 후크, 늘 존재하는 러프, 친숙하게 터져 나오는 욕설과 변명 등을 잊어버리는 방법. 그리하여 머피의 표현을 빌리자면, 그는 "그 멋진 상태에서 남은 홀을 돌았다"고 하는데, 정확하게 옮기자면, 그건 "골프가 자신을 움직이게 했다"는 것이다.

보스턴 마라톤의 절반에 해당하는 웰즐리를 지나는데 문득 머피가 쓴 글이 달리기, 특히 마라톤에도 딱 어울리는 게 아니겠는가 하는 생각이 들었다.

이번에 달린 보스턴 마라톤은 이전의 보스턴 마라톤과 별반 다르지 않게 시작했다. 늘 그렇듯 날씨는 좋지 않았다. 햇살이 눈부신 홉킨턴에 서니 조금 있으면 기온이 꽤나 올라가겠다는 생각이 들었다. 오늘은 참 길고도 오랜 경주가 되겠다는 생각이 들었다. 보스턴 마라톤에 아홉 번 참가한 뒤에 나는 현실주의자가 됐다. 보스턴의 뜨거운 햇살을 고려하는 현실주의자라면 얇은 옷을 걸치고 열기를 피하기 위해 머리에 손수건을 두를 것이다. 누군가 마실 것을 권하면 하나도 빼놓지 않고 마시고 남는 건 머리 위에 끼얹을 것이다. 27킬로미터 지점까지는 자신을 추스르며 달린 러너도 그 다음에 나타나는 언덕길을 있는 힘껏 오르고 나면 보스턴에다 자신의 모든 것을 드러낼 수밖에 없다.

언제나 그런 식이다. 나는 선두 그룹 가까이에서 출발했다.(언젠가는 후미에 서서 출발한 적이 있었는데, 출발 신호가 울리고 1분이 지난 뒤에야 출발선을 지날 수 있었다.) 16킬로미터 지점까지 가는 동안 8백 명은 족히 나를 추월한 것 같았다. 하지만 내게는 그 정도 속도가 적당했기 때문에 별다른 일 없이 나틱에 있는 첫 번째 게토레이 급수대까지 이르렀지만, 남은 게 별로 없었다. 몇 백 미터에 걸쳐 게토레이 종이컵이 버려져 있었다. 그 중에 똑바로 세워진 종이컵이 있어서 집었더니 게토레이가 조금 남아 있었다. 나는 여기저기 그렇게 세워진 종이컵을 집어 마셨다. 그리하여 나틱에서 나는 완전히 기운을 되찾았다.

웰즐리에 도착했을 때, 나는 모든 게 순조롭게 진행된다는 사실을 알 수 있었다. 목표했던 시간에 들어갈 수는 없을 것 같았다. 3시간에 끊는 것은 다음 해를 기약해야 할 것 같았다. 하지만 그 정도 기온을 감안하면 괜찮았다.

그러다가 그 사실을 깨달았다. 아홉 번에 걸쳐 보스턴 마라톤을 힘들게 달려본 뒤에, 속도 조절과 기록과 완주를 신경 쓰면서 아홉 번의 애국기념일을 보낸 뒤에, 나는 거리에 상관없이 진정한 달리기가 무엇인지 깨닫게 됐다.

사람들에게 왜 달리는지 설명해 보라면 이런저런 얘기를 할 것이다. 그건 양파 껍질 벗기기와 마찬가지라 그 이유는 시시때때로 변한다. 러너들은 자신이 달리는 이유를 찾기 위해 점점 더 깊이 들어가지만, 달리기의 본질을 알아내는 데는 실패하고야 만다.

하지만 웰즐리에서 벗어나 로워 뉴턴 폴즈와 맥주잔을 든 사람들이 기다리는 메어리스 바를 향해 달려가다가 갑자기 나는 달리기의 본질이 무엇인지 깨닫게 됐다. 그때 나는 머피가 했던 골프를 생각하고 있었다. 나도 완벽한 자세에만 집중할 수 있을 것이라고 생각했다. 영원히 달릴 수 있는 속도를 찾을 수 있을 것이라고. 그렇게 되면 내 안의 육체가 나를 지배할 수 있을 것이었다.

그때부터 나는 다른 선수들은 신경 쓰지 않고 달렸다. 보도에 앉아 "웃으면 덜 아파요!"라고 아홉 살 난 철학자가 외치는 소리에만 잠깐 귀를 기울였을 뿐이다. 물론 오렌지 조각, 물 한 잔 등은 눈에 보이는 대로 찾았다. 하지만 내 안의 세계에서 나는 달리기 그 자체가 됐다. 연습할 때, 때때로 나만의 생각에 빠져 나를 둘러싼 주위의 모든 것은 물론 달린다는 것 자체를 망각해 어떻게 달렸는지 기억나지도 않는 경우가 종종 있었다. 하지만 이번에는 완전히 달랐다. 나는 그 놀라움에 완전히 사로잡혔다. 달리기와 나는 하나가 됐다.

보스턴 칼리지를 지나 브룩클린으로 달려가는 동안, 내 안은 달리기로 충만했다. 머피가 말했다시피 이제는 그 코스가 나를 지나가고 있었다. 세 블록이 남았을 때, 프루 센터에서 기다리던 사람들은 1만 명에 이르렀다. 두 블록이 남았을 때는 내 세 딸과 대학 친구들이 테드 윌리엄즈도 졌다고 말할 만큼 환영을 해 주었다.

모든 게 대단했다. 그날도, 달리기도, 마지막 순간도. 나는 머리에 두른 손수건을 잡아서 허공에다 흔들었다. 웃으며 딸아이들의 환호를 뒤로 한 채, 나는 그리스인 조르바처럼 손수건을 흔들며 결승점을 향해 달렸다. 그 멋진 보스턴 사람들에게 내가 달리기의 본질을 비로소 깨쳤다는 걸, 보스턴 마라톤의 진정한 의미를 깨달았다는 점을 알려 주기 위해.

달리기를 통해 나는 세계로부터

외따로 떨어진 곳으로 들어간다.

규칙적인 발걸음과 침묵을 통해

나는 나 자신이 되어 간다.

길 위에서 나는 나만의 사막,

나만의 봉우리,

나만의 절간을 찾을 수 있다.

명
상
하
기

쇼펜하우어는 이렇게 썼다. "고통과 권
태는 인간의 행복을 가로막는 가장 큰 장애물이기 때문에 자연
은 우리에게 그에 대비하는 방법을 가르쳐 주었다. 고통은 명랑
함으로, 권태는 지성으로 이겨낼 수 있다."

불행하게도 우리들 대부분은 그중 하나에는 이겨낼 준비가 돼
있지만, 다른 하나에는 그렇지 못하다. 명랑한 사람들에게는 다
른 사람들이 필요하다. 그들에게는 사랑하거나 친해지거나 도와
주거나 길들여 줄 사람들이 필요하다. 그들에게는 다른 사람들이
없는 삶이란 권태 그 자체, 둘도 없는 고통이 된다. 고독은 그들
에게는 최고형이다. 그건 바로 수도승의 독방이자 지옥의 일부가
된다. 그들은 고독을 질병의 하나로 보며 쇼펜하우어가 말했다시
피 "빈둥거리는 상태를 견디지 못한다."

나 같은 사람은 그걸 반대로 생각한다. 권태를 느낄 만한 일이 생긴다고 하더라도 나 같은 사람은 권태를 느끼는 게 아니라 다른 사람 같으면 느끼지도 못할 정도까지 고통을 느낀다. 나는 개가 소리에 귀를 기울이듯이 고통을 민감하게 느낀다. 나는 몸의 불편함, 감각 말단의 뭉친 느낌, 예민한 신경에 휘둘린다는 느낌 등을 너무나 빨리 알아차리는 사람이다. 게다가 육체적인 고통뿐만 아니라 정신적인 고통도 견디지 못한다. 일상생활에서 만나는 진짜 고통이다.

다른 한편으로, 나는 혼자 있는 걸 좋아한다. 나는 자신을 벗 삼기를 즐긴다. 함께 뛰는 다른 사람 없이 혼자서 거리를 달릴 때, 나는 만족감을 느낀다. 나는 고독을 늘 원한다. 고독에 파묻히는 건, 천국에 드는 길이다. 나는 절대로 지루해 하지 않는다. 사람들과 그들 때문에 느끼는 고통을 나는 오히려 견디지 못한다. 관계를 맺고 관계를 끊음으로써 생기는 고통. 떠나면서 느끼는 고통. 누군가를 떠나보내면서 느끼는 고통.

나는 혼자 있는 게 어울리는 사람이다. 쇼펜하우어가 말한 '지성'을 내 식대로 이해하자면, 나는 지성인이다. 하지만 지성인이 된다는 건 정말이지 지성과는 아무런 관계가 없다. 그건 내가 생각하는 방식을 뜻한다. 나는 논리나 이성보다는 연상을 통해 생각에 잠긴다. 길거리를 달리다 보면 온갖 생각들이, 온갖 상상들이 물 흐르듯 머릿속을 스쳐 지나간다. 물보라를 일으키는 시냇물처럼 갖은 생각들이 꼬리에 꼬리를 물고 이어진다. 그렇게 스치는 상상을 통해 나는 새로운 생각들을 얻고 세상을 더 많이 이해하게 된다. 한 생각이 떠올랐다가는 다시 다른 생각이 들어오며 그 다음에도 생각은 끊이지 않는다.

그런 일들을 경험하고 나면 아무 집이나 들어가 글을 쓸 터이니 펜과 종이를 달라고 하는 얘기가 나오는 에릭 시걸의 소설이 소설만은 아니라는 생각을 하게 된다. 에릭 시걸도 나처럼 마음속에서 떠오르는 그런 생각들이 그 순간만은 더없이 또렷하더라도 곧 사라져 버릴 것이라는 걸 알았을 것이다. 논리적인 전개나 이성적인 사고 과정을 통해 얻어낸 지식이 아니기 때문에 한 번 머릿속에서 사라진 생각들을 다시 불러일으킬 방법은 전혀 없다.

그렇게 머리를 스치는 사고의 흐름 속에서 나는 살아난다. 세계적인 사상가들은 그 점을 잘 알고 있었기 때문에 늘 고독을 찬양했다. 키르케고르는 인간 정신의 잣대는 고독을 견디는 힘이라고 했다. 에머슨이나 니체나 쇼펜하우어 등의 글을 읽어도 그런 말은 쉽게 찾을 수 있다. 하지만 나로서는 그 사실을 스스로 납득하는 것만으로도 만족하기 때문에 다른 사람들에게 내 생각을 강요할 마음은 없다. 모든 사람들은 그 나름대로 정상이라고 봐야지, 그렇지 않다면 정상인 사람은 아무도 없을 것이다. 어떤 사람에게는 다른 사람들과 어울릴 필요가 있는 법이고 그렇지 않은 사람에게는 고독이 적당하다. 내가 잘하는 일을 다른 사람은 못할 수 있는 법이며, 그 반대 경우라고 하더라도 잘못됐다고 말해서는 안 된다.

지성인이라는 사람들은 애인으로서는 끔찍하고 친구로서는 최악이다. 이 정도는 삶의 지루함에서 벗어나기 위해 내가 지불해야만 하는 대가다. 상상이 자유롭게 흐르는 그 소중한 시간, 강물처럼 좋은 생각들이 떠오르는 그 한때에 정신적인 성장을 할 수 있다는 사실만으로도 나는 그 대가를 치를 수 있다.

잘 알다시피 사랑에 빠지면 이 정신적인 물결이 가로막힌다. 사랑은 다른 감정들과 비교해 비정상일 정도로 많은 관심을 쏟아붓는 일이다. 사랑은 내가 가질 수 없는 한 사람, 한 생각에만 관심을 두는 일이다. 오르테가는 이렇게 말했다. "사랑에 빠진 사람은 한 가지 대상에만 맹목적으로 빠져든다. 이는 최면에 걸린 듯 하얀 선을 바라보고 선 수탉처럼 한 가지에만 고정되고 마비된 상태다." 그러므로 그 스페인 철학자에게 사랑이란 "덜떨어진 마음 상태이자 오래 갈 수 없는 우둔한 상태"를 뜻한다.

나는 우정도 잘 지키지 못한다. 예를 들자면, 나를 이해하겠노라고 나오는 사람이 있다면 의심부터 하게 된다. 친구에 대해 생각하면 늘 자신을 대단히 높이 생각하던 윌리엄 제임스에 대해 산타야나가 한 말을 떠올리게 된다. 산타야나는 "나에 대해서 알아 갈수록 좋아하는 마음은 사라질 것이다"라고 말했다. 나는 두 가지 방식으로 이를 행한다. 넘어서는 안 될 선까지 이르렀다고 생각하면 나는 물러선다. 또한 더 이상 내 정신적 성장에 도움이 되지 않는다면 만나지 않는다.

에머슨은 이 사실을 알고 있었다. 그는 "한 인간이 자라난 궤

적은 그 친구들을 통해서 드러난다"고 말했다. 융 또한 비슷한 사실을 경험한 적이 있었다. 융은 자신이 저버린 친구들 때문에 슬펐으나 달리 방법이 없었다고 말했다. 친구들이 자신의 인생에 머물지 못하게 되는 순간, 융은 친구를 떠났다. "친구들에게 내 존재가 드러나는 그 순간, 마술과도 같았던 관계가 끝나 버렸다"고 융은 말했다. 생각하는 것도 가지가지라고 말하는 사람도 있겠다. 사실 그렇다. 지루해질 일은 없지만, 울적해지고 고통에 가득 차고 허무를 쓰라리게 느끼는 일은 자주 일어난다. 내 머릿속을 스치는 상념들이 내가 저버린 사람들을 대신할 만한 값어치를 지니지 못할 때도 많다.

융도 비슷한 걸 느꼈던 모양이다. "내게는 다른 사람들의 존재가 반드시 필요하다. 하지만 동시에 전혀 필요가 없다고 느끼기도 한다"고 그는 말했다. 과연 그럴까 생각하면서 달려 보기로 한다. 당신도 한번 해 보라.

앞서 말한 바와 같이 장거리 러너는 애인으로서는 끔찍하고 친구로서는 최악이다. 이는 강물처럼 흘러가는 의식을 흐름 속에서 자유롭게 상상하려면 지불해야만 하는 대가다. 내가 정신적으로 성장하고 새로운 지식을 얻으려면 이런 대가를 치러야만 한다. 그런 정신적 흐름을 막거나 내가 뜻을 이루지 못하게 방해하는 것이라면 그 어떤 것에도 관심을 지닐 수 없다.

거리를 달릴 때, 나는 철학자가 된다. 그 순간, 나는 다른 사람에 대해서는 깡그리 잊어버리고 나 자신에 대해서만 생각한다. 나는 나만의 정신세계 속으로 빠져든다. 나는 이 세상에서 내가 살아가는 방식이 옳다는 것을 보여 줄 방법을 찾는다. 그 과정을 통해 에머슨이 말한 바와 같이 내 머릿속에서 떠오르는 생각들을 지켜보거나 사랑하거나 옹호할 사람은 나뿐이라는 사실을 발견하게 된다.

그러므로 나는 그게 어떤 사람이건 중요한 명분이건 국가건, 내가 아닌 다른 것에 관심을 두거나 힘을 쏟을 시간이 없다. 내게는 사랑할 겨를이 없다. 뿐만 아니라 미워할 겨를도 없다. 다들 알겠지만 미워하는 데도 사랑하는 것과 마찬가지의 관심과 시간과 힘을 쏟아야만 한다. 미워하게 되면 미워하는 사람이나 미워하는 명분이나 미워하는 국가를 향해 자신의 힘이 빠져나가게 된다. 미움과 분노와 복수심만큼 한 사람의 힘을 소진시키는 것도 없다. 감정적인 힘이 그 즉시 고갈되고 만다.

또한 미움은 사랑과 마찬가지로 자유로운 상상을 가로막는다. 미워하게 되면 자신을 따져 보는 일이나 내면을 향한 여정이 그 자리에서 멈춰 선다. 가뜩이나 없는 시간을 잡아먹지만 결국에는 낭비했을 뿐이라는 걸 알게 된다. 삶의 수수께끼를 해결하는 것보다 더 시급한 일은 있을 수 없다.

그러므로 세상에서 내가 제일 하기 싫고 조금이라도 느끼고 싶지 않은 감정이 있다면 무언가를 미워하는 일이다. 나는 억지로라도 그런 마음을 지니지 않으려고 한다. 내 길을 가로막는 사람이 있다면 나는 마음속에서 그 사람을 지워버릴 것이다. 내게 상처 입히는 사람이 있다면 나는 그 사람을 기억에서 뽑아낼 것이다. 나를 성가시게 한다면 그 사람은 내게는 없는 사람이 될 것이다. 내게 모욕을 준다면 나는 어떤 대꾸도 하지 않을 것이다.

다른 사람에게 아무런 반응도 보이지 않으려는 이런 태도는 다툼을 싫어해서라고 생각할 수도 있다. 어떤 점에서는 그 말도 옳다. 나는 폭력의 기미라도 보이면 도망갈 준비가 된 사람이다. 어떤 경우라도 나는 싸우지 않을 것이며 말다툼을 벌이지 않을 것이다.

하지만 나는 싸움을 싫어하는 사람은 아니다. 평화주의라고 하면 그건 하나의 명분이 된다. 시간을 두고 관심을 가지며 나 자신을 쏟아 부어야 할 대상이 되어버린다. 나는 아무것도 아닌 존재다. 내게는 그 어느 쪽도 택하지 않을 권리가 있다. 나는 계속 부정하고 의심하고 따져보고 판단을 유보할 것이다. 나를 통해 사람들은 중간자, 회색인, 아웃사이더가 무엇인지 알게 될 것이다. 달릴 때, 나는 그 어느 쪽에도 속하지 않은 사람이 된다.

15년 동안 수천 시간을 길 위에서 달렸지만 나는 단 1분도 화를 내 본 기억이 없다. 또 그 많은 거리를 달리는 동안에는 앙갚음을 생각한다거나 시기심과 질투 등 다른 사람을 향한 소원한 감정을 느껴 본 기억이 한 번도 없다. 한편으로는 누군가를 생각한다면 그 사람의 사상에 대해서 생각한 것이지, 사람 그 자체에 사로잡힌 기억은 전혀 없다.

그게 좋은 것이든 아니든 내가 빠져드는 건 오직 나 자신일 뿐이다. 나는 내 모든 관심과 인내심과 열정을 나만의 생각과 상상과 자기분석에만 쏟아붓고 싶다. 나는 생각 그 자체에서만, 춤을 추듯 복잡한 궤적을 그리는 마음의 움직임에서만 즐거움을 찾고 싶은 욕망이 있다. 과정을 통해 즐거움을 느끼기 때문에 나는 파국에 이르는 것만은 피할 수 있다. 내가 처한 위험은 친구를 잃는다거나(나는 벌써 그렇게 됐다) 다른 사람들처럼 살아가지 못하는 데(나는 그런 일에는 전혀 끌리지 않는다) 있지 않다. 나는 자신의 한계를 보지 못해 신을 발견하지 못하는 게 제일 무서운 일이라고 생각한다.

하지만 달릴 때는 내 몸이 나를 도와준다. 달릴 때 나는 최대로 집중하고 완벽한 내 모습을 찾는데, 다른 어떤 곳에서도 그런 경험을 하지 못한다. 정신적이건 육체적이건 영적이건 그만큼 잘 해낼 다른 방법이 내겐 없다. 내 생각과 끊임없이 불화를 일으키는 육체를 통해 나는 온전해진다고 느끼고 만족하게 된다. 나는 정신보다는 몸을 통한 경험이 훨씬 더 온전하다고 생각한다.

몸과 정신을 나누고 그 한쪽을 통해 이런 완벽함을 얻는 것은 불가능하기 때문에 나는 계속 달리며 사랑과 미움 너머에 존재하는 진실을 찾아 나선다. 그 과정을 통해 나는 철학자에게는 너무나 익숙한 역설을 받아들인다. 온전한 나를 발견하려면 사랑하는 사람과 친구들로부터 멀어져야만 한다는 역설을.

달리기 시작해서 처음 30분 동안은 내 몸을 위해 달린다. 그리고 마지막 30분 동안은 내 영혼을 위해 달린다. 처음 길에 나서면 고독과 도피를 경험하게 된다. 하지만 달리기가 끝날 즈음에는 자신이 누구인지를 알아낸 즐거움으로 가득하다. 그 과정을 통해 "에너지야말로 영원한 즐거움"이라고 말한 블레이크의 말이 무슨 뜻인지 똑똑히 알아낼 수 있다.

출발할 때, 나는 늘 낙관적이다. 한 시간 동안 나는 은둔자, 고독자가 될 수 있다고 생각한다. 길 위에서 나는 나만의 사막, 나만의 봉우리, 나만의 절간을 찾을 수 있다. 달리기를 통해 나는 세계로부터 외따로 떨어진 곳으로 들어간다. 규칙적인 발걸음과 침묵을 통해 나는 나 자신이 되어 간다. 1시간 이상 달리는 건 너무 심하다. 나는 분명히 아니지만, 사람들 중에는 하루 종일 자신을 절제하고 훈련하는 은둔자들도 있다. 기도와 경전과 명상을 통해.

하지만 그 시간만은 나도 고독자다. 나 역시 그들과 마찬가지로 자신을 조절하고 훈련하겠다는 마음으로 시작해 힘 있고 꾸준한 발걸음으로 맞바람과 강을 따라 놓인 언덕길에 맞선다.

달리기 시작해서 처음 30분간 나는 내 몸이 된다. 몸이 나고 내가 몸이다. 그리하여 어떤 틈도 찾아볼 수 없을 때, 나는 내가 원하던 인간으로 바뀌어 간다.

상큼한 초록 들판을 스치며 나는 내가 가진 기운과 체력과 힘에 즐거움을 느낀다. 샘솟는 기운과 함께 되살아나는 세계 속에서 나 역시 되살아난다는 걸 느낀다. 나누어지고 갈라졌던 것들이 다시 완전하게 하나가 되는 것을 느낀다. 그 순간 나는 온전히 하나가 된 러너다.

이렇게 하나 된 상태에서 별다른 노력을 들이지 않고 몸을 움직이면서 모든 게 순조롭도록 규칙적으로 호흡하는 가운데 내 마음은 자유롭게 떠다닌다.

나는 길과 바람과 따뜻한 햇살 속에서 벗어나기 시작한다. 나는 자유롭게 명상하고 중요한 일이 무엇인지 따져 본다. 나는 그동안 들인 노력으로 깨끗해지고 마음속에 남은 자만심을 다 소진시킨 뒤, 아이만이 가질 수 있는 아름다움과 순수함을 다시 얻는다. 내 몸에서 일어난 기운이 내 마음을 채운다.

그 기운은 곧 즐거움으로 바뀐다. 하지만 그 과정에서 왜 베르나노스가 다음과 같은 것들을 조심하라고 말했는지 어느 정도는 이해하게 된다. 제대로 쓰지 못하는 자신의 힘, 배우지 않아 생기는 무지, 음모를 꾸미는 바보짓, 경솔하게도 심각해지기.

그러나 그런 것들은 모두 마음이 자유로울 때 얻을 수 있는 것들이다. 고독자였던 토머스 머튼은 그 사실을 잘 알고 있었다. 몸이 아니라 마음에서 자유로울 때, 진정한 자유가 시작된다고 토머스 머튼은 말했다. "우리는 육체에 얽매인 게 아니라 마음에 얽매여 있다."

나는 이제 결승점으로 돌아선다. 이제 나는 바람을 등에 지고 달려간다. 이제부터 달리는 길은 무엇에도 얽매이지 않은 길이다. 나는 내 발목을 휘감는 수풀을 떨치고 달려 나간다. 내가 세운 계획이, 내가 하는 행동이 헛되다고 말하는 듯한 덤불을 빠져나온다.

나는 욕망과 시기심, 즐거움과 여유 그 너머로 움직인다. 바람을 등에 지고 가는 그 길을 지나며 나 자신은 물론 내가 속한 이 우주가 완전히 새로워진다. 달리기는 저절로 이뤄지는 듯 순조롭고 아직까지는 기운이나 체력이 남아 있고 몸 상태가 흩어지지 않는다.

내 몸 안으로 엄청난 기운이 쏟아져 들어온다. 나는 온전해지고 성스러워진다. 그리고 내가 속한 우주 역시 온전해지고 성스러워진다. 무의미한 게 하나도 없어진다. 이렇게 열정적으로 달리는 동안, 시인들이 말했다시피 진실이 내 심장 속으로 들어와 살아 숨 쉰다.

달리기가 끝나 갈 즈음이면 명상은 관조로 바뀐다. 조금 전까지는 삼라만상의 의미가 무엇인지 따져 보려고 했지만, 이제는 모든 게 성스럽다는 사실을 알아차리게 된다. 내가 달리는 길은 단어가 의미하는 그대로 성소가, 사원이 된다. 길로는 자동차들이 시끄러운 소리와 배기가스를 뿜으며 지나가지만, 나는 눈에 보이는 것들과 귀에 들리는 것들을, 나를 방해하는 것들을 완전히 넘어선다. 나는 이제 블레이크가 무슨 말을 했는지 알겠다. 아니, 더 정확하게 말하자면 직접 느꼈다.

인간의 몸은 영혼과 떨어져 존재할 수 없다. 생기가 있어야만 살아 있다고 말할 수 있다. 그 에너지는 몸에서 나온다. 이성이란 몸의 에너지가 외면화한 것이다. 그리고 그 에너지란 정말이지 영원한 즐거움의 원천이다.

그러므로 달리기가 끝날 즈음이면 나는 내 몸으로 되돌아간다. 달리기를 시작했을 때 점차적으로 내 마음과 영혼을 채워 넣었던 에너지를 통해 나는 이제 점차적으로 내 존재가 하나로, 온전하게 채워지는 것을 느끼는 동시에 나와 우주 사이에 아무런 간격도 찾아볼 수 없다는 사실을 깨닫게 된다.

그건 선불교에서 깨달음이라고 말하는 것과 같은 상태다. 그 순간에 이르러도 나는 왜 살아가며 다른 사람들은 왜 살아가며 이 우주는 왜 존재하는지 등과 같은 궁극적인 질문에 대답하지 못할 수는 있겠지만, 적어도 그 물음에 해답이 존재한다는 사실만은 짐작할 수 있다. 이제 내일 나는 그 질문에 대한 답을 구하기 위해 다시 한 번 길로 나설 것이다.

오늘 나는 내가 구하고자 하는 진실을 알아내기 위해 바닷가 길을 따라 뛰었다. 나는 매일 그렇게 한다. 날이면 날마다 한 시간씩. 1마일당 8분의 속력으로 나는 살아왔고, 살아가고 있고, 살아갈 것이다.

바닷가 길에서 나는 내가 알 수 없는 어떤 일을 경험한다. 나를 비롯한 대부분의 평범한 사람들에게 진실은 알아낼 수 있는 게 아니라 경험하는 것이다. 거인이라고 부를 수 있을 만한 사람들만이 이성적으로 사고해 모세가 시나이 산에서 가져온 게 과연 무엇인지 알아낼 수 있다. 그 나머지 우리 같은 사람들은 자신의 몸을 통해 배워야만 한다.

그러므로 우리는 모든 지혜의 시작이 그렇듯 두려움 속에서 시작해 이해할 수 있는 길을 찾아 나서야 한다. 육체와 감각을 통해 우리는 삼라만상이 법칙을 통해 움직인다는 사실을 배우게 된다. 십계명은 이 우주가 어떻게 움직이는지 잘 보여 준다. 그리고 우리는 지금 이 순간에 더 가까이 다가갈 때, '있는 그대로 나 자신'을 더 명확하게 이해할 수 있다는 사실을 깨닫게 된다.

이것이 모든 사람에게 진실이 될 수는 없겠지만 적어도 러너만은 이에 동의할 것이다. 러너는 고독과 침묵과 고통을 통해 자신으로 돌아간다. 러너는 차츰 욕망과 사물에 대한 애착에서 벗어난다. 달리면 달릴수록 나는 삶을 유지시켜 주는 것들, 공기와 물과 대지만이 내게 중요할 뿐이라는 걸 깨닫게 된다. 나는 자신의 의지보다 더 위대한 뭔가에 고개를 숙인다. 내가 존재하는 이유랄까, 조물주의 뜻이랄까 하는 것들에 말이다.

그런 순간은 쉽게 오는 것도 아니고 원한다고 오지도 않는다. 달리기는 진지한 행위이니 반드시 진지하게 접근해야 한다. 나는 내가 원하지 않는 일을 하면서 진실을 발견하고 싶은 마음이 없다. 또한 목적이 아닌 수단이라고 생각하는 일을 하면서 진실을 발견하고 싶지도 않다. 달리기를 통해 건강을 찾으려고 하거나 살을 빼려고 하거나 마음을 달래려고 한다면 진실이 아니라 잘못된 길로 접어들게 될 것이다.

그러므로 나는 한 시간 동안만은 내 목숨이 달리기에 달린 듯 달린다. 달리기를 통해 나는 지금의 나와, 지난날의 나와, 앞으로의 나를 깨닫게 된다. 달리기를 통해 나는 느끼고 바라보고 듣게 된다. 달리기를 통해 나는 세계와 그 안에 존재하는 나를 신이 만들었다는 사실을 온몸으로 느끼게 된다. 달리기를 통해 그 존재 자체가 존재 이유인 생명이 왜 신의 형상을 따라 만들어졌는지 이해하게 된다.

내가 지금 너무 육체적인 차원에서만 말하는 것일까? 그렇다면 나는 그렇게 해서 깨닫게 됐기 때문이라고 말하는 수밖에 없다. 어쨌거나 숨겨진 진실을 알아내려면 그 진실을 경험해야만 한다. 진실을 알아낼 만한 지적인 능력이나 다른 차원의 정신력이 없다면 제아무리 무식해 보이더라도 온몸을 던지는 노력을 통해 알아내는 수밖에 없다. 평범한 사람들에게도 벅차지 않은 욕망과 결단력과 마음가짐으로.

이 정도는 몸으로 할 수 있다. 철학자들에게는 장애물에 불과한 몸으로. 철학자들은 따로 떼어 놓고 생각하거나 없다고 여기는 몸으로. 그 몸이 진실을 말해 줄 수 있다.

몸을 통해 우리는 사랑하는 방식을 바꾸고 신의 말씀을 새롭게 한《신약성서》가 몸에 대한 찬송이라는 걸 알게 된다. 그 안에서 장님이 눈을 뜨고 앉은뱅이가 걸어 다니고 귀머거리가 소리를 듣고 벙어리가 말을 한다. 그 안에서 사람들은 허기지고 목마르고 섹스를 탐닉한다.《신약성서》안에는 색깔과 소리와 바람과

물이 나온다. 그 안에서 폭풍우가 치고 가뭄이 찾아온다. 그 안에서 아픔과 고통과 괴로움과 죽음은 절정에 이른다.

내 안에 있는 러너는 이를 잘 이해한다. 처음 나는 다른 대부분의 사람들과 마찬가지로 죄의식과 의심과 절망 속에서 달리기를 시작한다. 하지만 나는 곧 내 몸과 감각의 한계가 어디인지 탐색하기 시작한다. 나는 내 존재와 완벽하게 하나가 된다. 나는 바람의 세기, 온도, 습도, 내가 달리는 땅이 비탈인지 아닌지, 비탈이라면 얼마나 기울어졌는지 말할 수 있다. 나는 내 주위의 우주를 받아들이고 그 안으로 빠져들어 하나가 된다. 내가 유지하는 속도가 나를 우주의 일부로 만들기 때문이다.

그 다음에 나는 바람의 소리와 대지를 스치는 내 발걸음 소리의 높낮이에 정신을 집중한다. 이어 나는 눈앞으로 보이는 빛과 그림자를, 그리고 길 자체를 받아들인다. 베르나노스가 불가사의에 가까운 고독과 도피의 공간이라고 일컬었던 그 길을.

"양옆으로 늘어선 나무들 사이로 이른 아침의 햇살을 받아 아름답고도 생생하게 살아 숨 쉬는 길을 보지 못한 사람은 희망이란 말이 무슨 뜻인지 이해하지 못한다"고 베르나노스는 말했다. 베르나노스는 사회에 도움이 되는 인간이 되려면 누구나 고독과 침묵 속에서 자신을 깨달아야 한다고 믿었던 사람이다.

러너라고 해서 1마일을 4분에 달리거나 마라톤을 네 시간 안에 완주해야 한다는 건 아니다. 중요한 것은 달리고 달리는 것, 그러면서 때로 고통을 겪는 일이다. 그러다 보면 어느 날 문득 길을 달려가다가 자신을 자유롭게 하는 대우주의 질서와 법칙과 진실을 발견하게 될 것이다.

바닷가 길을 달리는 사람이라면 그 누구에게라도 일어날 수 있는 일이다.

며칠 전 점심을 먹는데 초월주의자인 친구가 "영혼의 불멸을 믿느냐?"고 내게 물었다. 평범한 주제는 아니었지만, 만약 주변에 초월주의자인 친구가 있다면 이런 질문에 익숙해져야 한다. 점심을 먹는 도중이라고 하더라도 말이다(비꼬자고 하는 말은 아니다. 다들 좋은 사람들이다). 초월주의자들은 밤이든 낮이든 그 어느 때나 영원한 진리에 대해 토론할 준비를 갖춘 사람들처럼 보인다. 친구의 태도로 미루어 확언하건대 그 사람들은 천국에 가는 것보다 천국에 대해 토론하기를 더 좋아하는 것 같다.

이번에는 나도 아무리 어려운 물음에라도 대답할 마음가짐을 갖추고 있었다. 바로 전날, 영혼의 불멸에 대해서는 청소년 시절의 믿음과 대학생 시절의 관념적인 생각 정도에 그쳤던 내가 완전히 생각을 고쳐먹게 된 일이 일어났기 때문이었다.

오후에 달리기를 하다가 갑자기 나는 시간과 공간의 한계 그 너머까지 이르렀다. 그 순간 나는 별다른 힘을 들이는 일 없이 단호하고도 편안한 발걸음으로 영원을 향해 달려가는 이상적인 러너가 됐다. 10년간 거의 매일 달리고 보니 나는 전에는 그런 게 있는가 싶었던 의식의 차원, 존재의 차원을 경험하게 됐다.

러너에게 달리기란 언제나 관조와 명상의 한 방법이다. 산타야나가 미식축구를 두고 말했듯이 우리 내면을 깨끗하게 씻어내고 정화하고 비워내는, 구원의 한 방법이다. 몸의 움직임이 마음과 조화를 이루는 시간이며, 가슴을 통해 무엇이 착하며 무엇이 진실한지 무엇이 아름다운지 느낄 수 있는 시간이다. 하지만 이제 그런 경험을 하고 나니 달리기가 그 이상이라는 사실이 분명해졌다.

다른 사람에게도 분명히 그럴 텐데, 그날의 달리기는 내게 신비 체험이었다. 신이 존재한다는 증거였다. 어떤 일이 벌어졌는데, 그건 최근의 잡지 〈하퍼스 바자〉에 글을 쓴 한 사람의 표현을 빌리자면 "그저 알 뿐이며 믿을 뿐이지만, 절대로 잊을 수는 없는 어떤 일"이었다.

그걸 글로 설명할 방법이 없다. 그런 상태는 묘사하기도 어렵고 분석할 수도 없다. 그렇다고 그런 순간이 없었다고 주장할 도리도 없다. 윌리엄 제임스는 "신비주의자들은 늘 존재해 왔으며 뭔가를 알고 있다"고 말했다. 제임스는 신비주의자들을 이길 방법은 없다고 주장했다.

신비주의자는 대체로 시험받지 않는다. 우리는 지금 이 순간 늘 깨어 있지도 않았으면서 신비주의자의 말이 진실인지 의심한다. 우리는 그 진실을 자신의 것으로 만드는 방법을 모르고 있다.

이제 그 길이 열린 것처럼 보인다. 한때 손톱만큼의 명상도 하는 사람이 없었던 미국이 이제는 명상인들의 나라로 바뀌고 있다. 그리고 새롭게 레저라는 게 발견되면서 놀이 속에 구원과 해방이 있다는 걸 다들 발견하게 됐다. 평범한 사람에게 자신의 참된 모습을 보여 주는 건 결국 운동이기 때문이다. 놀이는 권위로부터 사람을 자유롭게 하고, 태어난 목적을 찾아내 그에 충실해지도록 하기 때문이다.

러너는 고독이 실패를 의미하는 게 아니라 삶의 일부분이라는 사실을 깨닫게 된다. 이때 적어도 러너에게게만은 공동체라는 건 신화에 불과하다. 러너는 자신의 비사회적인 방법 속에 빠져들게 된다. 자신의 내면에 충실해지기 위해 인생 자체를 바꾼다.(정신과 의사이면서 달리기를 하는 친구가 최근 내게 "달리기를 시작하기 전에는 우리가 어땠지?"라고 물었는데 나는 대답할 수 없었다. 달리기 전에도 물론 계속 살고는 있었지만, 불완전하고 미숙한 삶이었을 것이다.)

놀이가 진정한 해답이다. 시인인 조너선 프라이스는 "길은 많다. 그 어떤 길이든 이 심각한 세계는 놀이라고 부를 것이다"라고 썼다. 러너들에게는 달리는 게 바로 노는 일이다. 다른 사람들에게는 다른 방식이 있을 것이다.

어떤 길을 걷느냐는 자기 자신에게 달린 문제다. 오후에 달리기를 하면서 달리기를 좋아하는 사람을 억지로 끌고 와 내가 경험한 영혼의 불멸이 어떤 것인지 보여 줄 수는 없다. 자신이 정말 열정적으로 빠져들 수 있는 일을 해야 한다. 그 일이 자신만의 경기, 자신만의 운동, 자신만의 놀이가 될 정도여야 한다. 조지 레너드는 "어떤 식으로 노느냐, 그건 어떤 식으로 이 세상을 살아가느냐를 뜻한다"고 말했다.

무용수에게는 무용이 삶을 향한 이런 느낌을, 불멸의 의미를 일깨워 줄 것이다.(야콥슨 드 에임보이스는 "도약을 하게 되면 그 시간이 영원한 것처럼 느껴진다. 그 순간 나는 시간의 정점에 올라선다"고 말했다.) 스키나 서핑이나 태권도나 골프나 축구 등 자신이 좋아하는 운동을 통해 각자 그런 순간들을 경험할 수 있을 것이다.

그 순간이 얼마나 오랫동안 지속될 것인가는 또 다른 문제다. 자유를 얻으려면 어려운 훈련을 거쳐야 한다. 초심자에게 그런 경험이 찾아오지는 않는다는 사실을 알고 있어야 한다. 어떤 운동을 하느냐가 아니라 어떻게 운동하느냐가 중요해질 때, 장벽은 무너지고 새로운 차원의 의식이, 자신만의 내면적인 깊이가 생겨난다.

거리에서 나는 잃어버렸던

내 모습을 다시 찾는다.

다른 사람들이 이해할 수도 없고

발견할 수도 없는 내면 깊은 곳,

경험할 수는 있어도 다른 사람에게

설명할 수는 없는 그 깊은 곳에 감춰졌던 그 모습,

철학자들이 그저 절대고독이라고

부를 수밖에 없는 그 상태를 다시 찾는다.

그건 이제 더 이상 허방과도

같은 상태가 아니다.

그 심연은 신이 된다.

성
장
하
기

달리기는 위험한 경기다. 극단적으로 말하자면, 그런 위험요소 때문에 달리기가 마음에 든다. 달리기는 육체적으로 중독에 빠지게 할뿐더러 정신적으로도 쉽게 떨칠 수 없는 습관을 만들어 내기 때문에 나로서는 달리지 않는 게 훨씬 더 노력해야 하는 일이 됐다. 그리고 달리기를 하면서 느끼는 고독감이 얼마나 마음에 드는지 때로는 은둔자들이 대단한 쾌락주의자가 아닐까 하는 의심마저도 하게 된다.

그러므로 달리기에는 그 무엇과도 비교할 수 없는 만족감이 있다. 달리기는 나를 세상 다른 모든 것에서 멀찌감치 떨어지도록 마음먹게 했다. 노력을 들이는 이외에 다른 것을 바라보지 않겠노라는 마음을 먹었다. 달릴 때, 나는 이런 희생에서 오는 만족감을 얻어 낸다. 소설가 업다이크가 삶에 만족하는 사람을 "옷을 걸친 동물"이라고 불렀던 것과 마찬가지의 상태가 된다.

달리기를 통해 그렇게 될 수 있다. 달릴 때, 나는 완전히 만족한다. 나는 더 이상 자라지 않는다. 나는 길 위를 달리는 그 순간에만 존재할 뿐이다. 단적으로 말해서 달리기 말고 내가 그렇게 잘할 수 있는 것이 뭐가 있겠는가? 달리기 말고 내게 그런 자신감을 주는 것이 뭐가 있겠는가? 달리기 말고 내게 그 같은 평화를 안겨 주는 일이 뭐가 있겠는가?

그러므로 나는 이 만족감에 아주 익숙하다. 나는 내가 달리는 길 안으로 숨어든다. 나는 온 세상의 일들에서 벗어난다. 내가 숨어드는 그 우주는 내 시선이 가 닿는 자리, 내 발걸음 소리가 미치는 자리, 내가 추위와 더위를 느끼는 경계, 햇살과 비와 바람이 불어오는 그곳으로 좁혀진다. 바로 그 순간, 바로 그 길에서 계속되는 달리기 속으로 온 우주가 들어온다. 다른 어떤 것도 나를 사로잡지는 못한다. 나는 더 없이 만족한다.

달리기는 이렇게 해서 하나의 정점에 이른다. 내가 업다이크가 말한 동물이 아닐 수도 있다. 하지만 나는 달리기 복장을 갖춘 아이다. 나는 처음으로 낙원에, 내게 약속된 바로 그 낙원에 들어간다. 그 안에 머무르기를 무척 좋아한다는 게 오히려 위험할 수 있다. 이긴다거나 진다거나 하는 목표를 잃어버리고 그저 낙원에만 머물 수 있다. 더 나아가려고 하지 않는 것, 그곳에서 더 이상 자라지 않으려는 것, 바로 그게 위험하다.

하지만 거기서 더 나아간다는 것, 거기서 더 성장한다는 것은 더 위험할 수 있다. 어쩌면 인류에게 가장 위험할 수도 있다. 달리기가 명상으로 바뀌어 갈 때, 정확하게 그런 일들이 일어난다. 아이와 같은 자유로움에서 벗어나 생각에 잠긴 사람으로 바뀌어 갈 때, 길에서 한 시간 동안 달리면서 한 평생에 걸쳐서 물어야 할 물음인 '나는 누구인가'라는 질문을 던지기 시작할 때.

사람이 생각에 잠기기 시작하면 필연적으로 일반인들의 관념에서는 멀어지기 시작한다. 그 다음에는 오르테가가 말한 것처럼 남들이 모르는 외딴 방식으로 치달아 낯선 사상들로 가득한 곳까지 이르게 된다. 그런 생각들은 그때까지 편안하던 삶을 송두리째 뒤흔들 수 있다. 이제는 아무도 자신을 도와주지 않는 세계에서 혼자 머물러야 한다.

나는 실제 이런 일이 일어난다는 사실을 안다. 달리면서 명상에 잠길 때, 나는 달리기의 순수한 즐거움이라는 도피처를 버리게 된다. 나는 내 일상의 삶 안에 만들어 놓았던 온갖 장치들을 포기한다. 나는 내 조상들, 우리 문명, 교회, 사회, 가족, 친구 등 내게 중요했던 모든 사람과 모든 것들로부터 멀어진다.

나는 내 몸을 통해 경험해 보지 못한 모든 것들을 내던져 버린다. 겉보기에는 걱정도 없이 즐겁게 강변길을 달리는 듯할지 몰라도 그 시간 동안 나는 세상 모든 것을 그렇게 따져 본다.

그건 하지 않을 수 없는 도박이다. 내가 누구인지 말할 수 있는 사람은, 내 삶이 어떤 것인지 결정할 수 있는 사람은 바로 나 자신이지 다른 사람이 아니다. 나를 대신해 생각해 줄 사람은 없다.

그러고 싶지도 않다. 평범한 사람에 대해 에머슨은 이렇게 말했다. "플라톤이 생각했다면, 평범한 사람도 생각할 수 있다. 어떤 성자가 경험했다면, 평범한 사람도 경험할 수 있다. 사람에게 일어날 수 있는 일인 한에는 평범한 사람도 모두 이해할 수 있다."

내게 이기느냐 지느냐의 문제는 이런 것들이다. 내게 중요한 것은 운이나 팔자가 아니라 선택이다. 우리는 살아가면서 매번 선택의 문제에 직면한다. 팔자소관이 아닌 것이다. 내가 보는 것, 느끼는 것 등 취향이랄 수 있는 모든 것은 선택의 문제다.

나는 이런 사람을, 이런 가치관을, 이런 우주관을 선택했다. 그간 살아오면서 일어난 다양한 일들, 그렇게 해서 형성된 삶, 삶에서 이겨 낸 숱한 고비들을 나는 선택했다. 다른 사람이 아니라 내가 지금 살아가고 있는 것이니 나만의 독특한 상상력과 사고 체계와 직관이 있을 것이다. 바로 그런 것들을 이용한다.

뭔가를 선택하기가 쉽다거나 어렵다고 말할 수 있는 사람은 아무도 없다. 자신의 삶에서 일어날 일들에 대해 계약을 할 수 있는 사람은 없지 않은가? 고통 피하기도, 즐거움 찾기도 모두 우리의 소관이 아니다. 어느 때건 우리는 어린 시절에서 벗어나야만 한다. 제아무리 싫다고 하더라도 모든 걸 운에 맡기고 즐거움을 잃을 각오를 해야 한다. 먼저 낙원을 떠나지 않으면 다시 태어날 수 없다는 걸 알아야 한다.

또한 이제 다시는 돌아가지 못할 수도 있다는 걸 알아야 한다. 잃어버린 자신의 모습을 찾아 영영 헤매고 다닐 수도 있다는 걸 알아야 한다. 내가 떠나온 낙원에서는 그다지 어렵지 않게 만족 감을 얻었고 구원받는다고 해서 고통을 겪을 필요는 없었지만, 이제 그런 일은 없을 것이다.

나는 다른 선택을 하고 싶지는 않다. 이 경기에서 지는 방법은 간단하다. 그저 수수방관할 때, 우리는 패배하게 된다.

거리를 달릴 때, 나는 외로운 존재다. 사람들은 내가 얼마만큼 뛰 었고 또 얼마만큼 뛰어갈 것인지 궁금해 한다. 사람들 눈에 나는 친구도 하나 없이 시작도 끝도 없는 길을 고독하게 달리는 듯이 보인다. 그들의 눈에 나는 따돌림을 당해 마음이 약해진 데다 갈 곳도 없는 존재일 뿐이다. 그래서 그 사람들은 차를 멈추고 내가 가려는 곳까지 태워 주겠노라고 나서곤 한다.

나도 그런 경우를 당해 보았기 때문에 왜 그러는지 잘 안다. 러 너를 볼 때, 나도 그와 똑같이 생각한다. 혼자서 길거리를 숱하게 달려 봤지만, 여전히 다른 사람이 달리는 것을 보노라면 꽤 외롭 겠다는 생각이 든다. 어스름 무렵이나 악천후 속에서 달리는 사 람을 보노라면 따뜻한 차 안에 편안하게 앉아 집으로 간다는 사 실이 얼마나 다행인지 모른다. 그러다가 몇 번은 '나도 저렇게 달 렸단 말인가, 이 편안함과 따뜻함과 나를 지켜 주는 익숙한 것들 을 박차고 저 고생을 사서 했단 말인가'라고 생각하기도 한다.

하지만 나 역시 달리게 되면 내가 박차고 나온 것들이 편안함 이나 따뜻함이 아니라는 걸, 내가 포기한 게 나를 지켜 주거나 내게 소중한 것들이 아니라는 걸 깨닫게 된다. 내가 박차고 나온 것은 매일 나를 쫓아다니던 고독함이었다. 나는 내가 마라톤화를 신기 오래 전부터 고독과 고립과 연약한 마음이 존재했다는 사실을 깨닫게 된다.

고독은 언제나 내 곁에 있었다. 아들로서, 남편으로서, 아버지로서, 의사로서, 연인으로서, 친구로서 제대로 살아가지 못할 때부터 고독은 시작됐다. 사랑이나 일, 성취, 목표 달성, 행복한 삶을 이루지 못할 때부터 고독은 시작됐다.

누구도 나를 대신해 생각해 주지 않는다는 사실을, 그 누구도 대신 살아 주지 않으며 그 누구도 대신 죽어 주지 않는다는 사실을 깨달을 때, 가슴이 먹먹할 정도로 고독한 상태가 시작된다. 그 순간, 누구에게도 의지할 수 없다는 사실을 인정한다.

내가 하는 일이 그 무엇도 진짜라는 생각이 들지 않는 상태가 진정한 고독의 상태다. 공허한 마음, 허방과도 같은 삶, 다른 사람 앞에서 이런저런 행동을 통해, 아니면 순간적으로 회피하는 말을 통해 뭔가 이뤄 낸 것처럼 구는 거짓된 삶을 깨닫는 상태. 내가 살아온 삶이 거짓이라는 걸, 기나긴 한평생이 그저 거짓이라는 걸 깨닫는 상태.

이 모든 것을 더 이상 견딜 수 없게 됐을 때, 나는 고독한 상태 그대로 거리에 나선다. 거기서 나는 진정한 내 모습을 찾고자 하고, 내 내면의 목소리를 듣고자 하고, 어떻게 살 것인지 스스로 결정하고자 한다. 무엇보다도 내가 그 해답을 구하지 못할지언정, 확실한 답이 있다는 사실을 깨닫고자 한다.

이런 일들이 새로운 건 아니다. 다른 사람에게 지옥일 수도 있지만, 가장 큰 지옥은 자기 마음속에 있다. 기드는 이렇게 썼다. "죽을 때까지 이 괴로움을 겪을 것인가? 나는 아침부터 밤까지 괴로워한다. 앞으로 내가 어떻게 될지 알 수 없어 괴로워한다. 어떻게 살 것인지조차 모른다는 점 때문에."

그렇다면 이제 정신과 의사인 R. D. 랭의 말을 들어 보자. "다른 사람이 만든 내 이름이, 또는 다른 사람이 부르는 내 이름이 그 어떤 것이든 그 이름과 자신을 혼동하면 안 된다. 나는 이름이 아니다. 나는 하나의 영토다. 다른 사람들이 부르는 내 이름이란 그 영토를 축소해 놓은 지도에 불과하다. 과연 어디에? 나란 인간의 영토는 과연 어디에 있는가?"

사람들이 거리를 달리는 외로운 존재인 나를 바라볼 때, 나는 내 영토를, 내 진정한 자아를, 내 진정한 모습을 찾아 나서는 중이었다. 그 순간 나는 생각하고 말하고 반응하는 나에게서 멀찌감치 떨어져 바라보지 않는다. 다른 사람들이 바라보고 만나고 사랑하는 그 사람이 아니다. 길거리에서 나는 온전해진다. 거리에서 나는 진정한 내 모습을 되찾는다.

거리에서 나는 잃어버렸던 내 모습을 다시 찾는다. 다른 사람들이 이해할 수도 발견할 수도 없는 내면 깊은 곳, 경험할 수는 있어도 다른 사람에게 설명할 수는 없는 그 깊은 곳에 감춰졌던 그 모습, 철학자들이 그저 절대고독이라고 부를 수밖에 없는 그 상태를 다시 찾는다. 그건 이제 더 이상 허방과도 같은 상태가 아니다. 그 심연은 신이 된다.

하지만 물론 이것은 개략적인 설명, 경기 계획을 보여 주는 것일 뿐이다. 실제로는 이렇게 쉽게 말할 수 있는 게 아니다. 순례자처럼 멈췄다가 다시 출발해야 하고, 봉우리를 넘고 계곡을 지나야 하고, 고통과 즐거움을 다 겪어야 한다. 침울해졌다가 감정이 고양되는 순간들이, 행동과 관조가 서로 교차하면서 끝없는 즐거움을 느끼는 때가 찾아올 것이다. 때로 너무나 지쳐 달리는 것을 멈추고 걸어야 할지도 모른다. 하지만 그 시간만은 삶에 확실한 게 있다는 걸 안다. 어째서 내 안에는 짐승과 천사가 함께 있는지, 육신과 의식이 어떻게 이렇게 뒤섞이게 된 것인지, 어째서 물질과 영혼이 이처럼 혼란스럽게 뒤섞였는지 말해 주는 해답이 분명히 존재한다는 사실을 알게 된다. 그 해답이 그 순간에만, 또 달릴 때의 나에게만 유효하다고 해도 그것만으로 충분하다.

이렇게 자신을 버리고 뛰어듦으로써 나는 에머슨이 말한 것처럼 내 존재의 빗장을 열어젖히고 대우주와 함께하는 삶 속으로 들어가게 된다. 그리고 마지막으로 고독이 사라진다. 나는 영적인 존재로 바뀐다. 나를 만드신 분을 찬양하기 위해, 그 분이 명한 일들을 하기 위해 살아간다는 사실을 깨닫게 된다. 바로 오늘 이 시간 달리기 위해 그 존재는 고독한 길 위에 나선다.

처음 달리기를 시작했을 때, 나는 건강한 육체에 건전한 마음이 깃든다는 생각에 발을 내딛었다. 근육의 움직임이 좋은 심성을 기르는 것은 당연하다는 생각으로. 고통과 피로를 이겨 낼 수 있게 되면 죄의식과 걱정을 견디는 방법도 알게 될 것이라는 생각으로.

몸을 제대로 움직일 수 있게 되면 정신 역시 제대로 움직이게 할 수 있을 것만 같았다. 생리학적으로 최상의 상태에 이르면 곧바로 그에 걸맞게 심리학적으로도 최상의 상태에 이르는 것은 당연해 보였다. 육체적으로 건강해지면, 몸만 좋아지는 게 아니라 영혼도 건강해질 것이라고 생각했다.

하지만 그런 일은 일어나지 않았다. 소리를 내며 바람을 가르는 몸을 만들면 만들수록, 육체적으로 완벽에 가까워지면 가까워질수록 내 마음이 불완전하다는 사실을 더욱 더 확실히 깨달을 수밖에 없었다. 나는 정상적이지도, 건강하지도, 행복하지도 않았다. 오히려 혼란스러워 하고 화를 잘 내고 우유부단하고 다른 사람의 욕을 잘 하고 책임을 회피하는 사람에 가까웠다. 맥박이 느려지고 감각이 예민해지면서 나란 존재가 하나의 거짓에 불과하며 나는 진실을 회피하는 방식으로 살아왔다는 걸 알게 됐다.

인내력이 강해지고 체력이 늘어나자, 내 일상생활은 죄책감과 근심의 연속이 돼 버렸다. 반복적이고 규칙적이고 안전한 게 삶이라고 생각해 왔으나 이제는 그렇게 맞춰 살아갈 수 없다는 것을, 앞으로도 그렇게 살아갈 수 없을 것이라는 것을 알게 됐다.

이제 다른 사람들은 그냥 평범하게 살아갈 수 있을지 모르겠지만, 나는 그럴 수가 없었다.

그렇긴 해도 몸을 움직이면 즐거웠다. 나는 지금도 1마일을 5분 정도에 달릴 수 있다. 장거리라고 하더라도 1등에 비교하면 1마일에 1분 정도만 뒤처지는 수준이다. 나는 잠도 잘 자고 무엇이나 잘 먹는다. 내장 기관은 모두 정상이며 머리가 아프거나 근육통 따위는 없다. 내 근력은 최고의 수준이라 어떤 운동을 계속 하고 싶다면 그게 무슨 운동이든 얼마든지 할 수 있다. 내 육체는 힘에서 정점에 이르렀다. 내 몸의 감각세포는 더없이 투명하게 다듬어져 내 안으로 들어오는 모든 것들을 또렷하게 받아들인다.

하지만 이런 것들 때문에 덩달아 마음이 건강해지지는 않는다. 사실을 말하자면, 그 때문에 마음은 망가진다. 자신이 누구인지 또렷하게 보게 되면서 건강한 마음은 사라진다. 몸이 건강해지면서 나 같은 경우에는 내가 어떤 사람인지 있는 그대로 바라볼 수 있게 됐다. 육체적 상태가 최상에 이르면서 옛말이 하나도 틀리지 않다는 것을 알게 됐다.

원죄란 우리가 지닌 잠재력을 얻지 못하는 상태를 뜻한다. 삶에 해답이 있다면 그건 더 많이 사는 일이다. 삶의 한계가 어딘지 직접 부딪쳐본 뒤, 그 한계를 뛰어넘어야 한다. 죄책감은 제대로 삶을 살아가지 않을 때 생겨난다. 달리기를 통해 군살이 하나도 없이 확고하게 몸을 만들고 나면, 가면을 쓰거나 보호막을 두르지 않은, 있는 그대로의 자신을 볼 수 있다. 이제는 더 이상 거짓된 자신의 모습을 받아들이지 않게 된다. 그런데 나는 그때까지 있는 그대로의 내 모습을 받아들일 준비를 갖추지 못했다. 이 말은 이제 몇 년 동안 흥미진진한 삶을 보낼 수 있다는 뜻이다.

죄책감과 불안 속에서 어디에도 치우치지 않고 살아가는 데 대해서 적어도 이 말만은 할 수 있다. 지루할 틈이 없다는 말이다. 솔직히 말하자면, 그건 화가 나는 일이다. 예컨대 도저히 그런 자신에게 만족하지 못해 비이성적인 행동을 서슴지 않았던 나를 견뎌야 했던 주위 사람들을 생각하면 더욱 그렇다. 남들보다 더 혼란스럽고 고지식한 나 같은 사람이 자존심을 찾겠노라고, 훌륭한 사람이 되겠노라고 나서게 되면 친구나 가족들의 입에서 좋은 말이 나올 수가 없다. 하지만 그 어떤 말을 듣는다고 하더라도 이미 자신에 대해 내가 먼저 던진 말들이었다.

그러나 나는, 그 사람들도 내가 길을 달리고 달리다가 결국에는 진정한 내 삶을 찾으리라는 것을 알고 있다. 길을 달릴 때, 나는 나만의 천사와 함께 신의 손바닥 위를 달린다. 그럴 때면 나는 예이츠의 다음과 같은 시구의 의미를 깨닫게 된다. '문득 불꽃처럼 타오르는 내 몸이여 / 시간은 20분이나 그 즈음 / 그처럼 엄청난 행복이 나를 감싸는 듯하네 / 나는 복 받았으니, 복 받을 것이니.'

경기에 참여해 3마일에 걸쳐 참회의 길을 달리는 동안, 나는 나를 괴롭히는 유산의 존재를 받아들이며 산소가 없는 상태가 얼마나 두려운지 깨닫게 된다. 그러다가 마지막 순간에 나는 사면받는다. 두려움으로부터, 불안으로부터. 마라톤도 마찬가지다. 한 걸음 한 걸음 지옥을 걷다 보면 결승점에 이르러 무엇이라고 설명하기도 곤란한 평화를 얻게 된다. 죽음마저도 받아들일 수 있는 순간이다.

이런 시간들, 이런 행로가 나를 지켜 준다. 그 나머지 시간 동안, 나는 여전히 삶에 부적당한 인간이다. 그러므로 건강한 몸에 저절로 건전한 마음이 깃든다는 것은 틀린 말이다. 오히려 건강한 몸 때문에 더 고생할 수도 있다. 하지만 결국에는 몸과 마음과 영혼이 하나로 엮이면서 온전한 인간으로 자라날 수 있다.

그때까지 나는 무용가 니진스키와 같은 처지다. 몸을 움직일 때, 나는 살아 있다. 움직일 수 없게 된다면, 나는 내 모든 것을 잃어버릴지도 모른다. 미쳐 버릴 수도 있다.

50마일 달리기를 즐기고 주립대학에서 수학을 가르치는 내 친구 톰 오슬러는 우울이란 삶의 일부라고 말했다. 러너라면 우울을 예상해야 하고 반겨야 한다고 말이다. 즐거운 한때처럼 우울한 시기도 당연한 일상이다. 피한다고 피할 수도 없는, 우리에게 필요한 시간이다.

반년마다, 때로는 계절마다 찾아오는 우울증에 빠지고 보니 그 말이 옳다는 걸 알겠다. 마음이야 우울증 따위는 피하고 싶지만, 나는 늘 때가 되면 내적으로 쌓이는 불만에 푹 빠져들게 된다. 6개월에 한 번 정도씩 나는 내가 맡은 일이 너무 힘든 데다가, 어떻게 말하든 노력할 만한 값어치도 없는 것처럼 보이는 감정 상태를 경험한다.

이때 달리기가 제일 힘들다. 내 경험에 따르면 마음이 틀어지기 시작하는 게 그 첫 번째 신호다. 그 즈음이면 이제 날마다 뛰는 달리기가 기다려지지 않는다. 이렇게 열정이 없는데도 억지로 달리니 쉽게 지치고 달리기를 즐기지 못하는 것이다.

하지만 아무런 즐거움도 없이 달리는 것쯤이야 대단하다고 볼 수 없다. 나의 감정과 기분과 집중력과 관심이 흩어지면서 나는 물론 다른 사람들에게도 영향을 끼친다는 점이 더 문제다. 산소 결핍과 유산 축적과 포도당 고갈과 싸워야 할 판국에 맥이 빠진 채 자꾸만 남에게 기대려는 마음과, 자신은 외톨이라는 연민의 감정과, 제대로 살지 못했다는 죄책감과 외로움에 맞서 백병전을 벌여야 한다. 이제 나는 정말 영혼의 어두운 밤 속에 들어간 셈이다.

그럴 즈음에는 밤에 자다가도 별다른 이유 없이 잠에서 깨곤한다. 그런 까닭에 아침이 되어도 몸이 상쾌하거나 새로운 하루가 반갑지 않다. 나는 그저 이불을 머리끝까지 뒤집어쓰고 그 괴로운 상태가 어서 지나가기만을 바랄 뿐이다.

오슬러의 말처럼 그 모든 것들은 불가피한 것일까? 그렇지 않다면 그건 일시적으로 몸이 무거워진 상태일 뿐일까? 그러니까 조심하지 않았기 때문에 겪는 불필요한 고통일 뿐일까?

나는 그렇게 생각하지 않는다. 때로는 그런 시기가 있는 법이다. 〈전도서〉의 말이 옳다. 세상 모든 것에는 다 때가 있는 법이다. 달릴 때가 있다. 달리지 않을 때가 있다. 인간이기 때문에 매사에 신경 쓰면서 살다 보면 낯을 찌푸리게 마련이다. 매사에 조심하려면 늘 긴장해야 한다. 그렇다면 누구라도 예상하다시피 피로가, 좌절이, 우울함이 그리고 행복하게도 자신에 대해 다시 생각해 보는 시간이 찾아온다.

요즈음 나는 〈전도서〉로 나날들을 보내고 있다. 소설가 멜빌은 〈전도서〉를 두고 '망치로 잘 두들겨 펴 놓은 철판 같은 넋두리'라고 일컬었다. 나도 그렇게 생각한다. 삼라만상이 다 지긋지긋해지고 아무런 즐거움도 없이 하루하루가 지나가는 상태를 말로는 도저히 설명할 방법이 없다. 멜빌이 느꼈던 것처럼 "왜 그렇게 애쓰고 노력했느냐면 다른 사람에 대한 시기심 때문"이라는 생각마저도 든다.

〈전도서〉에 나오듯 이상한 일은 모든 게 제대로 돌아가지 않을 때뿐만 아니라 잘되고 있을 때도 이런 우울함이 찾아온다는 점이다. 좌절의 순간이 아니라 승리의 순간에도. 끔찍한 일 뒤에만 우울이 찾아오는 게 아니라 축하받은 뒤에도 찾아온다는 점이다. 경기를 완전히 망치고 난 뒤에만 우울함이 찾아오는 게 아니라 가장 잘 뛰고 난 뒤에도 우울함이 찾아온다는 점이다.

2주도 채 지나지 않은 일인데, 나는 센트럴 파크에서 10마일 달리기를 하면서 평소와 달리 부담스러워 용기를 많이 내야 했다. 나는 숨이 턱에 차오를 때까지 달렸다. 보통 때였다면 분명 따라잡지 못할 러너들을 일고여덟 차례 따라잡았으며, 반환점을 돈 뒤에는 처음보다 더 빨리 달렸다. 내게 따라붙은 사람들에게 단 한 발자국도 내놓지 않았다. 그리하여 1시간 4분 15초의 기록으로 들어왔는데, 이는 대단히 좋은 성적이었다.

경기가 끝난 뒤, 나는 하늘평안 교회의 신도 회관의 의자에 쭉 뻗은 채 함께 달린 러너들이 커피와 도넛을 먹는 광경을 지켜봤다. 지쳤으나 마음이 따뜻해졌고 만족스러웠다. 나는 내 옆에 있는 친구에게 고개를 돌리고 말했다. "조지, 지금 나는 바위에 박힌 칼도 뽑을 수 있을 것 같은데."

지금 생각하면 그런 말을 했다니 참 시건방졌다는 생각이 든다. 나는 시인 예이츠가 말한 '급진적 순수'라는 걸 잃어버렸다. 물론 나는 달려야 할 때가 있고 앞으로도 달릴 것이라는 걸 안다. 달리는 것만으로도 충분한 시기. 똑같은 길을, 똑같은 대회를 달리고 또 달려도 괜찮은 시기. 달리기가 내 삶의 중심에 자리 잡으면서 여러 면에서 삶을 충실하게 살 수 있는 시기.

하지만 때로는 달리지 않아야 할 시기도 있는 법이다. 그저 잘하는 것만으로도 부족할 때가 있다. 내 삶이 하찮은 것들로만 채워졌기 때문이 아니다. 그만큼 중요한 것들도 많기 때문이다. 앤 린드버그가 말한 것처럼 내게는 보물이 너무 많다. 그러므로 이제는 〈전도서〉의 다음과 같은 질문에 대답해야 한다. "태양 아래 얼마 길지 않은 삶을 살아가는 동안, 인간이 할 수 있는 최선의 행위는 무엇인가?"

우울하지만 않다면 나는 세상의 그 어떤 물음에도 대답할 수 있다고 생각했을 것이다. 하지만 지금은 달리기만으로는 부족하다고 느낀다. "내 이름은 쉬언이며 나는 달린다"라는 말로는 부족하다. 삶을 이해하려면 다른 어떤 것이 더 필요하다. 달리기 이상의 어떤 것이 필요하다.

그 문제에 관한 한 상업적인 것, 정치적인 것, 예술이나 과학 등을 다 생각해야 한다. 베르나르 드 보토가 시인 로버트 프로스트에게 한 말을 떠올릴 수밖에 없다. "로버트, 자네는 좋은 시인이기는 하지만 좋은 인간은 아니야."

아마도 그의 말이 옳을 것이며, 또 아마도 그의 말은 옳지 않을 것이다. 내가 보기에 나를 포함해 모든 사람들의 묘비명이 그렇게 씌어질 것 같다. 주기적으로 우울할 때, 나는 삶이란 하나의 경기라는 것, 하지만 사람이 제아무리 잘한다고 하더라도 오직 신만이 그 결과를 말할 수 있는 경기라는 것을 깨닫는다. 경기의 내용이 아니라 달리는 사람이 중요하다. 늘 그렇듯 적은 내 안에 있다.

오늘은 크리스마스 아침이다. 말씀이 살로 바뀐 날이다. 신의 아들이 태어난 날이다. 이 세상에 기쁨이, 이 땅에 평화가, 인류에게 축복이 내려온 날이다. 나는 강변을 달리면서 내가 태어난 뜻을, 나만의 성탄을, 나만의 탄생을 기념한다. 다리와 폐와 맥박의 규칙적인 고동 속에서 평화를 찾는다. 눈이 쌓인 언덕을 넘어 달리며 즐거움을 찾는다.

모든 곳에서 축복으로 가득한 사람들은 선물을 주고받고 교회에 가고 잔치를 준비한다. 하루 종일 함께하는 마음과 사랑하는 마음이 떠나지 않는다. 오늘만은 모든 사람들이 가족에 충실하다. 누구 하나 외롭게 보내서는 안 되는 날이다. 자신과 우주와 다른 이들을 새롭게 발견하는 날이다.

나는 혼자지만, 나 자신과 우주를 바라보면서 행복을 느낀다. 내 몸은 기쁨으로 가득 찬다. 우주는 신의 전언이 숨겨진 공간일 뿐만 아니라 나로 하여금 그 전언을 찾아내게 만드는 곳이다. 내 몸은 그 말씀을 얻기 위해, 이 우주 속에 그 말씀을 실현하기 위해 준비된다. 힘 있는 다리와 왜소한 몸에 호리호리한 나는 사회적으로는 내성적인 사람일지 몰라도 생물학적으로는 외향적인 사람이다. 나는 마사 그레이엄이 말한 새로운 무용수의 정의에 가까운 사람이다.

"그들은 말다툼이 아니라 허공과 날렵함에 더 어울리게 태어났다"고 마사 그레이엄은 말했다. 춤을 통해 그들은 자신이 누구인지 알아낸다.

나는 달리기를 통해 내가 누구인지 알아낸다. 처음으로 돌아가 다시 시작한다. 내 몸에서, 코벤트리 팻모어가 "조물주의 가장 큰 보물…… 값진 것들이 넘쳐 나서 천국과 지옥이 싸울 정도로 탐내는" 몸에서 시작한다.

시인 휘트먼처럼 나는 나 자신을 위해 노래하고 죽는 그날까지 그 노래가 멈추지 않기를 바란다. 다른 이들이 지녔으나 나는 지니지 못한 것들을 찾기를, 사랑에 대한 믿음을 찾기를 바란다.

사랑하려면 내가 한 번도 사용하지 않은 근육을 움직여야 한다. 어떤 느낌이 그 느낌 이상의 감정으로 뛰어넘어 따뜻한 마음과, 더 나아가 사랑으로 발전하기란 쉽지 않다.

아마도 다른 대다수의 사람들은 그렇지 않은데 자신에게는 가슴 부푼 열정이 없다거나 다른 사람들에게서는 쉽게 찾아볼 수 있는 용기가 부족하다면 더 어렵게 느껴질 것이다. 내 성격에도 열정이랄까 용기 같은 것은 많지 않다. 나는 웬만하면 포기하고 뒤로 물러서고 적극적으로 나서지 않는다. 나는 위험과 상처받기를 싫어한다. 나는 그 누구에게든, 그 무엇에게든 모험을 걸지 않는다. 나는 다른 사람들을 향해 문을 걸어 잠그고 나만의 환상 세계 속에서 살아간다.

그러나 내가 지금 있는 곳은 환상 세계가 아니다. 이곳은 아름답고 참되고 즐겁다. 눈이 내 발에 밟힌다. 대지를 뒤덮은 하얀 눈 위로 순수한 햇살이 비쳐 든다. 하늘은 높고도 푸르다. 신선한 바람은 내 가슴을 깨끗하게 씻어 준다. 내 감각세포는 이처럼 생생한 느낌들로 채워진다. 내가 숨 쉬는 소리, 내가 달려가는 길에서 들리는 소리. 나는 이 시간에 살아 있고 여기에 살아 있다. 블레이크가 말한 시간과 공간 속에. 맥박이 한 번 뛰는 그 순간에 6천 년의 시간이 들어가고 혈구 안에 모든 공간이 들어가 마침내 영원으로 이어지는 상태 속에.

하지만 이 시간과 공간 속으로는 다른 누구도 들여놓지 않을 것이다. 고독한 또 다른 사람을 내 고독으로 끌어들일 마음이 없기 때문에 여전히 나는 혼자다. 아직까지는 다른 사람을 사랑하고 어울리는 데 반드시 필요한 인내심과 너그러움과 순한 마음이 없기 때문에.

그러므로 적어도 장거리 러너에게만은 성탄일이 너무 벅차다. 사람들이 너나 할 것 없이 서로 어울리고 축하하는 때가 되면 내 비참함은 최고조에 이른다. 게다가 서로 선물을 주고받으며 서로에 대해 알아가는 때가 찾아오면 그 비참함은 더하다. 외로운 우리들은 비참해지도록 하자. 자신을 알아가기에도 벅찬 사람들이니까.

크리스마스인 오늘 아침, 나는 가족과 친구들을 떠나 멀리까지 달려간다. 그들은 이미 자신의 갈 길을 알고 있겠지만, 나는 아직도 찾아 헤매고 있기 때문이다. 완전한 진실을 내게 준다면 나는 이 자유를 건네줄 수 있다는 것을 안다. 영원을 보여 준다고 약속한다면 그 어떤 것이라도 감수할 수 있다는 즐거움으로. 그 누구와도 나눌 수 없을 평화 속에서 살아가며.

상상으로 자신을 분석하는 데 집중하는 다른 모든 고독한 사람들과 마찬가지로 나는 완벽하지 않다면 그 어떤 생각이나 사람에게도 내 존재를 던지지 않을 것이다. 그들처럼 나 역시 따뜻한 정을 대단히 갈구하지만, 줄 수는 없는 사람이다. 나는 사랑받지 못할까 봐 겁을 내고 더 나아가서는 사랑하게 될까 봐 두려워한다. 그런 것들을 생각하면 달리기만으로는 충분하지 않다. 나는 강변을 홀로 외롭게 달려간다.

나는 나를 울게 만든 사람들에게 큰 빚을 지고 있다. 내게 즐거움이 무엇인지 알게 해준 사람들에게 말이다. 내게는 이 세계 너머의 세계를 보게 된 순간들이 있다. 내가 생물학적인 동물이나 사회적인 동물이 아니라 신학적인 동물이라는 것을 알게 된 순간들. 내 존재에 답하려면 어쨌거나 신이 등장해야 한다는 것을.

지난 주에 그런 사람을 만났다. 시인 에밀리 디킨슨. 1시간 반 동안 그녀와 함께 있었다. 잠깐 본다고 생각했던 게 90분으로 길어지는 동안, 나는 냉정해져야겠다는 마음을 포기하고 말았다. 나는 울음을 참을 수가 없었다. 나는 손수건을 손에 쥐고 앉아 연신 TV에 나오는 여배우와 그녀가 연기하는 에밀리 디킨슨의 모습이 자꾸만 흐려지는 것을 막아야 했다.

"육체적으로 내 정수리가 떨어져 나간 듯한 느낌이 들 때면 시가 나온다는 걸 알 수 있어요"라고 에밀리는 말했다. 나는 다르게 느낄지 모르지만, 그것 역시 육체적으로 어쩔 수 없는 느낌이다. 시를, 천재를, 진짜 세상을 마주하면 그게 어떤 느낌인지 알 수 있다. 삶이 생물학적인 것도, 사회적인 것도, 정치적인 것도 아닌 신학적인 여로라는 것을 알게 될 때, 그게 어떤 느낌인지 알 수 있다. 혈관과 신경 말단과 근육질을 통해서 깨닫는다.

에밀리는 그런 신과의 경기에 나선 사람이다. 자신과 가족과 자연과 신 안에서 온 우주를 봤다. 하루 종일 에밀리가 움직이는 가장 긴 거리는 침실 문에서 계단 위쪽까지다. 그렇게 세상을 좁혀서 생각한 사람은 많다. 조각가 로댕이 좋은 예일 것이다. 로댕은 언젠가 릴케에게 《그리스도를 본받아》를 읽은 뒤, 그 책의 3장에 나오는 '신'이라는 단어를 '조각'이라는 단어로 바꿔 보았다고 했다. 로댕은 그래도 뜻은 같았다고 했다.

그처럼 에밀리는 시를 택해 신과 경기를 한 셈이다. 이를 에밀리는 다음과 같이 말했다. "원하는 것을 가지라고 하느님은 말했다. 대신에 대가를 지불하라고."

원하는 것을 가지고 노는 대신에 지불할 만한 게 뭐가 있을까? 판돈은? 바로 우리의 영혼, 우리 자신, 우리의 삶이다. "내가 지불한 건, 더도 덜도 아닌 바로 내 삶이다"라고 에밀리는 썼다.

물론 결국 에밀리는 그 경기에서 이겼다. "강탈자이자, 물주이자, 아버지"와 경기를 해서 이겼다. 에밀리는 신을 받아들이고 '이중적인 그 태도'라고 뻔뻔하게 입을 놀린 것을 사과했다.

에밀리는 맞섰고 불평했다. 그러나 에밀리는 천국에 이르면 새로운 등식이 있다는 걸 알고 있었다. 어쨌거나 모든 것은 동등해질 것이었다.

하지만 사는 동안 그녀의 해답은 신이 그런 만큼 자신도 경기를 잘 하는 일이었다. 불완전한 자신을 완전하게 만드는 일을 통해 신의 완전함에 다가가려고 했다. 에밀리는 신 역시 시인이라는 사실을 잊어버린 적이 없었다.

러너는 신이 러너라는 걸 안다. "안식일이면 꼭 교회로 가는 사람들이 있다. 집에 있는 동안, 나는 늘 안식일이다"라고 에밀리는 썼다. 내게 안식일이란 센트럴 파크에서 다른 수백 명의 사람들과 함께 달릴 때다.

우리는 91번가 초입, 그러니까 구겐하임 미술관의 북쪽이자 하늘평안 교회에서 보자면 맞은편에 해당하는 도착 지점에 모여들었다. 우리는 막 태어나기를 기다리며 한쪽 방에 모여든 영혼들처럼 서 있었다.

총성이 울렸다. 나는 어떤 시련이 기다리고 있는지 잘 알고 있었기 때문에 오랫동안 이 경기를 준비해 왔다. 하지만 언제나 그렇듯이 내가 상상하는 것보다 더 나쁜 상황이다. 1마일도 더 나아가지 못하고 왜 달리기를 하는지 궁금해졌다.

이걸 위해 나를 희생하고, 먹고 싶은 것도 못 먹고 하고 싶은 것도 하지 못하는 등 즐거움을 피해 왔단 말인가? 지금 고통 속에 있지만, 경기가 끝날 때까지 이 고통이 사라지지 않을 것이라는 걸 나는 안다. 노력에도 불구하고 더 많은 거리를 달리면 달릴수록 달리는 근거는 사라진다. 정말 이게 내가 가장 잘 할 수 있는 일이란 말일까?

그러다가 1마일 정도를 더 달려가면 유혹은 더해진다. 그만두자. 아무도 모를 것이다. 여기서 그만둔다는 건 달리기를 멈춘다는 얘기가 아니다. 그건 내 한계까지는 밀어붙이지 않는다는 뜻이다. 고통 없이 숨 쉬고 편안하게 달릴 수 있는(그럴 수 있다면) 속도로 늦춘다는 뜻이다.

그러다 보면 경기는 끝난다. 결승점까지 얼마나 남았는지 감히 볼 생각을 하지 못한 채, 고개를 숙이고 한 걸음 한 걸음 헤아리면서 달려가다 보면 마지막 전력 질주가 살아난다. 하지만 결승점까지 들어갔을 때야 나는 37분 11초 만에 10킬로미터를 달린다는 게 무엇을 의미하는지 알게 된다. 어쩔 수 없는 한계까지 치닫는다는 게 어떤 것인지. 생물학적이고 사회적이고 신학적인 이 동물이 할 수 있는 게 무엇인지.

나는 내 말을 움직였다. 이제는 신이 둘 차례. 나는 하늘평안 교회에서 다른 사람들과 함께 있다. 평화롭게. 먹고 싶은 것 따위는 이제 없다. 하고 싶은 일 따위도 없다. 차 한 잔이면 족하다. 아까까지만 해도 타인이었던 사람들이 이제는 서로 어깨를 두들기고 포옹하고 축하하는 사람들로 바뀐다. 그 몸들이 바로 그들을 보여 준다. 내 이웃들이다.

"참 작은 세계구나"라고 말할지도 모르겠다. 에밀리 디킨슨의 세계도 그랬다. 하지만 에밀리의 세계는 또 얼마나 풍족한지 부럽지 않을 수 없다. 에밀리는 어떤 황무지도 보지 못했다. 에밀리는 바다도 본 적이 없었다. 몇 명의 사람들만 만났다. 에밀리가 끔찍하게 좋아하던 소수의 사람들만. 하지만 그러는 동안에도 에밀리는 신과 경기를 계속했다. 매일 장기판을 꺼내 놓고 자리에 앉았다. 자기 말을 움직인 뒤에 신이 다음 수를 두기만을 기다렸다.

이제 집으로 돌아가는 내 눈에 눈물이 맺혀 고속도로 요금소의 모습이 흐릿해진다. 1세기 전 에밀리가 살았던 매사추세츠주 암허스트가 몇십 분 거리 정도만 떨어져 있는 듯하다.

이제 경기를 마쳤으니 다음 주부터 다시 돌아올 것이다. 돌아오는 한 주 동안은 죄인이 될 것이다. 음식을 맛볼 것이다. 내 몸 안에 채워 넣을 것이다. 아름다움 따위는 무시할 것이다. 진실은 잊어버릴 것이다. 돌아오는 한 주 동안, 신은 강탈자이자 물주이자 아버지가 될 것이다.

하지만 일요일이 되면 신은 내 친구이자 연인이자 러너가 될 것이다. 그리고 나는 경기에서 신을 물리칠 것이다. 직접 해 봐서 깨닫게 될 것이다. 왜냐하면 나는 결국 눈물을 흘릴 테니까. 나는 즐거움을 알게 될 테니까. 내 정수리가 떨어져 나간 듯한 느낌이 들 테니까.

웃음은 모든 지혜의 시작이며,

유머를 느끼는 신성한 감각을

지녔다는 첫 번째 증거다.

웃음을 아는 자들은

삶의 비밀을 배운 자들이다.

삶이 멋진 경기라는 걸

발견한 자들이다.

바
라
보
기

누구도 구경꾼으로 태어난 사람은 없다. 방관자로 살아가야만 하는 사람은 없다. 관객의 운명을 타고난 사람은 없다. 눈앞에 펼쳐지는 광경이 즐겁든 괴롭든 극장을 찾아간 사람들처럼 삶을 바라볼 수만은 없는 노릇이다. 나와 마찬가지로 당신도 삶이라는 무대에서 자신만의 드라마를 창작하고 직접 살아가는 감독이자 극작가이자 배우다. 삶은 직접 살아야만 한다. 자신이 연기해야만 한다. 우리가 하는 연극은 바로 우리의 삶이다.

물론 다른 사람들의 삶을 그저 지켜보는 데는 다 이유가 있다. 어떤 일을 하는 방법을 배우기 위해서다. 완벽하게 움직이는 인간의 몸과 영혼과 지성을 바라보기 위해서다. 다른 사람의 기술을 익히기 위해, 다른 사람의 지혜를 배우기 위해, 다른 사람의 믿음을 얻기 위해 우리는 살펴본다. 하지만 결국 우리는 그 일을 혼자서 해내야 한다. 자신만의 기술과 지혜와 믿음을 찾아야 한다. 그렇지 않다면 자신은 누구인지, 또 어떤 일을 할 수 있는지 배우지 못하고 죽을 것이다. 삶의 의미를 조금도 알아차리지 못하고 죽을 것이다.

나는 길에서 그 질문에 대한 해답을 구한다. 나는 시각, 청각, 촉각, 후각, 미각 등과 지력이라는 도구를 챙겨 달린다. 그 대신 내가 소유한 것이 무엇이든 놓아두고, 내가 가치 있다고 생각한 것과 내가 소중하게 여기는 것이 무엇이든 잊어버린다. 거의 벌거벗은 상태에서 나는 새로운 세계를 만난다. 한 시간에 8마일을 달려가는 들길에서 나는 현자들이 생각했던 온 우주를, 대자연을, 대자연 너머의 그 세계를 발견한다. 땀과 피로의 반대편에서는 삶과 세계와 우주가 시작된다.

나는 내가 흘린 땀으로 정화된다. 나는 내 몸에서 나온 액체로 세례를 받는다. 나는 새로운 에덴동산을 향해 달려간다. 나는 낙원을 되찾은 타락한 인간이지만, 아직은 다시 타락할 것이라는 것은 모르고 있다. 적어도 지금까지 나는 놀고 있는, 나만을 위해 지어진 집에 있는 아이다. 나는 세계의 아름다움에 흠뻑 적셔진다. 내가 달려가는 대지의 소리와 냄새와 느낌으로 온몸이 충만해진다. 나는 시인 홉킨스의 시를 읊는다. "내가 하는 행동이 나다. 이것 때문에 내가 왔으니까."

그러다가 언덕이 나타나면, 내게 그것 이상의 능력이 있다는 걸 알게 된다. 언덕 이상의 능력이 있다는 말은 내가 고통을 택하고 아픔을 견디고 힘든 일을 참아 낼 수 있다는 뜻이다. 그런 능력을 익혀 가면서 나는 나의 한계와 자유의지와 은총을 경험한다. 평지를 달리는 그 아름답고 끝없는 시간이 끝나고 내가 가진 모든 것을 걸고 언덕을 올라가야 할 때가 되면 내게는 이 모든 생각이 일어난다.

처음에는 부드러운 흐름이 나를 인도한다. 그 수준에서는 자연도 나를 도와준다. 버키 풀러가 말했다시피 유사 이래 늘 많은 걸 채워 두고 우리가 원하기만 하면 뭔가를 내놓을 준비를 갖춘 그런 자연이다.

하지만 시간이 흐를수록 언덕은 더 많은 것을 요구한다. 그 즈음이면 나는 생리학적으로는 한계에 이른다. 가능성은 종말에 다다른다. 이제 언덕은 내가 견딜 수 있는 수준 이상이 된다. "이만하면 됐다"고 말하고 싶은 욕망이 인다. 이 정도면 됐어. 하지만 나는 포기하지 않는다.

나는 신과 싸운다. 나는 신이 내게 부여한 한계와 싸운다. 고통과 싸운다. 부당함과 싸운다. 나와 이 세계의 모든 나쁜 것과 싸운다. 나는 굴복하지 않는다. 나는 이 언덕에 올라설 것이다. 그것도 혼자서 올라설 것이다.

카잔차키스는 그런 순간에 대해 이야기로 표현한 적이 있다. 루시퍼를 용서할 수 있느냐는 질문을 받은 신은 이렇게 대답했다. "루시퍼가 나를 용서할 때." 《그레코에 대한 보고서》를 쓰면서 카잔차키스는, 그의 말을 빌리자면 "자기 피로 만들어진 붉은 길을 따라 자신만의 골고다 언덕을 오르고 있었다. 그리고 십자가에 못 박혀 이를 견딜 수 있는 힘을 발견했다."

나는 이런 천재처럼 살지는 못한다. 그 사람의 봉우리에 비하면 내 언덕은 둔덕에 지나지 않으며, 그 사람의 고통에 비하면 내 고통은 그림자에 불과하지만 인간이 무엇인가 하는 의문은 여전하다.

그리고 그 못 오를 것처럼 보이는 정상을 갈구한다. 나는 신을 용서한다. 나는 고통을 받아들인다. 나는 언덕의 꼭대기를 지나간다. 그리고 찰나에 영원을 느끼는 순간, 나는 신의 아이가, 예수의 형제가 되며 내 몸은 성령으로 가득 찬다.

이 세계는 웃고 우는 자들의 것이다. 웃음은 모든 지혜의 시작이며 유머를 느끼는 신성한 감각을 지녔다는 첫 번째 증거다. 웃음을 아는 자들은 삶의 비밀을 배운 자들이다. 삶이 멋진 경기라는 걸 발견한 자들이다.

울음은 우리가 삼라만상을 있는 그대로 바라볼 때 시작한다. 살아 있는 모든 것은 성스럽다는, 윌리엄 블레이크의 깨달음을 이해할 때, 삼라만상이 무한하게 보이고 우리 역시 그 무한함의 일부가 될 때, 그런 깨달음을 얻었다는 즐거움이 우리 안에 가득할 때 눈물은 떨어진다. 우리가 마침내 돌이킬 수 없을 정도로 삶을 긍정할 때. 우리가 이성과 논리를 넘어 우리가 하는 일과 그 일을 하는 방법을 따져 보는 일이 기쁨이라는 걸 알 때.

대부분의 사람들에게 이런 느낌은 뒤늦게 찾아온다. 우리는 참된 세계를 만지고 듣고 보는 데 좌절을 겪는다. 시인 아처볼드 맥레이시는 "무엇도 우리의 눈을 뜨게 하지는 못한다. 오직 예술만이 우리를 보게 한다"고 말했다. 예술 같은 것들이겠지만, 대부분은 늦게 찾아온다. 그동안에 뭔가 해야 하고 얻어 내야 하고 시간을 들여야 하기 때문에 쉽게 보지 못한다. 블레이크가 성스럽지 못한 것, 무기력, 잔인함 등으로 일컬었던 것들 때문에. 우리는 사랑하는 데 실패한다. 우리는 열정을 잃어버린다. 우리는 급하다는 걸 느끼지 못한다. 우리는 긴장을 풀어버린다. 우리는 그 어떤 노력도 하지 않는다.

이런 것들은 우리 영혼이나 정신력에 영향을 끼칠 뿐 아니라 우리 얼굴에도 드러난다. 심장병 전문의였던 조지 버크는 언젠가 길거리를 걸어가는 사람들의 얼굴을 들여다보노라면 어쨌든 그들을 도와야 한다는 의사로서의 사명감에 회의가 들 때가 많다고 털어놓았다.

블레이크의 말이 옳다면, 우리는 모두 삼라만상을 있는 그대로 바라볼 수 있는 능력을 지녔다. 그렇게 깨닫는 능력은 타고난 것이다. 하지만 그러자면 정화의 과정을 거쳐야 한다. 그렇지 않으면 우리는 계속 이성과 도덕의 세계에 머물 수밖에 없기 때문이다. 내가 보기에 이렇게 정화되려면 자신을 정화시키는 훈련이나 자신을 비워 내는 노력에서부터 시작해야 한다.

내게는 달리기, 장거리 달리기가 그런 것이다. 달리기를 통해 나는 육체적 정점에 오르고 감각을 늘 새롭게 유지할 수 있다. 달리기를 하면 늘 처음인 것처럼 만지고 바라보고 듣는다. 달리기를 통해 나는 진정한 감정으로 가는 첫 번째 장벽을 지나 몸을 온전한 하나로 느끼게 된다. 달리기를 통해 나는 일상사의 하찮고 사소한 일들로부터 도피할 수 있다. 그리고 일단 달리면 혼란과 지루함 사이를 끊임없이 왔다 갔다 하는 시계추처럼 반복적인 일상사에서 벗어날 수 있다.

내게는 달리기가 콜린 윌슨이 《아웃사이더》에서 말한 가장자리를 경험하게 하는 때가 많다. 콜린 윌슨에 따르면 고통과 불편으로만 자극받는 가장자리가 우리 삶에는 있는데, 이는 즐거움과는 무관하다. 고통과 불편이 지나간 뒤, 이를 이겨낸 뒤, 찾아오는 것은 삼라만상이 영원히 있는 그대로 보이는 명석함이 짧고 순간적이지만 찾아온다.

블레이크는 이 모든 일들을 가장 잘 전해 준 사람이다. 태양이 크고 붉은 원이라는 사실을 눈으로 확인한 적이 있느냐는 물음에 블레이크는 이렇게 대답했다. "오, 아니라네, 아니라오. 하늘 나라의 주인을 두고 수많은 친구들이 이렇게 외치는 것을 봤을 뿐이라오. '귀하도다, 귀하도다, 귀하도다, 귀하도다, 전능하신 주 하느님이시여.'" 블레이크는 어떤 사람이었느냐는 질문에 그의 아내가 블레이크와 대화를 나눠 본 적이 별로 없다고 답했다는 말은 하나도 이상할 것이 없다. 그의 아내는 "남편은 거의 모든 시간을 낙원에서 살았답니다"라고 말했다.

　이제 내게는 그런 순간이 좀더 쉽게 찾아온다. 진선미가 순식간에 나를 스쳐 간다. 나는 즐거움에 놀라고 기쁨에 충만해진다. 그럴 때는 눈물을 흘리며 기뻐 날뛰지 않을 수 없다. 면도하는 동안에는 베일 염려가 있으니 시에 대해서는 생각하지 않으려고 애쓴다는 하우즈먼의 얘기를 떠올리지 않을 수 없다. 그렇다면 나 역시 사람들과 함께 있을 때면 자신들을 눈물 흘리게 만든 것들에 대한 이야기를 정말 진실하고 아름답게 쓴 사람들에 대해 생각하지 말아야겠다. 그렇지 않으면 다 큰 어른이 아기처럼 거기 앉아서 운다는 말을 듣지 않겠는가.

　달리기만은 억지로 하고 싶지 않다. 그 시간만큼은 내 뺨에 눈물이 흘러내려도 하나도 부끄럽지 않은 시간이다. 그 순간만은 나도 '말도 안 되는 이유' 때문에 눈이 붉어져 방을 나서지 못했다고 쓴 니체와 하나다. 니체는 이렇게 썼다. "전날 산책을 하면서 너무 많이 울었다. 감상에 젖은 눈물이 아니라 기쁨의 눈물이었다. 나는 말도 안 되는 노래를 큰 소리로 불렀다. 세상을 완전히 새롭게 바라보게 됐다."

　그런 눈물은 억지로 짜낼 수 없다. 내가 흘리는 눈물이든, 우리에게 그런 말들을 전해 주는 작가들의 눈물이든.

　고대 로마의 시인 호라티우스는 "내게 눈물을 흘리게 하겠다면 자신이 먼저 아파야 한다"고 말했다. 마찬가지로 즐거움과 진실과 아름다움에 울어 본 사람만이, 세상을 완전히 새롭게 바라본 사람만이 다른 사람을 울게 만들 수 있다. 노력을 통해 오랜 훈련 과정을 이겨 내며 자신을 비워 내고 완전히 정화한 사람들만이 우리 가장 깊은 내면을 향해 말할 수 있다.

그게 전체적으로 어떻게 일어나는지는 시인인 존 홀 휠록이 가장 잘 설명했다. 그는 이렇게 말했다. "길고 외로운 노력과 자기 단련을 통해 시인이 갈구하는 것은 내면의 목소리(우리 안에 있는 모든 인간의 목소리, 모든 무의식의 목소리)를 전달하는 도구가 되는 것이다. 그리하여 자신의 좁은 시야와 통찰력을 넘어 말씀과 지혜를 들려 준다."

이 세계는 이렇게 노력하는 자들의 것이다. 웃고 웃는 자들, 천사와 함께 잠들고 블레이크처럼 거의 모든 시간을 낙원에서 보내는 자들의 것이다.

"시간과 자유가 있다는 건 형이상학적 문제 중에서도 근본적이면서 가장 고통스러운 문제다"라고 니콜라이 베르다예프는 말했다. 하지만 그는 시간의 문제에 관한 한, 가장 곤란한 점을 남겨 뒀다. "시간은 죄의 아이, 죄에 사로잡힌 노예의 아이, 죄에 가득한 불안의 아이다"라고 그는 덧붙였다. 그렇다면 그는 부처의 다음과 같은 말에 동의할 것이다. "시간 안에 머무는 한, 고통은 끊이지 않는다."

하지만 그 고통은 우리가 견딜 수 있는 고통이다. 그 고통은 지루함과 불안 사이를, 우울함과 걱정 사이를 오가며 우리를 지치게 하고 패배하게 만드는 고통이다. 그런데 지금의 우리 이상의 어떤 존재가 될 수 있다는 사실을 확신하는 것 자체가 우리를 좌절시킨다.

어떻게 하면 우리는 시간에서 벗어날 수 있을까? 어떻게 하면 이 노예의 상태, 이 불안의 상태에서 도망갈 수 있을까? 어떻게 하면 창조적인 능력을 발견할 수 있을까? 뛰어난 사람들도 그 방법을 모른다면, 우리같이 평범한 사람들이 어떻게 그 방법을 알까?

글쎄, 다른 사람들은 어떨지 모르지만, 나는 문제가 생길 때 그 문제를 안고 달린다. 그래서 이 청명한 10월에 나는 해변가를 따라 북쪽으로 달린다. 문제 안에서 직접 살아 내며, 대답을 찾으려고 애쓰며, 인간의 삶에 대해 다른 해답은 없는지 살펴보며, 내 감각이나 이성적인 머리로는 어떤 통찰도 나오지 않는다는 사실을 확신하기 때문이다.

하지만 가장 먼저 한낮의 풍경이 내 감각으로 넘쳐흐른다. 하늘은 천국이 보일 만큼 드높다. 만으로 펼쳐진 바다는 그 어느 쪽이나 수평선까지 시퍼렇다. 나는 가을의 바다와 태양과 모래사장이 보여 주는 환한 백색의 깨끗한 색채 속에 들어가게 된다. 등으로는 선들바람이 불어오고 어깻죽지 사이로 내리쬐는 햇살은 따뜻하다. 상쾌하게 땀을 흘리면서 벌써 햇볕에 살갗을 태우고 있다.

그러나 이제 나는 내 앞의 길과 내 옆의 바다에서 보이는 풍경과 들리는 소리를 넘어서기 시작한다. 달리기만이 나를 사로잡는다. 내 정신을 다 뺏는다. 나는 물 흐르듯 꾸준히 달린다.

나는 달리기 속에 완전히 빠져들었다. 완전히 집중한다. 달리기 안에서 편안하고 고요하고 마음이 푸근하다. 이런 식이라면 영원히 달릴 수도 있을 것 같다.

이렇게 달리는 바로 그 순간에 온 정신을 빼앗긴다. 나는 시계로 나타나는 시간에서 벗어나 가만히 서 있는 시간 속으로 움직인다. 지금 이 순간을 위해서 과거와 미래를 포기한다. 나는 발자국 소리를 메트로놈 삼아, 규칙적인 맥박과 호흡을 기준 삼아, 1마일당 8분의 속력으로 몸을 움직이는 선형적인 시간에서 이제 벗어난다.

잠시 나는 정신을 돌린다. 잠깐이나마 땀과 몸의 움직임과 어깻죽지 사이를 따뜻하게 만드는 햇살로, 바다와 하늘의 풍경으로 돌아간다. 그러다가 다시 나는 문자 그대로 아무런 일도 일어나지 않은 지금 이 순간으로, 그 영원한 현재로 들어간다.

나는 그 무엇으로도 채워지지 않은 채, 그저 정지해 있다. 그 상태는 평화가 함께한다.

사람마다 달리기를 하면서 느끼는 가장 순수한 경험이 다르겠지만 내게는 아마 그 순간이 아닐까 싶다. 불안은 사라지고 모든 것을 완전하게 받아들이는 순간. 모든 것을 그대로 놔둔 채 그저 다 잘될 것이라고 믿는 순간.

달리는 동안 나는 자유를 느낀다. 나는 다른 목표도 없고 다른 보상을 원하지도 않는다. 달리기는 그 자체가 목표이고 보상이다. 나는 실패의 두려움 없이 달린다. 사실 성공의 두려움도 없다. 어쨌든 어떤 걱정이나 의심도 내게는 중요하지 않다. 무슨 일이 일어나도 나는 다치지 않는다. 그런 보호막 안에서 나는 다른 어느 곳에서도 찾을 수 없는 완전함에 이른다.

나는 텅 빈 상태로 올더스 헉슬리가 '영혼이 시간의 흐름에서 빠져나가 영원에 이를 수 있게 하는 틈'이라고 일컬은 현재 속으로, 바로 지금 속으로 조금 더 들어간다. 헉슬리의 말이 맞을 수도 있고 아닐 수도 있다. 나는 현재에는 진짜 틈이 있다고 생각한다. 달릴 때, 나는 그 틈을 통해 전에는 한 번도 의식하지 못한 말씀과 사상의, 생각과 관념의 자리로 들어간다. 시간의 바깥에 있는 그 자리에서 나는 우리 인류가 겪은 지난 모든 과거를 얻는다.

그러다가 다시 땀과 몸의 움직임을 느끼면, 바다와 하늘을 바라보면, 이제 나는 4분의 1마일 정도를 달려가고 있다. 가만히 두어도 내 몸은 정확한 속력으로, 정확한 길로 달린다. 하지만 도중에 나는 또 과거의 죄책감과 현재의 권태와 미래의 불안에서 빠져나올 것이다.

시인 블레이크가 노래했듯이 나는 내 손바닥 안에 무한을 거머쥐고 찰나에서 영원을 보게 될 것이다.

우리 대부분에게 삶의 의미는 완전히 밝혀지지 않은 채 흐릿하게 남을 것이다. 삶의 의미가 밝혀지기까지 우리가 깨닫고 믿기 위해 할 일은 묵상으로 이해하고 행동으로 견뎌야 한다. 우리의 몸을 통해 그 의미가 구체화되어야 한다. 살이 살을 붙인다.

인간이 빠진 곤경에 지적으로, 영적으로, 육체적으로 모든 면에서 반응을 보여야 한다. 오르테가가 말했다시피 우연히 만들어진 행성에 던져진 우리의 역할에 대해 어떤 결론도 미리 내리지 않은 채, 살아가는 데 끊임없이 놀라게 된다.

때로 우리는 부지불식간에 이런 반응을 보이기도 한다. 예컨대 위험에 처했을 때 그렇다. 스페인 속담에 나오듯이 우리가 '칼과 벽 사이에 끼여 있을 때'이다. G. K. 체스터튼은 이륜마차를 타고 도망치다가 그런 순간을 경험했다. "말하자면 그 몇 초 사이에 내가 믿었던 종교가 다섯 개도 넘었다는 말이다"라고 체스터튼은 썼다. 체스터튼에 따르면, 그는 정말 이교도나 느낄 만한 공포에서 자기 생각에는 기독교적인 신앙이라고 해야 할 어떤 믿음으로 점차 생각이 옮겨 갔다는 것이다.

그런 것을 깨닫기 위해 반드시 무서운 상황에서 시작할 필요는 없다. 이제 살아갈 시간이 1분이나 1시간이나 하루나 6개월 정도뿐인 상황만을 상정할 필요는 없다. 내가 직접 경험해 본 것과 같이 오후에 달리기를 하다가도 그런 순간을 맞이하기도 한다.

달리기 전에 나는 데카르트주의자다. 육체는 그저 기관에 불과하다. 그 기관을 움직여 달리기 위해 나는 몸을 조절한다. 나는 내 진짜 목적대로 생각에 잠기기 위해 몸을 발달시켜야 한다. 하지만 길로 나서면 지난 15년 동안 그랬듯이 나는 육체이며 영혼이라는, 그 둘이 하나로 존재한다는 사실을 다시 깨닫게 된다.

하지만 처음에는 그냥 몸으로만 느껴진다. 결국에 내가 깨닫는 것은 나를 둘러싼 우주 속의 나이며 목적이 있어 만들어진 삼라만상 가운데 내 자리가 있다는 것이니 이제는 이 몸과 완전히 하나가 되는 것이다.

나만의 리듬과 속력을 찾으며. 바람과 지형에 따라, 온도와 습도에 따라 주법을 교정하며. 발바닥과 무릎과 근육으로 전해지는 충격에 주의하며. 나는 마음이 아니라 머리로 하나하나 따지는 동물이 된다.

그러다가 정말 이상하게도 두 번째 굽이를 돌아간다. 제트 엔진이라도 단 것처럼 발걸음이 가벼워지면서 가속이 붙기 시작하고 달리기는 저절로 하게 되는 편안한 행동이 된다. 달리기는 놀이가 된다. 그리하여 나는 동물에서 즐거움을 찾는 어른으로 달려가게 된다. 자신이 할 수 있는 일이 있다는 사실에 기쁨을 느끼는 외톨이가 된다.

하지만 행복감은, 그 광휘는 곧 사라진다. 더 노력해야 계속 달릴 수 있다. 이젠 더 이상 쉽지 않다. 앞으로 15분간은 더 많이 노력해야 할 것이다. 방향을 돌려 다시 마을로 돌아가고 싶은 마음이 굴뚝 같다. 인간으로 바로 선다는 건 즐거움, 기쁨 이상의 것이 필요한 모양이다. 삶은 고통이기도 하다. 그렇기 때문에 삶은 인간을 당황스럽게 한다. 본질적이고 반복되면서도 그처럼 곤란한 게 삶 말고 또 뭐가 있을까?

세 번째 굽이를 돌 무렵이면 그런 당황스러움은 어느 정도 사라진다. 두 번째 굽이는 생리학적이었으며 심장, 혈관, 심부 체온 등과 관계가 있다. 30분쯤 지나서 찾아오는 세 번째 굽이는 심리학적이라 마음과 영혼, 즐거움과 평화, 믿음과 희망, 통일과 확실성 등과 관련이 있다.

때로 정신이 더없이 명확해지는 이 상태는 내 달리기를 절정으로 이끈다. 나는 우리의 삶을 유지하기 위해 지금도 사람들이 일하고 있는 마을을 멀리 바라보며, 또 마을을 따라 흐르는 강물을 굽어보며 내가 올라온 언덕의 꼭대기를 지난다.

그 순간, 내가 오른 언덕은 이 세상의 모든 언덕이 되고, 강은 이 세상의 모든 강이 되고, 마을은 이 세상의 모든 마을이 되고, 사람들은 인류가 된다. 바로 그 순간 환희와 기쁨과 깨달음이 나온다. 제아무리 찰나라고 하더라도 그 순간만은 어떤 혼란도 없다. 나는 삼라만상을 있는 그대로 바라보는 듯하다. 나는 신의 왕국에 있다.

딱 한 번, 나는 이 상태 너머까지 간 적이 있었다. 달리기는 신에게 바치는 내 봉헌물이 됐다. 12년 가까이 연습하고 훈련한 끝에, 달리기를 완벽한 상태까지 끌어올리고 달리는 나를 정화시키기 위해 수없이 많은 시간을 보낸 끝에 그런 순간이 찾아왔다. 나는 아버지 앞에 선 아이가 되어 내가 제일 잘하는 일을 아버지에게 봉헌했다. 아버지가 기뻐하기를, 나를 받아 주시기를 간청했다. 그때 나는 나를 발견했다. 두 눈에 눈물을 줄줄 흘리며 마을로 돌아가는 강변길을 달리는 작은 아이를 말이다.

몇 안 되는 복 받은 사람들만이 이런 순간에 대해 알고 있다. 자신을 받아 주는 경우에 대해 알고 있다. 자신이 한 모든 일은 하찮은 것에 불과하다고 말한 아퀴나스의 얘기를 들어 보라. 파스칼의 이런 말은 또 어떤가? "그날 저녁 10시 30분부터 자정 너머 30분 뒤까지. 불꽃. 아브라함의 신. 이삭의 신. 야곱의 신. 철학자와 학자들의 신이 아님. 절대적 확신. 이성을 넘어. 즐거움. 평화." 우리는 몸에서 시작하지만 새로운 세계에 대한 눈을 뜨면서 끝낸다.

비행기를 타고 집으로 돌아가는 길에는 기분이 울적했다. 루이지애나주 크라울리에서 보낸 주말은 최고의 경험이었다. 러너로서, 작가로서, 더 나아가 한 인간으로서 내 삶에 그처럼 황홀했던 순간은 없었다고 해도 과언은 아니었다. 나는 전국 AAU 챔피언십 마라톤 대회에서 등 번호 1번을 달고 뛰어 3등을 차지했다.

경기가 시작되기 전에는 수많은 러너들이 내게 몰려와 악수를 청하며 "쉬언 박사님, 책이 정말 좋습니다. 꼭 이 말을 하고 싶었어요"라고 말했다. 어떤 사람은 크리스마스에 내 책을 18권이나 선물했다고 했다. 주말 내내 사람들은 내 책이 얼마나 도움이 됐는지 전하려고 나를 찾아다녔다.

나중에 수상자를 위한 만찬에서 나는 명판을 하나 받았다. 그

명판에는 내가 그 해에 가장 우수한 장거리 러너였다고 새겨져 있었다. 그와 똑같은 명판을 그 전해에 받은 사람은 프랭크 쇼터였다. 나도 불멸의 달리기 선수 중에 들어가게 된 것이다.

그러다가 시상식의 마지막 절차로 나는 소감을 말하게 됐다. 그 소감은 소감 이상의 것이었다. 그건 사랑 고백이나 다름없었다. 나는 한 사람 한 사람 얼굴을 바라보면서 얘기했다. 그 사람들 각자에 대한 애정을 가득 담고 그들을 바라보았다. 나는 사람들에게 우리 몸이 얼마나 아름다운지, 우리에게 논다는 게 왜 중요한지 말했다. 나는 사람들에게 우리는 저마다 나름대로 영웅이 될 수 있으며 그런 행위를 통해 신을 만날 수 있을 것이라고 말했다.

소감을 모두 말하고 나니, 나나 사람들이나 눈물을 흘리고 있었다. 우리는 모두 자리에서 일어나 우리가 찾은 자신의 본 모습과 우리가 해낸 것들과 그렇게 한곳에 모여 느끼는 따뜻한 느낌을 위해 박수를 쳤다.

그리고 이제 나는 그 모든 것을 뒤로하고 비행기에 올라탔다. 내가 날아가는 곳은 어디일까? 여기서 다시 어디로 가는 걸까? 내가 경험한 것들 그 이상의 뭔가가 나를 기다릴까? 그날 내가 겪었던 그 엄청난 힘과 살아 있는 듯한 느낌보다 더한 뭔가를 다시 내가 경험할 수 있을까?

나는 다시 삶이란 결코 답을 구할 수 없는 문제라는 것을 알게 됐다. 이제 해답을 알 수 있을지도 모르겠다고 생각할 정도가 되면 이 사실을 금방 알아차리게 된다. 뭔가를 이뤘다고 생각하는 그 순간, 이 사실을 알아차리게 된다. 갈 만큼 갔으나 끝까지 가지는 않았을 때가 되면.

현자들은 이 점에 대해 많이 얘기했다. 실패를 잘 이겨 내는 사람이 백 명이라면 성공을 잘 이겨 내는 사람은 그중 하나 정도라고 현자들은 말했다. 비행기를 타고 집으로 가는 동안, 나는 그 한 명에 끼지 못한다는 것을 알게 됐다. 의기양양하던 마음이 사라졌다. 앞날이 걱정스러워졌다. 이제 내가 할 수 있는 것이라고는 하나도 없어졌으니 이제까지 했던 것만 되풀이할 게 아니겠는가. 이제 남은 생애 동안 내가 잘하는 것만 두고두고 하게 된 게 아니겠는가.

그때 내 옆자리에 앉은 사람은 생애 처음으로 마라톤을 완주한 러너였다.

"이제 저는 뭘 하죠?"

그 사람이 그런 물음을 던졌는데, 그 물음이 내 마음속에서 맴돌았다. 그 사람에게 할 대답이 곧 내게 할 대답일 것이었다.

이제 나는 뭘 하나? 조금 낫다 뿐이지 그런 물음 앞에서는 나도 같은 처지였다. 다시 달리면서 나 자신과 이 세계와 나를 창조하신 존재에 대해 조금 더 많이 배워 나가야 할 것이다. 달리고 또 달릴 것이다. 고통과 피로 속에 나를 푹 빠지게 만들 것이다. 아직 사용할 수 있는 힘을 모두 사용할 것이다. 기회가 있을 때마다 달리고 또 달린다. 그 경험, 그때 일어난 일을 가지고 나만의 진실을 찾아야 한다.

이제 나는 뭘 하나? 내가 얼마나 대단한 일을 해냈건 할 일은 남아 있다. 너무나 멋지게 일을 처리했다고 하더라도 더 잘할 수 있는 여지는 남아 있다. 경주에서 아무리 빨리 달리더라도 그보다 더 빨리 달릴 수 있다는 것만은 분명하다. 나의 목표는 바로 거기에 있다. 최고의 걸작을 만드는 데 있다. 내가 쓰는 글이든, 내가 달리는 경주든, 내가 살아가는 매일 매일의 삶이든. 그게 아니라면 무엇도 중요하지 않다.

그때 나는 죽고 난 뒤에 심판을 받기 위해서는 가장 먼저 심장의 무게를 잰다고 믿었던 고대 이집트인들을 생각했다. 그건 정말일 듯하다. 심장만이 우리의 힘이, 우리의 용기가, 우리의 직관이, 우리의 사랑이 얼마나 되는지 재볼 수 있으니까. 심장만이 우리의 나날이 어땠는지, 우리가 어떤 일을 해냈는지, 우리가 누구인지 말해 줄 수 있으니까.

그럼 나는 내 심장의 무게를 재볼 준비가 됐던 것일까? 바로 거기까지가 내가 갈 수 있는 가장 먼 곳이었을까? 나는 이제 신의 명령을 충실하게 지켰으니 보상을 기다리며 쉬어도 될까?

비행기는 나를 지상으로 다시 내려놓고 있었다. 생각을 멈추고 나는 내 맥박을 느꼈다. 마라톤을 완주한 지 하루가 지났을 뿐인데 분당 48회라는 느린 속도로 일정했다. 그제야 나는 다른 모든 러너들이 그렇듯 내 심장은 그 어떤 일이라도 할 수 있다는 사실을 알게 됐다. 언제 할 것인지 일러 주기만 하면 나머지는 알아서 이뤄질 것이다.

그보다 더 잘 뛸 수는 없을 것이다, 이보다 더 좋은 글을 쓸 수는 없을 것이다, 또는 나 자신이나 가까운 사람들을 이보다 더 사랑할 수는 없을 것이다 등등의 생각이 드는 바로 그 순간, 내게는 심장에서 우러나는 소리가 들린다. "아직 남았다. 아직 남았다. 심장이 아직 뛰는 한에는 말이다." 우리의 심장이 뛰지 않는다면 성에 차지 않는다는 마음으로 늘 불가능한 것을 원하는 경우는, 그런 일을 해내고도 만족하는 경우는 없을 것이다. 그러므로 내 심장은 마지막 안식의 순간이 찾아올 때까지 쉬지 않고 움직일 것이다.

바로 그때 심장의 무게를 잴 수 있는 법이다.

옮긴이의 말

1996년의 일이다. 경기도 일산으로 이사를 갔더니 집 앞으로 큰 운동장이 보였다. 지금은 그 운동장 주변으로 성벽처럼 아파트들이 빙 둘러서 있지만, 그때만 해도 서쪽으로 탁 트인 공간이었다. 일산은 서쪽을 향한 도시였으므로 그 운동장에 서서 저무는 해를 바라보는 게 참 좋았다. 그러던 어느 저녁이었다. 해가 다 저문 뒤에도 집으로 돌아가지 않고 남아 있는데 문득 운동장을 달리고 싶다는 욕망이 일었다. 그건 논리적으로는 설명하기 어려운 욕망이었다. 그냥 달리고 싶었다. 그 당시에 나는 아무런 직업도 없었고 작가로서의 비전도 없었으며, 그 때문에 괴로웠는지도 모른다. 달리면 그 모든 것에서 벗어날 수 있으리라고 생각했는지도 모른다. 어쨌든.

내가 제일 좋아하는 달리기 격언은 '새는 날고 물고기는 헤엄

치고 인간은 달린다'라는 것이다. 이건 논리가 통하지 않는 세계다. 장미꽃에다 대고 왜 피었느냐고 묻는 것이 바보짓이듯이 달리는 인간에게 왜 달리냐고 묻는 것은 너무나 어리석다. '인간은 달린다'는 설명할 수 있는 세계가 아니라 경험할 수 있는 세계다. 달려 보면 그게 무엇인지 알 수 있다. 나도 바로 그런 지점에서 달리기 시작했다. 바로 한 바퀴를 달리면 숨이 턱까지 차올라 결국 걸음을 멈추고 마는 그 지점 말이다. 숨을 헐떡이면서 나는 바로 내 앞에 있는 어떤 벽 같은 것을 봤다. 손으로 만질 수도 있을 것처럼 대단히 구체적이고 생생한 벽이었다.

내게는 그 벽이 내가 처한 세계의 벽처럼 느껴졌다. 그 벽을 넘어서면 새로운 세계가 나올 것만 같았다. 그 지경이 되면 누구라도 달리지 않을 수 없다. 인간은 달린다. 그건 그런 의미다. 달리지 않을 수 없기 때문에 달린다는 뜻이다.

목적 지향적인 인간 사회는 아무런 의미가 없는 일들을 견디지 못한다. 신기록을 내지 못하는 러너나 상승 그래프를 그리지 못하는 매출액은 우리 사회에서 모두 무의미하다. 평범한 인간의 달리기라는 것도 마찬가지다. 기록의 측면에서 4시간이 넘는 마라톤 기록은 사실 무의미하다. 자기 몸으로 이 세계의 영역을 한 번 확인해 보는 것 이상의 의미가 없다. 하지만 러너들은 그 무의미한 행위를 한다. 그리고 그 이유는 모른다. 그냥 새는 날고 물고기는 헤엄치고 인간은 달릴 뿐이다.

의미는 우리를 구원해 주지 못한다. 의미는 어떤 식으로든 우리에게 보상해 주기 때문이다. 많은 돈을 벌 수도 있고 아이들을 행복하게 만들 수도 있고 명예를 지닐 수도 있다. 하지만 아무런 의미도 없는 일들은 우리를 구원한다. 왜냐하면 어떤 보상도 없다면, 스스로 그 의미를 찾아야 하기 때문이다. 내게 달리기란 그런 것이었다. 매일 한 시간씩 내가 왜 달려야만 하는가 생각한다. 물론 아직 나는 그 질문에 대한 해답을 얻지 못했다.

구원이란 제일 마지막 순간에 찾아오는 것이 아니겠는가. 그런 점에서 나는 이 책의 저자 조지 쉬언이 제일 마지막에 쓴 글을 가장 좋아한다. 심장의 무게를 잰다는 것. 자신이 누구인지 깨닫는다는 것. 살을 빼기 위해 달리다가, 건강을 위해 달리다가, 결국에는 그 모든 의미에서 다 벗어나 달릴 수밖에 없기 때문에 달리게 되는 러너들은 그 말이 무슨 뜻인지 알 것이다.

내가 달리기에 입문할 무렵부터 취미로 달리는 사람들이 비약적으로 늘어났다. 그에 맞춰 수많은 달리기 관련 서적들이 쏟아져 나왔다. 나도 그 책들에 많은 도움을 받았다. 예컨대 완주를 위한 연습 방법이라든가, 부상에 대처하는 방법들은 더없이 소중했다. 하지만 육체적이고 동물적이고 물리적인 부분들이 모두 해결되는 동안에도 채워지지 않는 부분은 여전히 남았다.

왜 달리는가? 몇 년에 걸쳐 달리기를 하게 되면 누구나 봉착하게 되는 질문이라고 나는 생각한다. 조지 쉬언의 이 책은 오래 전부터 '왜 달리는가?'라는, 러너들의 오랜 정신적 문제에 가장 적절한 대답을 한 책으로 널리 알려져 있었다. 오래전부터 달리기

문화가 발달한 미국에서도 '왜 달리는가?'에 대한 질문에 이 책 이상의 적절한 대답을 아직까지는 발견하지 못했다.

달리기를 하게 되면 가장 좋은 일이 하늘을 올려다볼 수 있다는 점이다. 달리지 않을 수 없듯이 하늘을 올려다보지 않을 수 없다. 왜냐하면 결국에는 지쳐 쓰러지기 때문이다. 여름이라 땀이 범벅이 된 상태로 누워 있으면 하늘이 보인다. 이 책을 모두 옮긴 지금까지도 여전히 나는 '왜 달리는가?'에 대한 해답을 구하지 못했지만, 구름이 옅게 드리운 푸른 여름 하늘을 올려다보며 이 정도면 충분하다는 생각이 든다. 처음에 내가 열성적으로 대회에 참가하게 된 까닭이 완주한 뒤에 마시는 공짜 맥주 한 잔의 맛을 잊지 못했기 때문이었던 것처럼. 그럴 때면 하늘이 있어 참 다행이라는 생각이 든다. 지쳐 쓰러졌을 때, 하늘을 올려다볼 수 있으니.

'왜 달리는가?' 이 책에서 조지 쉬언이 누차 얘기하지만, 그건 '왜 사는가?'라는 질문과 같다. 그 해답을 내 몸을 통해 찾을 수 있다는 점에서, 나는 달리기의 매력을 도저히 떨쳐 버릴 수가 없다.

옮긴이 | 김연수 1970년 경북 김천에서 태어나 성균관대 영문과를 졸업했다. 1993년 〈작가세계〉 여름 호에 시를 발표하면서 작품 활동을 시작했고, 1994년 장편소설 〈가면을 가리키며 걷기〉로 제3회 작가세계 문학상을, 〈내가 아직 아이였을 때〉로 제14회 동서문학상을 수상했다. 소설집으로 《스무 살》《내가 아직 아이였을 때》《나는 유령작가입니다》《세계의 끝 여자친구》《사월의 미, 칠월의 솔》이 있고, 장편소설로 《7번국도 Revisited》《사랑이라니, 선영아》《꾿빠이, 이상》《네가 누구든 얼마나 외롭든》《밤은 노래한다》《원더보이》《파도가 바다의 일이라면》이 있으며, 산문집으로 《청춘의 문장들》《여행할 권리》《우리가 보낸 순간》《지지 않는다는 말》《언젠가, 아마도》《시절 일기》 등이 있다.

RUNNING & BEING

ⓒ Scond Wind Ⅱ Korean translation copyright ⓒ 2003 Hanmunwha Multimedia
This Korean language edition was published by arrangement with Second
Wind Ⅱ, USA through Best Literary & rights Agency, Korea All Rights Reserved

달리기와 존재하기

초판 1쇄 발행 2003년 10월 23일
개정판 1쇄 발행 2020년 4월 7일
개정판 6쇄 발행 2024년 8월 20일

지은이 · 조지 쉬언
옮긴이 · 김연수
펴낸이 · 심남숙
펴낸곳 · (주)한문화멀티미디어
등록 · 1990. 11. 28. 제 21-209호
주소 · 서울시 광진구 능동로 43길 3-5 동인빌딩 3층 (04915)
전화 · 영업부 2016-3500 편집부 2016-3507
http://www.hanmunhwa.com

운영이사 · 이미향 | 편집 · 강정화 최연실 | 기획 홍보 · 진정근
디자인 제작 · 이정희 | 경영 · 강윤정 조동희 | 회계 · 김옥희 | 영업 · 이광우

만든 사람들
책임 편집 · 강정화 | 디자인 · 이정희

ISBN 978-89-5699-389-8   03840